# BLUTROTER SAND

W0332911

Tanja Litschel, Jahrgang 1969, studierte Geisteswissenschaften und arbeitete in unterschiedlichen Berufszweigen, bevor sie mit dem Schreiben begann. Ihre Kriminalromane spielen vor der Kulisse ihrer norddeutschen Heimat.

Dieses Buch ist ein Roman. Handlungen und Personen sind frei erfunden. Ähnlichkeiten mit lebenden oder toten Personen sind nicht gewollt und rein zufällig.

TANJA LITSCHEL

# BLUTROTER SAND

*Küsten Krimi*

emons:

Lust auf mehr? Laden Sie sich die »LChoice«-App runter, scannen Sie den QR-Code und bestellen Sie weitere Bücher direkt in Ihrer Buchhandlung.

**Bibliografische Information der Deutschen Nationalbibliothek**
Die Deutsche Nationalbibliothek verzeichnet diese Publikation in der Deutschen Nationalbibliografie; detaillierte bibliografische Daten sind im Internet über http://dnb.d-nb.de abrufbar.

© Emons Verlag GmbH
Alle Rechte vorbehalten
Umschlagmotiv: Montage aus mauritius images/United Archives; shutterstock/Loboda Dmytro
Umschlaggestaltung: Nina Schäfer, nach einem Konzept von Leonardo Magrelli und Nina Schäfer
Umsetzung: Tobias Doetsch
Gestaltung Innenteil: César Satz & Grafik GmbH, Köln
Lektorat: Lothar Strüh
Druck und Bindung: CPI – Clausen & Bosse, Leck
Printed in Germany 2019
ISBN 978-3-7408-0518-0
Küsten Krimi
Originalausgabe

Unser Newsletter informiert Sie regelmäßig über Neues von emons:
Kostenlos bestellen unter
www.emons-verlag.de

*The waves crash in and the tide pulls out*
*It's an angry sea but there is no doubt*
*That the lighthouse will keep shining out*
*To warn the lonely sailor.*

Dougie MacLean, »Ready for the Storm«

*In den Hafenkneipen erzählt man sich, dass es das Blut des Riesen Rik war, das die Sandbank in der Außenweser rot färbte. Rik war gefräßig, aber ziemlich faul, und so verlangte er von den Fischern, die an seiner Wasserburg vorbeifuhren, einen Teil ihres Tagesfangs als Tribut. Um des lieben Friedens willen ließen sie sich darauf ein. Sie nahmen auch so schon genügend Gefahren auf sich, indem sie bei Sturm und Regen in die Bucht hinausfuhren, um ihre Netze zu füllen. Am Ende waren es ausgerechnet die Naturgewalten, die dem Riesen den Garaus machten. Eines Frühjahrs, nach einem besonders harten Winter, verwandelte die Schneeschmelze im Wiehengebirge die Weser in einen reißenden Strom, dem nicht einmal die Riesenburg standhalten konnte. Rik versuchte zu fliehen. Doch eine Eisscholle erwischte ihn kalt. Sie riss ihm das Haupt vom Körper, sein Blut trieb ins Meer hinaus, bis zu jener Untiefe, die bis heute den Namen »Roter Sand« trägt.*

# Prolog

Es war ein kühler, wolkiger Tag im Juni, als das Schicksal seine Weichen stellte. Bis zum frühen Morgen hatte das Wetter damit gedroht, den geplanten Ausflug buchstäblich ins Wasser fallen zu lassen. Jetzt war die kleine Reisegruppe nach dreistündiger Seefahrt endlich am Ziel angekommen. Doch Anton hatte nur noch Augen für sie.

Selbst aus der Ferne wirkte ihre zierliche Gestalt so zerbrechlich wie Porzellan. Obwohl bis zum Abend kaum mit Sonnenschein zu rechnen war, trug sie einen breitkrempigen Hut, der ihr milchweißes Gesicht beschattete. Dennoch bemerkte Anton die dunklen Halbmonde unter ihren Augen, die ihr den Anschein verliehen, sie erhole sich nur mühsam von einer langen Krankheit. Selbst das Lächeln ihrer blassen Lippen wirkte etwas angestrengt, fast so, als leide sie unter einer tiefen Traurigkeit, die nicht einmal die Scherze ihres Begleiters vertreiben konnten.

Je länger Anton sie und den Mann neben ihr beobachtete, desto stärker beschlich ihn das Gefühl, dass dieser Typ die Ursache für ihre Melancholie darstellte. Zugegeben, er sah blendend aus: sportliche Figur, kantige Wangenknochen, gerade Nase, breites Kinn und kräftige Brauen über den etwas eng stehenden Augen. Das schwarze Haar war so perfekt geschnitten, dass selbst der Seewind Mühe hatte, es zu zerzausen. Männer dieses Kalibers wussten für gewöhnlich, dass ihnen die Frauenherzen zuflogen. Daher wunderte es Anton nicht, diese zarte Schönheit an seiner Seite zu sehen. Nur spürte er allzu deutlich die düsteren Schwingungen zwischen dem Paar.

Im selben Atemzug schalt er sich einen Idioten. Natürlich waren es bloße Wunschvorstellungen, die sein verblendetes Gehirn produzierte. Wie ein pubertierender Jüngling sah er sich als weißer Ritter, der seine Herzdame aus den Fängen des dunklen Lords befreite. Mit einem energischen Kopfschütteln riss er sich vom Anblick dieser Frau los. Bis zum Ende des Tages würde er es nicht einmal schaffen, drei unverbindliche Sätze mit ihr zu wechseln oder sie gar nach ihrem Namen zu fragen. Jedenfalls nicht, solange dieser Dressman sie so gekonnt von den übrigen Menschen abschirmte. Wie ein Wachhund hielt er jeden auf Distanz, der höflichen Kontakt suchte. Richtete jemand das Wort an sie, antwortete er, bevor sie auch nur die Chance bekam, den Mund zu öffnen. Näherten sich mehrere Personen gleichzeitig, legte er seinen Arm um ihre Schultern und führte sie wie beiläufig ein Stück von der Gruppe fort. Tatsächlich hatte es den Anschein, als befürchtete er, sie könne etwas ungeheuer Dummes sagen oder ihn auf eine andere Weise beschämen. Dabei wirkte sie aus Antons Sicht viel zu schüchtern, um mehr als artig gestammelte Konversation zu treiben.

Seine Grübeleien ließen ihn fast vergessen, wo er sich aufhielt und wie viele Umstände es gekostet hatte, an diesen Ort zu gelangen. Wie ferngesteuert schlenderte er die gewundenen Treppen auf und ab, schaute in jedem Stockwerk in alle Himmelsrichtungen aus den Fenstern hinaus auf das Meer. Gedankenverloren betrachtete er die museale Einrichtung der runden Räume, die trotz der kaum isolierten Stahlwände eine erstaunliche Behaglichkeit verströmten. Noch einmal erklomm er die letzte Wendeltreppe hinauf ins Laternenhaus. Von dort führte eine schmale Tür auf die Galerie. Anton trat in den ewigen Wind hinaus.

Dort stand sie. Allein. Mit ihren zartgliedrigen Händen umklammerte sie das niedrige Geländer. Wie gebannt blickte sie auf einen weit entfernten Punkt am Horizont.

*Jetzt oder nie*. Anton konnte sein Glück kaum fassen. Mit mühsam gezügelten Schritten ging er auf sie zu.

»Beeindruckend, nicht wahr?« Sofort ärgerte er sich, dass ihm keine intelligentere Ansprache eingefallen war.

Sie benötigte einen Atemzug, um zu begreifen, dass sie gemeint war.

»Ja. Es ist einfach atemberaubend«, entgegnete sie. Ihre Stimme klang verblüffend tief und melodisch.

»Dieser Leuchtturm ist wirklich etwas ganz Besonderes. Gott sei's gedankt, dass man ihn vor dem Verfall gerettet hat«, plapperte er weiter.

»Als Kind habe ich Postkarten gesammelt, auf denen er abgebildet ist.« Etwa eine Sekunde lang überwand sie ihre Schüchternheit und sah ihm direkt in die Augen.

Dies war der Moment, in dem er dieser Frau hoffnungslos verfiel. Im strahlenden Grün ihrer Iris schimmerte eine unstillbare Sehnsucht nach Freiheit, gepaart mit einer unvorstellbaren Angst, auch nur den ersten Schritt aus ihrem Schneckenhaus zu wagen. Dieser eine Blick löste in Anton den unbändigen Wunsch aus, sie vor allem Übel dieser Welt zu beschützen, koste es, was es wolle.

»Jede Nacht vor dem Einschlafen habe ich mir vorgestellt, wie es wohl wäre, hier zu wohnen. Ganz allein, mitten auf See«, sagte sie versonnen. Plötzlich senkte sie beschämt die Lider. »Bitte entschuldigen Sie, ich rede kindisches Zeugs.«

»Nein, überhaupt nicht«, entgegnete Anton schnell. »Mein Urgroßvater hat hier als Leuchtturmwärter gearbeitet. Die Männer haben wochenlang auf dem Turm gewohnt, bis die Ablösung kam. Ich habe alte Briefe auf dem Dachboden meines Elternhauses gefunden, die er während seiner Dienstzeiten an die Familie geschrieben hat. Seither habe ich mir gewünscht, eines Tages hierherkommen zu können.«

»Und jetzt sind wir beide hier«, sagte sie.

Mit diesem einen Satz versicherte sie Anton, dass sie dasselbe fühlte wie er. Es war kein Zufall, dass sie sich ausgerechnet hier begegneten. Es war ihre Bestimmung.

»Wie ich sehe, haben Sie meine Verlobte gut unterhalten«, sagte eine strenge Stimme aus dem Off.

Anton drehte sich um. Der dunkelhaarige Typ stand so dicht vor ihm, dass er seinen Atem im Gesicht spürte. Instinktiv trat Anton einen Schritt zurück.

»Robert, da bist du ja.« Sie lächelte ihm gehorsam entgegen. Eher pflichtschuldig ließ sie es zu, dass er einen Arm um ihre schmalen Schultern legte.

Der Bann war gebrochen. Dennoch bereitete es Anton Übelkeit zu sehen, wie der Macho seine Besitzansprüche zur Schau stellte. Außerdem verriet jede ihrer Regungen, wie unglücklich sie in diesem Augenblick war. Anton verspürte den intensiven Drang, den Mistkerl einfach über die Reling ins Meer zu stoßen.

Noch viele Jahre später wünschte er sich, er hätte es damals tatsächlich getan.

# 1

Der Seewind frischte böig auf. Auf den dunklen Wellen tanzten weiße Schaumkronen, die, von der Mittagssonne angestrahlt, einen wildromantischen Anblick boten. Vor mehr als zwei Stunden hatte die »Oland« in Bremerhaven abgelegt. Seither kämpfte sich der alte Tonnenleger tapfer die Weser hinunter. Jetzt folgte er dem Fahrwasser in die Deutsche Bucht hinaus. Linker Hand war mit bloßem Auge der weiße Sandstrand der Insel Wangerooge zu erkennen. Unmittelbar vor ihnen lag das Tor zur offenen Nordsee.

»Ist er das?«, fragte Lisa. Dabei deutete sie auf einen Strich am Horizont, der aus dieser Entfernung alles Mögliche sein konnte.

»Ja.« Hardy, Schiffseigentümer und Reiseleiter ihrer kleinen Ausflugsgruppe, reichte ihr sein Fernglas. »In zwanzig bis dreißig Minuten werden wir anlegen. Wenn alles glattläuft.«

»Was soll denn jetzt noch schiefgehen?«, mischte sich Karla ein.

Diese spezielle Mischung aus Hohn und Missmut erinnerte Lisa unwillkürlich an Robert, ihren verstorbenen Ehemann. Robert und Karla waren sich als Geschwister in vielen Dingen ähnlich gewesen. Insbesondere ihr Tonfall hatte in gewissen Situationen nahezu identisch geklungen. Vor allem wenn Unwägbarkeiten auftauchten, die sich nicht durch eigene Kraft ausbügeln ließen.

»Die Gezeitenströmungen sind in der Nähe des Leuchtturms unberechenbar«, erklärte Hardy. »Es ist schon vorgekommen, dass wir kaum Seegang hatten und unseren Kahn trotzdem nicht dicht genug an die Dalben heranbringen konnten.«

»Ich dachte, wir fahren mit diesem Seelenverkäufer, weil der Schiffstyp derartige Manöver beherrscht«, beharrte Karla.

Lisa unterdrückte ein Seufzen. Zuweilen ging ihr die ewige Besserwisserei ihrer Schwägerin nicht nur auf die Nerven, sondern war geradezu peinlich.

»Manchmal sind unsere Motoren der Nordsee schlicht unterlegen«, erklärte Hardy mit unerschütterlicher Geduld. Lisa dankte Gott im Stillen, dass er kein Typ war, der sich leicht provozieren ließ.

»Dann hoffen wir also einfach das Beste«, entgegnete Karla und ließ bewusst offen, was sie für *das Beste* hielt. »Warum stellt man einen Leuchtturm überhaupt mitten in die See, zwanzig Kilometer entfernt von der Küste?«, fragte sie stattdessen.

»Er markiert eine Sandbank, die selbst bei Ebbe noch unter Wasser liegt«, erklärte Hardy. »In Zeiten der Hanse, als die Koggen in Richtung Elbe- und Wesermündung segelten, mussten die Seemänner die Wassertiefen in der Deutschen Bucht ausloten, um nicht auf Grund zu laufen. Mit dem Aufkommen der Dampfschifffahrt wurde es ziemlich schnell ziemlich eng hier draußen. Deshalb beschloss die Hafendirektion zu Bremerhaven Ende des 19. Jahrhunderts, auf dem Roten Sand einen Offshore-Leuchtturm zu errichten. 1885 war das eine echte Pionierleistung.«

Karla zeigte sich in keiner Weise beeindruckt.

»Hey, Sportsfreund!«, rief Hardy unvermittelt aus.

Lisa folgte seinem Blick zu Leon hinüber. Der Junge hatte offenbar etwas Spannendes unter der Meeresoberfläche erspäht und beugte sich so weit vor, wie es die niedrige Reling zuließ. In drei großen Schritten war Hardy neben ihm, bereit, notfalls blitzschnell zu reagieren.

»Das lass mal lieber bleiben! Niemand sollte sich so weit hinauslehnen!« Er legte seine von Wind und Wetter gegerbte Pranke auf Leons Schulter und zog ihn mit sanfter Gewalt zurück. »Ich meine es ernst! Falls du über Bord fällst, bist du außer Sichtweite getrieben, bevor unser Kapitän die Maschinen stoppen kann.«

»Da war eine Seeschlange«, intervenierte Leon. Ungeachtet seiner Brille, die bereits eine bedenkliche Schieflage eingenommen hatte, beugte er sich abermals über die weiße Schiffsbrüstung.

»Verdammt, Leon! Würdest du bitte tun, was der Mann

sagt!« Karla eilte zu ihm, die dezent gebräunten Wangen vor Schreck eine Nuance blasser.

»Da war eine riesige, fette Schlange! Ehrlich, Mama!«, beteuerte Leon, mehr enthusiastisch als entschuldigend.

»Du bist wirklich zu alt für solch einen Unsinn.« Seine Mutter schaute zerknirscht zu Hardy empor, den die Phantasie des Jungen eher zu amüsieren schien. »Normalerweise ist er ganz vernünftig«, beteuerte sie. »Er hat sich nur schon tagelang auf den Ausflug gefreut. Schätze, die Aufregung ist ihm ein wenig zu Kopf gestiegen.«

»Du meine Güte, jetzt sei doch nicht so streng mit ihm.« Wie so häufig fühlte sich Lisa genötigt, Leon beizuspringen. »Er ist doch erst neun. Außerdem wissen wir doch gar nicht, was er gesehen hat. Vielleicht –«

»Ganz genau, mein Sohn ist *neun Jahre alt*. Dass er sich wie ein Fünfjähriger benimmt, liegt nur daran, dass ihm seine Tante ständig Flausen in den Kopf setzt!« Wenn Karla wütend war, trat die Ähnlichkeit mit Robert ganz besonders zutage. Die ausgeprägten Stirnfalten, tintenblaue Augen, die sich an den Schläfen abwärts bogen, dazu blutleere, schmale Lippen. Das sehr kurz geschnittene schwarze Haar trug zusätzlich dazu bei, dass ihr Gesicht fast maskulin wirkte.

Lisa hatte derartige Situationen zu oft erlebt, um sich übermäßig zu ärgern. Was nicht bedeutete, dass sie auch nur annähernd Verständnis für ihre Schwägerin aufbrachte. Leon war ein äußerst intelligenter Bursche, der in seinem kurzen Leben schon mehr Bücher gelesen hatte, als die meisten Menschen bis zu ihrer Beerdigung schafften. Im Kopfrechnen legte er ein schier unglaubliches Tempo vor. Er liebte Brettspiele, für die er laut Altersangabe auf der Pappschachtel viel zu jung war; meistens gewann er gegen die Erwachsenen, ohne dass man ihm den üblichen Welpenschutz gewährte. Dass der Junge außerdem über ein lebhaftes Vorstellungsvermögen verfügte, machte ihn nicht automatisch zu einem Dummkopf. Lisa hielt es für herzlos, dass seine Mutter so allergisch darauf reagierte. Genau genommen passte Karla Dehnhardt so ziemlich gar nichts an ihrem Sohn, der offenkundig mehr nach seinem Vater schlug. Zwar war Leon recht groß für sein Alter, allerdings auch ein wenig pummelig, was seine Mutter in keiner Weise tolerierte. Natürlich schrieb sie es seiner Angewohnheit zu, die Nase lieber stundenlang in Abenteuerromanen zu vergraben, anstatt sich nach dem langen Stillsitzen in der Schule körperlich auszutoben. Karla selbst leitete als ausgebildete Sportlehrerin ein angesagtes Fitnessstudio. Sie belegte regelmäßig einen der ersten Plätze beim jährlichen Stadtmarathon und hielt Müßiggang für eine Vorstufe zum Tod. Sie verbuchte es als persönlichen Misserfolg, dass Leon sich hartnäckig an anderen Vorbildern orientierte. Am liebsten an seiner Tante Lisa.

»Aber ich *habe* etwas gesehen!«, beharrte Leon.

»Damals, vor über hundert Jahren, als der Leuchtturm noch in Betrieb und ständig bemannt war, erzählten sich die Wärter Geschichten über eine mächtige Seeschlange, die sich zuweilen in die Bucht verirrt«, sagte Hardy, um die allgemeine Spannung zu entschärfen. Obwohl das Intro nicht sehr geschickt anmutete. »Wenn dort draußen ein Orkan tobte und die Brecher meterhoch am Turm emporschlugen, tauchte sie aus den Fluten auf, spukhässlich, kopflos und schwärzer als die Nordsee bei Nacht. Doch sobald sich das Wetter wieder beruhigte, verschwand sie, als hätte es sie niemals gegeben.« Hardy sah Leon mit todernster Miene in die Augen. »Dreimal darfst du raten, was diese Schlange in Wirklichkeit war.« Offenbar verfügte er doch über ein gewisses pädagogisches Talent. »Na, irgendeine Idee?«

Leon biss sich auf die Unterlippe; Lisa konnte förmlich sehen, wie es in seinem Köpfchen arbeitete. Schließlich zuckte er resignierend mit den Schultern.

»Ein Seekabel, das vom Roten Sand zum Festland führte. Vor über einhundert Jahren hatte man schon versucht, den Turm darüber von Land aus mit Strom zu versorgen. Aber das verdammte Ding riss immer wieder entzwei. Was nichts anderes hieß, als dass es dann auf dem Leuchtturm finster blieb und die Schiffe keinerlei Orientierung mehr hatten. Deshalb gab man den Plan schnell wieder auf und betrieb das Leuchtfeuer wie zuvor mit Petroleum. Aber das nutzlose Stromkabel lag weiterhin auf dem Meeresgrund. Bei aufgewühlter See trieb es manchmal an die Oberfläche und war dem Spiel der Wellen ausgesetzt. An dunklen Sturmtagen ist es selbst für gestandene Männer nicht weiter schwierig, sich ein Meerungeheuer vorzustellen, das mit seinem Schweif durch die Fluten peitscht.«

Leon überlegte einen Moment, ob er dem Seemann mit der Schirmmütze und dem verschmitzten Lächeln Glauben schenken sollte. Dann öffnete er den Mund zu einer Antwort. Doch der skeptische Blick seiner Mutter brachte ihn sichtlich aus dem Konzept. Schließlich zuckte er erneut mit den Schultern und betrachtete einen dunklen Fleck auf den hölzernen Planken.

»Sieh dir das an!« Der Ruf kam von der anderen Seite des Decks, wo Moritz Dehnhardt die familiäre Szene aus sicherer Entfernung belauscht hatte. Jetzt nutzte er den günstigen Augenblick, um die Missstimmung zu beenden.

»Was ist denn?«, fragte Leon eher gelangweilt.

»Ein Wrack. Dort hinten auf der Sandbank!«

Glücklicherweise fand Leon die Sache spannend genug, um seinem Vater Gesellschaft zu leisten.

»Das gammelt dort schon seit Jahrzehnten vor sich hin«, erklärte Hardy an Lisa gewandt. »Die Untiefen machen die Nordsee zu einem der schwierigsten Gewässer überhaupt für die Schifffahrt. Trotzdem wird sie ständig unterschätzt. Erst letzte Woche wollte ein Sportsegler eine Abkürzung an den Seezeichen vorbei nehmen und saß prompt auf Grund. Musste die nächste Flut abwarten, um wieder genügend Wasser unter den Kiel zu bekommen.«

»Hätte es für ihn gefährlich werden können?«, fragte Lisa. Sie war knapp einhundert Kilometer von der Küste entfernt aufgewachsen, doch ihr Wissen über die Seefahrt war bestenfalls rudimentär.

»Das nicht«, antwortete Hardy. »Aber vielleicht war es ihm ein Denkzettel. Unter den Skippern gibt es immer wieder Schlauberger, die wohl glauben, dass wir all die Baken und Tonnen nur zum Spaß auslegen.«

Lisa nickte. Mit gewisser Erleichterung beobachtete sie Karla, die sich zu ihren beiden Männern gesellte. Deutlich entspannter legte sie ihren Arm um Leon, der es protestlos geschehen ließ.

»Stimmt das eigentlich? Die Geschichte mit den Kabeln?«, fragte Lisa. Aus unerfindlichen Gründen verspürte sie bei dem Gedanken daran noch immer eine leichte Gänsehaut.

»Von einigen dramaturgischen Wendungen abgesehen schon«, entgegnete Hardy, den Blick starr aufs Meer gerichtet. »Mit den Seekabeln ist es in diesen geringen Tiefen immer ein wenig problematisch. Manchmal werden sie von Schiffsankern oder Schleppnetzen beschädigt. Direkt am Leuchtturm entstehen regelmäßig Turbulenzen unter Wasser, die der Ummantelung zusetzen. Sobald die rissig wird, dringt Salzwasser ein, und das war's dann.«

»Das klingt ja nicht sonderlich vertrauenerweckend. Was ist mit dem Telefon auf dem Leuchtturm? Nicht auszudenken, dass jemand krank werden könnte und es nicht funktioniert.«

»Gleich nach der Restaurierung Ende der Neunziger wurden auf der Galerie des Turmes Solarzellen installiert«, erklärte Hardy. »Die Dinger liefern genügend Strom für eine Notbeleuchtung, das Telefon und natürlich für eure Handys. Sofern ihr die Ladekabel eingepackt habt, verliert ihr auf gar keinen Fall den Kontakt zur Außenwelt. Ganz oben habt ihr exzellenten Empfang und sogar WLAN, dem Funkmast auf Wangerooge sei Dank.« Hardy erlaubte sich ein breites Grinsen, das unregelmäßige, aber sehr weiße Zähne entblößte. Dann zwinkerte er Lisa zu. »Keine Angst, ich würde niemals zulassen, dass sich eine so schöne Frau in Gefahr begibt.«

Lisa versuchte, sein Lächeln zu erwidern, doch im selben Moment streifte eine salzige Windböe ihre Wangen und trieb ihr Tränen in die Augen. Sie blinzelte heftig. Gleichzeitig raffte sie ihre Strickjacke enger um die Schultern, um die eigentümliche Kälte zu vertreiben.

»Ich kann ihn sehen!«, rief Leon plötzlich. »Schau, Tante Lisa, da ist er!«

Sie drehte sich zum Bug des Schiffes und folgte dem Blick des Jungen. Tatsächlich war der Leuchtturm Roter Sand jetzt bis ins Detail zu erkennen. Der schwarze, etwas breitere Sockel, die abwechselnd rot und weiß gestrichenen Stockwerke aus geschweißtem und genietetem Stahl. Eine Kuppel, aufgesetzt wie ein Hütchen, beherbergte das mittlerweile erloschene Leuchtfeuer. Drei knallrote, runde Erker liefen gen Meeresspiegel spitz zu wie Trichter oder Bonbontüten. Einer von ihnen war ebenfalls gekrönt durch eine Kuppel. Der Balkon zog sich strahlend weiß um die Aufbauten herum. Zahlreiche Fenster zierten das gesamte Bauwerk und starrten den Besuchern aus schwarzen Pupillen entgegen. Wie etwas Lebendiges schien der Leuchtturm direkt aus dem Meeresboden gewachsen zu sein.

Das mulmige Gefühl wich augenblicklich einem faszinierten Herzklopfen. Von diesem historischen Seezeichen existierten unzählige Abbilder, die zwischen Nostalgie und Kitsch schwankten. Wer mit dem Ausflugsschiff von Bremerhaven nach Helgoland fuhr, konnte das Original aus der Ferne bestaunen. Direkt erreichte man es jedoch nur, wenn Wetter, Seegang, Strömungen und Tide perfekt zusammenspielten. Vorausgesetzt, man fand an jenem Tag ein Schiff, das Gäste mit hinausnahm.

Heute, einen Tag vor Lisas vierzigstem Geburtstag, schien ihnen die Nordsee hold zu sein.

Plötzlich spürte sie Leons kleine Hand in der ihren. Er hatte den Kopf in den Nacken gelegt und schaute mit offenem Mund an dem Turm empor, der sich an die dreißig Meter in den Himmel erhob. Karla stand eine Schrittlänge entfernt, die Stirn in tiefe, gekräuselte Falten gelegt. Moritz hielt sich wie so häufig im Hintergrund, die Hände tief in den Taschen seiner Cordhose vergraben.

Gerade begann der Kapitän, das robuste Arbeitsschiff längsseits der zwei mächtigen Dalben zu manövrieren, die vor dem Einstieg in den Meeresboden gerammt worden waren. Orangeroter Rost wand sich an den Pfeilern flechtenartig vom Hochwasserpegel abwärts. Darauf hatte sich ein grün-buntes Biotop aus Algen, Muscheln und Schnecken gebildet, das geduldig auf die stetig wiederkehrende Flut wartete. Derselbe Bewuchs bevölkerte den Sockel, der den gesamten Leuchtturm im sandigen Meeresgrund verankerte. Soeben ließ sich eine Möwe auf dem etwa einen Meter breiten Absatz nieder und beäugte die Ankömmlinge misstrauisch.

Hardy und der Schiffsjunge, an dessen Namen sich Lisa nicht erinnern konnte, hantierten nun mit langen Stangen, an deren Ende sich ein Haken befand. Diese dienten dazu, die Schlaufen am Ende der Schiffsleinen an den zinkenförmigen Auskerbungen der Dalben zu befestigen.

»Das wird so nichts!«, schrie Hardy zum Steuerhaus hinauf. Sein angeborener Frohsinn war einer äußerst konzentrierten Miene gewichen. »Wir müssen dichter ran!«

»Das sehe ich selbst! Was, glaubst du, versuche ich hier die ganze Zeit?« Der Kapitän, ein bärtiger Mittfünfziger, den Lisa während der dreistündigen Überfahrt kaum zu Gesicht bekommen hatte, stand am Außenruder und schwitzte. »Die Strömung reißt unserem Kahn den Arsch weg!«

Die Schiffsdiesel arbeiteten hörbar auf Hochtouren. In aufreizendem Zeitlupentempo schwenkte das Heck auf den gezackten Pfeiler zu, nur um sogleich von der Strömung unter dem Kiel wieder in die Gegenrichtung getrieben zu werden. Hardy hatte also mit keiner Silbe übertrieben. Das Anlegemanöver am Leuchtturm erforderte von der Mannschaft vollen Einsatz.

»Neuer Versuch!«, brüllte der Kapitän gegen den Motorenlärm an.

Was auch immer er jetzt tat, es schien zu funktionieren. Zentimeterweise bewegte sich das Schiff seitwärts. »Jetzt!«, schrie Hardy. Der Schiffsjunge reagierte sofort. Mit dem Hakenende der Stange stülpte er die Schlaufe über einen der Zinken. Das Heck war gefangen. »Jetzt!« Dieses Kommando kam von der Brücke und richtete sich an Hardy, der in perfektem Timing auch die Vorleine festmachte. Die Seemänner atmeten hörbar auf.

Mit routinierter Geschäftigkeit befestigten sie weitere Leinen. Dann wuchteten sie einen schmalen Steg vom Deck zur Turmleiter und arretierten ihn auf etwa halber Höhe zur Einstiegsluke. Zu beiden Seiten der provisorischen Gangway spannten sie ein Netz, das Lisas Mutmaßung nach eher psychologischen Nutzen versprach. Sollte tatsächlich jemand ins Stolpern geraten, hätte man besser einen Rettungsring griffbereit.

»Die hier müsst ihr anziehen, bevor ihr rübergeht. Ist so Vorschrift.« Hardy reichte jedem von ihnen eine Schwimmweste und erklärte, wie man sie anlegte.

»Ich gehe jetzt rauf und mache die Tür auf«, verkündete er, wieder ganz in seinem Element. »Dann könnt ihr nachkommen, aber bitte einzeln, immer nur eine Person auf dem Steg und der Leiter!«

Lisa verspürte ein völlig ungewohntes Kribbeln in der Magengegend, als sie beobachtete, wie er die eisernen Sprossen erklomm. Der Eingang zum Leuchtturm befand sich in etwa sechs Metern Höhe über dem Sockel. In dessen Mitte war eine Luke eingelassen, die mit einem Vorhängeschloss gesichert war. Hardy entfernte das Schloss, schlüpfte hindurch, entriegelte die Tür von innen und zog sie auf. »Na, dann mal hinein in die gute Stube!«, rief er zum Schiffsdeck hinunter. Er selbst blieb an der Schwelle stehen, um im Bedarfsfall Hilfestellung zu leisten.

»Nach dir.« Moritz vollführte eine Geste, die Lisa den Vortritt signalisierte. »Wir können dich keine Sekunde länger warten lassen.« Sein Lächeln wirkte warm und ehrlich. Lisa zweifelte nicht daran, dass sie dieses ausgefallene Geburtstagsgeschenk allein Moritz verdankte.

Sie umfasste den Handlauf des Stegs zu beiden Seiten, trat vorsichtig auf die Bretter und schritt mit klopfendem Herzen voran, den Blick starr auf Hardy gerichtet, der sich lächelnd aus der Tür lehnte. Auf diese Weise schaffte sie recht zügig die Hälfte des Weges. Bis ihr der dumme Fehler unterlief. Sie blieb stehen und starrte auf das schäumende Meer unter ihren Füßen. Etwa drei Meter trennten sie von den trügerisch plätschernden Wellen. Plötzlich bemerkte sie, wie der Boden unter ihren Füßen im selben Rhythmus schwankte wie das Schiff, das hinter ihr in unerreichbarer Ferne lag. Für einen kurzen Moment schaute sie über ihre Schulter zurück. Fast glaubte sie, Robert an Deck stehen zu sehen, die Arme vor der Brust verschränkt, die Stirn tadelnd in Falten gelegt, ein abschätziges Lächeln auf den Lippen.

*Na bitte, hab ich's dir nicht gesagt? Dieser Ausflug war von Anfang an totaler Schwachsinn! Am besten kehrst du um, bevor noch irgendein Unglück geschieht. Jetzt gleich!*

Seine Stimme hallte in Lisas Kopf wider, als hätte er die Worte hinausgeschrien. Dabei wusste sie hundertprozentig, *dass er überhaupt nicht da sein konnte*. Ihr Ehemann war tot und begraben. Es stand ihm nicht zu, sie zu schikanieren. Jetzt nicht mehr. Lisas Aufgabe bestand darin, ihm diese Macht zu versagen, ihm die Tür vor der Nase zuzuknallen, sobald er sich zu Wort meldete. Jedenfalls hatte ein ganzes Geschwader von Therapeuten versucht, sie davon zu überzeugen. Zuweilen klappte es sogar.

Lisa spürte, wie sich kleine Schweißperlen zwischen ihren Brüsten sammelten und langsam gen Bauchnabel rannen. Ihre Beinmuskeln schienen sich in eine gallertartige Masse verwandelt zu haben. Sie atmete stoßweise. Instinktiv kniff sie die Augen zusammen. Eine ziemlich bescheuerte Idee, wenn man bedachte, wo sie sich gerade befand.

»Gleich hast du es geschafft!«, drang Hardys Stimme in ihr Bewusstsein, fröhlich, aufmunternd. »Nur noch ein paar Schritte, da kann gar nichts mehr schiefgehen!«

*Genau. Mir wird überhaupt nichts passieren. Nicht hier, nicht heute und auch für den Rest des Wochenendes nicht. Diesen Scheißgefallen werde ich meinem Ehemann ganz bestimmt nicht tun. Er ist tot, tot, tot!*

Lisa richtete ihren Blick geradeaus. Und lächelte. Ihre Muskeln gaben den Protest auf. So souverän, dass es sie selbst überraschte, erreichte sie die Leiter, deren Sprossen die letzten Meter senkrecht zur Türschwelle hinaufführten.

*Einfach nur nach oben schauen. Es ist ein Kinderspiel, nichts anderes als die Sprossenwand in der Turnhalle. Du musst nur die Füße heben, einen nach dem anderen. Also halte dich einfach gut mit den Händen fest und steige endlich diese alberne Leiter hinauf!*

»Na bitte, leichtfüßig wie eine Ballerina!« Hardy ergriff ihre Hand und half ihr über eine mehrere Zentimeter hohe Stahlkante. »Willkommen an Bord!«

Sie hatte es geschafft. Lisa Holtkamp, neununddreißig Jahre alt, Buchhändlerin, glücklich verwitwet, stand wirklich und wahrhaftig im Innern des Leuchtturms Roter Sand, umgeben von nichts als Wasser, die Wesermündung im Süden, in nördliche Richtung die offene Nordsee.

»Leon, was ist mit dir? Bist du der Nächste?«, rief Hardy zum Schiff hinab. »Super! Rauf mit dir!«

Mit einem Anflug von Stolz schielte Lisa an dem breiten Rücken des Seebären vorbei, während der Junge ohne zu zögern Steg und Leiter überwand, als hätte er wochenlang dafür geübt. Nur gut, dass seine Mutter mit eigenen Augen beobachten konnte, wie mutig ihr Sohn in Wirklichkeit war. Sobald sie nur einmal aufhörte, an ihm herumzunörgeln. Er grinste von einem Ohr zum anderen, als er an Lisa vorbeihüpfte. Sie hielt ihm die offene Handfläche entgegen. Mit einem atemlosen »Ja!« schlug er ein.

Natürlich überwand Karla den Parcours in Rekordzeit. Etwas bedächtiger folgte Moritz.

»Wer zuletzt kommt, übernimmt am ersten Abend das Kochen!«, rief Hardy ihm entgegen. »Das ist auf dem Turm Tradition. Sie zu brechen bringt Unglück!«

»Warum hast du das nicht gleich gesagt?« Moritz lächelte leicht gequält. »Meine Frau wird lieber mit bloßen Händen einen Fisch fangen und ihn roh verspeisen, als meine Kochkünste zu ertragen. Kann die Sache mit dem Unglück nicht mal eine Ausnahme machen?«

»Schwer zu sagen.« Hardy grinste herausfordernd. »Du wärest der Erste, der es darauf ankommen lässt.«

Da war er wieder, der kalte Schauer. Unbarmherzig rann er

Lisas Rücken hinab und ließ ihr Lächeln zu einer Maske gefrieren. Dabei war Hardys Gefrotzel nichts weiter als albernes Seemannsgarn.

»Die Schwimmwesten könnt ihr jetzt ausziehen, wir bringen sie zurück auf das Schiff«, sagte Hardy nun sehr sachlich.

Nachdem sich Lisa umständlich aus den Riemen geschält hatte, sah sie sich im »Erdgeschoss« des Turms um. Offenkundig nutzte man es heute nur noch als Lagerraum. Ein notdürftig geordnetes Sammelsurium an Seilen, Werkzeugen, Schläuchen, antiquierten Gerätschaften und Putzutensilien verteilte sich über die gesamte Ebene. Links neben dem Einstieg ragte ein rechteckiger Wassertank in die Höhe, daneben standen einige Propangasflaschen.

»Gleich hier drüben befindet sich der *Wellnessbereich.*« Hardy sprach Letzteres betont breit und norddeutsch aus. Dabei wies er auf eine Tür, die Lisa noch nicht bemerkt hatte. Dahinter verbarg sich eine winzige Nasszelle mit einer relativ modernen Toilette, einem Waschbecken und einem nackten Spiegel. Der Duschkopf war unmittelbar über dem Abfluss in die Decke eingelassen. Ein Vorhang fehlte völlig.

»Vor einigen Jahren haben wir eine Gastherme installiert. Ihr könnt also sogar warm duschen, wenn ihr wollt«, sagte Hardy, als stelle dies einen außergewöhnlichen Luxus dar.

Moritz, der Lisa über die Schulter sah, pfiff durch die Zähne. Karla schob ihn beiseite und stieß ein leicht verzweifeltes Stöhnen aus.

»Die Jungs werden gleich euer Gepäck und den Proviant heraufbringen. Wenn die Herrschaften mir bitte folgen wollen, zeige ich euch die Gemächer. Aber als Erstes sollten wir ganz nach oben gehen. Der Ausblick von der Galerie wird euch auf der Stelle für alles entschädigen, das vielleicht unbequem erscheinen mag.« Hardy machte eine einladende Geste, ging dann aber selbst voraus.

Eiserne Treppenstufen führten auf die nächsthöhere Ebene, die als Schlafraum diente. Neun Kojen, drei mal drei übereinander, waren perfekt in das Rund des Turms eingepasst. Geblümte Vorhänge sorgten für ein Mindestmaß an Privatsphäre. Zwischen zwei Bullaugen standen schmale, hohe Schränke, in denen sich zumindest die Rucksäcke und Taschen verstauen ließen.

»Kommt schon, hier können wir uns später umsehen.« Die Aufforderung stammte von Moritz, der gerade seine persönliche Faszination für diesen Ort zu entdecken schien. Lächelnd tat er so, als würde er eine kleine Schafherde vor sich hertreiben.

Leon ließ sich nicht lange bitten und rannte voraus, eine ausgetretene Holztreppe hinauf, die sich an der inneren Außenwand des Turms emporwand. Sie durchquerten die Küche, die Lisa unweigerlich an die Puppenstube ihrer Großmutter erinnerte, und stiegen weiter hinauf in den ehemaligen Dienstraum, in dem sich Relikte aus verschiedenen Epochen des fast einhundertjährigen Betriebes wiederfanden. Drei Runderker stülpten sich wie riesige Beulen nach außen. In einem davon führte die letzte, sehr enge Wendeltreppe hinauf zur Spitze. Der Treppenabsatz endete genau zwischen den beiden rundherum verglasten Aufbauten, in denen sich die ehemaligen Leuchtfeuer befanden. Leon huschte nach links in das größere Laternenhaus. Staunend schaute er an dem riesigen optischen Apparat empor, der aussah wie eine Mischung aus Glühlampe und Bienenkorb. Mit einem Finger strich er über die gläsernen Lamellen, die der optimalen Streuung des Lichts dienten. Dabei hinterließ er einen hellen Strich auf der angesammelten Staubschicht.

»Himmel, musst du immer gleich alles anfassen?«, zischte Karla, die sich gerade an Lisa vorbeischob.

»Kann man das Licht eigentlich wieder einschalten?«, fragte Leon ungerührt.

»Nein«, entgegnete sein Vater und warf Karla einen fast schon flehenden Blick zu. »Es gibt keine Stromquelle mehr, die stark genug wäre.«

»Warum ist es überhaupt aus? Wenn das hier doch ein Leuchtturm ist.«

»Die großen Schiffe müssen inzwischen eine andere Route nehmen«, erklärte Moritz. »Vor einhundert Jahren verlief die

Fahrrinne ganz in der Nähe. Im Laufe der Jahrzehnte haben die Meeresströmungen sie verschoben. Deshalb musste man in den sechziger Jahren einen neuen Leuchtturm bauen. Man kann ihn von hier aus sehen.«

»Hm. Aber was würde passieren, wenn wir das Licht *doch* wieder in Gang bringen könnten?« Was auch immer in Leons Kopf vorging, umfasste offenbar eine komplexere Theorie.

»Dann würden eine Menge Seefahrer vermutlich ein ziemlich dummes Gesicht machen.« Moritz tätschelte den Kopf seines Sohnes, ohne Karla dabei aus den Augen zu lassen.

»Ist das nicht toll«, versuchte er die allgemeine Stimmung in Schwung zu bringen, »hier oben können wir heute Abend alle gemeinsam sitzen und auf Lisas Geburtstag anstoßen, was haltet ihr davon?« Er ließ sich auf einer Holzbank nieder, die an der Fensterseite um den ganzen Raum herumführte, und grinste demonstrativ in die Runde.

Lisa bemühte sich um ein Lächeln, doch ihr Blick wanderte an Moritz vorbei zum Fenster hinaus. Dort, auf der anderen Seite der Scheibe, erblickte sie Hardy. Mit einer unverkennbaren Geste forderte der Seemann sie auf, endlich zu ihm nach draußen zu kommen.

Sie kehrte den anderen dreien den Rücken und schlüpfte durch eine schmale Eisentür hinaus auf den Balkon, der um den gesamten Turm herumführte, unterbrochen nur durch den Erkeraufbau, der das Nebenfeuer beherbergte. Dort, wo sich unter ihren Füßen die beiden anderen Erker befanden, stülpte sich die Galerie halbkreisförmig nach außen. In einer der Buchten stand Hardy. Er breitete einladend den Arm aus.

»Was ist los mit dir, mien Deern?«, sagte er ernst, als sie unmittelbar neben ihm stand. »Du siehst aus, als wäre dir eine Laus über die Leber gelaufen.«

»Nein«, entgegnete sie schnell, »alles gut. Ich musste nur gerade an jemanden denken, den ich schon sehr lange nicht mehr gesehen habe.«

»Keine sehr schöne Erinnerung, nehme ich an«, hakte Hardy nach. Seine Skepsis schien noch gewachsen zu sein.

»Die beste, die ich habe.« Als sie es aussprach, wurde ihr bewusst, dass es die reine Wahrheit war.

»Du warst schon einmal hier, habe ich recht?«, fragte er.

»Tante Lisa!«, rief Leon und befreite sie so von einer Antwort.

Mit apfelroten Wangen rannte er auf sie zu und lehnte sich glücklich an ihre Hüften. Lächelnd legte sie einen Arm um seine Schultern. Für einen glücklichen Moment schauten sie gemeinsam auf die kabbelige See hinaus. Über ihr prahlte der Sommer mit vereinzelten Schäfchenwolken, die gemächlich über einen strahlend blauen Himmel zogen. Mit geschlossenen Augen sog Lisa die salzige Brise tief in ihre Lungen. Das erste Mal in ihrem Leben verspürte sie einen Hauch von Freiheit.

*Alles wird gut. Von jetzt an wird alles gut.*

»Da ist ja noch eine Leiter!«, rief Leon plötzlich aus.

Irritiert sah Lisa auf. Der Junge beugte sich immer weiter vor, bis er in einem bedenklichen Winkel über der Reling hing.

»Ja, richtig«, bestätigte Hardy. Mit einem großen Schritt war er bei Leon und zog ihn energisch ein Stück zurück. »Habt ihr beim Hereinkommen die zweite Tür bemerkt, direkt gegenüber von unserem Einstieg?«, nahm er den Faden wieder auf, als sei nichts geschehen.

»Sie ist verriegelt und mit allerlei Kram verstellt«, sagte Lisa.

»Ganz genau. Denn heutzutage fahren wir den Turm von der Westseite nicht mehr an«, erklärte Hardy. »Früher musste man sich bei der Ablösung der Mannschaft nach dem Wind richten. Blies er aus Osten, was weniger häufig vorkommt, legte man auf der Westseite an. Die meiste Zeit über haben wir hier westliche Winde. Deshalb nutzen wir den östlichen Eingang, also immer die windabgewandte Seite. Oder, wie die Seefahrer sagen: Man nähert sich dem Turm immer von der Leeseite.«

»Und was macht ihr bei Ostwind?«, fragte Leon.

»Da sitzen wir zu Hause am Kamin und trinken einen steifen Grog.« Hardy fuhr dem Jungen mit seiner braun gebrannten Hand durchs stoppelige Haar.

»Kannst du nicht bei uns bleiben, solange wir hier sind?«,

fragte Leon unvermittelt. »Du könntest uns bestimmt viele Geschichten erzählen, die hier passiert sind, als die Leuchtturmwärter hier noch gewohnt haben.«

»Tut mir leid, aber das geht nicht«, entgegnete Hardy. Er gab sich Mühe, amüsiert zu klingen, wirkte jedoch eher ein wenig besorgt.

Lisa lächelte, so gut sie konnte. Am liebsten hätte sie Leons Bitte bekräftigt. Was natürlich totaler Unsinn war. Der Tonnenleger würde in Kürze mitsamt seiner Mannschaft nach Bremerhaven heimkehren, bis er die Gäste schon übermorgen wieder abholen käme. Lisa hatte die letzten zwanzig Jahre mit Warten verbracht. Was waren dagegen zwei lächerliche Tage?

»Für mich wird es höchste Zeit zum Aufbruch.« Hardy richtete seine Augen auf Karla und Moritz, die soeben auf die Galerie hinausgetreten waren. »Eure Taschen stehen im Schlafraum. Am besten schaut ihr nach, ob alles da ist. Wenn wir erst auf dem Rückweg sind, werden wir nicht umkehren.«

»Komm, Schatz, gehen wir«, forderte Karla ihren Sohn auf.

Widerwillig folgte Leon seinen Eltern hinein.

Lisa setzte sich ebenfalls in Bewegung, verharrte jedoch, als sie Hardys Hand auf ihrer Schulter spürte.

»Alles in Ordnung?« Er betrachtete sie mit nachdenklicher Miene. »Bist reichlich blass um die Nase, mien Deern. Falls du dich krank fühlst, wäre jetzt ein guter Zeitpunkt, es zu sagen. Noch können wir dich mit zurück an Land nehmen.«

»Nein«, entgegnete sie eine Spur zu heftig. »Es geht mir gut. Wirklich.« Sie lächelte noch immer. Doch ein Blick in Hardys Gesicht verriet, dass er sich davon nicht beeindrucken ließ.

Er setzte zu einer Antwort an, schluckte diese jedoch hinunter und zuckte stattdessen mit den mächtigen Schultern. »Wie du meinst. Es ist deine Entscheidung.« Mit diesen Worten stieg er die steile Wendeltreppe hinab.

Lisa schaute wieder auf das Meer hinaus, wo der Wind blasse Wolkenschatten vor sich hertrieb. Bald, sehr bald würde sie *ihn* wiedersehen, genau hier, wo alles begonnen hatte. Vor einer Ewigkeit.

Das Dröhnen des Schiffshorns riss sie aus ihren Gedanken. So schnell sie konnte, lief sie die steilen Treppen hinab bis in den Lagerraum. Als sie dort ankam, stand Hardy bereits auf der Außenleiter; sein breiter Oberkörper ragte nur noch bis zur Brust über die Schwelle.

»Und nicht vergessen«, mahnte er, »Sonntag, um sechs Uhr morgens, erwarte ich euren Anruf. Dann weiß ich, ob wir euch wie vereinbart abholen können, ob wir es versuchen oder gar nicht erst losfahren werden.« Hardy schaute noch einmal in die Runde. Als er bei Lisa angekommen war, trafen sich ihre Blicke. Wie durch Telepathie hallten seine Worte in ihrem Kopf wider. *Noch können wir dich mit zurück an Land nehmen!* Sie zögerte einen Atemzug lang. Dann deutete sie ein Kopfschütteln an, das nur Hardy allein bemerkte.

»Sonntagmorgen, sechs Uhr. Wir werden uns pünktlich melden«, sagte sie mit fester Stimme.

Als Antwort hob er die Hand. Dann verschwand auch seine Schirmmütze unter der Türkante.

Lisa trat einen Schritt vor und beobachtete, wie zwei Männer den Steg einholten. Unmittelbar unter ihr führten die eisernen Sprossen fast senkrecht bis zum Sockel hinab, den die Wellen inzwischen vollständig überspülten. Die Flut hatte eingesetzt. Der alte Tonnenleger würde sich auf der Heimfahrt den Schub des auflaufenden Wassers zunutze machen, um möglichst zügig voranzukommen.

Einer der Männer nahm eine Hakenstange zur Hand und löste die Achterleine vom Dalben. Irgendein Gebrüll scholl vom Außenruder zum Heck. Es klang ein wenig wie »Noch nicht!«, untermalt von verständnislosen Gesten, was nach Lisas Meinung jedoch keinen Sinn ergab. Bis sie erkannte, dass der Tonnenleger plötzlich ein mächtiges Problem hatte. Denn die Strömung ließ das freie Heck bereits vom Anlegeplatz fortdriften. Dadurch zerrte es mit aller Kraft an der Vorleine, die den Bug nach wie vor an einem der Dalben gefangen hielt. Inzwischen spannte sich die Leine so straff, dass es dem Decksmann unmöglich war, die Schlaufe über die zinkenförmige Kerbe des Dalbens zu heben.

Die Diesel röhrten erbarmungswürdig. Endlich gelang es dem Kapitän, das Schiff quälend langsam auf den Turm zuzusteuern, nur einen Meter, vielleicht waren es sogar zwei. Doch nur eine Sekunde reichte aus, um ihm die gewonnene Strecke wieder zu nehmen. Zu schnell für den Decksmann.

»Verfluchte Scheiße!«, schrie er aus Leibeskräften.

Es schien, als zerre ein überdimensionaler, kosmischer Magnet das Schiff mit aller Macht vom Roten Sand fort. Die Männer an Deck konnten nichts weiter ausrichten. Noch einmal röhrten die Schiffsdiesel auf; schwarzer Qualm stieg aus dem Schornstein. Wieder erscholl ein Kapitänskommando von der Brücke. Unmittelbar darauf war niemand mehr an Deck des Schiffes zu sehen.

Lisa hielt unwillkürlich den Atem an, als ihr klar wurde, was der Kapitän nun vorhatte. Statt weiterhin vorwärts gegen die Strömung zu kämpfen, machte er sich die Naturgewalten zunutze und steuerte das Schiff in die entgegengesetzte Richtung. Die ohnehin schon überspannte Leine hielt dem Manöver nicht lange stand. Ein finaler Ruck überstieg ihre Sollbruchlast, etwa eine Armlänge vom Dalben entfernt riss sie entzwei. Mit einem irrsinnigen Peitschenschlag schnellte das lange Ende zurück über das Schiffsdeck. Der Tonnenleger war frei. Mit trägem Schwung driftete er der weit entfernten Küste entgegen.

Hardy trat aus dem Steuerhaus und winkte Lisa ein letztes Mal zu. Dann nahm die »Oland« Kurs auf den Heimathafen. Drei Erwachsene und ein neunjähriger Junge blieben allein auf dem Leuchtturm zurück.

# 2

Wie gebannt starrte Hauptkommissar Anton Hayen durch das Fernglas. Ungefähr einmal pro Woche kamen sie auf Küstenstreife in die Nähe des Leuchtturms Roter Sand. Anton konnte jede Einzelheit seiner markanten Architektur mit verbundenen Augen zeichnen. Aber heute schien ihm das historische Seezeichen irgendwie verändert.

»Was gibt es dort zu sehen?« Dorothea Raubach trat neben ihn an die Reling. Ein leicht blumiger Duft streifte Antons Nase. Es war ihm ein Rätsel, wie sie es fertigbrachte, nach einem Vierundzwanzig-Stunden-Dienst auf See so verdammt gut zu riechen.

»Es sind Leute auf dem Leuchtturm«, sagte er.

Jetzt sah er sie ganz deutlich, eine zierliche Person, die sich über die Brüstung der Galerie beugte. Die Abendsonne ließ ihr Haar feuerrot aufleuchten. Für einen kurzen Moment war sich Anton vollkommen sicher, dass er die Frau kannte. Ohne dass er etwas dagegen tun konnte, blitzten ungeordnete Bilder durch sein Gedächtnis, Erinnerungen an einen längst vergangenen Tag in einem anderen Leben.

»Es liegt kein Schiff an den Dalben«, riss Dorothea ihn aus seinen Gedanken.

»Es könnten Gäste sein, die dort übernachten«, überlegte Anton laut.

Dorotheas Hand streifte die seine, als sie ihm das Fernglas abnahm und hindurchschaute. Ihr Scheitel reichte ihm gerade bis zur Schulter. Einige haselnussbraune Haarsträhnen, die sich aus dem strengen Knoten im Nacken gelöst hatten, flatterten im Wind.

»Ich kann niemanden erkennen.« Wie zufällig rückte sie noch ein Stückchen näher an ihn heran. »Schätze, du hast dich getäuscht.« Sie ließ das Fernglas sinken, machte jedoch keine Anstalten, es ihm zurückzugeben. »Im Ernst, es gibt keine Gästefahrten mehr zum Roten Sand.«

»Und das weißt du so genau, weil …?«

»Es stand in der Zeitung. Also in diesem lokalen Anzeigenblatt, das überall kostenfrei verteilt wird.«

Er bedachte sie mit einem skeptischen Seitenblick.

»Was denn? Ich war beim Zahnarzt. Wenn ich im Wartezimmer sitze, bin ich viel zu nervös für inhaltsschwere Lektüre.«

»Sicher.« Es war nicht der Mühe wert, sich mit Dorothea Raubach wegen dieser Geschichte anzulegen. Unnachgiebigkeit war ihr zweiter Vorname.

»Ich kann dir den Artikel gern besorgen, wenn du willst«, fuhr sie unnötigerweise fort. »Es ist dem Touristikbüro einfach zu aufwendig, da sie nie genau wissen, ob das Schiff am geplanten Tag da draußen anlegen kann oder nicht. Die Gäste werden sauer, wenn der Kapitän einfach wieder umkehrt, ohne dass sie den Leuchtturm von innen sehen konnten. Was nicht so verwunderlich ist, denn genau deshalb haben sie diese Tour ja gebucht.«

»Schon gut!« Anton hob beschwichtigend die Hand.

Die von Dorothea beschriebene Problematik war so alt wie der Leuchtturm selbst. Aus Antons Sicht war es von Anfang an eine Schnapsidee gewesen, auf den Leuchtturm Roter Sand als touristisches Highlight zu setzen. Es sollte ihn also nicht verwundern, dass der Veranstalter endlich zu demselben Schluss gelangt war. Trotzdem wusste Anton, was er gesehen hatte, ob es Dorothea nun passte oder nicht.

»Wann, glaubst du, werden die dort fertig sein?« Sie schaute nun demonstrativ in die Gegenrichtung, wo bizarre Arbeitsplattformen aus dem Wasser ragten. Um diese herum war innerhalb weniger Wochen ein ganzes Feld aus neongelben Stahlrohren entstanden, die stetig in die Höhe wuchsen. Die ersten Spezialschiffe mit gigantischen Rotorblättern an Bord fanden sich auf der Baustelle ein. Hier entstand ein weiterer Offshore-Windpark, der den unbändigen Energiehunger der Menschen bedienen sollte.

Anton zog die Augenbrauen zusammen und gab einen missbilligenden Laut von sich. Der gesamte Bauboom auf See war ihm unheimlich. Es erschien ihm wie die Entweihung eines Elements, das den Menschen von Natur aus feindlich gesinnt war. Dass es den immensen Schiffsverkehr duldete, war eine Sache. Aber nun auch mit Hilfe monströser Maschinen in den Meeresgrund einzudringen, mutete ihm übergriffig, arrogant und … unnatürlich an.

»Mir gefällt das alles auch nicht«, sagte Dorothea, als hätte sie seine Gedanken gelesen. »Aber irgendeinen Preis müssen wir in jedem Fall zahlen. Und die Windräder verstrahlen zumindest nicht den Planeten, falls ein Erdbeben sie zu Fall bringen sollte.«

»Ja, da hast du wohl recht«, murmelte er. Dabei widerstand er nur mühsam dem Drang, erneut auf den Roten Sand zu starren. Was auch immer die Leute dort trieben, auf dem Turm waren sie vollkommen sicher; nichts und niemand konnte ihnen dort draußen etwas anhaben.

Wie auf Kommando schwenkte das Küstenboot in westliche Richtung, legte einige Knoten zu und nahm Kurs auf Cuxhaven. Der Rote Sand verschwand rasch außer Sichtweite. Anton schickte sich an, seinem Bootssteuerer auf der Brücke Gesellschaft zu leisten, als er eine warme Hand auf seinem Unterarm spürte.

»Hast du heute Abend schon etwas vor?«, fragte Dorothea aus heiterem Himmel. Schnell stützte sie sich wieder auf die Reling und blickte in die Ferne.

»Ich habe eine Verabredung«, entgegnete Anton, wohl wissend, wie dämlich es sich anhören musste. Dabei war es nicht einmal gelogen. Denn anstatt sich am Wochenende die freundlichen Ausflüchte seiner verheirateten Kumpels anzuhören, war er dazu übergegangen, sich mit sich selbst zu verabreden. *Me, myself and I*, ein flotter Dreier, der über jegliche Enttäuschung erhaben war. Er würde die letzten Sonnenstrahlen mit einem guten Buch in der Hand auf einem Liegestuhl im Hinterhof genießen. Wenn die abendliche Kühle die Stadt erreichte, würde er in seinen Fernsehsessel umsiedeln, um einige Folgen »Game of Thrones« anzuschauen. Dazu noch ein Gläschen Scotch, und das Wochenende wäre sein Freund.

»Was ist mit dir, fährst du nach Bremen?«, fragte er pflichtschuldig.

»Ja. Das heißt: nein. Ich hatte es vor, aber es ist etwas dazwischengekommen.« Sie vermied es beharrlich, ihn anzusehen, was per se schon verdächtig war.

Normalerweise beeindruckte Dorothea Raubach die Männerwelt vor allem durch ihre überaus direkte Art, Fragen zu stellen, Antworten zu geben und Herausforderungen zu parieren. Frauen tendierten dazu, in ihrer Gegenwart den Mund zu halten, vermutlich aus Angst, etwas vergleichsweise Dummes zu sagen. Ein Umstand, der ihr nicht allzu viele Freundinnen bescherte. Aber auch das war ganz sicher nicht Antons Bier. Schließlich war er weder weiblich noch als Mann ihr Typ, so viel war mal sicher. Also warum konnte er es sich nicht einfach verkneifen, nachzuhaken?

»Okay, raus mit der Sprache: Was genau ist dein Problem?«

Sie drehte sich zögerlich zu ihm um. Ihr Blick verharrte jedoch auf Höhe seines Kehlkopfes. »Es ist mir ziemlich peinlich, aber …«

»Jaaa?«

»Ich weiß nicht, wo ich heute Nacht schlafen soll.«

»Wie bitte?« Ein echter Kerl hätte sicherlich mit einer deutlich schlagfertigeren Antwort gekontert. Doch was das Frauen-Thema anbelangte, war Anton viel zu lange aus der Übung.

»Die Sache ist die«, sie trat von einem Fuß auf den anderen, bevor sie es endlich schaffte, ihm ins Gesicht zu schauen. »Sandra will mich unbedingt loswerden. Das heißt, ihr Verlobter wird bei ihr einziehen, und die Mieterin«, sie deutete mit einer übertriebenen Geste auf sich, »muss weichen.«

»Und das ist ihr wann genau eingefallen?« Im Augenblick tendierte Anton dazu, ihrem Dilemma die komische Seite abzugewinnen. Er kannte Dorothea seit exakt zwölf Monaten und fünf Tagen. Bis heute war es ihm ein unergründliches Rätsel geblieben, warum eine intelligente, siebenunddreißigjährige Kommissarin das Gästezimmer im Haus ihrer Schwester bewohnte.

»Na ja, wir haben an Silvester das erste Mal darüber gesprochen«, gab Dorothea zu.

»Ach so.« Er erinnerte sich dunkel daran, dass sie fast den gesamten Januar über extrem miese Laune geschoben hatte. Allerdings war das mittlerweile ein halbes Jahr her. »Soweit ich weiß, gehört das Haus deiner Schwester, oder?«

»Schon, aber –«

»Und ihr seid nicht gerade ein Herz und eine Seele. Bitte korrigiere mich, wenn ich falschliege.«

»Nein, du hast ja recht. Ich hasse es bloß, allein zu wohnen. Wie hältst du das nur aus?«

»Langjähriges Training, würde ich sagen.« In Wirklichkeit schätzte er es sehr, sein eigener Herr zu sein. Zwar beschränkte sich seine WG-Erfahrung auf die Ausbildungszeit in Hamburg, war für seinen Geschmack jedoch vollkommen ausreichend. Vielleicht würde er es mit der richtigen Frau an seiner Seite noch einmal wagen. Aber solange sich diese gut versteckt hielt, genoss er die himmlische Ruhe, sobald er sein Haus betrat.

»Und du kannst nicht bei deinem Freund unterkommen, weil …?«

»Genau genommen ist er der Kern des Problems.« Sie trat einen Schritt vor und lehnte sich mit dem Rücken an die Seitenwand des Schlauchboots, das an Deck der »Rungholt« in seiner Halterung ruhte. Wie es aussah, hatte Dorothea beschlossen, auch den Rest ihrer Würde über Bord zu werfen, indem sie ihrem Vorgesetzten die schonungslose Wahrheit über ihr Privatleben offenbarte.

Anton zog die Augenbrauen in die Höhe und unterdrückte ein Seufzen. »Was hat er angestellt?«

»Er hat mit mir Schluss gemacht. Seine Band ist gerade dabei, in der Szene durchzustarten, da kann er eine Spießerin wie mich nicht gebrauchen.« Sie zog ihr Smartphone hervor und starrte auf die Mail, die sie anscheinend von ihm bekommen hatte. »Du kannst es gern lesen. Nur damit dir klar wird, auf was für ein Arschloch ich hereingefallen bin.« Sie reichte ihm das Gerät, doch er hielt abwehrend die Hände in die Luft.

»Kurz gefasst: Sandra hat sich darauf eingestellt, das Haus an diesem Wochenende für sich und ihren Lover allein zu haben«, fuhr sie freimütig fort. »Wenn ich ihr die Tour vermassele, gibt es vermutlich einen Krach, von dem wir uns so schnell nicht wieder erholen werden. Verstehst du, was ich meine?«

Anton nickte ergeben. Allerdings blieb ihm nach wie vor schleierhaft, was genau er mit der ganzen Geschichte zu tun haben sollte. »Ich kann dir ein nettes Hotel empfehlen«, sagte er vorsichtig.

»Soll das ein Witz sein?« Für einen Moment sah es tatsächlich so aus, als wolle sie losprusten. »Zurzeit sind in ganz Deutschland Sommerferien. Du glaubst doch nicht ernsthaft, dass es in Cuxhaven und Umgebung auch nur ein freies Hotelbett gibt. Da müsste schon einer der Urlauber urplötzlich zu Tode kommen.«

Anton grinste wider Willen. Dorothea hatte recht, daran gab es nichts zu rütteln. »Wo stecken deine Eltern?«, fragte er ohne große Hoffnung.

»Rom? London? New York? Was weiß ich, ich habe es schon vor Jahren aufgegeben, die Odyssee zu verfolgen.«

Anton wusste nur, dass Dorotheas Vater als hohes Tier in diplomatischen Kreisen verkehrte und sie als Jugendliche etwa alle zwei Jahre mit der Familie umgezogen war. Somit ließ er es dabei bewenden. »Du denkst hoffentlich nicht, dass du bei mir wohnen kannst, oder?« Noch während er es aussprach, wurde ihm klar, dass er damit goldrichtig lag.

»Oh. Nein, natürlich nicht.« Sie biss sich auf die Unterlippe. Ihre Wangen röteten sich, während sie angestrengt ihre Schuhspitzen inspizierte.

Ohne dass er etwas dagegen tun konnte, regte sich in seinem Innern etwas, das er seit langer Zeit überwunden wähnte. Wie naiv von ihm zu glauben, das gute, alte Helfersyndrom habe sich einfach in Wohlgefallen aufgelöst. Dennoch war es vollkommen unmöglich, Dorothea mit zu sich nach Hause zu nehmen. Aus vielerlei Gründen.

»Vielleicht hat Merle ein Schlafsofa, das du für ein paar

Nächte benutzen kannst. Wenn du willst, frage ich sie für dich«, schlug er gnädig vor.

»Ja, das wäre toll.« Sie schaute zögernd auf und rang sich ein Lächeln ab. Es wirkte nicht sehr überzeugend.

Die »Rungholt« näherte sich der Landspitze, hinter der sich die Badestrände an der Küste entlang bis nach Cuxhaven zogen. Kurz darauf kam die Kugelbake in Sicht, ein pyramidenförmiges Holzgerüst, das an der Spitze eines kurzen Dammes stand und die Einfahrt zur Elbmündung markierte. Antons ganz persönlicher Meinung nach handelte es sich um das wohl hässlichste Seezeichen der Weltmeere. Auf seiner Spitze prangte nicht einmal mehr die namengebende Kugel, sondern lediglich zwei zusammengesetzte kreisförmige Scheiben. Trotzdem hatte es diese Konstruktion auf das Wappen der Stadt Cuxhaven geschafft und galt als deren unangefochtenes Wahrzeichen. Hinter der Bake erstreckte sich die Grimmershörner Bucht, an deren Ufer in den Sommermonaten ein buntes Treiben zwischen Strandkörben, Cafés und Ponton-Badeinseln herrschte.

»Hey, Leute, alles klar?« Gero Thyssen, neben Dorothea der zweite »Mann an Deck«, kam mit einem breiten Grinsen auf sie zu. »Was, wenn ich euch sagen würde, dass gerade eine Meldung von der Leitzentrale reingekommen ist? Bootsunfall, gleich hinter Neuwerk. Feierabend unbekannt.«

»Lass mich kurz nachdenken.« Anton zwinkerte Dorothea kaum merklich zu. »Was, glaubst du, sollten wir tun?«

»Nun ja«, entgegnete sie, ihren Katzenjammer für einen Moment vergessend, »in früheren Zeiten hat man kurzerhand den Überbringer der schlechten Nachricht getötet.« Sie bemühte sich um einen äußerst ernsten Gesichtsausdruck. »Wir könnten Gero einfach über Bord werfen. Unwahrscheinlich, dass er es schwimmend ans Ufer schafft.«

»Zur Sicherheit könnten wir ihm ein paar Gewichte um den Hals hängen«, schlug Anton im selben Tonfall vor. »Im Maschinenraum findet Tommy bestimmt etwas, das schwer genug ist.« Er tat so, als würde er an Gero Augenmaß nehmen.

»Wow, ihr zwei seid ja echte Spaßvögel«, sagte dieser stirnrunzelnd. »Blöd, dass man es nicht sofort merkt. Vor einer Minute habt ihr noch ausgesehen, als müsstet ihr gleich zu einer Beerdigung.«

Der weizenblonde Mittdreißiger gehörte erst seit einigen Monaten zum Team der Wasserschutzpolizei, doch Anton hatte ihn von Anfang an gemocht. Er schätzte es sehr, dass der Bursche mit Leib und Seele bei der Sache war, sich jedoch niemals ungefragt in den Vordergrund drängte. Er verfügte über ein unaufdringliches Selbstbewusstsein, ausgeprägten gesunden Menschenverstand und genau den richtigen Humor, um in diesem Job zu bestehen. Gero Thyssen würde es weit bringen, daran hegte Anton keinen Zweifel.

»Dorothea hat Stress mit ihrer Schwester. Jetzt weiß sie nicht, wo sie heute Nacht schlafen soll«, brachte Anton die Sache auf den Punkt. »Bei dir steht nicht zufällig ein Gästezimmer leer?« Er ignorierte, dass Dorothea wütend nach Luft schnappte.

»Äh – nein, ich denke nicht«, entgegnete Gero nun restlos verunsichert. Allem Anschein nach versuchte er zu ergründen, in welchem persönlichen Verhältnis sein Vorgesetzter und Dorothea Raubach wirklich standen. Gut möglich, dass ihm die eine oder andere Munkelei im Revier zu Ohren gekommen war. Allerdings glaubte Anton nicht, dass eine wasserdichte Theorie zu diesem Thema existierte.

Soeben passierten sie die Alte Liebe, den Schiffsanleger, der heute vor allem bei Touristen als Aussichtsplattform beliebt war. Gleich dahinter lag die Einfahrt in den Alten Hafen, der in früheren Zeiten als Anleger für die Schiffe aus Übersee gedient hatte. Dieser gabelte sich alsbald in zwei Wasserarme. Hauke Oldmanns, Antons rechte Hand und zweiter Bootssteuerer, drosselte die Geschwindigkeit des Küstenbootes und manövrierte es in das östliche Hafenbecken, den Alten Fischereihafen.

Wie der Name besagte, war dieser im 19. Jahrhundert ausgeschachtet worden, als Cuxhaven über eine ansehnliche Fischfangflotte verfügte. Mit seinen etwa einhundert Metern Breite bot er dem Küstenboot ausreichend Platz, um ein Wendemanöver zu fahren. Das Schiff kam fast zum Stillstand, die Diesel dröhnten auf, als eine der Maschinen rückwärts drehte. Kurz darauf schwenkte der Bug zurück in Richtung Hafenausfahrt, und die »Rungholt« driftete gemächlich an ihren Liegeplatz am Meinenkai. Gero und Dorothea belegten die Leinen auf den Pollern, die gesamte Besatzung stieg von Bord und schlenderte gemächlich auf den Backsteinbau zu, der das Revier vier der Wasserschutzpolizei Cuxhaven beherbergte. Wie alle anderen Gebäude entlang des Hafenbeckens stammte die ehemalige Fischauktionshalle aus den Anfangsjahren des 20. Jahrhunderts und strahlte einen leicht morbiden, maritimen Charme aus.

»Liegt noch etwas an?«, fragte Tomasz Kucharsky. Falls er wie alle anderen auf das Gegenteil hoffte, ließ er es sich nicht anmerken. Seit etwa drei Jahren fuhr der vierschrötige Pole als festes Besatzungsmitglied mit Anton und Hauke gemeinsam zur See, doch noch immer wusste niemand so genau, was ihr Maschinist in seiner Freizeit so trieb. Anton entließ ihn mit einer dankenden Geste in den Feierabend. Kopfschüttelnd schaute er ihm nach, wie er eine Melodie summend von dannen schlurfte.

Hauke Oldmanns verabschiedete sich von Anton mit einem kräftigen Schlag auf die Schulter und eilte die Zufahrt entlang zur Straße, wo sein Wohnmobil parkte. »Zwei Tage mit meiner Frau und meiner Tochter«, hatte er Anton beim Mittagsimbiss erklärt. »Ich werde mein Telefon abschalten und vergessen, dass irgendein Idiot das Internet erfunden hat. Falls ihr mich sucht, müsst ihr mich zur Fahndung ausschreiben.«

Anton beobachtete, wie sich sein Kumpel ins Fahrerhaus schwang und den Motor startete. Beke, Haukes Frau, winkte auf eine etwas übertriebene Art aus dem Fenster, als das mobile Ferienhaus davonrollte.

»Ich muss unbedingt herausfinden, wie er das anstellt«, sagte Gero. »Ich meine, er wird doch nach Beamtentarif bezahlt, oder? Das Geschütz, das er fährt, kostet mehr als die Wohnung, die ich mir letzte Woche angesehen habe.«

Anton zuckte nur mit den Schultern. »Die eigentliche Frage

lautet doch: Wo wollen die damit hin? Die *wohnen* doch in Cuxhaven. Oder habe ich etwas nicht mitbekommen?«

»Kümmert euch um euren eigenen Kram.« Dorothea strafte beide Männer mit einem abschätzigen Blick. »Kommt noch jemand mit auf einen Kaffee?« Sie deutete auf den Hauseingang zum vierten Revier.

»Nein, hab noch was vor«, entgegnete Gero. »Schönes Wochenende dann.« Plötzlich hatte er es eilig, wegzukommen.

»War ja klar, dass alles an mir hängen bleibt«, murmelte Anton.

»Was?« Dorothea schob sich an ihm vorbei durch die Tür.

»Nichts.« Dabei war ihnen beiden klar, um was es ging.

Im Gänsemarsch stiegen sie die ausgetretenen Steinstufen hinauf. In der oberen Büroetage hielten sich zumeist etwa zwölf Mitarbeiter gleichzeitig auf, was nur möglich war, indem man eng zusammenrückte. Jeweils zwei der altmodischen Schreibtische standen einander gegenüber, sodass sich die Kollegen in Zeiten der Grippewelle direkt ins Gesicht husteten. Seit die sperrigen Röhrenmonitore endgültig der Vergangenheit angehörten, stand zwar mehr Arbeitsfläche pro Tischplatte zur Verfügung, dennoch besaßen Aktenstapel die Angewohnheit, von einem Arbeitsplatz auf den nächsten zu wandern und in regelmäßigen Abständen verzweifelte Flüche zu provozieren. Telefonieren erforderte bei dem allgemeinen Geräuschpegel ein gut geschultes, selektives Hörvermögen. Nicht selten kam es vor, dass Polizeibeamte mit dem Handy am Ohr auf der Straße vor der Fischhalle V auf und ab gingen.

Nur eine einzige Sache war ebenso grandios wie mysteriös: In einer Fensternische stand ein hervorragender, hochmoderner Kaffeevollautomat, dessen Herkunft sich niemand so genau erklären konnte. Vor etwa einem halben Jahr, kurz nach den Weihnachtstagen, hatte sich das Ding quasi über Nacht materialisiert, ohne den geringsten Hinweis auf den edlen Spender preiszugeben. Eines Tages, vermutlich durch einen dummen Zufall, würde Anton herausfinden, was es mit dieser Wundermaschine auf sich hatte, dessen war er sich sicher. Dann würde er ihrem Wohltäter persönlich die Hand schütteln und ein paar kühle Biere spendieren. Bis dahin genoss er einfach stillschweigend den einzigen Luxus, den die Fischhalle V zu bieten hatte.

Er nahm einen halbwegs sauberen Becher von der Ablage, brachte ihn unter der Maschine in Position und drückte einen Knopf. Mit einigem Getöse verrichtete das Mahlwerk seine Arbeit. Kurz darauf füllte sich der Becher mit dampfendem, schwarzem Kaffee. Anton hatte den Koffeinschub dringend nötig, um die letzte Mission des Tages einigermaßen gelassen hinter sich zu bringen.

An seinem Kaffeebecher nippend sah er sich nach Merle Borgmeier um. Im Gegensatz zu anderen Dienststellen waren Frauen bei der Wasserschutzpolizei noch immer in der Minderheit, sodass ihr hellblonder Zopf selbst im allgemeinen Chaos der Fischhalle normalerweise leicht auszumachen war. Er schätzte Merle als äußerst loyale und zuverlässige Kollegin. Trotzdem empfand er sie zuweilen als ziemlich anstrengend, vor allem wenn er nach einer Vierundzwanzig-Stunden-Schicht auf See ins Büro zurückkehrte.

Sie bemerkte ihn, bevor er sie entdeckte. Mit einem aufreizend frischen »Moin, moin!« eilte sie auf ihn zu, als hätte sie den ganzen Tag lang auf ihn gewartet.

»Hallo.« Er drehte sich ein wenig zur Seite und lächelte, so gut es ging. Nicht, dass Merle eine Beleidigung für das männliche Auge gewesen wäre, ganz im Gegenteil. Die achtundzwanzigjährige Blondine galt unter den Kollegen als Sonnenschein auf zwei Beinen. Ihr kurvenreicher Körper wirkte sogar in Dienstuniform sexy. Wenn sie lächelte, was sie fast immer tat, wenn ein Mann in der Nähe war, bildeten sich niedliche Grübchen auf ihren Wangen. Ständig lösten sich aus ihrem Zopf einige Strähnen, die das puppenhafte Gesicht umspielten. Sobald Merle einen Raum betrat, hob sich die allgemeine Stimmung naturgemäß um einige Grade; jeder Kerl lachte plötzlich über Witze, bei denen er normalerweise nur mit den Augen gerollt hätte. Bis auf ihn, Anton Hayen. Was sie jedoch nicht weiter zu stören schien.

»Habt ihr böse Jungs geschnappt?« Merle lehnte sich lasziv gegen die Fensterbank.

»Nein, alles ruhig da draußen«, entgegnete er pflichtschuldig. Keine Umweltsünder, keine Fischerboote in Schutzgebieten, kein sturzbetrunkener Skipper, den man vor dem eigenen Leichtsinn hatte retten müssen. Dennoch wusste Merle ebenso gut wie jeder andere, dass die sommerliche Idylle in der Deutschen Bucht trog.

»Macht sich unser Chef deshalb so rar?«, fragte sie. »Oh, darf ich?«, fügte sie hinzu und nahm Anton den dampfenden Becher aus der Hand.

Er schluckte den Protest hinunter und bereitete sich selbst einen frischen Kaffee zu. Auf diese Weise war er wenigstens beschäftigt, während er überlegte, wie er sein eigentliches Anliegen am geschicktesten formulierte.

»Nein. Hansen genießt einfach den Luxus seines neuen Büros«, entgegnete er, was größtenteils der Wahrheit entsprach. Seit Hauptkommissar Christian Hansen zum Leiter der Wasserschutzpolizei aufgestiegen war, gebührte ihm ein Schreibtisch im nur wenige hundert Meter entfernten Neubau der Maritimen Leitstelle. Jede Wette, dass Hansen der Fischhalle keine Träne nachweinte.

Merle runzelte die Stirn, widersprach ihm jedoch nicht. Anton packte die Gelegenheit beim Schopfe, um endlich auf diese vertrackte, außerdienstliche Angelegenheit zu sprechen zu kommen.

»Eine gute Bekannte von mir sucht dringend eine Bleibe«, fiel er mit der Tür ins Haus. »Nur für ein paar Nächte, bis sie etwas Geeignetes gefunden hat. Du hast nicht zufällig eine Idee?« Eigentlich hatte er sie ganz direkt nach einem Gästebett in ihrer Wohnung fragen wollen. Doch ihre hellblonden, fast unsichtbaren Augenbrauen wanderten schon bei der bloßen Erwähnung einer *Bekannten* in die Höhe.

»Du sprichst nicht zufällig von Dorothea?«, fragte sie.

Selbstverständlich war ihm nicht entgangen, dass die beiden stets einen gewissen Sicherheitsabstand zueinander hielten. Was nichts an der Tatsache änderte, dass es auf dem vierten Revier nur zwei Frauen gab und Anton es für wesentlich angebrachter hielt, Merle anstelle eines männlichen Kollegen nach einem freien Schlafplatz für Dorothea zu fragen.

»Sie steckt ein wenig in der Bredouille, was ihr ziemlich peinlich ist, also –« Er schaute ihr mit einem leicht schiefen Grinsen in die Augen, die einzige Masche, die manchmal bei Frauen Wirkung zeigte. An Merle prallte sein Charme jedoch vollständig ab.

»Ich würde dir, ich meine: Dorothea, ja gern helfen, wenn ich könnte. Aber die Sache ist die –«

»Schon gut.« Anton entband sie mit einer Geste von etwaigen Erklärungen. »Ich danke dir trotzdem.« Vermutlich konnte er von Glück sagen, dass Merle sich nicht aus purer Höflichkeit zu etwas hatte hinreißen lassen, das vermutlich in einer Katastrophe geendet hätte.

Er drehte sich ein wenig zur Seite und widmete sich endlich seinem Kaffee.

»Ein Freund von mir hat ein winziges Segelboot, das im Yachthafen liegt«, sagte Merle nach einer kurzen Pause. »Er ist zurzeit verreist. Ich könnte ihn anrufen. Allerdings müsste Dorothea dort die öffentlichen Duschen benutzen. Wenn ihr das nichts ausmacht …«

»Ist schon in Ordnung«, antwortete Anton. Noch im selben Moment ärgerte er sich, dass er nicht gründlicher über das Angebot nachgedacht hatte. Jetzt wollte er die Sache nicht noch komplizierter machen. »Sie wird schon eine Lösung finden. Schließlich ist das nicht dein Problem.« Er schenkte Merle ein aufrichtiges Lächeln.

»Okay. Gut«, entgegnete sie. »Was ist mit dir? Hast du am Wochenende etwas vor?«

Schon wieder diese Frage. Warum musste ein achtundvierzigjähriger Mann noch immer eine Rechtfertigung parat haben, wenn es um dieses scheiß Wochenende ging?

»Zunächst einmal werde ich nach Hause gehen und mein Telefon lautlos schalten. Anschließend können sämtliche Seeungeheuer da draußen eine rauschende Party feiern. Ich werde nicht einmal versuchen, sie daran zu hindern.« Er prostete Merle zu und trank seinen Kaffee in einem Zug aus.

»Na, dann mal viel Spaß«, entgegnete sie, wieder in dem gewohnt fröhlichen Tonfall.

Anton spülte den Becher notdürftig im Handwaschbecken ab und stellte ihn zum Abtropfen kopfüber auf den Aktenschrank. Eine Spur zu eilig ging er ins Erdgeschoss hinunter, wo in einem separaten Raum einige Spinde standen. Er schloss seinen Schrank auf, nahm einen Thermobecher, einen reichlich verschrumpelten Apfel und eine leere Tupperdose heraus und stopfte alles in seine abgegriffene Aktentasche. Dann trat er schicksalsergeben vor die Tür.

Dorothea stand auf dem kopfsteingepflasterten Parkstreifen, beide Hände in die Hosentaschen vergraben, einen Reisetrolley zwischen die Füße geklemmt. Ihre Miene ließ keinerlei Hoffnung erkennen.

»Ich stecke ziemlich in der Scheiße, stimmt's?«

»Nein«, entgegnete Anton wahrheitsgemäß. »Wir stecken beide in der Scheiße.« Zielstrebig ging er die Straße hinunter, deren Betonbelag so viele Schlaglöcher aufwies, dass die Autofahrer freiwillig vom Gas gingen. Nach einigen Schritten drehte er sich um und vollführte eine resignierende Geste. »Was ist jetzt, kommst du?«

Sie lieferte sich einen kurzen, heftigen Kampf mit dem widerspenstigen Griff des Trolleys, bevor sie seinen Vorsprung im Laufschritt einholte. »Du bist ein Schatz!«, hauchte sie. »Hast etwas gut bei mir. Etwas Großes.«

*Oh, na klar.* »Hast du Hunger?«, fragte er, um seichtere Gewässer anzusteuern.

»Und wie. Kennst du ein nettes Restaurant?«

»Das beste. Falls es geöffnet hat.«

»Es ist Urlaubssaison und außerdem Freitagabend.«

»Das spielt für Fritz keine große Rolle.«

»Du kennst den Koch also persönlich?«

»Könnte man sagen.« Es war wohl eher die Art Freundschaft,

wie sie sich zuweilen zwischen Kneipenwirt und Stammgast entwickelte. Wenn auf den Gast zu Hause niemand wartete, der sich für seine Alltagssorgen interessierte.

Sie gingen die lange Backsteinfront der Hallen entlang. In einigen wurde tatsächlich noch fangfrischer Fisch verkauft, den die Hochseetrawler aus Großbritannien und Skandinavien in Cuxhaven anlandeten. Die meisten beherbergten allerdings Lokale unterschiedlicher Güte. Jetzt, an einem warmen Juliabend, gab es unter den bunten Sonnenschirmen vor den Läden kaum noch einen freien Platz.

Die Häuserreihe endete an der Kopfseite des kleinen Hafenbeckens. An der gegenüberliegenden Kaimauer stand ein unscheinbarer Verkaufswagen, dessen Seitenwand eine grinsende Krabbe im Comicstil zierte. Als Anton und Dorothea die Bude erreichten, war ein untersetzter, grauhaariger Kauz mit Vollbart gerade dabei, die Holzbänke beiseitezuräumen. In der Auslage des Verkaufstresens gähnte völlige Leere.

»Moin, Fritz!«, rief Anton. Übertrieben schwungvoll klopfte er dem Mann in der tadellos sauberen Schürze auf die Schulter. »Wie's aussieht, sind wir zu spät.«

»Kann man wohl sagen«, brummte der Mann.

»Den Letzten beißen wie immer die Hunde, was?« Anton lächelte Dorothea verlegen an.

»Hängt ganz davon ab, ob man bei Heißhunger von einem Krabbenbrötchen träumt«, murmelte sie.

»Ach du meine Güte, wer ist denn die schöne Frau an deiner Seite?« Sichtlich entzückt streckte Fritz ihr seine schwielige Pranke entgegen. »Warum hat er dich so lange vor mir versteckt?« Als sie einschlug, tätschelte er mit der Linken ihren Handrücken.

»Purer Selbstschutz, schätze ich«, entgegnete Dorothea sichtlich verlegen. »Die Wahrheit ist, ich bin eine absolute Nervensäge. Dass er heute eine Ausnahme macht, liegt bloß daran, dass er ein weiches Herz besitzt. Anton ist einfach zu gut für diese Welt.«

»Da sagst du was. Ich hoffe, du passt gut auf den Jungen auf.«

Fritz ließ sie widerstrebend los, grinste jedoch noch immer im Kreis.

»Ich werde mir alle Mühe geben, versprochen.« Ihrem Gesichtsausdruck nach hatte Dorothea den alten Seebären auf Anhieb ins Herz geschlossen.

»Wann hat dein Gourmetrestaurant wieder geöffnet?«, fragte Anton, um von seiner Verlegenheit abzulenken. Sobald er Fritz in einer ruhigen Minute zu fassen bekäme, würde er seine Beziehung zu Dorothea ins richtige Licht rücken. Bevor der gutmütige Fischer noch das Aufgebot bestellte.

»Mein Sohn und ich fahren morgen mit ablaufendem Wasser wieder raus. Wenn sich der Fang lohnt, bleiben wir über Nacht draußen. Kommt am Sonntagmittag wieder, dann mache ich euch etwas Ordentliches zu essen.«

»Worauf du dich verlassen kannst«, versprach Anton, die Hand zum Abschied gehoben.

»Oh, fast hätte ich es vergessen!«

Anton verharrte überrascht.

Fritz eilte zu seinem klapprigen Pick-up, der neben dem Verkaufswagen parkte, öffnete die Beifahrertür und wühlte im Handschuhfach. Als er zurückkehrte, hielt er etwas in die Höhe, das seine große Hand weitgehend verdeckte. Trotzdem wusste Anton sofort, worum es sich handelte.

»Habe ich erst vor ein paar Tagen im Antiquariat meines Bruders gefunden. Gestempelt im Mai 1901.« Mit zufriedener Miene überreichte Fritz ihm die alte Postkarte.

Sie zeigte eine Schwarz-Weiß-Aufnahme des Leuchtturms Roter Sand um die Jahrhundertwende. Ohne die mittlerweile vertrauten Dalben wirkte das Bauwerk noch edler und einsamer inmitten der Nordsee. Im Hintergrund zog ein Dampfschiff mit qualmenden Schornsteinen vorbei. »Letzter Gruß der Alten Welt«, stand in weißen Lettern auf die Fotografie gedruckt, ein sehr typisches Motiv aus jener Zeit.

Bremerhaven war damals zum bedeutendsten Auswandererhafen Deutschlands avanciert. Tatsächlich war der Leuchtturm Roter Sand für die Abschiednehmenden das Letzte, das sie von ihrer Heimat sahen, bevor es auf die lange Seereise nach New York ging.

»Stimmt irgendetwas nicht?«, fragte Fritz.

Erst jetzt bemerkte Anton, dass seine Stirn in tiefen Falten lag, was selbstverständlich nicht an der freundschaftlichen Geste lag. Seit der Fischer mitbekommen hatte, dass Anton derartige Postkarten sammelte, hielt er fleißig danach Ausschau; es gefiel ihm einfach, seinem treuen Stammgast eine Freude zu bereiten. Normalerweise.

»Oh, nein. Ich meine, die ist toll. Hab vielen Dank!«, beeilte sich Anton zu sagen. Leicht gereizt nahm er Dorotheas Blick wahr, der sich wie gebannt auf die Karte richtete.

Nicht, dass sie irgendetwas Verwerfliches daran hätte finden können. Dennoch lag in ihrer Miene etwas, das ihn aus unerfindlichen Gründen nervös machte. Schnell verstaute er die Ansichtskarte in der Innentasche seiner Dienstjacke.

»Gehen wir«, sagte er zu seiner Kollegin, die gerade in eine neue Kategorie zwischenmenschlicher Beziehungen aufrückte, für die Anton noch keinerlei Gespür besaß.

»Krabben? Im Ernst?«, fragte Dorothea, als sie an der Westseite des alten Hafenbeckens wieder in Richtung Küste gingen. An der Kaimauer lagen die heimgekehrten Kutter in einer bunten Reihe. Hinter ihren Rücken ragte der markante Wasserturm aus dem 19. Jahrhundert auf, zu ihren Füßen führten stillgelegte Bahngleise stur geradeaus.

»Crangon crangon, auch Nordseegarnele genannt. Die besten an der gesamten Küste, darauf gebe ich dir mein Wort«, beteuerte Anton. »Fritz ist einer der letzten traditionellen Krabbenfischer, die es hierzulande noch gibt, ein lebendes Kulturgut sozusagen. Sollte der Beruf eines Tages aussterben, werden die Menschen glatt vergessen, dass man diese kleinen Dinger essen kann. Und dass sie verdammt lecker schmecken, wenn man sie richtig zubereitet.«

»Fritz hat doch von seinem Sohn gesprochen, der mit ihm rausfährt.«

»Eine Zeit lang vielleicht. Aber Björn hat schon mehr als

einmal laut darüber nachgedacht, sich nach einem Beruf mit zivilen Arbeitszeiten umzuschauen. Verübeln kann man es ihm kaum.« Manchmal fragte sich Anton, wie lange er seine eigene Schichtarbeit noch so schadlos wegstecken würde. In schwachen Momenten musste er sich eingestehen, dass es ihm von Jahr zu Jahr schwererfiel.

»Du hast mir noch nie verraten, wo du wohnst«, wechselte Dorothea abrupt das Thema.

»Lotsenviertel«, antwortete Anton. Tatsächlich hielt er nicht allzu viel davon, Arbeitskollegen zu sich nach Hause einzuladen. Von Hauke einmal abgesehen, der ihm den eigenen Haustürschlüssel vorbeibrachte, wenn Familie Oldmanns für längere Zeit mit dem Wohnmobil verreiste. Anton wusste, dass er seinen Kumpel jederzeit um dieselben Gefälligkeiten – Briefkastenleeren und Zimmerpflanzengießen – bitten konnte, nur dass er selbst keinerlei Reiselust verspürte. Ihm gefiel die Seeluft, die er jeden Tag atmete. Wozu also der ganze Stress mit dem Hotelbuchen und Kofferpacken? Davon abgesehen würde ihn keine Macht der Welt jemals dazu bringen, in ein Flugzeug zu steigen.

»Nette Gegend«, nahm Dorothea den Faden wieder auf. Sie schien es für ein Gebot der Höflichkeit zu halten, sich während ihres Spaziergangs zu unterhalten.

Anton genoss es normalerweise, auf dem Heimweg seinen Gedanken nachzuhängen. Doch an diesem Wochenende konnte er wohl all seine lieb gewonnenen Gewohnheiten in eine Kiste packen und im Keller verstauen.

»Warte ab, bis du es siehst«, entgegnete er, womit er sein Haus meinte, das nicht unbedingt dem entsprach, was man sich unter »Lotsenviertel« vorstellte.

»Gehst du eigentlich immer zu Fuß?« Es war das erste Mal, dass er Dorothea als Plappermaul erlebte. Offenbar war sie genauso nervös wie er selbst.

»Ja, warum nicht?«

»Das nenne ich mal vorbildlich.«

»Um ehrlich zu sein, besitze ich gar kein Auto.« Mit diesen

emons: verlag Tel. 0221-569 77-0 · info@emons-verlag.de

☐ Bitte senden Sie mir das aktuelle Verlagsprogramm zu

☐ Ich möchte den Newsletter von emons: per E-Mail erhalten

☐ Ich habe Interesse an Krimis aus folgender Region:

Besuchen Sie uns auch auf www.facebook.com/EmonsVerlag

Name

Straße

PLZ/Ort

E-Mail

Ich bin damit einverstanden, dass meine hier angeführten Daten zu dem folgenden Zweck »Versand von Kundenprospekt« erhoben, verarbeitet und genutzt sowie unter Umständen an unseren Dienstleister zum Versand des angeforderten Kundenprospektes weitergegeben bzw. übermittelt und dort ebenfalls zu dem folgenden Zweck »Versand von Kundenprospekt« verarbeitet und genutzt werden. Hier werden die Daten unmittelbar nach dem Versand gelöscht. Im Fall des Widerrufs werden mit dem Zugang meiner Widerrufserklärung meine Daten gelöscht.

emons:
SEHNSUCHTSORTE

emons: verlag
Cäcilienstraße 48

50667 Köln

emons:
SEHNSUCHTSORTE
SUZANNE CRAYON
MORD ELSÄSSER ART
Kriminalroman
emons:
ANDREAS HEINEKE
VERSUCHUNG À LA PROVENCE
Kriminalroman
RESTA
emons:
ALESSANDRO MONTANO
DER FLUCH VOM GARDASEE
Kriminalroman
emons:
KLAUS SPÄNE
MALLORCA BIS IN ALLE EWIGKEIT
Kriminalroman
emons:
BELINDA VOGT
TOSKANISCHE TÄUSCHUNG
Kriminalroman
emons:
www.emons-verlag.de

Karren verhielt es sich in seinem Leben wie mit den Wochenendverabredungen: Er verstand einfach nicht, warum sie den Leuten so verflucht wichtig waren. Wenn es um dienstliche Belange ging, stand ihm ein Polizeiwagen zur Verfügung. Ansonsten kam er mit Bus und Bahn prima klar. Ganz abgesehen von der Tatsache, dass er über zwei gesunde Beine verfügte.

»Wo ist denn dein Wagen?«, fragte er und versuchte, ihr seitlich ins Gesicht zu schauen.

»Auf dem Schrottplatz, nehme ich an. Tod durch Altersschwäche.«

»Mein Beileid.« Er schwenkte nach links in eine einspurige Straße, die direkt gegenüber dem kleinen Binnenjachthafen endete. Unmittelbar am Wasser entstanden derzeit luxuriöse Eigentumswohnungen. Es erstaunte Anton immer wieder, wie viele Menschen für eine Wohnlage am Wasser eine irrsinnige Stange Geld auszugeben bereit waren. Dabei konnte man von hier aus nicht einmal das Meer sehen. Das nagelneue Gebäude der Maritimen Leitstelle versperrte selbst dem Penthouse den Blick über den Deich.

»Möchtest du nicht auch manchmal mit den Kollegen da drin tauschen?«, fragte Dorothea und wies auf den massiven, schieferfarbenen Quader.

»Eigentlich nicht«, entgegnete er nach kurzem Überlegen. »Das heißt, *manchmal* vielleicht. Wenn Hauke wieder einmal zu viel Knoblauch zum Abendessen hatte und wilde Flüche ausstößt, weil sich sein Rechner gerade aufgehängt hat.« Anton und Hauke teilten sich eine Schreibtischinsel, was Fluch und Segen zugleich darstellte. »Oder wenn Merle so lautstark mit irgendeinem Typen durch das Telefon flirtet, dass man instinktiv nach der Fernbedienung sucht, um die Daily Soap abzuschalten. Dann vielleicht.« Er riskierte einen weiteren Blick zu Dorothea hinüber, die amüsiert lächelte. Ein erstes Zeichen dafür, dass sich die ungewohnte Situation zwischen ihnen allmählich entspannte. »Trotzdem ist es bei uns einfach gemütlicher«, fügte er derart motiviert hinzu. »Außerdem bin ich sowieso die meiste Zeit an Bord. Also ...«

»Da hast du wohl recht«, sagte sie, als plötzlich ein schrilles Signal ertönte. »Meinst du, das schaffen wir noch?« Sie wies auf die Klappbrücke, die die City-Marina vom vorgelagerten Hafenbecken trennte, wo zwei Segelboote auf die Einfahrt zu ihren Liegeplätzen warteten. Gerade begannen sich die Schranken zu senken, um die Fahrbahn für den Autoverkehr zu sichern.

»Du erwartest doch nicht von mir, dass ich renne?«, schnappte er, obwohl er das Gegenteil schon ahnte.

»Doch, natürlich. Also los!« Sie setzte zum Sprint an, den Trolley achtlos hinter sich herziehend.

Er vergeudete wertvolle Sekunden mit der Frage, wie sie es schaffte, dabei ein derartiges Tempo vorzulegen. Fluchend setzte er sich endlich in Bewegung. Im letzten Moment schaffte er es, die Brücke zu überqueren, bevor sie sich langsam, aber stetig von der Straße anhob.

Knapp zehn Minuten später erreichten sie sein Haus, einen einstöckigen, weiß getünchten Backsteinbau mit bogenförmigen, fast blinden Sprossenfenstern. Zwischen den benachbarten, stilvoll sanierten Altbauten wirkte das ehemalige Lagerhaus reichlich fehl am Platze. Aber es hatte schon etliche Jahre lang eine unerklärliche Anziehungskraft auf Anton ausgeübt, bis er es schließlich für einen Spottpreis gekauft und mit moderatem Budget bewohnbar gemacht hatte.

»Echt jetzt?« Stirnrunzelnd musterte Dorothea sein Haus. »Zumindest weiß ich jetzt, warum du dich in der Fischhalle so pudelwohl fühlst.«

»Du bist auf persönlichen Wunsch hier, vergiss das nicht.« Leicht pikiert kramte er in seiner Aktentasche nach dem Schlüssel.

»Wer ist das?«, fragte sie unvermittelt. Vor der Haustür rekelte sich ein rabenschwarzer Kater in den abendlichen Sonnenstrahlen.

»Ich habe ihn Crowley getauft. Er besucht mich manchmal.«

Im Grunde wusste niemand, ob der Bursche einen festen Wohnsitz in der Gegend hatte. Er war einfach irgendwann im

Viertel aufgetaucht; seither tingelte der Kater von Tür zu Tür, bis sich eine davon auftat.

»Also dann …« Anton schloss auf und trat beiseite. Crowley schoss mit einem zufriedenen Murren an seinen Füßen vorbei ins schattige Innere.

Dorothea folgte ihm mit unverhohlener Neugier. »Wow«, sagte sie, als sie sich drinnen umsah. »Wozu brauchst du so viel Platz?«

Die untere Ebene des ehemaligen Speichers bestand aus einem einzigen großen Raum, gestützt von mächtigen Holzbalken und Stahlträgern. Lediglich das Bad war vom restlichen Wohnraum abgetrennt und brach dadurch mit der ursprünglichen Architektur. Der Fußboden bestand aus schartigen Holzdielen, die mit der einen oder anderen Stolperfalle aufwarteten. Das obere Stockwerk bildete eine Art Galerie, die mit einer Glaswand abgetrennt war. Vermutlich hatte sie in früheren Zeiten als Kontor gedient. Jetzt befand sich dort oben Antons Schlafzimmer.

»Sag bitte nicht, ich hätte dich nicht gewarnt«, sagte er. In Wirklichkeit realisierte Anton soeben mit voller Wucht, was er angerichtet hatte. In dieser Bude war es nicht nur unmöglich, sich aus dem Weg zu gehen. Man befand sich vielmehr ununterbrochen auf dem Präsentierteller. Hoffentlich erinnerte er sich daran, falls er mitten in der Nacht zur Toilette musste.

»Ich dachte immer, nur Künstler stehen auf so was«, sagte Dorothea mehr zu sich selbst. Sie war vollauf damit beschäftigt, das Loft in Augenschein zu nehmen, in dem kein einziges Bild an den unverputzten Wänden hing.

Anton nutzte die Gelegenheit, um Fritz' Postkarte wie beiläufig unter einem breiten Tresen verschwinden zu lassen. Das selbst gebaute Möbelstück befand sich im rückwärtigen Teil der Halle, vor einer eigenwillig konstruierten Küchenzeile mit Gasherd, Ofen, Kühlschrank, Spüle und offenen Regalen, auf denen sich ein wirres Sammelsurium von Geschirr stapelte.

Als er wieder aufsah, stand Dorothea unmittelbar vor ihm.

»Was ist so Besonderes an dieser Postkarte?«, fragte sie prompt. »Bist du ein Sammler oder so was?«

»Oder so was«, entgegnete er in der Hoffnung, das Thema damit erschöpfend behandelt zu haben.

»Nein, im Ernst«, bohrte sie weiter. »Diesen Blick habe ich schon vorhin an dir bemerkt, als wir am Roten Sand vorbeigefahren sind.«

»Was für ein Blick?«

»Ich weiß nicht. Wehmütig, würde ich schätzen, oder sehnsüchtig. In jedem Fall wirkst du traurig, als würde dich der Turm an etwas erinnern, das dir Schmerzen bereitet.«

»Bist du so eine Art Freizeit-Psychologin?«, grunzte er. Das Erschreckende an der Sache war, dass sie mit ihrer Analyse goldrichtig lag. Nur ging sie die alte Geschichte absolut nichts an.

Sie starrte ihm weiterhin unerbittlich ins Gesicht.

»Mein Urgroßvater war damals Leuchtturmwärter auf Roter Sand«, antwortete er widerwillig. »Das war kein ruhmreicher Beruf. Aber er war sehr stolz darauf.«

»Woher weißt du das?«

»Ich habe alte Briefe gelesen, die er damals an seine Familie geschrieben hat.«

Dorothea stützte die Ellenbogen auf den Tresen, während sie über die Geschichte nachzudenken schien.

»Keine Ahnung, wie es dir geht, aber ich habe noch immer Hunger«, sagte Anton, um vom Thema abzulenken. Außerdem knurrte sein Magen tatsächlich. Er wandte sich zur Küchenzeile. Dort füllte er ein Schälchen mit Trockenfutter, das er für seinen vierbeinigen Besucher auf Vorrat gekauft hatte. In Windeseile stob Crowley herbei. Schnurrend machte er sich über seine Mahlzeit her. Deutlich unschlüssiger öffnete Anton den Gefrierschrank und studierte die Auswahl an Tiefkühlpizzen.

»Gorgonzola-Spinat oder Tomate-Feta?«, rief er in den Raum hinein, ohne sich nach Dorothea umzuschauen.

»Ich schlage vor, wir machen mit beiden halbe-halbe. Besten Dank übrigens, dass du meinen Diätplan ruinierst.«

»Sehr gern doch«, entgegnete Anton, entfernte die Verpackungen und schob die Pizzen in den Ofen. »Du hast doch nichts dagegen, wenn ich kurz unter die Dusche springe?« *Na prima, jetzt frage ich schon in meiner eigenen Bude um Erlaubnis.* »Oder möchtest du zuerst?«

»Auf gar keinen Fall.« Sie musterte ihn von Kopf bis Fuß. »Du siehst aus, als bräuchtest du dringend eine Erfrischung.«

»Besten Dank.« Auch auf derartige Feststellungen konnte er gut und gern verzichten. Selbst wenn sie der Wahrheit entsprachen. Inzwischen fühlte er sich in Dorotheas Gegenwart so unwohl, als hätte er nach einer Kneipentour unter einer Brücke übernachtet.

Schnell lief er zur Empore hinauf, kramte wahllos Wäsche, T-Shirt und Jeans aus einer alten Truhe und verschwand kurz darauf im Badezimmer.

Der heiße Wasserstrahl der Dusche prasselte hart auf seinen Nacken. Erst jetzt bemerkte er, wie sich die Anspannung der letzten Stunden auf seine Muskeln übertragen hatte. Unwillkürlich fragte er sich, ob es ihm genauso zu schaffen machen würde, wenn er Merle anstelle von Dorothea ein Bett für die Nacht angeboten hätte. Doch vermutlich hätte er sich für eine andere Frau gar nicht erst so ins Zeug gelegt. Dorothea brachte in ihm eine Saite zum Klingen, von der er nicht gewusst hatte, dass sie noch existierte. Nicht, nachdem die Liebe seines Lebens ein tragisches Ende genommen hatte. Vielleicht war es an der Zeit, das alte Kapitel ein für alle Mal zu schließen und ein neues aufzuschlagen. Wenn es nur so einfach wäre.

Anton legte seinen Kopf in den Nacken, sodass ihm das Wasser direkt ins Gesicht rieselte. Für einen kurzen Moment half es, den schwirrenden Gedanken Einhalt zu gebieten.

Schließlich drehte er den Wasserhahn zu und angelte nach einem dicken Frotteelaken. Während er sich gründlich abtrocknete, betrachtete er mit leichter Abscheu die unregelmäßigen kalkweißen Hautstellen, die seinen Körper verunzierten. Knie und Ellenbogen sahen aus, als hätte er sie in einen randvollen Farbeimer gestülpt. Auch die relativ neuen Flecken auf den Schultern vergrößerten sich zusehends. Am schlimmsten plagte ihn jedoch die bleiche Stelle auf der Stirn, die sich mittlerweile über die rechte Augenbraue und Wange bis zum Ohr zog. Ganz zu schweigen von der grotesken Umrandung seiner Lippen. Das fleckige Gesicht verlieh ihm das Aussehen eines Zirkusclowns und ließ sich durch kein Kleidungsstück verbergen. Es war sogar zwecklos, sich einen Bart wachsen zu lassen, da dieser ebenso von weißen Streifen durchzogen wäre wie die Haut darunter.

»Vitiligo«, hatte ihm die freundliche Hautärztin erklärt, »auch bekannt als die Weißfleckenkrankheit.«

Kurz gefasst zerstörte irgendein Enzym die Hautpigmente, weiter nichts. Also kein echter Grund zur Sorge. Das einzige Problem bestand darin, dass sich die Flecken unaufhaltsam weiter ausbreiteten. In absehbarer Zeit würde er aussehen wie eine norddeutsche Milchkuh. Sexy ging definitiv anders.

Schnaufend würgte er sein sinnloses Selbstmitleid ab. Er rasierte sich und putzte sich ausgiebig die Zähne. Derart gewappnet trat er schließlich in den Wohnraum.

Dorothea saß am Küchentresen. Vor ihr ausgebreitet lag ein buntes Durcheinander von Fotos, Zeitungsartikeln, Fotokopien und handschriftlichen Notizen. Unter den Papieren ragte ein abgegriffener Ordner aus brauner Pappe hervor, den Anton normalerweise in einem Fach unter dem Tresen aufbewahrte. Es dauerte volle drei Sekunden, bis er begriff, was sie da tat.

»Das geht dich nichts an!«, presste er mühsam beherrscht hervor. Viel zu hektisch stürmte er zum Tresen und raffte die Papiere zusammen. Einige lose Blätter fielen zu Boden. Eines davon landete auf Crowleys Futternapf; der Kater hob den Kopf und schaute Anton verständnislos an.

Er bückte sich, um die Unterlagen aufzusammeln, doch Dorothea war schneller. Grimmig schnappte er nach den Computerausdrucken, die sie ihm entgegenhielt, und stopfte alles zurück in den Ordner.

»Das gehört wohl auch dazu.« Mit diesen Worten hob sie ein Porträtfoto auf, das ein Stück über die Tischplatte gerutscht war. Dabei wirkte sie verblüffend ungerührt. Nicht die geringste

Regung in ihrer Miene deutete darauf hin, dass sie sich bei etwas Verbotenem ertappt fühlte.

Anton spürte, wie sich seine Wangen rötlich verfärbten.

»Wer ist sie?«, fragte Dorothea ungehemmt weiter.

»Nur eine Freundin«, log er. »Und jetzt gib es mir.«

»Sie sieht aus, als wäre sie aus einem Gemälde gefallen. So einem alten Schinken aus dem 19. Jahrhundert.«

Anton ließ diese Feststellung unkommentiert.

»Wie ist ihr Name?« Wie beiläufig löste Dorothea die Spange in ihrem Nacken. Das haselnussbraune Haar fiel ihr glatt über die Schultern und umrahmte das ebenmäßige, leicht kantige Gesicht.

»Elisabeth. Ich habe sie immer Lisa genannt.«

»Du bist in sie verliebt.«

»Früher einmal. Aber das ist lange her.« Er versuchte, ihr das Bild aus der Hand zu nehmen, doch sie wusste es geschickt zu verhindern.

»Aber da ist noch mehr, oder?« Sie deutete auf die Mappe, die Anton fest an die Brust gedrückt hielt. »Hat sie etwas angestellt? Oder ist sie …« Dorothea biss sich auf die Lippen, als ihr dieser Gedanke durch den Kopf schoss. Immerhin besaß sie noch einen Funken Pietät. Was Anton jedoch keineswegs versöhnlicher stimmte.

Soweit er wusste, war Lisa am Leben. Allerdings hatte es nicht gerade zum Besten um sie gestanden, als er das letzte Mal von ihr gehört hatte. Seither waren fast zwei Jahre ohne Nachricht von ihr vergangen. Inzwischen zweifelte er jeden Tag ein wenig mehr daran, dass er sie jemals wiedersehen würde.

»Manchmal hilft es, darüber zu reden«, sagte Dorothea nun deutlich behutsamer.

Anton stöhnte leise auf. Warum hatte er ihr nicht kurzerhand ein Feldbett in der Fischhalle V aufgestellt? Es war verdammt noch mal nicht sein Problem, dass sie es nach einem ganzen Jahr in Cuxhaven noch immer nicht geschafft hatte, sich eine Wohnung zu suchen. Besser, er stellte von Anfang an klar, dass ihr Asyl in seinem Haus mit Sonnenaufgang endete.

»Bitte entschuldige«, sagte sie, bevor er seinen Entschluss in die Tat umsetzen konnte. »Ich benehme mich absolut unmöglich. Es ist nur … Ach, was soll's? Es tut mir leid.« Sie legte ihre Handfläche auf seinen Arm. Nur flüchtig, für einen winzigen Moment. Dann zuckte sie zurück, als hätte sie sich verbrannt. Sie hob das Kinn und atmete demonstrativ den würzigen Duft ein, der durch den Raum zog.

Erleichtert, etwas tun zu können, schaltete Anton den Ofen aus. Den Ordner platzierte er im Regal auf einem wackeligen Geschirrstapel, fest entschlossen, ihn gleich nach dem Essen unter seiner Matratze zu verstauen.

Mit gebotener Vorsicht zog er die Pizzen vom Rost auf zwei Holzbretter. Dort schnitt er sie in handliche Stücke und platzierte sie auf dem Tresen. Dann entkorkte er eine Flasche Rotwein und goss zwei Wassergläser halb voll. Einen Moment lang haderte er damit, Dorothea allzu leicht aus ihrer Reue zu entlassen. Dann verlor er schlicht die Muße, sich über derartige Dinge den Kopf zu zerbrechen. Sein Magen gab inzwischen peinliche Geräusche der Leere von sich. Nach der letzten Vierundzwanzig-Stunden-Schicht wünschte er sich nichts weiter, als ein entspanntes Abendessen mit der Aussicht, anschließend einfach ins Bett zu fallen, um mindestens zehn Stunden durchzuschlafen.

Demonstrativ setzte er sein Rotweinglas an die Lippen; mit der freien Hand zog er eine käsetriefende Ecke aus dem Pizza-Rad.

»Ich schaffe die auch allein«, mahnte er Dorothea, die nur nachdenklich an ihrem Wein nippte.

»Die Postkarte, die Fritz dir geschenkt hat, ist für Lisa, stimmt's?«, fragte sie.

Entnervt schluckte er den Bissen im Mund herunter und starrte sie wütend an.

»Was?« Für eine Frau mangelte es ihr auf geradezu beängstigende Weise an Sensibilität.

»Also gut, nur damit diese Geschichte ein Ende hat, ein für alle Mal.« Sicherheitshalber atmete er einmal tief durch. »Lisa und ich haben uns auf dem Roten Sand kennengelernt. Das ist jetzt fast zwanzig Jahre her. Wir gehörten zur ersten Gruppe von Gästen, die den Leuchtturm nach seiner Sanierung besichtigen durfte. Er ist für uns ein Symbol unserer Freundschaft. Du darfst mich nun gern für sentimental halten, also ...« *War's das jetzt – bitte?* Anton vollführte eine abwehrende Geste, die sie galant ignorierte.

»Und dann?«, fragte sie unerbittlich weiter. »Was ist dann passiert?« Sie fischte eine Gorgonzola-Spinat-Ecke heraus und jonglierte mit dem zerlaufenen Käse.

»Was, denkst du, ist passiert? Sie hat kurz darauf einen anderen geheiratet. Ende der Geschichte.« Erneut spielte er mit dem Gedanken, Dorothea vor die Tür zu setzen. Am besten jetzt gleich. Doch selbst dazu war er inzwischen zu müde.

»Du erwartest nicht, dass ich dir glaube, oder?« Ihr Blick wanderte zu der braunen Mappe im Geschirrregal.

Fassungslos trank Anton sein Weinglas ohne abzusetzen leer und knallte es auf den Tresen.

»Okay, raus mit der Sprache«, sagte er in einem Ton, der die Defensive endgültig aufkündigte, »was willst du hier?«

Instinktiv zog sie den Kopf ein. Nicht einmal das verlegene Lächeln wollte ihr gelingen.

»Es tut mir leid, ehrlich«, murmelte sie.

»Ja, das habe ich schon beim ersten Mal verstanden. Also, ein letzter Versuch: Was zur Hölle ...?«

»Ich bin einfach nur eine dumme Kuh.« Plötzlich sah sie so zerknirscht aus, dass Anton um ein Haar Mitleid empfand, ohne zu wissen, wofür. »Ich habe mich mit meiner Schwester gestritten und bin wieder einmal auf den falschen Typen hereingefallen. Beides waren Katastrophen mit Ansage. Deshalb ist es ganz allein meine Schuld, dass ich an einem Freitagabend nicht weiß, wo ich schlafen soll. Ich schäme mich in Grund und Boden dafür, aber die Wahrheit ist: Außer dir gibt es niemanden, den ich um Hilfe bitten könnte. Deshalb dachte ich, ich könnte dir vielleicht auch helfen. Mit dieser ... ›Lisa-Akte‹. Mein Onkel hat eine Anwaltskanzlei in Hamburg. Zurzeit schippert er mit seiner Yacht irgendwo vor der kanadischen Küste herum. Aber sobald er zurück ist, könnte er sich diesen Fall anschauen.«

»Es gibt keinen Fall.«

Etwas in seinem Gesichtsausdruck brachte sie dazu, ihre Entgegnung hinunterzuschlucken.

Es stimmte, die ohnehin sehr dünne Polizeiakte war schnell geschlossen worden. Nur zwei Personen kannten die furchtbare Wahrheit. Und dabei würde es auch bleiben.

# 3

Der Seenebel war innerhalb weniger Minuten aufgezogen. Jetzt umschloss er den Roten Sand wie Neptuns Atemwolke, die sämtliche Kleidung durchdrang. Lisa blinzelte energisch, um die perlenden Wassertropfen von den Wimpern zu schütteln. Auf etwas leichtsinnige Weise beugte sie sich über das Geländer der Galerie, als wolle sie den Elementen die Stirn bieten.

Genau hier, an dieser Stelle, hatte sie schon einmal gestanden, vor sehr langer Zeit.

Damals war der Turm nach langem Dornröschenschlaf frisch saniert, die Einrichtungsgegenstände für jeden einzelnen der drei »Wohnräume« sorgsam zusammengetragen worden. Dabei hatte man keinen Wert darauf gelegt, ein bestimmtes Jahrzehnt zu imitieren. Möbel und Gegenstände waren aus der gesamten Betriebszeit des Leuchtturms bunt zusammengewürfelt und verliehen dem Inneren eine bilderbuchartige Gemütlichkeit. Noch immer erkannte Lisa jede Einzelheit wieder. Nur waren die Jahre auch an diesem Ort nicht spurlos vorbeigegangen.

Wie in jedem Haus, das von seinen ehemaligen Bewohnern verlassen worden war, hatte auch hier die Gesetzmäßigkeit der Entropie Einzug gehalten. An mehreren Stellen blätterte die Farbe längst wieder ab. Kissen, Decken und Vorhänge wiesen vereinzelte Stockflecken auf und verströmten einen leicht muffigen Geruch. In den Küchenschränken herrschte ein achtloses Chaos von Geschirr, Putzmitteln und Lebensmittelpackungen, von denen die Hälfte in den Müll gehörte. Über allem lag eine dicke Staubschicht. Nicht einmal die stählerne Außenhülle konnte dem Salzwasser und Wind auf Dauer standhalten; fast überall entdeckte man Spuren von Rostfraß, die nur sehr notdürftig ausgebessert worden waren. Wie so häufig fehlte es auch hier an Geld, vor allem jedoch an planbaren Zeitfenstern, um sich um eine kontinuierliche Instandhaltung zu kümmern.

Hardy hatte Lisa während der Schifffahrt ausgiebig sein Leid darüber geklagt.

Dennoch fühlte es sich für sie an, als zeichne der Turm das Bild ihres eigenen Lebens. Damals strahlend schön, voller Hoffnung auf eine blühende Zukunft. Heute gezeichnet von der Wirklichkeit eines erbarmungslosen, unaufhaltsamen Niedergangs.

Trotz allem war es vielleicht noch nicht zu spät. Gut möglich, dass sie sich etwas vormachte. In den letzten zwei Jahren hatte sie Anton weder gesehen noch mit ihm gesprochen oder sonst ein Zeichen von ihm erhalten. Doch die Hoffnung war eine geheimnisvolle Macht, die einen Menschen durchhalten ließ, wenn die letzte Kraft schon lange zu Asche verbrannt und in alle Winde verstreut war. Deshalb hatte sie ihm geschrieben, eine Postkarte mit einer alten Ansicht des Leuchtturms auf der Vorderseite. Auf diese altmodische, romantische Art hatten sie sich in früheren Jahren Nachrichten geschickt. Nicht diese schnell getippten, von unsinnigen Abkürzungen strotzenden elektronischen Floskeln, sondern sorgfältig per Hand geschriebene Worte. Es wäre ihr geradezu respektlos erschienen, ihn auf andere Weise wissen zu lassen, dass sie zurück war.

Heute Morgen, unmittelbar vor ihrem Aufbruch mit dem alten Tonnenleger, hatte sie die Briefmarke auf die Karte geklebt und diese in den zerschrammten Briefkasten am Hafen geworfen. Spätestens morgen früh wüsste er, dass sie hier auf ihn wartete. In ihrer kindischen Phantasie nahm er mit seinem Polizeischiff einfach Kurs auf den Roten Sand, um sie in seine Arme zu schließen. Dort, wo alles begonnen hatte. Natürlich wusste sie, dass es im wirklichen Leben deutlich komplizierter zuging als in ihren Träumen. Dennoch, wenn er sie noch immer liebte, würde er sich etwas einfallen lassen. Anton fiel immer etwas ein.

Lisa sog tief die feuchte, salzige Luft in ihre Lungen. Morgen früh wüsste er, wo sie zu finden war. Morgen früh würde er sich entscheiden, für Lisa oder gegen sie. Es sollte ihm nicht allzu schwerfallen. Nach allem, was sie für ihn getan hatte.

Leon kroch unter ihrem Arm hindurch und lehnte sich mit dem Rücken an ihren Oberkörper. Seine bedingungslose Zuneigung versöhnte sie zumindest mit diesem Teil ihrer Welt. Lisa liebte ihren Neffen, als wäre er ihr eigener Sohn. Seine Gegenwart hatte sie die langen Ehejahre mit Robert über das erträgliche Maß hinaus erdulden lassen. Am Ende war sie für ihre Geduld belohnt worden. Robert war fort, Leon hingegen noch immer bei ihr.

»Kennst du die Geschichte von den verfeindeten Leuchtturmwärtern?«, fragte er.

»Nein, ich glaube nicht.« Sie lächelte zärtlich. Es gehörte zu ihren gemeinsamen Ritualen, sich gegenseitig Geschichten zu erzählen, die sie bei passender Gelegenheit fortspannen und ausschmückten. Nur dass sie inzwischen darauf achteten, dass Karla sie nicht dabei erwischte. Mit einem sorgsamen Blick über die Schulter vergewisserte sich Lisa, dass ihre Schwägerin nirgends zu sehen war.

»Schieß los«, sagte sie.

»Der Kapitän hat sie mir erzählt, als ich bei ihm auf der Brücke war«, schob Leon als Einleitung voraus.

Lisa erinnerte sich, dass der Junge mindestens eine halbe Stunde in dem kleinen Steuerhaus des Tonnenlegers zugebracht hatte und mit sehr nachdenklicher Miene wieder herausgekommen war.

»Die Männer hatten einen furchtbaren Streit, weil einer von ihnen mitten am Tag einfach eingeschlafen war, obwohl er Dienst hatte«, fuhr Leon fort. »Es war nämlich dichter Nebel aufgezogen, so wie jetzt gerade. Der Wachhabende hätte draußen stehen und die Nebelglocke für die vorbeifahrenden Schiffe läuten müssen. Stattdessen saß er im warmen Dienstraum und schnarchte. Sein Kollege hat ihn nur erwischt, weil er aufs Klo musste. Das war früher nämlich ganz oben auf dem Turm. Jedenfalls musste er seinen Kumpel wecken. Der behauptete aber trotzdem, die ganze Zeit wach gewesen zu sein. Was natürlich Unsinn ist, denn dann hätte er ja die Glocke geläutet. Kein Wunder, dass der andere wütend wurde.

Was dann geschah, weiß niemand so genau. Aber die beiden Männer hassten sich von da an bis ans Ende ihres Lebens. Stell dir vor, sie mussten noch zwei volle Monate zusammen Dienst schieben. Bis zum Schluss sprachen sie kein einziges Wort mehr miteinander!« Etwas außer Atem, aber mit leuchtenden Augen blickte der Junge zu Lisa auf. »Denkst du, uns würde es auch so ergehen, wenn wir uns hier streiten, ich meine, so richtig streiten?«

»Natürlich nicht. Wir müssten nämlich schlimmstenfalls einen Tag überstehen, bis unser Schiff kommt«, entgegnete sie fröhlicher, als ihr zumute war. »Außerdem ist das alles nur Seemannsgarn, wie es sich die Leute in den Hafenkneipen erzählen, wenn sie zu viel Bier und Korn intus haben.«

Leon legte die Stirn in Falten; offenbar enttäuschte ihn ihre knappe Antwort mächtig.

»Was ist das?«, fragte er plötzlich und zeigte mit dem Finger abwärts. Dabei beugte er sich schon wieder so gefährlich vor, dass Lisa schnellstens beide Arme um seinen Brustkorb schlang, um ihn vor einem Sturz zu bewahren.

Sie krümmte den Nacken so weit wie möglich, um zu sehen, was den Jungen so in Aufregung versetzte. Vor etwa zwei Stunden hatte das Hochwasser den Sockel vollständig überspült. Jetzt, da die Ebbe eingesetzt hatte, konnte man das Turmfundament unter der weißen Gischt wieder erahnen. Dicht an die Stahlwand gedrängt, erkannte sie einen unförmigen Körper, dessen Farbe mit dem Nebel verschwamm.

»Sieht aus wie ein Seehund«, stellte sie leicht verwundert fest. Zwar gab es diese Tiere hier draußen zuhauf. Doch in der Regel tummelten sie sich an ihren Rastplätzen in Gruppen. Offenbar hielt das Kerlchen dort unten nicht sonderlich viel von Gesellschaft.

»Echt?« Leon reckte seinen Hals noch ein Stückchen weiter vor. »Er sieht traurig aus. Vielleicht ist er verletzt.«

»Nein, das glaube ich nicht.« Lisa versuchte, das Tier genauer in Augenschein zu nehmen, konnte jedoch nicht erkennen, ob ihm etwas fehlte. Es war durchaus denkbar, dass ihm bei der

Nahrungssuche der Kiel eines Sportboots in die Quere gekommen war. Aber sie hielt es für besser, Leon nicht weiter zu beunruhigen.

»Wollen wir nicht nachsehen?«, fragte er.

»Vergiss es«, sagte Moritz, der von Lisa unbemerkt auf die Galerie gekommen war. »Niemand von uns wird die Außenleiter betreten, bevor unser Schiff wieder da ist. Wenn du den Halt verlierst und ins Meer stürzt, kann dir niemand mehr helfen.«

»Die Leuchtturmwärter haben sich früher immer um verletzte Tiere gekümmert«, sagte Leon empört. »Ist doch so, oder?« Er schaute Lisa hilfesuchend an.

»Ja, aber das waren gestandene Seemänner. Trotzdem hätten sie sich niemals in Gefahr gebracht, um einen Seehund zu retten.«

»Was, wenn er stirbt?«

»Wird er nicht. Bestimmt ruht er sich nur von der Fischjagd aus. Jede Wette, dass es ihm bald zu langweilig wird und er sich aus dem Staub macht.« Lisa trat einen Schritt von der Reling zurück, den Jungen fest im Griff.

Leons Stirn erinnerte sie in verstörender Weise an den Grand Canyon. Es war einer der seltenen Momente, in denen er seiner Mutter ähnlich sah. Und seinem Onkel. Ein Gedanke, den Lisa unwirsch verscheuchte.

»Wie spät ist es eigentlich?«, fragte sie, um endgültig vom Thema abzulenken.

Tatsächlich hatte sie jedes Gefühl für die Zeit verloren. Lediglich ihr Magen deutete vage an, dass die gewohnte Essenszeit längst hinter ihr lag.

»Schon fast neun«, antwortete Moritz, offenbar selbst überrascht. Beiläufig wischte er auf dem Display seines zerkratzten Smartphones herum.

»Bist du heute nicht der Chefkoch?«, fragte sie und knuffte ihn in die Seite. »Komm, ich helfe dir in der Küche.«

»Keine Chance«, entgegnete Moritz mit gespielter Strenge. »Schließlich feiern wir heute Abend deinen Geburtstag. Außerdem bin ich sicher, dass inzwischen fast alles fertig ist. Hey, Sportsfreund«, sagte er zu Leon, »was hältst du davon, deiner Mutter beim Tischdecken zu helfen?«

Bereitwillig, wenn auch ohne übermäßige Begeisterung, kam Leon der Aufforderung nach. Höchstwahrscheinlich fror er mittlerweile in seinem dünnen T-Shirt, sodass der Küchendienst für den Moment das kleinere Übel darstellte.

Lisa blieb mit Moritz allein auf der Galerie zurück. Plötzlich zerschnitt das ferne Dröhnen eines Nebelhorns die Stille. Ein Abschiedsgruß des Kapitäns, wie es schien, an die letzte bemannte Bastion, bevor es auf die offene See hinausging. Unwillkürlich spürte Lisa einen Schauer, der ihren gesamten Körper mit einer Gänsehaut überzog.

»Du wärst lieber mit jemand anderem hier, stimmt's?« Moritz war so nah an sie herangetreten, dass sich ihre Ellenbogen auf dem Geländer berührten.

»Unsinn.« Lisa bemühte sich um einen gleichgültigen Ton und schaffte ein Lächeln.

»Seit wir hier sind, wirkst du völlig geistesabwesend. Findest du nicht, wir sollten darüber reden?«, bohrte er weiter. »Immerhin wollte ich dir mit diesem Ausflug eine Freude machen. Nur werde ich den Eindruck nicht los, dass ich es gerade gründlich vermassle.« Moritz berührte sie vorsichtig an der Schulter. »Nichts für ungut, aber hey, ich habe doch recht, oder?«

Ohne jeden Zweifel hatte er diese Geburtstagsüberraschung für Lisa gegen den Willen seiner Frau organisiert. Moritz war ein waschechter Sozialpädagoge, ein Softie, der wie von einer Zeitmaschine aus den glorreichen Achtzigern ins 21. Jahrhundert katapultiert wirkte. Es lag schlicht nicht in seiner Natur, sich mit seiner Frau anzulegen, die in ihrer Familie den strikten Kurs vorgab. Vermutlich stellte es die mutigste Leistung seines Lebens dar, sie mit dieser Reiseplanung vor vollendete Tatsachen gestellt zu haben. Doch nichts davon berechtigte ihn dazu, den Therapeuten zu mimen. Mit dieser Zunft hatte sich Lisa fast zwei Jahre lang herumgeschlagen. Das musste reichen, bis ans Ende aller Zeiten.

»Das alles hier«, sie vollführte eine raumgreifende Geste, »hat mich wohl ziemlich überrumpelt. Woher hast du überhaupt gewusst … oh.« Noch während sie die Frage formulierte, dämmerte ihr die naheliegende Antwort.

»Das Album mit den Postkarten«, sagte er dann auch prompt. »Damals, als ich dich im Laden besucht habe, wollte ich mit dir eigentlich über eine ganz bestimmte Sache reden. Aber dann hat mich wieder einmal der Mut verlassen.«

Nur zu deutlich erinnerte sie sich an jenen sonnigen Nachmittag, an dem Moritz unter dem Ich-war-gerade-zufällig-in-der-Gegend-Vorwand in der Buchhandlung aufgetaucht war.

Damals hatte Lisa seit bestimmt zwanzig Minuten versucht, eine exzentrische Kundin loszuwerden. Das Album lag offen auf dem Tresen. Keine Chance, es rechtzeitig zuzuklappen oder gar in der Schublade zu verstauen. Also musste sie aus einigen Schritten Entfernung mit ansehen, wie Moritz darin blätterte, während sie der weißhaarigen Dame zu erklären versuchte, dass die begehrte Originalausgabe eines spanischen Kriminalromans vergriffen war.

»Wo hast du die alle her?«, fragte Moritz, nachdem Lisa die Nervensäge mit der Adresse eines Antiquariats versorgt und nachdrücklich zur Tür hinauskomplimentiert hatte.

»Das geht dich gar nichts an.« Mit ihrem üblichen mädchenhaft verlegenen Lächeln angelte sie nach dem Album, doch Moritz dachte nicht daran, es einfach herzugeben.

»Warum? Was ist so geheimnisvoll daran, dass ich es nicht anschauen darf?«, fragte er.

»Nichts. Es ist nur … albern, eine kindische Spinnerei. Ich wäre dir sehr dankbar, wenn du es Robert gegenüber nicht erwähnen würdest«, entgegnete sie in einem Ton, der den Ernst der Sache deutlich zum Ausdruck brachte.

Er zuckte mit den Schultern. »Okay, ganz wie du willst. Aber es ist nur ein Leuchtturm. Immer derselbe, auf jeder einzelnen Karte. Was sollte ihn daran stören?«

*Die Rückseite. Der Name des Absenders.*

»Nichts. Ich möchte es einfach nur für mich behalten.«

»Schon gut!« Er trat einen Schritt beiseite, sodass sie ihre Erinnerungen sicher verstauen konnte. Mit beleidigter Miene beobachtete er, wie sie die Schublade abschloss und den Schlüssel in die Registrierkasse legte.

Moritz hatte sie niemals wieder auf diese seltsame Begegnung angesprochen. Nicht einmal gestern, als er ihr beim Abendessen nahegelegt hatte, einige Sachen zu packen und tags darauf um sechs Uhr morgens startklar zu sein.

»Ich habe dein Sammelalbum vor der Auflösung deines Ladens in Sicherheit gebracht«, sagte er nun. »Keine Angst, Karla hat davon nichts mitbekommen.«

»Gut.« Lisa atmete tief durch. Immerhin durfte sie jetzt aufhören zu bangen, ihre Schwägerin könnte die Ansichtskarten durch einen dummen Zufall entdecken. Für Karla wären sie der sichere Beweis gewesen, dass Lisa ihren Ehemann all die Jahre betrogen hatte. Zweifellos würde dies die Umstände seines Todes in ein völlig neues Licht rücken. Etwas, das Lisa um jeden Preis verhindern musste.

»Ich finde schon, dass du ein klein wenig gesprächiger sein könntest«, sagte Moritz jetzt in einem fast flehenden Ton. »Bitte, Lisa, sage mir, was ich falsch mache!«

»Überhaupt nichts.« Langsam gingen ihr seine Anbiederungen auf die Nerven. Manchmal kam ihr Moritz vor wie ein Hund, der nach Lob lechzte, weil er das Stöckchen brav zurückgebracht hatte. Sie stellte sich auf die Zehenspitzen und küsste ihn flüchtig auf die bärtige Wange. »Du bist großartig!« *Und jetzt lass es bitte gut sein, okay?*

Doch Moritz machte nicht den Eindruck, als wäre er bereit, sich so leicht abspeisen zu lassen.

»Wer ist er? Der Kerl, der dir diese Karten schickt? Hattest du mit ihm eine Affäre?«

»Nein!« Lisa spürte, wie sich ihre Fäuste ballten. Dabei hatte sie sich überhaupt nichts vorzuwerfen. Nicht so, wie Moritz es gerade andeutete.

Das mit Anton waren keine schmutzigen Dates in einem anonymen Hotelzimmer gewesen. Solch kurzweilige Freuden lagen ihm einfach nicht. Genau das machte ihn zu etwas Besonderem in ihrem Leben. Anton sorgte sich um ihr Wohlergehen, ihr Glück. Er versuchte niemals, sie zu maßregeln, ihr zu sagen, wie sie sich zu kleiden oder zu benehmen hatte. Er wollte, dass Lisa endlich sie selbst sein konnte. Anton war nahezu daran verzweifelt, dass sie es nicht fertigbrachte, Robert zu verlassen. Es hatte ihr das Herz gebrochen, bei jedem Abschied, bei jeder Ansichtskarte, die der Postbote in ihre kleine Buchhandlung brachte.

»Hast du überhaupt eine Ahnung, wie es für mich ist, immer die letzte Geige zu spielen, egal was ich tue?«

»Wie bitte?« Irgendwie hatte Lisa jetzt doch den Faden verloren.

»Du und Robert, ihr wart immer das Traumpaar. Alle haben euch bewundert, so erfolgreich, so vorbildlich, immer für einen Artikel in der Lokalzeitung gut. Und so wahnsinnig gut aussehend! Ich meine, klar, dass du jemanden wie ihn gewählt hast. Ich bin da bestenfalls der nette Typ von nebenan, oder?«

»Du bist mein Schwager!« Was um Himmels willen sollte das jetzt werden?

»Aber das ist nicht einmal alles«, redete er einfach weiter. »Es gibt noch jemanden, der in der Schlange gleich hinter Robert ansteht, um sich die schöne Lisa zu angeln, nicht wahr?«

Sie stöhnte leise auf. »Ich bitte dich! Du bist der Ehemann von Roberts Schwester. Du und Karla habt einen wunderbaren Sohn. Also, was um alles in der Welt stimmt nicht mit dir?« Auch wenn ihr längst schwante, worauf das gerade hinauslief.

Selbstverständlich war ihr nicht entgangen, dass zwischen den beiden ein gereizter Tonfall herrschte. Sie hatte es Moritz' schüchternen Emanzipationsversuchen zugeschrieben, die Karla mit eiskalter Verachtung quittierte. Nicht im Traum war sie daraufgekommen, dass er in Wirklichkeit eifersüchtig war. Endlich dämmerte Lisa, dass er sich in sie verliebt hatte. Oder es zumindest glaubte. Und nun probierte er alles, um in ihren Orbit vorzudringen.

*Du meine Güte, als hätte ich nicht auch so schon Probleme genug!*

»Ich glaube, du redest dir etwas ein«, sagte sie jetzt in einem, wie sie hoffte, freundschaftlichen Ton. »Ich habe eine gefühlte Ewigkeit in einer Klinik verbracht, in der ich von der gesamten Außenwelt abgeschottet war. Wenn ich telefonieren wollte, dann nur im Beisein eines Arztes. Die haben mir nicht einmal erlaubt, einen Brief zu schreiben. Momentan bin ich vollauf damit beschäftigt, mich im wirklichen Leben wieder zurechtzufinden. Was erwartest du von mir?«

»Ich weiß nicht, vielleicht ein klitzekleines bisschen Dankbarkeit? Es war ein ordentliches Stück Arbeit, deine ganzen Angelegenheiten zu regeln, so viel kannst du mir glauben. Allein Roberts Beerdigung zu organisieren war ein einziger Alptraum.«

Lisa schwieg betreten. Es stimmte. Während man sie nach dem tragischen Unfall aufgrund einer »ausgeprägten posttraumatischen Belastungsstörung« in eine psychosomatische Klinik gesperrt hatte, hatte sich Moritz mit sämtlichen Behörden, Banken und Aasgeiern herumgeschlagen, die auf jede nur erdenkliche Weise versucht hatten, Kapital aus Roberts Tod zu schlagen. Die Auflösung von Lisas kleinem Buchladen war bestimmt eine vergleichsweise einfache Aufgabe gewesen. Bislang hatte Lisa kaum einen Gedanken daran verschwendet, was Moritz, ohne mit der Wimper zu zucken, für sie getan hatte. Zum Teil lag es schlicht daran, dass sie es gewohnt war, dass jemand anderes ihr gesamtes Leben regelte. Darüber hinaus war sie vollauf damit beschäftigt gewesen, das Geschwader von Ärzten und Therapeuten zu ertragen, die ihre Klauen so unablässig in ihr Gehirn schlugen, dass sie jeden Tag befürchtete, das Blut müsse ihr aus Augen und Ohren tropfen. Es war zwecklos, Moritz erklären zu wollen, was sie in diesem Irrenhaus durchgemacht hatte.

»Es war für uns alle eine schwere Zeit«, sagte Moritz. Er klang bereits wieder versöhnlich.

Doch gerade als sie sich ein wenig entspannte, schlang er

seine Arme um ihren Körper und küsste sie. Nicht etwa freundschaftlich oder tröstend. Seine Emotionen waren vollkommen anderer Natur. Er presste seine Lippen so heftig auf die ihren, dass sie glaubte, Blut zu schmecken. Zunächst war sie viel zu verwirrt, um mehr zu tun, als krampfhaft die Zähne aufeinanderzubeißen. Erst als seine Hand ihren Rücken hinab zu ihrem Po wanderte, mobilisierte sie sämtliche Kräfte. Mit voller Wucht stieß sie ihn von sich, holte mit der rechten Hand aus und verpasste ihm eine schallende Ohrfeige. Verdattert wich er einen Schritt zurück, während sie mit dem Rücken gegen die Reling prallte. Etwa eine halbe Sekunde lang rang sie um ihr Gleichgewicht. Sie fand es wieder, bevor die nackte Panik von ihr Besitz ergreifen konnte.

»Hast du jetzt völlig den Verstand verloren?«, schrie sie ihn an.

»Wow, jetzt hab dich doch nicht so!« Moritz wirkte so ehrlich verwirrt, dass sich ihr Zorn in eine seltsame Form von Mitleid verwandelte.

»Wie kannst du es wagen, mich anzufassen?« Um nicht weiter zu schreien, presste sie die Worte zwischen den Zähnen hervor.

Moritz hob beide Hände wie ein Cowboy, der in die Mündung eines Revolvers schaute. Dabei sah er so grenzenlos verängstigt aus, als hätte sie sich vor seinen Augen in ein Alien verwandelt.

»Bitte, es tut mir leid, okay? Einen Augenblick lang habe ich gedacht, du stehst auf Männer, die … Vergiss es, ich habe mich wohl geirrt.«

»Ja. Du irrst dich. In vielen Dingen.« Lisa senkte ihren Blick zu Boden. Allmählich bekam sie ihren Schock unter Kontrolle. Ihre Stimme wurde weicher, ihr Tonfall demütig. So wie es alle von ihr gewohnt waren. Die Wirkung trat unmittelbar ein.

Moritz ließ die Hände sinken und vergrub sie in den Taschen seiner ausgebeulten Cordhose. »Freunde?«, fragte er leise. Dabei achtete er sorgfältig darauf, eine Armlänge Abstand zu wahren.

Als sie langsam zu ihm aufschaute, bemerkte sie eine Silhouette, die hinter ihm in der Tür zum Laternenhaus stand. Instinktiv schnappte sie nach Luft. Blitzschnell verschwammen die Umrisse mit den schwarzen Schatten des Innenraums.

»Verdammt, sie hat alles gesehen«, flüsterte Lisa.

Für Leon war die Gestalt zu hochgewachsen gewesen. Blieb also nur noch Karla. Aber warum machte sie ihnen dann keine Szene? Sie war seit den frühen Morgenstunden schlecht gelaunt. Zu sehen, wie ihr Ehemann ihre Schwägerin anbaggerte, musste das Fass unweigerlich zum Überlaufen bringen.

»Wovon sprichst du?« In seine Enttäuschung mischte sich eine unüberhörbare Gereiztheit.

»Karla. Sie hat uns beobachtet. Wie willst du ihr erklären, was … du getan hast?«

»Ich weiß wirklich nicht, was du willst. Ich hab kapiert, dass ich dich missverstanden habe und bei dir für alle Zeiten unten durch bin, okay? Aber außer uns beiden ist hier draußen niemand. Also falls du nicht vorhast, Karla zu stecken, was ihr Ehemann für ein Idiot ist, wüsste ich nicht, wer es sonst tun sollte.« In seinem Dackelblick lag pure Resignation.

Allmählich begann Lisa, an ihrer Wahrnehmung zu zweifeln. »Tut mir leid. Vergiss, was ich eben gesagt habe.«

»Gut«, entgegnete Moritz. Plötzlich klang er nur noch müde. »Schau, der Nebel löst sich auf.« Sein Blick glitt in die Ferne über das Meer.

Tatsächlich waren durch den dünnen Schleier bereits wieder die entfernten Umrisse vorüberziehender Schiffe zu erkennen. Die letzten Sonnenstrahlen schimmerten orangefarben durch eine Wolkenbank, die sich am Horizont zusammenballte. Weiße Schaumkronen ritten auf den Wellen, die in unregelmäßigem Takt gegen den stählernen Turm schlugen, weil er ihnen so beharrlich im Weg stand. In der emporstrebenden Gischt lag ein Raunen, als wollte die See eine ganz eigene Geschichte erzählen. Unwillkürlich zog Lisa ihre Strickjacke enger um den Körper.

»Na komm, lass uns hineingehen«, sagte Moritz.

Wortlos folgte Lisa ihm die enge Wendeltreppe hinunter bis in den ehemaligen Dienstraum. Von dort aus wanden sich die ausgetretenen Holzstufen weiter abwärts bis in die Küche. Ein würziger Duft nach gebratenen Zwiebeln, Pilzen, Tomaten und Kräutern erfüllte den Raum. Die Abenddämmerung kroch rötlich durch die westlichen Bullaugen. Karla stand geschäftig am alten Gasherd und summte unmelodisch vor sich hin. Falls sie Minuten zuvor eine erschütternde Entdeckung gemacht hatte, überspielte sie den Schock geradezu meisterhaft.

»Du machst Omeletts?«, fragte Lisa mit leicht belegter Stimme. »Wie hast du bloß die Eier heil hierher transportiert?«

»Nun ja, sie sind nicht alle heil geblieben«, entgegnete Karla, ohne von ihrer Beschäftigung aufzusehen. »Aber das hätte ihnen auch nicht viel genützt, schätze ich.« Sie drehte sich zu Lisa um, als wollte sie sichergehen, dass ihr Scherz richtig angekommen war. Ihr eigenes Lächeln fiel jedoch auffallend sparsam aus.

*Sie weiß es. Keine Ahnung, wie sie es fertiggebracht hat, zu kochen und uns gleichzeitig zu beobachten. Aber sie hat gesehen, was Moritz getan hat. Jede Wette, dass sie mir die Schuld dafür gibt!*

Lisas Blick glitt über den bunt gedeckten Tisch, auf dem eine Glasschüssel mit Schokoladenpudding für den Nachtisch bereitstand.

»Ist der Seehund noch da?«, fragte Leon, der auf reichlich umständliche Weise das Besteck verteilte.

»Nein, er ist ins Meer zurückgeschwommen, wie ich es mir gedacht habe«, sagte Lisa. Sie hatte das Tier vollkommen vergessen, hielt es jedoch nicht für klug, dieses Fass erneut aufzumachen.

»Setzt euch, es ist gleich alles so weit.« Karla zog eine Platte mit fertig gefüllten Omeletts aus dem Ofen.

Moritz zündete zwei Petroleumlampen an, die er in den Fensternischen platzierte. Dann schaffte er auf dem Tisch Platz für einen Kerzenhalter, riss ein Streichholz an und hielt es an den Docht. Der gelbe, flackernde Schein tauchte die Küche in eine nostalgische Atmosphäre.

»Also dann: Auf ein wunderbares Wochenende!« Moritz prostete mit seinem Mineralwasserglas in die Runde. Auch seine Fröhlichkeit wirkte etwas rissig.

»Auf dass uns die Seeluft nicht zu Kopf steigt«, entgegnete Karla. Dabei wanderten ihre tintenblauen Augen von Lisa zu ihrem Ehemann und wieder zurück.

Moritz' Augen verengten sich.

*Endlich kapiert er, dass mit Karla etwas nicht stimmt. Dabei habe ich ihn gewarnt. Sie hat uns gesehen. Ich habe es mir nicht nur eingebildet!*

Zusehends verunsichert betrachtete Moritz seine Frau, die ihm ein perfekt gebräuntes Omelett auf den Teller legte.

»Was ist? Denkst du, ich hätte es vergiftet?« Karlas Tonfall war spöttisch genug, um die Bemerkung als Witz durchgehen zu lassen.

Nur, dass niemand lachte.

Unwillkürlich schoss Lisa die Geschichte von den verfeindeten Leuchtturmwärtern durch den Kopf. Ein vorsichtiger Seitenblick auf Leon bestätigte ihr, dass es ihm ähnlich erging.

»Darf ich anfangen?«, fragte er in die Stille hinein.

»Oh, ich bitte darum«, entgegnete Karla. Von einem Augenblick auf den anderen wirkte sie aufreizend entspannt.

Sichtlich erleichtert stocherte Leon mit seiner Gabel drauflos und zerlegte sein Omelett unsystematisch. Moritz bemühte ein Messer, stellte sich jedoch kaum geschickter damit an. Lisa selbst starrte vor sich hin, ohne das Essen anzurühren. Ihr Hunger war einem Knoten gewichen, der ihren Magen vollständig ausfüllte.

»Es ist fabelhaft«, sagte Moritz nach einer Weile mit vollem Mund. »Du solltest es wenigstens probieren.« Dabei deutete er mit dem Kinn auf Lisas unberührten Teller.

»Oh, sicher«, erwiderte sie mit einem hauchdünnen Lächeln. Schnell schob sie einen Bissen in den Mund, an dem sie sich auf der Stelle verschluckte.

»Ist alles in Ordnung mit dir?« Plötzlich legte Karla ihre Hand auf Lisas Arm.

Helle Umrisse zeichneten sich ab, wo Karlas kalte Finger in ihre Haut schnitten.

»Natürlich«, antwortete Lisa brav. Unter Anstrengung hob sie den Kopf, um ihrer Schwägerin ins Gesicht zu sehen, und mit einem energischen Ruck befreite sie sich aus deren Klauengriff. »Ich bin nur müde. Es war ein langer Tag.«

## 4

Anton schlug die Augen auf und starrte in die Dunkelheit. Noch im selben Atemzug war er sicher, dass ihn nicht sein wirrer Traum geweckt hatte, sondern etwas, das sehr real war. Auch wenn er im Moment keine Ahnung hatte, um was es sich dabei handelte.

Er setzte sich auf die Bettkante und massierte sich die Schläfen. Ein vergeblicher Versuch, die Kopfschmerzen zu vertreiben, die in einem penetranten Rhythmus in seinem Schädel hämmerten. Der Radiowecker zeigte, dass es erst kurz vor Mitternacht war. Also was war geschehen?

Mühsam versuchte er, die Abendstunden zu rekonstruieren. Das Erste, woran er sich erinnerte, war der Rotwein. In reichlichen Mengen. Nur, dass er dieses Mal nicht allein getrunken hatte. Dorothea! Sie hatte dafür gesorgt, dass die Gläser nie leer geblieben waren. Rückblickend wirkte es wie ein Versuch, Anton vergessen zu lassen, was sie kurz zuvor so unbarmherzig aus ihm herausgequetscht hatte.

Er stöhnte leise auf. Jetzt, da sich seine Augen an das nächtliche Zwielicht in seinem Loft gewöhnten, erkannte er die Umrisse der Aktenmappe auf seinem Nachttisch. Immerhin war er nüchtern genug gewesen, um sie vor Dorotheas zügelloser Neugier in Sicherheit zu bringen. Auch, wenn es kaum noch etwas nützte. Sie hatte bereits genug davon gesehen, um zu erkennen, um was es sich handelte: ein Dossier über Elisabeth Holtkamp, das die vergangenen zwanzig Jahre ihres Lebens dokumentierte. Auf den ersten Blick musste es so aussehen, als hätte Anton sie gestalkt. Vielleicht war es am Anfang sogar so gewesen. Jedenfalls konnte er nicht leugnen, dass er es nach ihrer ersten Begegnung auf dem Roten Sand nicht fertiggebracht hatte, sich die zierliche Frau mit den feuerroten Locken und den katzenhaft grünen Augen einfach aus dem Kopf zu schlagen.

Dann war ihm, nur wenige Wochen später, eines dieser bunten Stadtmagazine in die Hand gefallen. Er hatte im ICE nach Hamburg gesessen, um an der dortigen Polizeischule seine Fortbildung für den Dienst bei der Wasserschutzpolizei zu beginnen. Er erinnerte sich noch genau daran, wie er die gesamte Zugfahrt lang auf den Bericht über die Hochzeit eines stadtbekannten IT-Unternehmers gestarrt hatte. Robert Holtkamp, in der Szene als eine Art Idol gefeiert, lächelte mittig von jedem der glamourösen Fotos. Seine Braut hingegen hielt sich so geschickt im Hintergrund, dass kaum mehr als ihr Profil zu erkennen war.

Um ihren Namen – Elisabeth – in Erfahrung zu bringen, musste er den gesamten Artikel durchforsten. Dennoch war sich Anton vollkommen sicher, um wen es sich handelte: seine schicksalhafte Bekanntschaft vom Roten Sand. Er riss den Artikel heraus und verwahrte ihn in seinem Notizheft, bis eine Kleinanzeige im Hamburger Abendblatt die Neueröffnung einer Buchhandlung in Blankenese ankündigte. Die Inhaberin trug den Namen Elisabeth Holtkamp. Obwohl es auch hier kein Foto von ihr gab, legte Anton die Zeitungsanzeige zu dem Hochzeitsartikel und seinen persönlichen Notizen. Sobald er zwischen Unterricht, Lernen, Training und Kneipenzügen mit seinen Kameraden Zeit fand, suchte er besagte Buchhandlung auf.

Von diesem Tag an hatte die Geschichte ihren Lauf genommen, bis zu ihrem bitteren Ende. Hätte Anton auch nur ahnen können, was sein Besuch anrichten würde, hätte er sich zuvor freiwillig beide Beine gebrochen. Bis heute wünschte er, sich niemals in ihr Leben eingemischt zu haben. Doch dafür war es längst zu spät.

Da war es wieder. Das Geräusch, das ihn geweckt haben musste. Auch wenn es jetzt nur sehr leise aus der Halle zu ihm heraufdrang. Offenbar unterhielt sich Dorothea mit jemandem. Besser gesagt, sie telefonierte, denn außer ihrer Stimme konnte Anton keine weitere hören. War ihr Lover von seiner Bandsause zurückgekehrt und auf Versöhnung aus? Verdammt, konnten die beiden das nicht zu einer christlicheren Uhrzeit regeln?

Anton hievte sich von der Bettkante. Hektische Bewegungen vermeidend, angelte er nach Jeans und T-Shirt, die über einer Stuhllehne baumelten. Während er sich notdürftig ankleidete, legte der Trommler in seinem Schädel spürbar einen Zahn zu. Vorsichtig öffnete er die knarrende Tür der Empore. Durch die blinden Sprossenfenster fiel das gedämpfte Licht einer einzelnen Straßenlaterne von draußen herein, gerade genug, um die schwarzen Silhouetten im Raum zu unterscheiden. Doch für Anton reichte es aus. Barfuß schlich er die eiserne Treppe zur Halle hinunter, verharrte jedoch auf halbem Wege. Er war sich nicht sicher, ob Dorothea ihn bemerkt hatte. Gestern Abend hatte er es gerade noch fertiggebracht, ihr unten auf dem zerknautschten Ledersofa eine provisorische Bettstatt herzurichten, bevor Müdigkeit und Erschöpfung mit aller Macht ihr Recht gefordert hatten. Dort saß sie mit angewinkelten Beinen, die Wolldecke bis zum Kinn gezogen. Die Beleuchtung des Handydisplays tauchte ihr Gesicht in ein fast gespenstisches Licht. Mit der freien Hand raufte sie sich die Haare, die ihr in wirren Strähnen in die Stirn fielen.

»Du gottverdammter Schwachkopf sollst mich überhaupt nicht anrufen!«, zischte sie jetzt. »Ist mir scheißegal.« Pause. »Woher zum Teufel soll ich das wissen?« Pause. »Vergiss es!« Pause. »Scheiße!« Mit Schwung feuerte sie ihr Telefon über den Dielenboden.

Ohne weitere Vorsicht stieg Anton die Treppe hinunter. Dorothea ignorierte ihn geflissentlich. Er nutzte die Gelegenheit, indem er zunächst das Bad ansteuerte. Dort erleichterte er seine Blase und betätigte die Spülung. Das Tosen in den alten Rohrleitungen hörte sich an, als rausche ein Wasserfall geradewegs durch das Loft.

Er wusch sich die Hände und ging zur Küchenzeile. Dort füllte er ein Glas mit Leitungswasser, das er gierig leer trank. Dieses Prozedere wiederholte er noch dreimal, bis das Pochen hinter seinen Schläfen ein wenig an Dramatik verlor. Anschließend füllte er ein frisches Wasserglas und ging damit zum Sofa. Crowley hatte seinen Schlafplatz verlassen und war auf Dorotheas Schoß gesprungen. Mechanisch kraulte sie ihm den schwarzen Pelz.

»Trinken musst du schon selbst.« Anton hielt ihr das Wasser direkt vor die Nase.

»Oh, für mich?« Sie richtete sich leicht gequält auf.

»Mit wem hast du gerade telefoniert?« Er knipste eine wackelige Stehlampe an und studierte ihre Gesichtszüge.

»Verdammt.« Sie rutschte in eine etwas bequemere Sitzposition und schaute zerknirscht zu Anton auf. »Tut mir leid, wenn ich dich geweckt habe.«

»Verrate mir einfach, wer dich mitten in der Nacht so dringend sprechen muss. Dann werde ich mich wieder hinlegen und weiterschlafen. Natürlich erwarte ich frische Brötchen zum Frühstück. Aber eins nach dem anderen.«

Es schien, als wollte sie zu einer längeren Erklärung ansetzen, dann holte sie nur tief Luft und stieß sie wieder aus. »Mein Bruder«, antwortete sie schließlich.

Für den Bruchteil einer Sekunde verspürte Anton eine kindische Art von Erleichterung. Sofort schalt er sich einen Trottel.

»Du hast nie einen Bruder erwähnt.« Anton bemerkte durchaus, dass er einen etwas ruppigen Ton anschlug. Aber das Telefonat hatte nicht gerade harmonisch geklungen.

»Das ist eine lange Geschichte.« Achselzuckend nahm sie ihm das Glas aus der Hand.

»Keine sehr angenehme, schätze ich«, bohrte er weiter.

»Also hast du mich belauscht.«

»Nein, aber ich habe dich *gehört.*«

»Okay, du hast recht. Er hat sich mächtig in die Scheiße geritten und erwartet nun, dass ich ihn wieder herausziehe. Aber das tut er ständig; er betrachtet es sozusagen als eine Art Geburtsrecht. Ich habe die Schnauze gestrichen voll, allerdings weigert er sich hartnäckig, das zu kapieren.«

»Geht es ein bisschen genauer?«

Sie holte zu einer hilflosen Geste aus, bei der das Wasser über den Rand des Glases schwappte.

»Thore ist der Nachzügler der Familie«, sagte sie. »Unsere Eltern hatten damals längst andere Pläne, als sich noch um ein kleines Kind zu kümmern. Irgendwie hielten sie es für selbstverständlich, dass ich als große Schwester diesen Job übernahm. Immerhin bin ich sieben Jahre älter als er. Aber irgendwann wurde es mir einfach zu viel. Ich meine, welches sechzehnjährige Mädel will sich die Wochenenden von seinem neunjährigen Bruder vermiesen lassen? Sandra hatte das Glück, längst aus dem Haus zu sein. Ich habe getan, was ich konnte. Aber es hat einfach nicht gereicht. Schon als Jugendlicher hing Thore mit den bösen Jungs herum, dealte mit Gras, schmiss die Schule. Bis er seine Vorliebe fürs Zocken entdeckte. Poker, Billard, Sportwetten, das volle Programm. Inzwischen steht er bei etlichen Buchmachern tief in der Kreide. Deshalb hat er auch keinen festen Wohnsitz mehr. Soweit ich weiß, ist er irgendwo in Hamburg untergetaucht, aber das kann sich inzwischen schon wieder geändert haben.«

»Und was genau will er von dir?«

Wieder dieses hilflose Achselzucken. »Das, was er am dringendsten braucht: Geld. Als wäre ich die Goldmarie aus dem Märchen, die mit dem magischen Spinnrad.«

»Dazu gehören immer zwei«, gab Anton zu bedenken.

»Außer mir hat er doch niemanden. Ich war schon immer die Einzige, die ihn in Schutz genommen hat, vor unseren Eltern, vor unserer großen Schwester. Genau genommen ist er der Grund, warum Sandra so sauer auf mich ist. Verstehst du jetzt, worum es geht?«

»Nein.« Er schüttelte den Kopf. »Warum besorgst du dir nicht einfach eine neue Telefonnummer?«

»Habe ich schon versucht. Er hat sechsunddreißig Stunden gebraucht, um sie herauszufinden.«

»Dann geh nicht mehr ran, wenn er anruft.«

»Er benutzt ständig andere Handys, vermutlich gestohlene, die er wegwirft, sobald die SIM-Karte gesperrt ist.«

Anton runzelte die Stirn. In Dorotheas Leben gab es also wesentlich bedeutendere Schwierigkeiten als drohende Obdachlosigkeit und einen verflossenen Rockstar. Außerdem war er sich relativ sicher, dass sie ihm den Kern des Übels nach wie vor verschwieg. Unwillkürlich sann er darüber nach, wie gut er seine engsten Kollegen wirklich kannte. Wie es aussah, hatte er diesbezüglich so einiges aufzuarbeiten. Jedenfalls bevor er noch einmal auf die Idee käme, einem von ihnen seine Couch anzubieten.

»Nun, zumindest eines deiner Probleme werden wir gemeinsam lösen können.«

»Was willst du damit sagen?« Sie hob den Kopf und betrachtete ihn fast ein wenig ängstlich.

»Wir werden dir eine Wohnung suchen, gleich morgen früh.«

»Ich glaube, du stellst dir die Sache ein bisschen zu einfach vor.« Jetzt klang sie wie ein quengeliges Kind, das man unter Androhung von Stubenarrest zwang, sein Zimmer aufzuräumen.

»Nein, keineswegs. Wir sind hier in Cuxhaven, nicht in Hamburg oder Berlin. Jeder Vermieter wird sich um eine bezaubernde Kommissarin als Mieterin reißen.«

»Ich verstehe einfach nicht, wie du es so ganz allein in dieser Bahnhofshalle aushältst.« Sie drehte das Glas in ihren Händen, als wüsste sie nicht, was sie damit anfangen sollte. »Ich würde schon nach drei Tagen anfangen, mit dem Toaster über das Wetter zu reden.«

»Du könntest dir ein Haustier anschaffen.« Sein Blick wanderte zu Crowley, der Dorotheas Streicheleinheiten mit einem monotonen Schnurren quittierte.

»Ich bin nicht besonders gut darin, für jemanden zu sorgen«, sagte sie. »Bei mir gehen sogar die Topfpflanzen ein.«

»Was zur Hölle ist dein verdammtes Problem?« Er hatte sie nicht derart anfahren wollen. Allerdings ging ihm ihr Eiertanz mächtig auf die Nerven, was nur zum Teil an seiner desolaten Verfassung lag. Vielleicht sollte er sie doch kurzerhand auf Merles Boot verfrachten. Dann könnte er zumindest sein obligatorisches Fitnessprogramm absolvieren und den angefangenen Krimi zu Ende lesen, bevor die nächste Dienstschicht begann.

»Thore«, sagte sie leise. »Inzwischen habe ich ihm alles gegeben, was ich jemals gespart hatte. Mein Dispo ist bis zum Anschlag überzogen. Ich bin absolut pleite!«

Anton betrachtete sie mit Forschermiene. »Dann hat er zumindest keinen Grund mehr, dich mitten in der Nacht anzurufen«, sagte er.

»Du verstehst das nicht. Thore ist es einfach gewohnt, dass ich ihm beistehe, es ist für ihn so eine Art Naturgesetz. In seiner Vorstellungswelt verfügt seine große Schwester über unerschöpfliche Reserven. Schließlich bräuchte ich nur bei unserem Papi anrufen und die gewünschte Summe nennen. Nur dass unser Vater nicht auf den Kopf gefallen ist.« Sie legte eine Atempause ein und strich sich einige Haarsträhnen aus dem Gesicht. »Ich musste bei Sandra ausziehen, weil Thore sogar ins Haus eingebrochen ist, um mich anzubetteln.« Reichlich zerknirscht blickte sie zu Anton auf.

»Das heißt, er ist in der Stadt.«

Sie zuckte mit den Schultern. »Er ist bestimmt schon wieder weg. Sandra hat ihm die Polizei auf den Hals gehetzt.«

In Antons Hirn setzten sich die Gedankenfetzen zu einem netten kleinen Puzzle zusammen.

»Soll das heißen, du versteckst dich vor ihm? *Bei mir?*«

Sie kraulte Crowley so heftig, dass es dem Kater zu bunt wurde. Mit beleidigter Miene sprang er von ihrem Schoß und verschwand in einer dunklen Ecke. »Ich nehme an, das wird deine Meinung von mir deutlich nach unten korrigieren«, sagte Dorothea.

Ein Geständnis, immerhin. Was seine Meinung über Dorothea betraf, würde er diese noch einmal in Ruhe überdenken, allein und ohne Kopfschmerzen.

»Was ist so lustig daran?«, fragte sie unvermittelt.

Erst jetzt bemerkte Anton, dass er grinste.

»Gar nichts«, antwortete er. In Wirklichkeit realisierte er, mit welcher Leichtigkeit Dorothea ihn gestern Nachmittag um den Finger gewickelt hatte.

»Vielleicht sollte ich mir deinen Bruder einmal ordentlich vorknöpfen«, schlug er vor.

»Du hast keine Ahnung, wovon du da sprichst«, sagte sie.

# 5

»Willst du wirklich für den Rest des Wochenendes Trübsal blasen?« Moritz streckte die Hand aus, um Lisa an der Schulter zu berühren, zuckte jedoch zurück, als hätte ihn ein Stromschlag erwischt. »Es steht dir natürlich frei, das zu tun. Zumal ich dir die Laune gründlich verdorben habe. Allerdings kann ich mir nicht vorstellen, dass es dich glücklicher macht, wenn du dich schmollend in deiner Koje verkriechst.«

Lisa gab den Versuch auf, sich schlafend zu stellen. Sie schlug die Augen auf und betrachtete Moritz' Gesicht, das zwischen den Vorhängen im Schatten lag.

»Karla ist oben und bereitet eine Geburtstagsüberraschung für dich vor«, sagte er. »Verfluche mich, so viel du willst. Aber glaube mir: Sie hat keine Ahnung. Andernfalls hätte sie mich in der Zwischenzeit längst gehäutet, gevierteilt und meine Einzelteile an die Möwen verfüttert.«

»Ich verfluche dich nicht.« Lisa kroch aus der Koje und setzte sich neben Moritz auf die Bettkante. »Du bist ein echter Freund, der einzige, den ich noch habe.« Von ihrer Wut war nichts geblieben als eine tiefe Traurigkeit.

Dass Moritz sie so offensichtlich begehrte, veränderte einfach alles. Vor allem bedeutete es, dass sich ihre Wege trennen würden, sobald sie wieder auf dem Festland waren. Seit ihrer Entlassung aus der Klinik wohnte Lisa in der großzügigen Altbauwohnung der Dehnhardts, in der das zweite Kinderzimmer nie mehr als eine Abstellkammer gewesen war. Wie alles andere in ihrem bisherigen Leben hatte Lisa diese Gastfreundschaft als selbstverständlich hingenommen. Es war dringend an der Zeit, ihre Ängste zu überwinden und der Welt da draußen allein die Stirn zu bieten. Auch wenn es bedeutete, dass sie eine Menge zu lernen hatte.

Eine Rückkehr in die feudale Villa, die sie gemeinsam mit Robert bewohnt hatte, war jedoch völlig ausgeschlossen. Dort würde er wie gewohnt hinter jeder Ecke lauern, um seiner ungehorsamen Frau eine gehörige Tracht Prügel zu verpassen. Lisa schaffte es nicht einmal in Begleitung eines Maklers, einen Fuß in dieses Geisterhaus zu setzen. Sie hatte dem freundlichen jungen Mann bereitwillig die Schlüssel überlassen, obwohl sich ihr gesamtes Hab und Gut nach wie vor in der Villa befand. Abgesehen davon, dass die meisten Sachen in einem kleinen Häuschen, wie sie es sich vorstellte, ohnehin keinen Platz fänden, würde sie sich von allem trennen, das an ihr Eheleben mit Robert erinnerte. Bislang hatte ihr schlicht die Energie gefehlt, sich um ihre Zukunft zu kümmern. So gesehen versetzten Moritz' Annäherungsversuche ihr nur den notwendigen Tritt in den Hintern.

Falls nicht alles anders käme. Morgen früh würde Anton ihre Postkarte lesen. *»Es ist noch nicht zu spät.«*

»Wie bitte?«, fragte Moritz.

»Nichts«, entgegnete Lisa rasch. Sie hatte überhaupt nicht bemerkt, dass sie die Worte laut ausgesprochen hatte.

»Also, was ist, gehen wir endlich?« Jetzt stupste er sie freundschaftlich an.

»Natürlich«, sagte sie und schenkte ihm ihr mädchenhaftes Lächeln.

Sofort bemerkte sie, wie sich seine verkrampften Muskeln ein wenig lockerten.

Gleich darauf vernahmen sie ein Poltern auf der Treppe.

»Was macht ihr denn hier unten?« Leon schoss um die Kurve und stoppte keuchend vor ihnen. Trotz des schummrigen Petroleumlichts sah Lisa, wie seine geröteten Wangen leuchteten. »Es ist gleich so weit!« Er griff nach ihrer Hand und zog sie förmlich mit sich die Treppe hinauf.

Moritz folgte ihnen mit einem Schritt Abstand.

Völlig außer Atem erreichte Lisa die Galerie. Der kalte Wind schnitt scharf in ihr erhitztes Gesicht. Wolkenfetzen zogen über den Nachthimmel. In der Ferne lagen matt beleuchtete Schiffe scheinbar bewegungslos auf See. Ein atemberaubend schöner Anblick, der sie unweigerlich in seinen Bann schlug. Weit im

Norden blitzte ein gleißender Lichtstrahl auf, verschwand wieder, um kurz darauf erneut zu erscheinen.

»Was ist das?«, fragte Lisa.

»Helgoland«, antwortete Moritz. »Die Insel hat das stärkste Seefeuer in ganz Deutschland. In klaren Nächten wie dieser sieht man es bis zu den Ostfriesischen Inseln. Oder bis zum Roten Sand.«

Bevor Lisa etwas entgegnen konnte, gewahrte sie eine Veränderung, die hinter ihrem Rücken vor sich ging. Zögernd drehte sie sich um.

Das Laternenhaus war hell erleuchtet.

Nur langsam realisierte sie, dass hinter den Fenstern Dutzende Kerzen und Öllampen flackerten.

»Kein echtes Leuchtfeuer, aber man kann es sich zumindest vorstellen. Jedenfalls ein bisschen«, sagte Moritz. Er klang recht zufrieden mit dem Ergebnis.

»Es ist wunderschön«, brachte Lisa hervor, bevor ihr der Kloß im Hals das Sprechen schwer machte.

Karla kam nun ebenfalls auf die Galerie. Zusammen mit ihrem Mann und ihrem Sohn stimmte sie ein Ständchen an, bei dem Leons Knabenstimme herrlich schräg herausstach. Mit dem Ärmel ihrer Strickjacke wischte sich Lisa die feuchten Augenwinkel.

»Herzlichen Glückwunsch, Tante Lisa!«, rief Leon und schlang seine Arme um ihre Taille.

Sie strich ihm über den Rücken; jetzt ließ sie die Tränen hemmungslos an ihren Wangen hinabrinnen.

Vielleicht war dies der beste Zeitpunkt, wenn nicht der einzige, um sämtliche Missverständnisse der letzten Stunden zu begraben.

Doch bevor Moritz und Karla ihre Glückwünsche aufsagen konnten, streifte etwas Scharfes ihren Scheitel. Dann klatschte ein kleines Wesen mit einem hässlichen Geräusch gegen die Scheibe des Laternenhauses. Ein etwas gedämpfterer Laut folgte, als der Vogel direkt vor ihren Füßen zu Boden stürzte. Hilflos zuckte er mit den Flügeln, die in einem unmöglichen

Winkel abstanden. Lisa versuchte, einen Laut des Entsetzens auszustoßen. Doch ihre Lungen krampften sich zusammen, dass ihr der Atem stockte.

Leon kniete neben dem verletzten Vogel und streichelte ihn vorsichtig. »Warum hat er das getan?«, fragte er leise.

»Das Licht«, brachte Lisa hervor. »Hier ist es fünfzig Jahre lang dunkel gewesen. Bestimmt hat ihn unser Licht in die Irre geführt. Wir müssen es löschen.«

»Schon gut, ich mach das«, sagte Moritz. Kurz darauf drang aus dem Laternenhaus nur noch ein matter Schimmer.

Vorsichtig kniete sich Lisa neben dem zuckenden Vogel auf den Boden.

»Das ist keine Möwe«, stellte Leon fest.

»Ein Krammetsvogel«, sagte Lisa mehr zu sich selbst. »Es ist schon früher vorgekommen, dass Zugvögel nachts gegen den Turm geflogen sind. Aber ich habe noch nie davon gehört, dass es um diese Jahreszeit geschehen ist.« Sie schluckte. »Es ist unsere Schuld, dass er sich verletzt hat.« *Verdammt, wir sollten überhaupt nicht hier sein!*

Als wolle er ihr zustimmen, schlug der Vogel verzweifelt mit den gebrochenen Flügeln.

»Können wir ihn gesund pflegen?«, fragte Leon. »Das hätten die Leuchtturmwärter doch bestimmt getan.«

»Geht doch schon mal hinein«, sagte Lisa mit einer Stimme, die nur wenig Ähnlichkeit mit ihrer eigenen hatte.

»Was hast du vor?«, fragte Moritz, nachdem er Karla und seinen Sohn außer Hörweite wusste.

»Weißt du, was die Männer damals tatsächlich mit den verunglückten Vögeln gemacht haben?«, entgegnete Lisa, ohne den Blick von dem hilflosen Tierchen zu wenden.

»Was?«

»Sie haben sie gebraten und gegessen.«

»Ich denke nicht, dass jemand hungrig ist.« Plötzlicher Argwohn überlagerte den Sarkasmus in Moritz' Tonfall.

»Ich überlasse es gern dir. Willst du?«

*»Wie bitte?«*

»Das arme Kerlchen wird auf keinen Fall überleben. Wir können sein Leiden nur verkürzen.«

»Verlierst du jetzt völlig den Verstand?« Er starrte sie mit einer Mischung aus Abscheu und morbider Faszination an.

Statt zu antworten, streichelte sie den bebenden Körper des Tieres, bevor sie es vorsichtig aufhob. Dann packte sie blitzschnell seinen Hals. Die winzigen Knochen knackten grauenhaft, als eine ruckartige Drehung ihres Handgelenks die Qualen des Vogels beendete. Noch einmal streichelte sie sein Gefieder, dann warf sie ihn über die Reling ins Meer.

»Wir werden Leon irgendwie davon überzeugen, dass er plötzlich davongeflogen ist.« Sie schaute in die Ferne. Fast glaubte sie zu sehen, wie die kleine Drossel am Horizont verschwand.

Mit einem wehmütigen Seufzen drehte sie sich um. Moritz betrachtete sie mit schockstarrem Gesicht.

»Was ist? Du siehst mich an, als hätte ich eine Untat begangen. Hast du etwa eine bessere Idee?«

»Nein.« Er bemüht sich, tief durchzuatmen. »Aber das spielt jetzt ohnehin keine Rolle mehr, oder?« Er brachte nichts weiter als ein Kopfschütteln zustande. Die Situation überforderte ihn maßlos. »Ich weiß nicht, wie es dir geht, aber ich könnte etwas zu trinken vertragen.« Ohne auf ihre Zustimmung zu warten, wandte er sich ab und ging hinein.

Lisa blieb allein auf der Galerie zurück. Eine scharfe Böe erfasste sie so plötzlich, dass sie sich am Geländer festhalten musste, um nicht über Bord gefegt zu werden. Erst jetzt kam ihr zu Bewusstsein, was soeben geschehen war.

Sie hatte weder Ekel noch Bedauern dabei empfunden. Genau genommen hatte sie in jenem Moment *überhaupt nichts* gefühlt.

Wie damals.

*Ich müsste erschüttert sein, traurig, verwirrt. Andererseits … Verdammt, ich hatte doch keine Wahl!*

Über ihr brachen die Wolken auseinander und gaben eine silbrige Mondsichel frei.

»Lisa! Wo bleibst du nur? Wir warten alle auf dich!« Es war Moritz, der seinen Kopf zur Türöffnung herausstreckte.

»Schau, der Mond liegt auf dem Rücken.« Sie deutete in den Himmel hinauf.

»Hat das etwas zu bedeuten?«, fragte er mit etwas angestrengter Geduld.

»Nicht, dass ich wüsste«, entgegnete sie rasch.

Sie brachte ihre Gesichtsmuskeln unter Kontrolle und setzte ihr einstudiertes Lächeln auf. Dann folgte sie ihm ins Laternenhaus, wo Karla soeben den Korken von einer Sektflasche zog.

»Da bist du ja endlich.« Sie verteilte den Sekt auf drei Wassergläser, sodass der Schaum über den Rand quoll.

»Nicht gerade stilvoll, aber durchaus passend für diesen Ort«, sagte sie, während sie jedem ein Glas reichte; für Leon stand eines mit Orangensaft bereit.

»Auf Lisa!« Karla zögerte einen Moment, als wollte sie dem Toast noch etwas hinzufügen, doch es war ihr offenbar entfallen. Stattdessen trank sie ihr Glas in einem Zug leer. Lisa beobachtete mit gemischten Gefühlen, wie sie sich sogleich nachschenkte.

»Ihr wisst schon, dass Alkohol auf dem Leuchtturm strikt verboten ist?« Unschlüssig drehte sie ihr Glas in der Hand.

Sie wusste, wie spießig sie sich gerade anhören musste. Trotzdem existierte das Alkoholverbot nicht, um den Gästen den Spaß zu verderben. Die Treppen waren ausgetreten und steil, die Notbeleuchtung äußerst dürftig. Das Geländer der Galerie reichte ihr gerade mal bis unter die Brust; es schützte nur vor einem Sturz in die Tiefe, solange man Herr seiner Sinne war. Für einen Betrunkenen bestand der gesamte Leuchtturm aus nahezu tödlichen Stolperfallen.

Karla schnaufte ärgerlich. »Ich denke nicht, dass man uns deshalb gleich verhaften wird«, sagte sie.

»Karla hat recht«, pflichtete Moritz seiner Frau bei, »von einem Gläschen Sekt wird doch niemand gleich –« Weiter kam er nicht. »Lisa? Alles okay?«

Seine Worte drangen nur sehr verzerrt an ihr Ohr. Wie unter einem Bann starrte sie aus dem Fenster, wo die eigenartige Mondsichel gerade hinter einer vorbeiziehenden Wolke verschwand. Doch das war es nicht, was ihre Urinstinkte in Alarmbereitschaft versetzte. Dort draußen war noch etwas anderes. Besser gesagt: jemand. Er musste ihren Blick wahrgenommen und im selben Moment Deckung gesucht haben. Die Glasscheibe war wieder zu einem matten Spiegel erstarrt. Erst jetzt bemerkte Lisa, dass sie einige Sekunden lang schlicht vergessen hatte, zu atmen. Ein Reflex ließ sie nach Luft schnappen. Im selben Moment sah sie ihn wieder. Das dunkle Haar zerzaust, tiefe Furchen auf der hohen Stirn, das Gesicht so bleich wie das Mondlicht. Doch sie kannte ihn zu gut, um an einen Irrtum zu glauben. Zu viele Jahre hatte sie in stetiger Angst an seiner Seite verbracht. Ihre Blicke begegneten sich. Seine Mundwinkel verzogen sich zu einem höhnischen Grinsen.

Das Glas fiel ihr aus der Hand. Klirrend zerschellte es auf dem Boden. Ein erstickter Schrei drang wie ein Keuchen aus ihrer Kehle. Lisa taumelte.

»Oh mein Gott!« Im letzten Moment verhinderte Moritz, dass sie gegen die Holzbank krachte. »Was ist mit dir?«

Sie fühlte seine Hand auf ihrer Stirn.

»Kann vielleicht mal jemand ein Glas Wasser besorgen?«, schrie er, da sich außer ihm niemand zu regen schien.

Lisa blinzelte energisch. Langsam wich der Schock aus ihren Gliedern.

»Lass nur, es geht schon wieder«, sagte sie. Unwirsch richtete sie sich auf.

»Bist du sicher? Du siehst aus, als hättest du einen Geist gesehen!« Moritz ließ augenblicklich von ihr ab.

Lisa nahm ihren Mut zusammen und schaute aus dem Fenster, auf genau die Stelle, an der er gestanden hatte. Aber dort war nichts. Nur Karlas Gestalt, die sich leicht verzerrt in der Scheibe spiegelte. Schon immer war die Ähnlichkeit mit ihrem Bruder verblüffend gewesen.

*Es war nur Karla. Ihr Spiegelbild hat mir einen Streich gespielt, weiter nichts. Es gibt keinen Grund, sich zu fürchten!*

Denn Robert war tot. So wie es die Inschrift auf seinem Grabstein bezeugte.

»Es tut mir leid. Nur ein dummer Schwächeanfall.« Lisa rang

sich ein entschuldigendes Lächeln ab. »Das alles heute war wohl etwas zu viel für mich.«

»Wir hätten nicht herkommen sollen«, sagte Karla. Eine Rüge, die sich an ihren Mann richtete.

»Natürlich nicht, was für eine blöde Idee von mir!«, schnaufte Moritz. Er hob seitlich die Arme und ließ sie wieder fallen, sodass seine Handflächen gegen die Oberschenkel klatschten.

»Deine Idee war einfach großartig.« Lisa berührte ihn flüchtig an der Schulter. Moritz tat ihr plötzlich furchtbar leid. Er hatte alles gegeben, um seiner Familie eine Freude zu machen, erntete jedoch nichts als Schelte.

Er stieß nur einen weiteren frustrierten Laut aus.

»Ich sollte mich hinlegen«, sagte Lisa.

»Ich begleite dich«, sprang Moritz in die Bresche, »nur, damit du nicht die Treppe hinunterfällst.«

»Nein!«, intervenierte sie harscher als beabsichtigt. »Ich wäre gern einen Moment allein«, fügte sie deutlich sanfter hinzu; schnell sandte sie Moritz einen um Verständnis heischenden Blick.

»Wie du willst.« Seine Resignation war umfassend.

Lisa zuckte noch einmal mit den Mundwinkeln, dann drehte sie sich um und ging. Das Einzige, das Moritz jetzt tun konnte, war, seine Frau zu besänftigen. Und sei es nur um Leons willen. Gegen Lisas Dämonen war er machtlos. Er konnte sie ja nicht einmal sehen. Zum millionsten Mal fragte sie sich, wie viel Moritz über ihre Ehe mit Robert gewusst oder zumindest erahnt hatte. Doch auch das war inzwischen bedeutungslos. Moritz' unbeholfene Versuche, ihr beizustehen, kamen zu spät. So oder so.

Sämtliche Glieder fühlten sich an wie pures Blei, als sie die Treppen hinunterstieg, unfassbar schwer, kaum noch biegsam, so als würde ein inneres Gift ihre Muskelfasern zerfressen. Lisa war nie eine große Sportlerin gewesen. Doch in der Klinik hatte ein Pfleger – der einzige, der ehrliches Verständnis für sie aufgebracht hatte – sie täglich zu einem langen Spaziergang genötigt. Seine Beine waren etwa doppelt so lang gewesen wie die ihren, sodass sie ziemlich weit ausschreiten musste, um mit ihm Schritt zu halten. Diese Gewohnheit hatte sie beibehalten, als sie zu den Dehnhardts an den Stadtrand gezogen war. Am mangelnden Training lag es also nicht, dass ihr Atem plötzlich nur noch stoßweise ging. Es war blanke Panik, die sich in den Vordergrund drängte.

*Verdammt! Ich habe nur ein Spiegelbild gesehen, ein gottverfluchtes Spiegelbild!*

Dass Robert sie noch immer in ihrem gemeinsamen Haus erwartete, wunderte sie kein bisschen. In Moritz' und Karlas Wohnung war sie hingegen sicher vor ihm gewesen. Was aller Wahrscheinlichkeit nach daran lag, dass er seiner geliebten Schwester nicht offenbaren wollte, was für ein Arschloch er war. Aber jetzt befand sich Lisa weit weg von zu Hause, gemeinsam mit Karla. Also was um alles in der Welt –

Sie stöhnte unwillkürlich auf. Natürlich, hier auf dem Turm war er Anton begegnet, hatte gesehen, wie Lisa sich mit ihm unterhielt, einfach so. Damals hatte sich Robert noch ziemlich gut unter Kontrolle gehabt. Dennoch musste ihn der Ungehorsam seiner angehenden Ehefrau mächtig gewurmt haben. Seither hatte sie so viele unverzeihliche Dinge getan, dass sie nichts Besseres verdiente, als dass er sie bis hierher verfolgte. Was war sie doch für eine Närrin! Warum war sie nicht einfach mit der »Oland« wieder zurück nach Bremerhaven gefahren, als Hardy es ihr angeboten hatte?

Ohne sich an den Weg erinnern zu können, fand sich Lisa im engen Schlafraum wieder. Durch die kleinen Fenster fiel gerade genug Mondlicht herein, um sich orientieren zu können. Für einen Moment liebäugelte Lisa damit, sich samt Klamotten in ihre Koje fallen zu lassen und die Vorhänge fest zuzuziehen. Bevor sie der Trägheit nachgeben konnte, verspürte sie jedoch ein dringendes menschliches Bedürfnis. Besser, sie rang sich jetzt gleich zum Abstieg in den düsteren Lagerraum durch. Später würde sie es vermutlich nicht mehr wagen, was ihrer Gesundheit nicht sonderlich zuträglich wäre.

Sie zerrte ihre Reisetasche unter Leons Rucksack mit aufgedruckten Batman-Motiven hervor. Nach einigem Wühlen fand sie ihren Kulturbeutel und ein Frotteehandtuch. Dann schnappte sie sich eine der kleinen Taschenlampen, die im ganzen Raum verteilt an irgendwelchen Haken hingen. Das Ding funktionierte auf Anhieb. Derart gerüstet öffnete Lisa die Tür und trat auf den Absatz der Eisenstufen, die zur untersten Turmebene hinabführten. Nach kurzem Suchen streifte der schmale Lichtkegel ihrer Stablampe einen alten Drehschalter, wie man ihn bis in die sechziger Jahre hinein benutzt hatte. Sie probierte ihn aus. Wider Erwarten wurde sie belohnt; zwei dieser ovalen Wandleuchten, deren Glasschirme mit einem Gitter gesichert waren, parierten sofort. Lisa wartete einen Moment, bis sich ihre Augen an die schummrige Sepia-Einfärbung gewöhnt hatten. Was jedoch nichts daran änderte, dass diese Funzeln mehr Schatten als Licht produzierten.

Da ihr kaum eine Wahl blieb, richtete sie die kleine Taschenlampe auf die Treppenstufen und setzte mit gebotener Vorsicht einen Fuß vor den anderen. Bis sie ein Geräusch innehalten ließ. Es hatte geklungen wie ein Ächzen, irgendwie brüchig, in jedem Fall alles andere als vertrauenerweckend. Die Treppe? Möglicherweise gab eine Verschraubung nach, oder die gesamte Konstruktion schwang in ihren altersschwachen Verankerungen. Oder jemand lauerte im Dunkeln unter den Stufen, bereit, nach Lisas Fesseln zu greifen, um sie unweigerlich ins Stolpern zu bringen. Es wäre ganz nach Roberts Geschmack, ihr einen Mordsschrecken einzujagen, bevor er ungehemmt auf sie eindrosch.

Sie unterdrückte einen Aufschrei. Hektisch leuchtete sie auf ihre Füße, die in soliden, knöchelhohen Schnürschuhen steckten. Nichts. Doch jetzt hörte sie es wieder. Ein Geräusch, das sie an eine knorrige Eiche erinnerte, die sich im Wintersturm bog. Das Knarzen schien von überall gleichzeitig zu kommen.

Der Turm. Natürlich, es war der Turm selbst, dessen uralte Fundamente tief in den Meeresgrund hinabreichten, wo die See unentwegt an seinem Sockel zerrte.

Lisa konzentrierte sich auf ihre Atmung, wie sie es in langen

Therapiesitzungen gelernt hatte. Man hatte es ihr als wirksame Maßnahme gegen Panikattacken beigebracht. Manchmal half es. Manchmal nicht.

Langsam setzte sie sich wieder in Bewegung. Dabei schwenkte sie die Taschenlampe viel zu hastig von einem Winkel in den anderen. Die bizarren Silhouetten der herumstehenden Gegenstände zuckten durch den wandernden Lichtkegel. Und schienen auf unheimliche Weise zum Leben zu erwachen. Lisa schluckte trocken, als sie begriff, dass Robert sich gar nicht unter der Treppe verstecken musste. Wo es doch viel einfacher war, mit dem gespenstischen Durcheinander der Umgebung zu verschmelzen, als ein Schatten unter vielen. Auf diese Weise bräuchte er nur zu warten, bis Lisa ihm von ganz allein nahe genug käme. So nah, dass er nur die Hand auszustrecken brauchte, um sie an den Haaren zu packen und durch den Raum zu schleudern.

Ihr Herz trommelte schmerzhaft gegen die Rippen.

*Hör auf, verdammt noch mal! Er ist nicht hier. Er kann überhaupt nicht hier sein. Robert ist tot, tot, tot!*

Lisa wusste, dass sie ihre Angst nur zu bekämpfen vermochte, indem sie sich der Situation stellte. Das behauptete jedenfalls Professor Feldmann, der sich ihrer so intensiv angenommen hatte. Feldmann war ein schmieriger, geifernder, alter Widerling. Aber deswegen musste ja nicht alles, was er sagte, falsch sein.

Lisa gab sich einen letzten Ruck. Dann machte sie sich daran, die Untiefen des Lagerraumes abzusuchen, leuchte mit ihrer Taschenlampe in jede Nische, die sich zwischen all dem Krempel auftat.

Vor der westlichen Tür stapelten sich Werkzeugkisten und aufgerollte Wasserschläuche. Die zwei mächtigen Eisenriegel wiesen keinerlei Spuren auf, nichts deutete darauf hin, dass sie in den letzten dreißig Jahren auch nur angerührt worden waren; dicke Rostgeschwüre wuchsen aus der weißen Farbhaut. Der östliche Einstieg, vor dem die Dalben lagen, war ebenfalls fest verriegelt. In den Regalen unter der Treppe befanden sich Arbeitsgeräte und undefinierbare Materialien, die man für

Ausbesserungsarbeiten benötigte. Flüchtig erhaschte der kleine Lichtkegel einen weißen, kofferähnlichen Kasten, der wie gelangweilt an der Wand lehnte. »Rettungsinsel« war in fetten schwarzen Buchstaben darauf gedruckt. Eine ziemlich amüsante Vorkehrung, wenn man bedachte, dass dieser Leuchtturm seit mehr als einem Jahrhundert ein unsinkbares Bollwerk inmitten der Strömungen bildete. Bestimmt war ihr Dasein einer dieser unsinnigen EU-Vorschriften geschuldet, die es im Gegenzug versäumten, an einem Ort wie diesem für eine ordentliche Beleuchtung zu sorgen.

Ein wenig beruhigter ging Lisa nun auf die schmale Tür neben dem Wassertank zu, hinter der sich die winzige Nasszelle befand. Schnell schlüpfte sie hinein, fand einen weiteren Lichtschalter, der eine Neonröhre zum Aufleuchten brachte. Völlig außer Atem hastete Lisa zum Waschbecken und drehte den Hahn auf. Mit hohlen Händen schaufelte sie sich literweise kaltes Wasser ins Gesicht. Als sie wieder aufsah, erschauderte sie. Das Abbild, das ihr aus dem nackten Spiegel entgegenblickte, schien sie zu verhöhnen. Ihre normalerweise zarten Gesichtszüge waren eingefallen wie die einer neunzigjährigen Frau. Ihre Augen lagen so tief in den Höhlen, dass sie fast schwarz wirkten. Die Wangenknochen traten unnatürlich spitz hervor. Unter den blassen Lippen wirkte sogar das Zahnfleisch weiß. Zum ersten Mal fragte sich Lisa, ob es tatsächlich so klug gewesen war, die sicheren Mauern der Klinik zu verlassen.

Angewidert riss sie sich von ihrem Spiegelbild los. Der Druck auf ihre Blase erinnerte sie nun mit voller Macht daran, warum sie überhaupt hierhergekommen war. Rasch benutzte sie die Toilette. Anschließend putzte sie sich gründlich die Zähne. Obwohl es vor dem Zubettgehen keinen Sinn machte, bürstete sie sich ausgiebig die Locken. Erst als sie keinen weiteren Grund mehr fand, in der grell erleuchteten Nasszelle zu bleiben, gab sie sich einen Ruck. Im Laufschritt eilte sie in den Schlafraum hinauf und knallte die Tür hinter sich zu. Es kam ihr vor, als hätte sie eine Ewigkeit unten im Lagerraum verbracht. Deshalb rechnete sie fest damit, Karla oder Moritz geradewegs in die Arme zu laufen. Doch sie hörte nicht einmal ein Rascheln aus einer der Kojen dringen. Lisa war in dem kleinen Raum vollkommen allein. So schnell sie konnte, schlüpfte sie aus den Schuhen, tauschte ihre Jeans gegen eine bequeme Jogginghose und kroch in ihre Koje.

Sie glaubte nicht daran, in dieser Nacht auch nur eine Minute Schlaf zu bekommen.

# 6

Mit einem Anflug von Selbstzufriedenheit betrat Hauptkommissar Christian Hansen sein modernes Büro, das ihm der Umzug in den mondänen Neubau der Maritimen Leitstelle beschert hatte. Die breite Fensterfront gab den Blick auf den Alten Hafen frei. Bald dahinter mündete die Elbe in die Nordsee, die zwei Jahrzehnte lang sein ureigenes Revier gewesen war. Rein formal hatte sich daran natürlich nichts geändert, auch wenn die aktive Seefahrt nun für Hansen der Vergangenheit angehörte. Damals wäre es vollkommen normal gewesen, dass er an einem Samstagmorgen um sieben Uhr zum Dienst erschien. Abgesehen von seinem Büro bestand der größte Vorteil seiner Beförderung in geregelten Arbeitszeiten. Doch heute hatte er es zu Hause einfach nicht mehr ausgehalten. Seit seine Ex ihm den Laufpass gegeben hatte, wusste er in seiner Freizeit nichts mehr mit sich anzufangen. Deshalb hatte er nach einer zermürbenden, schlaflosen Nacht beschlossen, sich mit etwas Sinnvollem zu beschäftigen. Wie in allen Behörden riss die Flut an Papierkram auch in der Maritimen Leitstelle niemals ab. Deshalb würde sich auch kaum einer der Kollegen wundern, den Chef heute hier anzutreffen.

Mit einem Seufzen sank er in den bequem gepolsterten Drehstuhl, der hinter dem höhenverstellbaren Schreibtisch prangte, und atmete den Geruch von frischer Wandfarbe ein. Zur Inneneinrichtung gehörte außerdem ein runder Besprechungstisch mit drei ergonomisch geformten Stühlen. Jeder, der etwas von ihm wollte, egal ob es sich um ein dienstliches Anliegen oder eine Verabredung zum Mittagessen handelte, klopfte höflich an. Sogar der Kaffee wurde von einer Praktikantin serviert, wenn ein Meeting stattfand. Alles war genau so, wie es sich für den Leiter der Wasserschutzpolizei gehörte. Lange Jahre hatte Hansen auf dieses Amt gewartet. Seit einigen Monaten war er endlich dort angekommen, wo er seiner Meinung nach hingehörte. Auch wenn es sogar hier um ihn herum ziemlich einsam geworden war.

Anfangs hatte er es genossen, dass die Bürokollegen ihm Respekt entgegenbrachten, seine Anordnungen widerstandslos befolgten und seine Meinung selbst eine Etage über ihm noch Gehör fand. Eines Tages war ihm jedoch aufgefallen, dass sein Stimmungsbarometer einen deutlichen Abwärtstrend aufwies. Nur sehr langsam gestand er sich ein, dass ihm die rauen Sprüche, das kumpelhafte Miteinander und die bedingungslose Verlässlichkeit seiner Bootsmannschaft fehlten.

Sicher, sie waren nicht immer einer Meinung gewesen. Insbesondere mit dem zweiten Bootssteuerer, seiner rechten Hand auf See, hatte es regelmäßig Kabbeleien gegeben. Zuweilen hatte ihn Anton Hayen mit seiner übertriebenen Vorsicht in den Wahnsinn getrieben. Trotzdem vermisste er einen Freund, mit dem er die Lage diskutieren konnte, der ihm regelmäßig die Meinung geigte und ihn in brenzligen Situationen auf den richtigen Kurs brachte. Inzwischen war es Monate her, dass er Anton gesehen oder auch nur mit ihm gesprochen hatte. Langsam begann er sich zu fragen, ob ihm sein Kumpel die Beförderung missgönnte.

Ein energisches Klopfen riss ihn abrupt aus seinen kindischen Gedanken. Noch bevor er »Herein!« sagen konnte, flog die Bürotür auf. Ein ärgerlicher Kommentar blieb ihm im Halse stecken, als er in das ungewöhnlich gerötete Gesicht seiner jungen Kollegin blickte.

»Kann ich dir helfen?«, fragte er, mehr erschrocken als verwundert.

»Wir brauchen dich in der Kommandozentrale, jetzt gleich«, sagte Johanna Farber, die sich selbst konsequent mit dem Vornamen Jeanne vorstellte. Ihr bodenlanger, schwarzer Rock rauschte im Luftzug, als sie sich umwandte und im Flur verschwand.

Hansen schnappte nach Luft, sah jedoch ein, dass es keinen Sinn machte, ihr die naheliegende Frage nach dem Warum hinterherzubrüllen. Sämtliche Erklärungen erwarteten ihn ohnehin am Ende des Flures, wo sich die komplexe Überwachung des Seeraums auf Dutzenden von Computerbildschirmen abspielte. Gerade als er im Begriff war aufzustehen, hallte der unverkennbare Klang einer Schiffsglocke durch das Gebäude. Hektisch kickte Hansen den Drehstuhl zurück, geriet für einen winzigen Moment aus dem Gleichgewicht und stieß mit der Hüfte gegen die Schreibtischkante.

»Scheiße!«, rief er aus, was die Situation auf den Punkt brachte.

Hansen hatte keine Ahnung, wer auf die Idee mit der Schiffsglocke gekommen war. Sie stammte von einem Dampfschiff, das vor mehr als einem Jahrhundert auf der Amerikaroute gefahren war. Jetzt hing besagtes Relikt an der Wand der »Kommandozentrale«, wie die Mitarbeiter das vor Technik strotzende Großraumbüro nannten. Bislang hatte Hansen es für einen Scherz gehalten, dass man sie im Notfall läuten würde, damit niemand am Ende behaupten konnte, seine Mails nicht gelesen oder das Telefon überhört zu haben. Jemand anderem war es damit offensichtlich bitterer Ernst. Kurz gefasst: Irgendwo war die Kacke mächtig am Dampfen. Hauptkommissar Christian Hansen stand die erste echte Bewährungsprobe in seinem neuen Amt bevor.

Im Laufschritt hastete er den Flur entlang, schlitterte um die Ecke und stoppte vor der breiten Glasfront, hinter der sich der fensterlose Überwachungsraum befand. Die Bildschirme verbreiteten ein diffuses, bläuliches Licht, unter das sich der gelbliche Schimmer von Schreibtischlampen mischte. Auf dem überdimensionalen Monitor an der ihm gegenüberliegenden Wand blinkten einige Symbole grellrot. Hansen erkannte auf den ersten Blick, dass ihm ein verdammt beschissenes Wochenende blühte. Wenn es gut liefe.

»Hansen, Gott sei Dank!«, rief Jörg Vormeyer, ohne sich ganz zu ihm umzudrehen.

Es war Hansens dringender Wunsch gewesen, dass sich sämtliche Kollegen hier duzten. Dass ihn jedermann beim Nachnamen nannte, lag daran, dass er es schlicht nicht anders gewohnt war. Schon in der Schulzeit hatten ihn seine Mitschüler nur mit »Hansen« angesprochen. Selbst seine weiblichen Bekanntschaften verfielen alsbald in diese Anrede. Genau genommen waren seine Eltern die Einzigen, die seinen Vornamen benutzten.

»Was zur Hölle geht hier vor?«, blaffte er in die Gruppe zerknirschter Gesichter, die ihm entgegenstarrten.

»Drei Frachtschiffe auf Kollisionskurs in der Außenweser«, fasste Jörg Vormeyer die Situation zusammen.

»Das sehe ich selbst!« Himmel, dachte der Jüngling etwa, als altgedienter Polizeibootsführer wäre er zu dämlich, das AIS zu lesen?

Das Automatic Identification System übermittelte nicht nur die Positionen sämtlicher Schiffe, die sich aktuell auf See befanden, sondern auch deren wichtigste Daten inklusive Route und Bestimmungsort an das gesamte System. Auf der digitalen Seekarte erschienen die Angaben als zumeist dreieckiges, schmales Symbol, je nach Schiffstyp mit unterschiedlichen Farben gekennzeichnet. Für jedes Schiff ab einer bestimmten Größe bestand die Pflicht zur Ausrüstung mit dieser relativ einfachen Technik. Die meisten Eigner kleinerer Boote schafften sich ein derartiges Gerät aus freien Stücken zur eigenen Sicherheit an. Dadurch war es für jedermann auf See selbst bei schlechter Sicht möglich, den gesamten Schiffsverkehr vorausschauend im Blick zu behalten. Gleichsam ermöglichte es die fast lückenlose Überwachung des Seeraums von der Maritimen Leitstelle aus. Normalerweise zeigte der Monitor an der Wand die Seekarte der gesamten Deutschen Bucht. Jetzt hatte man den Ausschnitt auf den Bereich Wesermündung gezoomt. Ein wenig unterhalb der Ostfriesischen Inseln erkannte man die Umrisse der kleinen Düneninsel Mellum, südöstlich davon markierte der Leuchtturm Hohe Weg die Weserfahrrinne. Dazwischen fand ein Wettrennen in Zeitlupe statt.

Zwei Schüttgutfrachter bewegten sich fast gleichauf in Richtung offene See. Offenbar beabsichtigte der Kapitän der »Rahel«, die etwas langsamere »Seagull« zu überholen. Auf diese Weise beanspruchten beide Schiffe die gesamte Breite der Fahrrinne. Abseits von diesem Bereich waren die Gewässer zu flach für Schiffe dieser Größenordnung. Unmittelbar hinter den Markierungen durch rote und grüne Tonnen würden sie selbst bei Hochwasser auf Grund laufen. Da beide vorbildlich Kurs hielten, stellte das Manöver der Kapitäne zunächst kaum mehr als ein Ärgernis dar. Das wirkliche Problem ging von einem weitaus größeren Containerschiff aus, das den beiden mit ungeminderter Geschwindigkeit von achtzehn Knoten entgegenkam. Inzwischen schien es mehr als fragwürdig, dass die »MS Beluga« rechtzeitig zum Stillstand käme. Vorausgesetzt, jemand dort leitete ein Bremsmanöver ein.

»Wir versuchen seit einer Viertelstunde, mit der ›Beluga‹ Funkkontakt aufzunehmen. Sie reagiert nicht. Entweder hat deren Bordtechnik einen Totalausfall, oder die Brücke ist überhaupt nicht besetzt«, sagte Vormeyer. Ein schwacher Versuch, das gesamte Kollegium vor Hansen zu rechtfertigen.

»Wollt ihr mir weismachen, das Ding ist eine Art Geisterschiff?«, fuhr Hansen ihn an. Er wusste durchaus, dass sein Zorn den Falschen traf. Er schätzte Vormeyer ebenso wie Jeanne und die fünf weiteren Beamten in der Kommandozentrale als gewissenhafte Mitarbeiter. Bestenfalls konnte er ihnen vorwerfen, ihren Chef nicht frühzeitiger alarmiert zu haben. Doch auch das hätte vermutlich kaum etwas an der Situation geändert.

»Darüber können wir uns später Gedanken machen«, sagte Jeanne tonlos, den Blick starr auf den Monitor gerichtet. »Zuerst müssen wir den übrigen Schiffsverkehr warnen.«

Doch niemand rührte sich. Fassungslos beobachteten die Polizeibeamten, wie sich das dreieckige Symbol der »MS Beluga« einem Keil gleich frontal zwischen die beiden kleineren Frachter schob. Die Schiffe kollidierten quasi vor ihrer aller Augen. Die Katastrophe war perfekt.

»Die Weserfahrrinne von und nach Bremerhaven wird ab Tegeler Plate gesperrt«, ordnete Hansen im Befehlston an. »Containerschiffe müssen Cuxhaven oder Wilhelmshaven anlaufen. Oder sie warten auf Reede, ist mir egal. Außerdem will ich zwischen Columbuskaje und Hohe Weg bis auf Weiteres weder Kutter noch Segelboote sehen. Ist das klar?«

Schiffe mit geringem Tiefgang waren prinzipiell in der Lage, bei Hochwasser auch außerhalb der Fahrrinne durch das Wattenmeer zu navigieren. Zwar blieb es trotz moderner Tiefenmesser eine Herausforderung für den Kapitän, doch mit ausreichend Sachverstand und Erfahrung war es durchaus machbar. Unabdingbar waren derartige Routen zum Beispiel für Fahrgastschiffe, die Touristen zu den Sandbänken brachten, auf denen Kegelrobben und Seehunde rasteten, oder für Tonnenleger und Vermessungsschiffe, die den sich stetig verändernden Meeresgrund kartierten und markierten.

»Wer soll das kontrollieren?«, wagte Vormeyer einzuwenden »Wir haben kaum genug Leute, um die Fahrrinne abzusperren.«

Hansen rieb sich die Stirn. Selbstverständlich war ihm das Problem schmerzlich bewusst. Dennoch führte kein Weg daran vorbei.

»Durchaus möglich, dass alle drei Havaristen nach Bremerhaven geschleppt werden müssen. Wenn uns irgendwelche Deppen dabei in die Quere kommen, dauert das Ganze bis Weihnachten«, sagte er. »Falls es schlimmer aussieht, als es ist, können wir immer noch Ausnahmen machen. Fordert Verstärkung aus Wilhelmshaven und Schleswig-Holstein an. Mobilisiert einfach alles, was uns irgendwie zur Verfügung steht.«

»Ist das nicht ein bisschen übertrieben? Ich meine –«

»Sofort!«, brüllte Hansen.

Keiner der Umstehenden ahnte auch nur, wie viel mehr für ihn persönlich dahintersteckte.

# 7

Noch immer lag die Mondsichel auf dem Rücken wie eine verlassene Wiege, die auf Erden Ausschau nach dem verlorenen Kind hielt. Doch ihr Licht verblasste bereits vor dem langsam heller werdenden Nachthimmel. Direkt über dem Horizont konnte Lisa einen schwachen rötlichen Streifen erkennen, der den bevorstehenden Sonnenaufgang ankündigte. Sie blinzelte in das fahle Zwielicht. Leicht benommen versuchte sie, sich zu entsinnen, wie sie auf die Galerie gelangt war.

Dass sie ihre sichere Koje verlassen hatte und all die Stufen zur Turmspitze hinaufgestiegen war, schien ihr Gedächtnis irgendwie übersprungen zu haben. Dennoch war sie aus einem ganz bestimmten Grund hier. Etwas hatte sie hergelockt. Ein Luftzug im engen Schlafraum, ein Bauschen des geblümten Vorhangs, das Geräusch grober Schuhe auf der Treppe, ein schwerer Atemzug, ein Geruch?

»Warum musstest du hierherkommen, ans Ende der Welt? Ausgerechnet jetzt?«, fragte er.

Lisas Herz setzte einen Schlag aus. Also dort lauerte er, direkt hinter ihr, nur eine Armlänge entfernt, bereit, seine Hände um ihren schmalen Hals zu legen und ihren Kehlkopf langsam zu zerquetschen.

»Du bist nicht real«, versuchte sie sich selbst zu beruhigen. Ihre Stimme zitterte wie trockenes Laub im Wind.

»Ach nein?« Er klang ehrlich amüsiert. »Wie kommst du denn darauf?«

»Du bist tot. *Tot, tot, tot!*« Sie konzentrierte sich auf ihre Atmung, so, wie sie es gelernt hatte.

Der Tote hinter ihr stieß ein heiseres Lachen aus.

Mit einem Schlag stand ihr das verzerrte Antlitz im Fenster des Laternenhauses wieder vor Augen. Das schwarze Haar, normalerweise penibel zurückgegelt, war durch den Wind außer Form geraten. Es umwehte seine hohe Stirn, lenkte jedoch nur wenig von dem grausamen Blick ab, mit dem er seine Frau taxierte. Sein zynisches Grinsen brachte blendend weiße, kräftige Zähne zum Vorschein, die nur darauf zu warten schienen, sie bei lebendigem Leibe zu zerfetzen. Er war es leibhaftig, Robert, der allen Naturgesetzen zufolge in seinem Sarg auf dem städtischen Friedhof langsam verwesen sollte. Er war hier, um sie mit sich zu nehmen an einen Ort, gegen den ihre Ehe ein reiner Vergnügungspark gewesen war. Wie hatte sie nur eine Sekunde lang annehmen können, er wäre aus ihrem Leben verschwunden, einfach so?

Darauf gefasst, in den Schlund der Hölle zu blicken, drehte sie sich langsam um.

Doch da war niemand.

Instinktiv presste sie ihre Handflächen gegen die Brust, wo ihr Herz damit drohte, durch die Rippen zu brechen. Eine eisige Böe erfasste ihr Haar, durchdrang ihre Kleidung, fuhr ihren Rücken hinab. Lisa schloss die Augen, atmete tief ein und aus.

Als sie es wagte, wieder aufzusehen, schwebte eine einsame Möwe heran. Mit einem heiseren Schrei landete sie auf der Reling und starrte Lisa ausdruckslos an. Kaum trat sie näher an den Vogel heran, flog er davon. Er ließ sich mit elegant ausgebreiteten Schwingen vom Wind tragen, um einige Meter weiter erneut Kurs auf das Turmgeländer zu nehmen. Von ihrem Standort aus konnte Lisa die Biegung nicht einsehen, in der sie die Möwe vermutete. Trotzdem wusste sie, wo das Tier gelandet war. Genau dort, wo sich die Galerie über dem Erker halbkreisförmig erweiterte. Dort, wo Lisa mit Anton beisammengestanden hatte, vor unendlich langer Zeit.

Bis Robert aufgetaucht war, um den schönsten Moment ihres Lebens unwiederbringlich zu zerstören.

Lisa wusste, wo ihr Ehemann auf sie wartete.

*Also hau ab! Noch erreichst du die Tür, bevor er dir den Weg versperren kann. Lauf zu Moritz und Karla! Robert wird es nicht wagen, dir etwas anzutun, solange jemand bei dir ist! Andererseits …*

*… wird er dich niemals in Ruhe lassen, wenn du nicht endlich dafür sorgst, dass ihm der Spaß gründlich vergeht!*

Sie konnte es tun. Nur ein kräftiger Stoß, der ihn über die Reling beförderte. Das Meer würde ihn verschlingen. Niemand würde erfahren, dass er jemals hier gewesen war.

Quälend langsam setzte sie einen Fuß vor den anderen, bis sie seine Gestalt erblickte, die sich nachtschwarz vor dem dämmernden Morgenhimmel abzeichnete. Dann rannte sie los. Direkt auf ihn zu. So schnell, dass ihm nicht einmal Zeit blieb, einen überraschten Laut auszustoßen. Mit voller Wucht rammte sie seinen Brustkorb. Er verlor das Gleichgewicht. Nur das unentwegte Zischen der sich brechenden Wellen verhinderte, dass Lisa den Aufprall des Körpers auf dem stählernen Turmsockel vernahm.

Die Möwe musterte Lisa mit ihren runden, hellen Augen. Dann stieß der Vogel einen triumphierenden Schrei aus.

*Er ist fort! Du hast es geschafft! Er ist fort!*

Lisa spürte, wie ein irres Lachen ihre Kehle emporstieg. Keuchend umklammerte sie die Reling so fest, dass die Knöchel ihrer Finger weiß hervortraten. Ihr Pulsschlag hämmerte wie eine Kriegstrommel in ihren Ohren. Endlich wagte sie es, sich vorzubeugen. Dunkle Wellen schlugen über den schwarzen Sockel des Leuchtturms. Deshalb erkannte sie den leblosen Körper nicht sofort. Erst einen Herzschlag später konnte sie die Konturen deutlich genug unterscheiden. Er lag unnatürlich verkrümmt auf dem Rücken. Sein Gesicht schimmerte kreidebleich. Die Möwe schwebte kreisend hinab und ließ sich auf seiner Stirn nieder. Mit grausiger Lust stieß sie ihren Schnabel in das weiche Fleisch seiner Wange. In diesem Moment öffnete Robert seine Augen, die Lippen zu einem teuflischen Grinsen verzogen.

Lisa schrie.

Die Welt versank in Finsternis.

Ein Beben erfasste ihr Unterbewusstsein. Unmittelbar darauf geriet es in einen Strudel von Gedankenfetzen, die viel zu schnell umherwirbelten, um auch nur einer Ahnung zu ähneln. Groteske Bilder blitzten auf wie Lichter eines außer Kontrolle geratenen Stroboskops. Dann ging es aufwärts, erst langsam, alsbald schneller, dann wie ein Katapultgeschoss. Atemlos öffnete Lisa die Augen. Über ihr erstrahlte ein rötlicher Morgenhimmel, der sie hektisch blinzeln ließ.

Eine Hand schob sich unter ihren Kopf, eine andere versuchte, ihren Körper irgendwie aufzurichten. Sie wollte sich wehren, sich losreißen, fortrennen. Doch sämtliche Kraft war aus ihren Gliedern gewichen.

»Um Gottes willen!«, drang eine verzerrte Stimme zu ihr vor. »Lisa! Bleib schön bei mir, hörst du?«

Sie spürte einen Klaps auf ihrer Wange. Warum konnte sie dieser Quälgeist nicht einfach in Ruhe lassen? Widerwillig erkannte sie Moritz, der neben ihr auf dem kalten Boden kniete, das Gesicht vor Sorge verzerrt.

»Himmel noch mal, was ist nur los mit dir? Was *tust* du hier draußen überhaupt?« Er versuchte, ihr beim Aufstehen zu helfen, wich jedoch zurück, als sie zu einem verzweifelten Abwehrschlag ausholte. »Ich finde, es reicht jetzt. Würdest du mir bitte erklären, was verdammt noch mal los ist?« Unter die Besorgnis mischte sich ein gekränkter Tonfall.

»Er ist nicht tot«, brachte Lisa irgendwie hervor.

»Wie bitte?« Moritz' Stimme überschlug sich beinahe.

»Robert. Er liegt dort unten. Aber er ist nicht tot.« Mit der Hand deutete sie auf die Stelle, an der sie eben noch selbst gestanden hatte.

»Okay, jetzt verlierst du wirklich den Verstand.« Er klang fast erleichtert, dass es nichts Schlimmeres war. Dennoch folgte er ihrem Fingerzeig, lehnte sich über das Geländer und schaute hinab.

Lisa biss sich auf die Unterlippe, bis sie den leicht metallischen Geschmack von Blut auf der Zunge spürte.

»Wovon in Gottes Namen sprichst du?«, rief Moritz, noch immer bemüht, dort unten etwas zu erspähen. »Bitte überzeuge dich selbst. Da ist nichts, vor dem du dich fürchten müsstest.

Nicht einmal ein Seehund!« Er drehte sich halb zur Seite und streckte ihr seine Hand entgegen.

Obwohl sie bereits wusste, dass es stimmte, ging sie zu ihm. Robert war fort.

»Alles gut?«, fragte Moritz. »Schätze, das Meer hat dir einen Streich gespielt. Du bist nicht die Erste, der so etwas passiert.« In seiner Stimme schwang die Angst, sie könne noch immer unter Halluzinationen leiden.

»Es tut mir leid«, sagte sie kleinlaut. Natürlich war überhaupt nichts gut. Im Moment konnte sie bloß nichts weiter tun, als demütig den Blick zu senken.

»Gehen wir hinein, der Wind ist ziemlich frisch hier oben. Du hast ja nicht einmal Schuhe an.« Er versuchte zu lächeln, was ihm nicht so recht gelingen wollte.

Hilflosigkeit und Frustration hüllten sie ein wie ein düsterer, bleischwerer Mantel. Teilnahmslos ließ sie zu, dass Moritz seinen Arm um ihre Schultern legte. Mit sanftem Nachdruck schob er sie auf den engen Treppenabsatz. Krachend zog er die Tür hinter sich zu und legte den Riegel vor.

Karla erwartete sie in der Küche. Das kurz geschnittene, dunkle Haar stand in alle Richtungen ab. Sie trug einen Fleecepullover und eine trendige Sporthose, die Schnürsenkel ihrer Boots hingen lose herunter. Alles an ihr erweckte den Eindruck, als wäre sie in plötzlichem Alarmmodus aus ihrer Koje gesprungen.

»Würde mir bitte jemand erklären, was das hier wird?« Sie gab sich große Mühe, besorgt zu klingen. Doch die Wut in ihrer Stimme machte diesen Eindruck zunichte. Was vermutlich daran lag, dass ihr Ehemann Lisa fest an seinen Körper presste, während er ihr mit der freien Hand liebevoll durch die Locken strich. Er schien nicht einmal zu bemerken, welches Bild er gerade abgab.

»Sicher. Könntest du uns bitte vorher einen starken Kaffee machen?«, bat er seine Frau.

Karla stieß ein Schnaufen aus, wie ein Hund, der das neue Futter vor seiner Nase als Zumutung empfand.

»Bitte! Ich werde ein paar Decken holen. Sie ist völlig durchgefroren.« Er bugsierte Lisa auf die halbrund geformte Küchenbank. Sie ließ es geschehen wie eine mit Stroh gefüllte Puppe.

Moritz feuerte einen abschätzigen Blick auf seine Frau ab, wandte sich um und stapfte die Treppe hinunter.

Stirnrunzelnd sah Karla ihm nach. Fraglos ging es ihr mächtig gegen den Strich, dass ihr Ehemann sich offenbar daran gewöhnte, Anweisungen auszuteilen. Vermutlich war es purer Eigennutz, dass sie trotzdem den Wasserkessel aufsetzte und großzügig Kaffeepulver in die Presskanne schaufelte. Erst danach musterte sie Lisa von Kopf bis Fuß. Ihre dunklen Brauen wanderten in die Höhe, schoben weitere, wellenförmige Hautfalten gen Haaransatz. Mehr war nicht nötig, um ihre geballte Verachtung zum Ausdruck zu bringen.

»Also, was ist da draußen passiert?«, fragte sie mit einer Freundlichkeit, in der ein Zahnarzt verkündete, dass er nun mit der Wurzelbehandlung loslegte.

Das mühsam beherrschte Atmen ihrer Schwägerin machte Lisa klar, dass sie viel zu lange brauchte, um eine passable Antwort zu finden. Zwar hatte sie während der langen Monate in der Klinik ein gewisses Talent dafür entwickelt, die Wahrheit unter einem riesigen Haufen Unsinn zu verbergen, doch im Moment fiel ihr nichts ein, das Karla einigermaßen schmerzfrei schlucken würde.

»Gar nichts«, sagte sie möglichst leise, damit es klang, als sei ihr die ganze Sache furchtbar peinlich. »Ich bin nur aufgewacht. In der Koje hatte ich plötzlich das Gefühl, ich säße wieder im Auto, kurz bevor –« Kurze Pause, ein kleiner Seufzer. »Jedenfalls brauchte ich dringend frische Luft. Dann muss ich draußen wieder eingeschlafen sein. Moritz hat mich gefunden und geweckt. Und mir dabei einen Mordsschrecken eingejagt.« Lisa blickte vorsichtig auf.

Karla stand direkt vor ihr, beide Hände auf die Tischplatte gestützt. Jetzt forschte sie in Lisas Augen, welchen Teil der Erzählung sie für bare Münze nehmen sollte.

»Du hast nicht einmal Schuhe an«, sagte sie, ohne zu Boden zu sehen.

Allein Moritz' Auftauchen verhinderte, dass sich ihr Blick wie ein Laserstrahl in Lisas Hirn bohrte.

»Wusstest du, dass sie schlafwandelt?«, fragte Karla. Endlich ließ sie von Lisa ab. Der Vorwurf richtete sich an ihren Ehemann, der hinter einem riesigen Wust aus Schlafsack und Wolldecken kaum zu erkennen war.

»Natürlich nicht«, sagte er, »wie kommst du jetzt –?« Der abgebrochene Satz verriet, dass ihm die Antwort soeben einleuchtete.

Statt sich auf eine anstrengende Diskussion einzulassen, begann er damit, Lisa so dick einzupacken, als wäre plötzlich ein arktischer Winter hereingebrochen. Anschließend nahm er den dampfenden Kessel von der Gasflamme, goss das heiße Wasser auf den Kaffee in der Presskanne und kramte in den Schränken nach brauchbaren Bechern. Im selben Moment, in dem das Geschirrklappern verstummte, vernahm Lisa ein anderes Geräusch. Es kam aus dem Treppenhaus, das in den Dienstraum hinaufführte, ein Knarzen von Holz, das unter einer Last aufstöhnte. Ein purer Reflex ließ sie hektisch nach Atem ringen. Sofort richteten sich zwei Augenpaare auf sie. Alles um sie herum erstarrte. Dennoch entdeckte sie ein winziges Zucken um Moritz' Schläfen herum. Er wagte es nicht, sich umzusehen, solange Karla es mitbekommen würde. Aber Lisa war sich vollkommen sicher, dass auch er etwas gehört hatte.

»Wo steckt eigentlich unser Sohn?«, fragte Karla unvermittelt.

»Er schläft«, antwortete Moritz. »Ich habe gerade nach ihm gesehen, als ich die Decken geholt habe.«

»Gut.« Karla lächelte gezwungen. Sie drückte das Kaffeesieb in der Kanne herunter und goss drei Becher randvoll. »Also, was machen wir jetzt? Ich meine, tun wir so, als wäre nichts geschehen, so wie immer? Oder ist es an der Zeit, endlich einmal Klartext zu reden?«

Betretenes Schweigen breitete sich aus wie eine giftige Wolke. Sekundenlang hörte Lisa nichts als den Trommelschlag ihres eigenen Herzens.

Dann war es wieder da. Dieses Knarzen. Schwere Schritte auf ausgetretenen Holzstufen, die sich von der Küche aufwärts entfernten.

Lisa spürte, wie sich die feinen Härchen auf ihrer Haut unter all den Decken senkrecht stellten. Ihr Puls beschleunigte, als wolle er ihrem Körper entfliehen.

»Wir sind hier nicht allein«, wisperte sie.

Die Stille, die nun folgte, war umfassend. Alle drei hielten den Atem an. In der Atmosphäre schien ein Vakuum entstanden zu sein, das den Roten Sand umschloss und sämtliche Personen darauf erstarren ließ wie in einem Film, der mitten im Geschehen einfach stehen geblieben war.

Karla durchbrach als Erste die allgemeine Trance.

»Ist sie wach?« Die Frage richtete sich an ihren Mann, während sie direkt vor Lisas Augen mit den Fingern schnippte. »Hey, Erde an Raumschiff!«

»Robert. Er ist hier. Ich habe ihn gesehen«, sagte Lisa, ohne auch nur mit den Wimpern zu zucken. Sie hatte die Klappe halten wollen, doch was sollte das jetzt noch nützen?

Aus Karlas Kehle drang ein Laut, der einem Auflachen recht nahe kam. Auch wenn es eher ein hochexplosives Gemisch unterschiedlicher Emotionen darstellte.

»Gott im Himmel«, stöhnte Moritz. »Das hatten wir doch schon!« Er griff nach Lisas Hand und drückte sie sanft. »Du hast es doch selbst gesehen, hier ist niemand. Der alte Turm, das Meer um uns herum. Alles scheint hier lebendig zu sein. Es ist wie in einem großen, verlassenen Haus, wenn ein Sturm tost. Als ob dir jeder einzelne Balken eine eigene Geschichte erzählen will, als wollte jeder Schatten nach dir greifen. Deshalb treffen sich Teenager an solchen Orten, um sich bei Kerzenschein Geistergeschichten zu erzählen.«

Er ließ ihre Hand los und rutschte neben sie auf die Bank. »Ich kann verstehen, dass dir deine Phantasie Streiche spielt, nach allem, was du durchgemacht hast. Aber bitte glaube mir, hier auf diesem Leuchtturm gibt es nur uns vier, Leon, Karla, dich und einen alten Trottel, der es für eine gute Idee gehalten hatte, dich hierher zu bringen.« Er stupste sie mit der Schulter an und schaffte ein halbes Lächeln. Seine Augen wanderten jedoch zu Karla, die seinem Monolog mit einer Art widerwilligem Respekt gelauscht hatte.

Lisa begriff, dass er ihr eine Rettungsleine zuwarf. Sie musste nur danach greifen, ihr Mädchenlächeln aufsetzen und sich zusammenreißen. Nur so lange, bis ihr Schiff an den Dalben anlegen und sie nach Hause bringen würde. Trotzdem beging sie diesen fatalen Fehler.

»Warum versucht ihr, mir weiszumachen, Robert sei bei dem Unfall gestorben?«, fragte sie. »Es war doch nur eine Frage der Zeit, bis er mir auflauern würde. Oder war genau das euer Plan?« Ein Gedanke, der ihr in diesem Moment zum ersten Mal durch den Kopf schoss. Und ein Feuerwerk auslöste, das ihr im Sitzen kalten Schweiß aus den Poren presste. »Ihr steckt alle unter einer Decke, habe ich recht?«

»Oh mein Gott, ich habe nicht gewusst, wie schlimm es um sie steht!« Jetzt sah Moritz seine Frau um Hilfe flehend an.

»Sie hat dich ja nicht zum ersten Mal getäuscht. Du siehst immer nur, was du sehen willst«, schnappte Karla. »Ich –«

»Bitte, das hilft uns jetzt nicht weiter.«

»– habe es dir ja gesagt. *Verfluchte Scheiße!*«

»Was ist mit *dir*? Hast *du* dafür gesorgt, dass sie ihre Medikamente nimmt?«, herrschte Moritz seine Frau an.

»Sehe ich etwa aus wie eine Krankenschwester?« Sie stieß einen Laut aus, der an einen Stier in der Arena erinnerte, aus dessen Fleisch bereits einige Speerschäfte ragten. »Sobald wir wieder an Land sind, bringen wir sie zurück«, sagte sie in einem Ton, der endgültig klang.

Der Schweiß durchnässte Lisas T-Shirt, ihr Puls legte noch einen Zahn zu.

»Ich gehe nicht zurück in die Klinik«, sagte sie.

Instinktiv tastete ihre Hand nach dem Brotmesser, das ohne jeden Grund verwaist auf dem Küchentisch lag. Sie umklammerte den Griff so fest, dass sie sich auf einen Krampf gefasst machte.

»Keine Angst, das werde ich nicht zulassen.« Moritz legte seine Hand auf ihren Oberschenkel. Sie erduldete es mit steinerner Miene.

»Ach nein?« Karla knallte ihren Kaffeebecher auf den Tisch, sodass einige Tropfen über den Rand schwappten.

»Sobald wir zu Hause sind, besuchen wir Roberts Grab«, sagte Moritz mit erzwungener Geduld. »Wir waren schon einmal dort, kurz nachdem du bei uns eingezogen bist. Erinnerst du dich denn nicht?«

*Selbstverständlich erinnere ich mich, klar und deutlich. Roberts Name in vergoldeter Gravur auf weißem Marmor. Geliebter Ehemann und Bruder.*

Ein Schauer erfasste sie, das Messer in ihrer Hand zitterte. Gott allein wusste, wer unter diesem Grabstein beerdigt war.

»Es ist furchtbar, einen geliebten Menschen in so jungen Jahren zu verlieren.« Es war Karla, die nun besänftigend auf sie einredete. Irgendwie schaffte sie es, ihren Zorn im Zaum zu halten, vielleicht hatte sie auch einfach nur resigniert. »Ihr hättet gemeinsam steinalt werden sollen. Aber das Schicksal hat es nun mal anders gewollt.«

»Halt die Klappe!« Lisa ertrug es keine Sekunde länger, sich diesen Unsinn anzuhören.

»Nein!« Karlas Hand schnellte vor, umklammerte Lisas Handgelenk, als wollte sie die zarten Knochen zu Brei zerquetschen. Mit der freien Hand entwand sie ihr das Messer und schleuderte es quer durch die Küche. Dann packte sie Lisas Kinn. Der eiserne Griff zwang sie, ihrer Schwägerin direkt ins Gesicht zu sehen.

»Du wirst mir jetzt zuhören«, sagte Karla. »Egal wie sehr es dich quält. *Robert ist tot!* Er ist vor zwei Jahren gestorben. Es war ein Autounfall. Ein Reh ist euch direkt vor den Wagen gelaufen. Ihr hattet keine Chance. Trotzdem gibst du dir die Schuld an dem Unglück. Das verstehe ich. Aber es ist wirklich an der Zeit, endlich damit klarzukommen!«

Lisa schüttelte verächtlich den Kopf. Die Schnepfe musste doch die ganze Zeit über gewusst haben, dass ihr Bruder in

Wirklichkeit ein cholerischer Schläger war. Ein brillanter Blender, der jeden noch so banalen Frust kompensierte, indem er seine Frau kreuz und quer durch das Haus prügelte.

»Bitte, Elisabeth, du *musst* es endlich kapieren!« Karla packte sie an den Schultern.

*Elisabeth.* Hatte das Miststück sie gerade wirklich so genannt? Niemand tat das. Lisa hasste diesen Namen. Sie schaute ihre Schwägerin regungslos an. Was Karla nur noch mehr in Wut versetzte. Jetzt hob sie die flache Hand, holte aus, wohl um Lisa mit leichten Schlägen auf die Wange zur Vernunft zu bringen. Doch Lisa war schneller. Von ihren eigenen Reflexen überrascht, schnappte sie den Unterarm ihrer Schwägerin und hielt ihn fest. Karla keuchte vor Verblüffung. Und für einen winzigen Moment flackerte in ihren Augen etwas auf, das wie reine Angst aussah.

»Wir hätten niemals hierherkommen dürfen!«, schrie sie. »Was für ein beschissener Leichtsinn!«

»Verdammt noch mal, ich hab's kapiert!«, brüllte Moritz zurück. Wütend zerrte er sein Smartphone aus der Hosentasche und tippte mit den Daumen auf dem Display herum.

»Was hast du vor?«, fragte Karla nur wenig beherrschter.

»Wonach sieht es denn aus?«, blaffte er. »Ich rufe die Reederei an und mache ihnen klar, dass sie uns so schnell wie möglich abholen müssen.«

»Was willst du ihnen sagen?«

»Keine Ahnung. Mir fällt schon etwas ein.« Er wandte sich um und verschwand halb im Treppenhaus.

»Wo gehst du hin?«

»Brauchbaren Empfang gibt es nur auf der Galerie. Schon vergessen?« Dann stapfte er die Stufen hinauf.

Viel zu langsam begriff Lisa, was ein verfrühter Aufbruch bedeutete. Sie sprang auf, als stünde die Küchenbank plötzlich in Flammen. Nach nur einem Schritt blieb sie jedoch wie angewurzelt stehen, unfähig zu entscheiden, was sie tun sollte. Was jetzt noch das Richtige war. Als sie gestern Morgen die Postkarte in den Briefkasten geworfen hatte, war ihr nicht einmal der Gedanke an eine vorzeitige Abreise gekommen. Schon bald würde Anton ihre Nachricht in den Händen halten. Was, wenn er hier auftauchte und an Lisas Stelle Robert in die Arme lief? Er würde denken, sie habe sich einen bitteren, unverzeihlichen Scherz erlaubt. *Verdammt!* Natürlich könnte sie ihn anrufen. Zwar würde es die ganze Romantik, die sie jahrelang gepflegt hatten, mit einem Schlag zerstören. Außerdem lag ihr viel daran, dass er seine Entscheidung in Ruhe treffen konnte, ohne sich von ihrer Gegenwart am Telefon gedrängt zu fühlen. Nur wäre alles andere schlimmer, als dass er sich von ihr in eine Falle gelockt fühlte.

Das Problem an der Sache war nur, dass Lisa kein Handy besaß. Für Robert, den IT-Superhelden, wäre es ein Leichtes gewesen, ihr Passwort zu umgehen und jede einzelne Nachricht auf dem Gerät zu checken. In der Klinik waren die Dinger nicht erlaubt gewesen, und nach ihrer Entlassung hatte sie keinen Grund gesehen, sich eines zuzulegen. Mittlerweile bezweifelte Lisa stark, dass sie mit dieser modernen Technik überhaupt zurechtkäme. Eine Dummheit, für die sie in diesem Moment die Quittung erhielt. Denn wollte sie Moritz oder Karla um eines ihrer Handys bitten, ginge es nicht ohne längere Erklärung ab. Sie war sich ziemlich sicher, dass sie sich mit einer Lüge um Kopf und Kragen brächte. Die Wahrheit hingegen müsste in fremden Ohren derart verrückt klingen, dass sie Lisa ein One-Way-Ticket in die Klapsmühle bescheren würde. Dafür würde Karla sorgen, so viel stand fest.

Sie biss sich auf die Unterlippe, um nicht lauthals aufzuschreien. Ihr Schädel fühlte sich an, als machte sich ein Dutzend Ratten mit scharfen Zähnen über ihre Hirnmasse her. Was um alles in der Welt sollte sie jetzt tun?

Moritz las die Verzweiflung in ihrer Miene, als er zurück in die Küche kam.

»Eine gute und eine schlechte Nachricht«, sagte er mit einem triumphierenden Unterton. »Die schlechte ist: Es hat ein Schiffsunglück gegeben, das die Fahrrinne der Weser blockiert. Der Seeraum ist bis Bremerhaven gesperrt.« Er holte tief

Luft, um seiner Ansprache ein wenig Theatralik zu verleihen. »Die gute Nachricht: Sie werden versuchen, eine Ausnahmegenehmigung zu bekommen. Hat mich eine ordentliche Portion Überredungskunst gekostet. Außerdem können sie für nichts garantieren. Aber ich habe diesem Hardy gesagt, dass wir hier einen Notfall haben. Er macht sich große Sorgen um dich.« Er legte Lisa einen Arm um die Schultern und drückte sie ermutigend.

Dann ging er einen Schritt auf seine Frau zu, die Handflächen vor sich ausgebreitet, bereit, ihr Lob einzufangen, das er sich wohl seiner Meinung nach verdient hatte.

Keine der beiden Frauen brachte auch nur ein Wort über die Lippen.

»Dankt mir bloß nicht alle auf einmal!«, schnaufte er.

# 8

Als Anton erneut aufwachte, schienen bestenfalls zehn Minuten vergangen zu sein. Nur dass es dafür viel zu hell im Loft war. Die Digitalanzeige seines Radioweckers zeigte 08:23 Uhr an. Demnach hatte er unfassbare acht Stunden durchgeschlafen. Allerdings war ihm dieses Mal sofort klar, was seinen unruhigen Schlaf beendet hatte: CCRs »Bad Moon Rising«. Ein Song, der nur selten etwas Gutes verhieß, wenn er an einem freien Wochenende aus seinem Handy ertönte. Resignierend tastete Anton nach dem Telefon, das auf seinem Nachttisch, halb verdeckt von der braunen Mappe, schlechte Laune verbreitete.

»Merle«, sagte er, »schätze, mein Samstag ist gelaufen.«

»Nein«, antwortete sie mit nervtötender Fröhlichkeit. »Du solltest lieber deine Pläne für das gesamte Wochenende über Bord werfen.«

Anton stöhnte leise auf.

»Es tut mir leid, du hörst dich furchtbar an.« Sie klang ehrlich besorgt. »Falls du krank bist –«

»Nein, schon gut. Schieß los.« Ergeben lauschte er ihrem Bericht, ohne sie ein einziges Mal zu unterbrechen.

»Schöne Scheiße«, sagte er schließlich. »In Ordnung, ich mache mich auf den Weg. Aber was ist mit dem Rest der Besatzung? Hauke ist nicht einmal in der Stadt.«

»Halb so wild«, entgegnete Merle. »Tommy wartet schon vor der Fischhalle und raucht eine Kippe nach der anderen. Gero schien nicht gerade unglücklich, als ich ihn angerufen hab. Ich erinnere mich dunkel, dass er etwas von Großeltern und einer Goldenen Hochzeit gemurmelt hatte. Und was Hauke anbelangt, der fährt mit seiner Familie an den Wochenenden eigentlich nie weit weg. Meistens frage ich mich, wozu die überhaupt ein Wohnmobil brauchen.«

»Er hat gesagt, er würde sein Handy ausschalten«, warf Anton ein. Aus unerfindlichen Gründen wurmte es ihn, dass Merle über seine Leute besser Bescheid wusste als er.

»Oh, keine Sorge. Ich habe die Nummer seiner Tochter. Die schaltet ihr Smartphone niemals ab.«

*»Du hast was?«* Jetzt wurde es ihm wirklich zu bunt. »Wie kommst du –« *zu etwas, das ich nicht habe? Wo ich doch so sicher bin, dass Hauke mein Freund ist.*

»Lange Geschichte, erzähle ich dir ein andermal. Sag mal, ist Dorothea zufällig bei dir?«

»Äh – nein, wie kommst du darauf?«, log er.

»Och, nur so«, entgegnete Merle schnell. »Dann rufe ich sie selbst an. Tschüs!« Schon hatte sie aufgelegt.

Anton setzte sich auf und fluchte leise. Ein widerlicher Pelz auf seiner Zunge schmeckte, als wäre über Nacht ein kleines Tier in seinem Mund verwest. In seinem Kopf rollten Billardkugeln durcheinander und schlugen unrhythmisch gegen die Schädelwand. Energisch wischte er sich mit den Handflächen durchs Gesicht, was seine Kopfschmerzen allerdings in keiner Weise minderte. Dafür erinnerte er sich daran, was er gestern Abend durch den übermäßigen Konsum von Rotwein zu verdrängen versucht hatte. Wie ferngesteuert strichen seine Finger über den abgegriffenen Pappordner. Seiner puren Dämlichkeit verdankte er es, dass Dorothea nun sein Geheimnis teilte. Andererseits – selbst wenn sie jede einzelne Zeile studiert haben sollte –, was könnte sie schon damit anfangen? Außer ihm eine Art Obsession für Lisa Holtkamp zu attestieren. Was in gewisser Weise zutraf, wenn auch nicht so, wie es auf den ersten Blick aussehen musste.

»Bitte, du darfst nicht wieder herkommen«, hatte Lisa ihn angefleht, an jenem Tag, als er sie in dem kleinen, gemütlichen Buchladen wiedergefunden hatte. »Robert ist furchtbar eifersüchtig. Und wenn er wütend wird, ist er einfach nicht mehr er selbst.«

»Denkst du etwa, er wird sich mit mir prügeln, wie ein kleiner Junge auf dem Schulhof?« Anton war vollauf damit beschäftigt, eine Strähne ihres roten Haars um seinen Finger zu wickeln und ihr dabei schmachtend in die Augen zu sehen.

»Nein.« Sie trat abrupt einen Schritt zurück. »Um dich musst du dir keine Sorgen machen. Nicht, solange ich in seiner Nähe bin.«

In diesem Moment verstand er. Die Schramme auf ihrer Stirn, das leichte, kaum merkliche Hinken. Ein Sturz mit dem Fahrrad, wie sie behauptet hatte, war es also nicht gewesen.

»Warum trennst du dich nicht von ihm?« Die einzige logische Frage, die diese Situation zuließ. »Wenn er dich schlägt, musst du ihn verlassen. Ich werde dir helfen.«

»So einfach ist das nicht.« Von diesem Moment an wich sie Antons Blick systematisch aus.

»Natürlich ist es das«, versuchte er es noch einmal.

Doch das Gespräch war beendet. Für dieses Mal.

Bevor er ging, legte er wortlos eine Postkarte auf den Verkaufstresen. Sie zeigte den Leuchtturm Roter Sand vor etwa einhundert Jahren. »Ein letzter Gruß der Alten Welt«, stand in geschwungener Schrift darunter. Auf der Rückseite hatte er die Telefonnummer seiner Polizisten-WG notiert.

Als sie diese endlich anrief, war Anton längst von Hamburg nach Cuxhaven gezogen, um dort seinen Dienst anzutreten. Deshalb hatte er davon erst Wochen später erfahren, ganz nebenbei, als er einem seiner ehemaligen Mitbewohner auf einer Feier begegnet war.

Von da an hatte er Lisa, so gut es ging, im Auge behalten, ohne selbst in Erscheinung zu treten. Von Zeit zu Zeit hatte er sogar seine Polizeikontakte und Datenbanken genutzt, um Erkundigungen über Robert Holtkamp einzuholen. Allerdings war er diesem Arschloch niemals wieder so nahe gekommen wie damals auf der Galerie des Leuchtturms.

Der einzige Schaden, der Anton jetzt daraus erwachsen konnte, war, dass Dorothea durch die Hinweise auf seine scheinbare Besessenheit den Respekt vor ihrem Vorgesetzten verlor. In diesem Fall müsste er an Bord eben andere Saiten aufziehen, ein Problem, das sich durchaus lösen ließe.

Er hob den Kopf und horchte auf Geräusche, die ihm womöglich verrieten, was Dorothea gerade tat. Falls sie das Bad benutzte, müsste er das Rauschen der alten Wasserleitungen hören, was jedoch nicht der Fall war. Auch sonst war es so still wie an jedem gewöhnlichen Morgen. Er ging zum Rand der Empore und spähte durch die trübe Glaswand hinunter ins Loft, konnte seine Besucherin jedoch nirgends entdecken. Da ihm nichts anderes übrig blieb, kleidete er sich an und stieg die Treppe hinunter. Die Wolldecke lag ordentlich zusammengefaltet auf der Sofalehne. Sollte das etwa bedeuten, dass sich Dorothea im Laufe der Morgenstunden stillschweigend aus dem Staub gemacht hatte? Stirnrunzelnd ging er zur Küchenzeile und warf zwei Aspirin in ein Wasserglas. Während sich die weißen Tabletten langsam in der Flüssigkeit auflösten, dachte er darüber nach, ob ein solches Verhalten zu ihr passte. Noch gestern Nachmittag hätte er diese Frage klar mit Nein beantwortet. Seither verzerrte sich das hübsche Bild, das in seinem Kopf von ihr existiert hatte, wie bei einem altersschwachen Videoband. Nur ein-, zweimal, immer nur für einen kurzen Moment. Danach glitten alle Konturen wieder in ihren Ursprungszustand zurück.

Dennoch verbargen sich hinter dem klassischen Profil und dem energischen Wesen einige Rätsel, daran bestand für ihn kein Zweifel. Zum ersten Mal stellte er sich die Frage, ob dieser mysteriöse Freund überhaupt existierte. Was, wenn sie ihn nur erfunden hätte, um – ja, was genau damit zu erreichen? Nein, das ergab keinen Sinn. Wesentlich interessanter erschien Anton die Geschichte mit ihrem verkorksten Bruder. War es möglich, dass sie sich mit ihm traf, jetzt, in diesem Moment? Das würde bedeuten, dass sich dieser Nichtsnutz in Cuxhaven herumtrieb. Und dass Dorothea ihm nach wie vor zur Seite stand. Eine Weile grübelte er, ob dies eine gute oder schlechte Eigenschaft darstellen würde.

Plötzlich nahm er draußen vor den altersblinden Sprossenfenstern eine Silhouette wahr. Genau genommen waren es zwei Gestalten, die sich hektisch auf und ab bewegten. Er wusste, dass man von außen nicht erkennen konnte, was im Loft vor sich ging. Trotzdem hielt er sich im schattigen Bereich, während er barfuß auf die Fensterfront zuging. Mit übertriebener Vorsicht schmiegte er sich neben der Haustür an die Außenwand. Wenn er den Hals reckte, konnte er das seltsame Schattenspiel dort draußen gut verfolgen. Allerdings achteten die Personen sorgfältig darauf, mit gedämpften Stimmen zu sprechen. Etwa so wie heute Nacht, als Dorothea mit ihrem Bruder telefoniert hatte. Bedeutete es also doch, dass Thore sie gefunden hatte? Dass der Mistkerl jetzt wusste, wo Anton wohnte? Es auch nur in Erwägung zu ziehen trieb Antons Puls bedenklich in die Höhe.

Allerdings würde er es nicht herausfinden, indem er wie ein Volltrottel an der Wand lauschte. Die einzige Möglichkeit bestünde darin, die Tür zu öffnen und nachzuschauen. Anton legte eine Hand auf die Klinke. Sofort schalt er sich einen Idioten. Was zum Teufel war in ihn gefahren, dass er sich dermaßen albern aufführte? Die Leute konnten draußen auf der Straße gestikulieren, bis sie Muskelkater bekämen. Aller Wahrscheinlichkeit nach waren sie rein zufällig vor seinem Haus stehen geblieben und hatten sich in eine heftige Diskussion verstrickt, die Anton nicht im Geringsten interessierte. Kopfschüttelnd wandte er sich ab.

Jetzt hörte er doch etwas. Ein Scharren, direkt vor seiner Haustür. Es klang, als würde sich jemand von außen am Schloss zu schaffen machen. Mit leichtem Herzklopfen drückte Anton die Klinke und stieß die Tür mit einem ordentlichen Ruck auf.

Dorothea schaffte es gerade noch, den entscheidenden Schritt zurückzuweichen. Mit angehaltenem Atem balancierte sie mehrere Papiertüten, während sie sich redlich bemühte, nicht doch noch zu stolpern.

»Was soll denn das bitte werden?«, raunzte Anton, wohl wissend, dass dies eine völlig bescheuerte Reaktion darstellte. Nur befahl ihm sein Stolz, die Wut auf sich selbst irgendwie zu überspielen, notfalls mit noch mehr Dämlichkeit.

»Wonach sieht es denn aus?«, brachte Dorothea hervor, sobald sie wieder Herrin der Lage war. Falls sie sich über die unfreundliche Begrüßung ärgerte, ließ sie es sich nicht anmerken.

»Ich dachte, ich hätte gehört, wie du draußen mit jemandem gesprochen hast«, sagte er, da es ohnehin nicht mehr peinlicher werden konnte.

»Ja. Und? Ist das neuerdings strafbar?«

»Wer war das? Wer hat so schnell herausgefunden, dass du bei mir wohnst?«

»Niemand! Ich habe ein paar Worte mit dem süßen Postboten gewechselt. Herrgott noch mal! Deine Briefe stecken in meiner Hosentasche. Kannst du warten, bis ich eine Hand frei habe, oder möchtest du mir gern selbst an den Hintern fassen?«

Anton kapierte sehr wohl, dass er eine durch und durch lächerliche Figur abgab. Trotzdem weigerte sich das dumpfe Gefühl, seine Magengegend zu verlassen. Wie unter Zwang suchte er mit den Augen die Straße ab. Etwa eine Sekunde lang blieb sein Blick auf dem muskulösen Rücken eines schwarz gekleideten Mannes haften, der zielstrebig um eine Ecke bog.

»Ich will wirklich nicht drängeln, aber die Tüten fallen mir gleich aus der Hand. Wenn du die Brötchen nicht einzeln vom Boden auflesen willst, wäre es gut, wenn du mich hereinlassen würdest«, mahnte sie ihn nun offensichtlich genervt.

Rasch trat Anton einen Schritt beiseite.

Stirnrunzelnd registrierte sie, dass er seine Dienstkleidung trug, wirkte jedoch zu beschäftigt, um ihn nach einer Erklärung dafür zu fragen.

»Darf ich dir etwas abnehmen?«, fragte er.

»Danke, geht schon.« Sie verfrachtete ihre Lasten mit Schwung auf den Küchentresen und schüttelte die Arme aus.

»Ich habe ein paar Sachen für uns zum Frühstück eingekauft«, sagte sie. »Dein Kühlschrank sah ziemlich leer aus.«

»Besten Dank. Aber die Sache ist die –«

In diesem Moment röhrten bombastische Heavy-Metal-Klänge aus Dorotheas Hosentasche. Mit skeptischer Miene zog sie ihr Smartphone hervor. »Das ist Merle«, stellte sie irritiert fest.

»Ich wollte es dir gerade sagen …«, begann Anton.

Sie nahm das Gespräch kommentarlos an.

»Das war's dann wohl mit unserer trauten Zweisamkeit«, sagte Dorothea, nachdem sie aufgelegt hatte. »Wie es aussieht, gibt es doch noch einen Gott.«

Den Fußmarsch zum Alten Fischereihafen legten sie schweigend zurück. Die meiste Zeit verbrachte Anton damit, über Dorotheas Gott-Theorie zu sinnieren. Oberflächlich betrachtet musste er ihr natürlich recht geben. Der Einsatz katapultierte sie beide in die gewohnten kollegialen Bahnen zurück und bewahrte sie davor, noch tiefer in des anderen Privatleben hineingezogen zu werden. Andererseits entging Dorothea dadurch ihrem unmittelbaren Rausschmiss aus Antons Haus. Sobald der Großeinsatz endete, stünden sie beide allerdings mit einem Schlag vor demselben Problem wie Freitagabend. Schon jetzt durfte Anton davon ausgehen, dass sein Helfersyndrom erneut das Zepter übernehmen würde. Wenn es also einen Gott gab, dann besaß er einen ausgeprägten Sinn für Ironie.

Er schluckte den bitteren Geschmack auf der Zunge herunter und zwang seine Gedanken auf das, was ihnen bevorstand. Es würde ein ordentliches Stück Arbeit werden zu ermitteln, wie drei Kapitäne trotz aller Technik an Bord ein derartiges Chaos zustande gebracht hatten. Gleichzeitig fragte sich Anton nicht zum ersten Mal, warum derartige Unfälle nicht wesentlich häufiger passierten. Die Verkehrsdichte auf den Meeren nahm stetig zu. Rohstoffe unterschiedlichster Art wurden an einem Ende der Welt gewonnen, an einem anderen, weit entfernten Ort zu gebrauchsfertigen Produkten verbaut und diese wiederum zu jenem Punkt auf dem Globus transportiert, wo sie die längst gesättigten Märkte überschwemmten. So in etwa funktionierte die Globalisierung. Alle wollten von allem immer mehr – und zwar immer schneller. Die Reedereien standen unter demselben Zeitdruck wie die Speditionen, auf See ging es mittlerweile zu wie auf deutschen Autobahnen: Wer bremst, verliert. Nur dass es in diesem Fall keine Gewinner gab.

Das maßgebliche Problem bestand vorerst jedoch darin, dass

die drei havarierten Frachter die Fahrrinne der Außenweser blockierten. Weder Containerschiffe noch Fahrzeugtransporter, Spezialfrachter für Bauteile der Windkraftanlagen oder sonstige Güter waren derzeit in der Lage, Bremerhaven anzulaufen oder zu verlassen. Kreuzfahrtschiffe, die sich noch auf See befanden, würden weiterziehen und geradewegs das nächste Ziel auf ihrer Route ansteuern. Finanziell gesehen bedeuteten die nächsten Tage für die Seestadt einen Mordsverlust.

»Alles klar?«, riss ihn Dorothea aus seinen Gedanken, als sie die Fischhalle V erreichten.

»Sicher«, entgegnete er.

»Na dann: Auf in den Kampf.«

Hintereinander stiegen sie die ausgetretenen Steinstufen zum Revier hinauf.

»Moin, moin!« Merle nahm sie strahlend wie immer in Empfang. Ihr Blick wechselte einige Male zwischen Anton und Dorothea. Was sie sah, ließ sie ungehemmt schmunzeln.

»Wo steckt Hansen?«, fragte Anton eine Spur zu harsch. »Der Chef will uns doch bestimmt persönlich briefen, bevor wir auslaufen.«

»Momentan gibt es noch nicht allzu viel. Kurz gefasst lautet unsere Mission: herausfinden, was die Kapitäne geritten hat. Du und deine Leute habt dabei den Hauptgewinn gezogen. Ihr dürft euch die ›Beluga‹ vorknöpfen.«

»Den Containerriesen?«, mischte sich Hauke ein, der soeben auf die kleine Gruppe zukam.

»Wie kannst du so schnell hier sein? Wolltest du nicht mit deiner Familie campen?« Unvernünftigerweise fühlte sich Anton irgendwie verschaukelt.

»Sünje ist krank geworden. Montezumas Rache. Wir sind nicht weit gekommen.«

»Aha.«

»Und was habt ihr zwei Hübschen in der Zwischenzeit so angestellt?« Er legte Dorothea und Anton je eine Hand auf die Schulter und grinste Merle vielsagend an.

»Wie bitte?« Anton spürte, wie ihm der aufsteigende Zorn

eine Röte ins Gesicht trieb, die mit Leichtigkeit falsch interpretiert werden konnte.

»Ich meine ja nur. Dass ihr euch blendend versteht, wissen wir alle. Momentan könnte man allerdings glatt meinen, es gäbe zwischen euch eine Art … Geheimnis. Du weiß, was ich meine.« Hauke knuffte ihm kumpelhaft in die Seite. »Komm schon, mir kannst du es doch verraten.«

*Nein, wieso sollte ich? Du verrätst mir doch auch nicht alles!* Anton schluckte seine alberne Eifersucht herunter und jonglierte mit dem übrig gebliebenen Ärger.

»Es ist nicht so, wie du denkst«, entgegnete er mit einem Ton, der »Und außerdem geht es dich nichts an« zum Ausdruck bringen sollte. Dabei starrte er angestrengt geradeaus.

Hauke antwortete mit einem vielsagenden »Hm«, bei dem er vermutlich die Augenbrauen in die Höhe zog.

»Du mich auch«, knurrte Anton. Noch im selben Moment realisierte er, dass sich sein Zorn weder gegen Hauke noch gegen Merle richtete. Wieder einmal ärgerte er sich vor allem über sich selbst. Eigentlich hätten er und Dorothea getrennt und zeitversetzt hier auftauchen sollen. Stattdessen waren sie wie ein altes Ehepaar ins Büro spaziert. Wie sollte er seinen Kollegen die Schlussfolgerung verübeln, sie hätten die Nacht gemeinsam verbracht? Im selben Bett. Bis zum Abend wäre das gesamte Revier darüber informiert, dass sie beide ein Verhältnis hatten. *Na toll!*

»Also was ist, gehen wir endlich an Bord?« Anton drehte sich um und verließ das Gebäude, ohne sich darum zu kümmern, ob ihm jemand folgte.

Die »Rungholt« lag klar zum Ablegen am Kai. Sie war mit ihren dreißig Metern Länge das größte seegängige Dienstboot im Küstenland Niedersachsen. Im Vergleich zu den wesentlich imposanteren Schiffen der Bundespolizei wirkte sie zwar eher mickrig, dafür eignete sie sich mit ihrem geringen Tiefgang perfekt für die besonderen Anforderungen, die das Wattenmeer an die Schifffahrt stellte. Bei ruhiger See machte sie bis zu fünfundzwanzig Knoten und bot ihrer Besatzung den notwendigen Komfort, um sie auch auf mehrtägigen Einsätzen bei Laune zu halten. Anton kannte das Schiff in- und auswendig und erwischte sich von Zeit zu Zeit dabei, es als sein Eigentum zu betrachten. Es verschaffte ihm jedes Mal aufs Neue dieses spezielle Glücksgefühl, sobald er die Brücke betrat, die Motoren startete und das Küstenboot auf Kurs brachte. Nicht einmal die Brisanz dieses Einsatzes änderte daran etwas. Zum ersten Mal an diesem Tag befand sich Anton Hayen mit sich und seiner Welt im Reinen.

Jetzt, bei Ebbe, führte ihre Route von Cuxhaven aus das Fahrwasser der Elbe hinunter und schwenkte hinter der Insel Neuwerk in einem westlichen Bogen zurück gen Außenweser. In weiter Ferne kam der Leuchtturm Roter Sand in Sicht. Gerade erfasste ihn ein Sonnenstrahl, der ihn in ehrwürdiger rot-weißer Pracht aufleuchten ließ. Wie immer in solchen Augenblicken verspürte Anton einen Hauch von Wehmut. Er schüttelte ihn energisch ab. Direkt vor ihnen breitete sich ein grandioses Desaster aus.

»Die haben ja alle drei mächtig Schlagseite«, sagte Hauke, der ihren Einsatzort in Augenschein nahm. »Reife Leistung, das muss man ihnen lassen.« Er reichte Anton das Fernglas und deutete unnötigerweise mit dem Finger in besagte Richtung.

Drei Giganten aus Stahl lagen bewegungslos auf See wie verletzte Seeungeheuer, die sich jederzeit aufzubäumen drohten. Die »Beluga« überragte die beiden kleineren Schiffe einem düsteren Wächter gleich. Schnell checkte Anton die Daten des Schiffes auf dem Computermonitor. Die »MS Beluga« gehörte zur Flotte der Reederei Maaßen mit Sitz in Bremerhaven und fuhr als eine der wenigen unter deutscher Flagge. Sie fasste bei einer Länge von zweihundertfünfundneunzig Metern eine Tonnage von neuntausendfünfhundert TEU; diese Maßeinheit bezeichnete eine Twenty-foot Equivalent Unit, die standardisierte Größe eines einzelnen Containers. Mit einem maximalen Tiefgang von zwölfeinhalb Metern war sie eines der größten Schiffe, die den Bremerhavener Terminal anlaufen konnten.

Inzwischen war die »Rungholt« bis auf Rufweite an die Havaristen herangekommen. Hauke drosselte die Maschinen auf ein Minimum. Anton öffnete die Tür des Steuerhauses und richtete sein Fernglas auf den stählernen Riesen.

»Wo stecken die nur alle?«, sagte er mehr zu sich selbst, während er das Deck absuchte. »Die können doch nicht alle über Bord gegangen sein.«

»Nein, sieht nicht so aus.« Haukes Aufmerksamkeit galt nun dem orange-weiß leuchtenden Schiff der Seenotretter. Anstatt die Wasseroberfläche abzusuchen, verharrte es in Wartestellung leicht abseits der Unfallstelle.

Zwei weitere Polizeiküstenboote, eines mit den Kollegen vom vierten Revier, eines von der Station in Wilhelmshaven, hatten bereits Beamte an Bord der beiden kleineren Frachter geschickt, die es offenbar schwer erwischt hatte. Die Leitstelle in Cuxhaven kümmerte sich um den Einsatz der Schlepper, die sich in diesem Moment höchstwahrscheinlich von Bremerhaven aus auf den Weg machten, um die Havaristen in den sicheren Hafen zu manövrieren. Zumindest schien noch auf keinem der Unglücksschiffe ein Brand ausgebrochen zu sein. Anton schickte ein Stoßgebet gen Himmel, dass eine Umweltkatastrophe durch auslaufendes Schweröl ebenfalls ausbliebe. Solange man mit den unmittelbaren Bergungs- und Rettungsmaßnahmen beschäftigt war, könnte sich ein Ölteppich ungestört ausbreiten, was für das gesamte Wattenmeer eine Tragödie unvorstellbaren Ausmaßes bedeuten würde.

Das Knistern des Funkgeräts rief Anton zurück auf den Steuerstand. Aus dem kleinen Lautsprecher kam nun die leicht verzerrte Stimme von Hauptkommissar Radtke, der sich auf der »Godja«, dem Schwesterboot der »Rungholt«, befand. Radtke war als ihr dienstältester Bootsführer buchstäblich mit allen Wassern gewaschen.

»Die gesamte Besatzung der ›Beluga‹ hüllt sich hartnäckig in Schweigen«, sagte er. »Scheint fast, als hätten die noch gar nicht kapiert, dass sie in Schwierigkeiten stecken. Apropos: Man muss für ein Kapitänspatent heutzutage keinen IQ-Test ablegen, oder?«

»Sieht nicht so aus«, entgegnete Anton stirnrunzelnd. »Aber was ist mit dem Lotsen?«

Unmittelbar hinter Helgoland wurde auf jedes Schiff, das einen der Häfen ansteuerte, ein erfahrener Seelotse verbracht, der dem Kapitän eine sichere Route entlang der tückischen Untiefen in der Deutschen Bucht wies.

»Gute Frage. Ich bin gespannt, welche Erklärung die Jungs da oben auf Lager haben«, sagte Radtke, »haut rein!« Damit brach die Verbindung ab.

Mit äußerst skeptischer Miene beäugte Anton nun den Containerstapel an Bord, der sich in einem bedenklichen Winkel seewärts neigte.

»Denkst du, der Zusammenstoß hat die Laschrahmen aus der Verankerung gerissen?«, fragte Hauke.

»Eher nicht«, mutmaßte Anton. »Da muss schon vorher etwas im Argen gelegen haben. Schätze, deswegen hatten sie es auch so verdammt eilig.«

Er wählte einen offenen Funkkanal, um die Brücke der »Beluga« anzusprechen und der Besatzung mitzuteilen, dass zwei Personen der Wasserschutzpolizei zu ihnen an Bord unterwegs seien. Mehrere Sekunden lang wartete er auf Antwort. Vergeblich. Er unternahm noch zwei weitere Versuche. Auf der »Beluga« reagierte niemand.

»Das kann ja lustig werden«, stellte Anton nüchtern fest.

Schlagartig begriff er, warum Hansen ausgerechnet ihm diese Mission aufgebrummt hatte: Er benötigte jemanden, der sich von solch penetrantem Starrsinn weder aus der Ruhe bringen noch in irgendeiner Weise einschüchtern ließ. Sein ehemaliger Kumpel wusste allzu genau, dass Anton sich an Ungereimtheiten wie eine Zecke festbiss, seien sie auch noch so unbedeutend. Hier allerdings handelte es sich um Dummdreistigkeit in ganz großem Stil. Offensichtlich lag Hansen verdammt viel daran, seinen Bericht so detailliert und wasserdicht wie irgend möglich abzuliefern. Anders ausgedrückt schien der Mann mächtig unter Druck zu stehen.

»Wunderbar, wirklich ganz wunderbar«, murmelte Anton.

»Wie bitte?« Hauke betrachtete ihn mit einem prüfenden Seitenblick.

»Nichts«, wiegelte Anton ab. Ihm war nicht einmal aufgefallen, dass er seine Gedanken laut ausgesprochen hatte.

»Du bringst uns an dieses verfluchte Geisterschiff heran und übernimmst mit Gero zusammen die ›Rungholt‹«, sagte er nun klar und deutlich zu seinem Bootssteuerer. Dabei war ihm durchaus bewusst, dass die beiden nicht unbedingt auf einer Wellenlänge lagen. Aber darauf konnte er derzeit keine Rücksicht nehmen.

»Warum ich?«, fragte Hauke prompt.

»Weil wir anderen jetzt ein Schlaflied singen und ein Nickerchen machen werden, was denkst denn du?« Anton wusste selbst nicht so genau, warum er Hauke derart anfuhr. Es tat ihm sofort leid, allerdings nicht so sehr, wie es eigentlich sollte. »Ich steige mit Dorothea zusammen über. Bin gerade in genau der richtigen Stimmung, um mich mit Vollidioten dieses Kalibers anzulegen.«

»Oh, da sagst du was«, entgegnete Hauke und fügte sich in sein Schicksal, den Einsatz im Steuerhaus des Küstenboots zu verbringen.

»Falls eure Party nicht so recht in Schwung kommt, wird Tommy euch bestimmt Gesellschaft leisten. Schließlich muss selbst er irgendwann mal frische Luft schnappen.« Eigentlich wusste niemand so genau, was der wortkarge Schrauber die ganze Zeit im Maschinenraum anstellte. Fest stand nur, dass er die Diesel stets in einem tadellosen Zustand hielt.

»Ja, Tommy. Eine echte Stimmungskanone.« Hauke nickte.

Anton ging zum Safe, um die Dienstpistolen herauszuholen. Dorothea kam soeben vom Unterdeck die Treppe herauf und schnallte sich ebenfalls das Holster um die Schultern. Zwar ging niemand davon aus, die Waffen jemals zu benötigten. Aber sie zur Schau zu tragen verschaffte ihnen nicht selten den nötigen Respekt.

Mit wohlaustarierter Geschwindigkeit erreichte die »Rungholt« nun den Schatten des Containerschiffs, dessen Rumpf wie eine Festungsmauer über ihnen aufragte. Dann geschah, womit Anton kaum zu rechnen gewagt hatte: Jemand ließ die Lotsenleiter aus einer Luke herab. Es gab also doch lebendige Wesen auf diesem Kahn.

Anton nickte Hauke zu, der den Gruß jedoch unerwidert ließ. Dafür brachte der Bootssteuerer die »Rungholt« nun so dicht wie möglich an die Strickleiter heran.

Anton ließ Dorothea den Vortritt und beobachtete, wie sie mit einem wohlbemessenen Schritt vom schwankenden Bug aus die schmalen Sprossen erklomm. Sobald er sie sicher an Deck wusste, wartete er, bis eine Welle das Boot ein Stück emporhob, sodass er bequem nach der Leiter greifen konnte. Dann stieg er ebenfalls über.

Dorothea erwartete ihn zusammen mit einem asiatisch aussehenden jungen Mann, der für die harte Arbeit an Bord viel zu zierlich wirkte.

»Moin, moin«, probierte Anton es auf gut Glück. »Können wir Deutsch sprechen?«

Der Bursche, vermutlich der Bootsmann, nickte etwas zögerlich. Die Besatzung auf diesen Schiffen bestand für gewöhnlich aus einem bunten kulturellen Mix. Vermutlich war es der Junge gewohnt, sich mit seinen Kollegen auf Englisch zu unterhalten.

Anton stellte sich und Dorothea artig vor, was seinem Gegenüber jedoch keine sichtbare Regung entlockte. Mit einer Geste bat dieser die Besucher, ihm an den Containerstapeln entlang zum hochhausähnlichen Decksaufbau zu folgen.

»Falls das hier so zäh weitergehen sollte, könnte ich glatt meine guten Manieren vergessen«, flüsterte Anton. »Nur für den Fall, dass du schon mal in Deckung gehen willst.«

»Keine Sorge, ich werde auf dich aufpassen. Schließlich hast du mich doch aus diesem Grund mitgenommen, oder?«

Er schnaufte nur und fragte sich im Stillen, ob an ihrer Mutmaßung etwas dran sein könnte. Bevor Dorothea ihn zu einer Antwort drängen konnte, erreichten sie einen sogenannten Niedergang, der über sieben Etagen zur Brücke hinaufführte. Anton verspürte eine ungewohnte Anspannung bei dem Gedanken, was ihn dort erwarten mochte. Er atmete noch einmal tief durch. Dann folgte er dem Bootsmann in luftige Höhen.

»Du meine Güte«, sagte Dorothea, die ihm auf den Fersen folgte, »von schwindelfrei steht aber nichts in meiner Stellenbeschreibung.«

»Zumindest kann niemand hier behaupten, die anderen Frachter übersehen zu haben«, bestätigte Anton. »Der Ausblick ist sensationell.« Soeben betraten sie die rundherum verglaste Brücke.

Ihr asiatischer Wegweiser war verschwunden. Ein untersetzter Glatzkopf stand mit dem Rücken zu ihnen vor diversen Bildschirmen und gab überflüssigerweise vor, sich auf die Instrumente zu konzentrieren. Niemand fühlte sich berufen, die Polizisten in Empfang zu nehmen.

»Ist das so eine Art Taktik, uns hier stehen zu lassen wie Hein Blöd, bis wir uns aus lauter Frust in die Nordsee stürzen?«, fragte Dorothea.

»Sieht fast danach aus«, entgegnete Anton so laut, dass der Kahlkopf es hören musste. »Können Sie mir sagen, wo sich der Kapitän dieses Schiffes befindet?« Zur Sicherheit wiederholte er seine Bitte in englischer Sprache, obwohl er sich ziemlich sicher war, dass er ihn auch beim ersten Mal verstanden hatte.

In diesem Moment betrat ein Mann in Jeans und einem weißen Leinenoberhemd die Brücke. Trotz der sommerlichen Wärme hatte er eine schwarze Wollmütze bis über die Ohren gezogen. Ein roter Vollbart bedeckte etwa die Hälfte seines Gesichts. Unter den wettergegerbten Wangen zeichnete sich eine gelbliche Blässe ab. Dicht hinter ihm folgte ein zweiter Mann, dem orangeroten Overall nach zu urteilen der Seelotse.

»Es tut mir leid, dass Sie warten mussten«, sagte Rotbart. »Leider haben wir einige Probleme an Bord.«

»Ja, genau deshalb sind wir hier«, entgegnete Anton. Wollte ihn der Kerl zum Narren halten?

»Mit dem maroden Laschrahmen hat uns die Reederei vermutlich schon auf Reise geschickt. Regelmäßige Wartung hält man dort für grobe Zeitverschwendung«, fuhr der Mann fort.

»Fast hätten wir es ja auch bis nach Hause geschafft.« Ein bitteres Lächeln umspielte seine Lippen. »Bitte entschuldigen Sie: Mein Name ist Karsten Amsingk, ich bin der Kapitän der ›Beluga‹.« Der Name des Schiffes ging in einem Zischen unter; allem Anschein nach litt der Kapitän unter starken Schmerzen. Er presste eine Hand auf den Unterleib und schwankte leicht. Auf seiner Stirn bildeten sich kleine Schweißperlen, unter seinen Achseln wurden dunkle Flecken sichtbar.

Der Mann im orangefarbenen Overall sprang ihm zur Seite, um ihn zu stützen. Amsingk winkte unwirsch ab.

»Über Ihre Ladung unterhalten wir uns später«, sagte Anton in einem Ton, der ihm augenblicklich die nötige Autorität verschaffte. So wie der Kapitän aussah, benötigte er dringend einen Arzt. Doch bevor er von selbst daraufkäme, bestand Anton auf Antworten.

»Die beiden Frachter waren mit Sicherheit deutlich auf dem AIS zu erkennen«, sagte er. »Davon abgesehen müssen Sie sie mit bloßem Auge von Weitem beobachtet haben. Warum haben Sie Ihre Fahrt nicht verlangsamt? Ihnen muss doch klar gewesen sein, dass Sie einen Zusammenstoß riskieren.«

Amsingk schwieg ein wenig zu lange. »Wir waren bereits in Zeitverzug, und ich habe die Geschwindigkeiten unterschätzt. Mein Leichtsinn hat schweren Schaden angerichtet. Ich nehme die volle Verantwortung auf mich.« Der Gelbstich auf seinem Gesicht trat jetzt noch deutlicher zutage, zudem schimmerte seine Bindehaut rötlich. Es fiel ihm zusehends schwer, sich auf den Beinen zu halten.

»Sie waren überhaupt nicht auf der Brücke, oder?«, mutmaßte Anton und wandte seinen Blick dem Lotsen zu, der nervös von einem Fuß auf den anderen trat. Das Namensschild auf seiner Brusttasche wies ihn als Johann Bredemeier aus.

»Was ist hier passiert?«, fragte Anton, indem er den kräftig gebauten Mann erstmals genauer ins Visier nahm. Er war in etwa so groß wie Anton selbst. Sein volles, dunkles Haar durchzogen vereinzelte Silbersträhnen, die buschigen Brauen hingegen waren bereits völlig ergraut. Hellblaue Augen standen in seinem breiten Gesicht ungewöhnlich eng zusammen und hielten der polizeilichen Musterung unbeeindruckt stand.

»Hören Sie, Herr Hauptkommissar«, intervenierte Amsingk. Offenbar las er Antons Dienstgrad von den Schulterklappen seines Oberhemdes ab. »Den Lotsen trifft keine Schuld. Im Gegenteil. Er hat –« In diesem Moment ließ ihn etwas rückwärts taumeln, vermutlich ein heftiger Schwindelanfall, und er tastete nach einem Halt.

Dorothea war mit wenigen Schritten bei ihm, ergriff seinen Arm und führte ihn zu einer gepolsterten Bank, die in eine Wandnische eingelassen war. Sie sandte Anton einen tadelnden Blick, wagte jedoch nicht, ihm in die Parade zu fahren.

»Ich höre«, forderte er den Lotsen zum Reden auf.

Dieser seufzte tief, um vielleicht eine Sekunde Aufschub zu ergattern. Dann fügte er sich in das Unvermeidliche.

»Wir hatten die ›Beluga‹ gerade von der Reede ins Fahrwasser gebracht«, begann er seinen Bericht, ohne den Kapitän aus den Augen zu lassen. »Die beiden Frachter fuhren hintereinander, das konnten wir deutlich auf dem Radar und dem AIS sehen.«

»Dann müssen Sie es auch bemerkt haben, als einer von ihnen zu einem Überholmanöver ausscherte.«

»Nein. Bevor das geschah, brach Kapitän Amsingk plötzlich zusammen. Fiel einfach zu Boden, schweißgebadet, hat am ganzen Körper gezittert. Wir, also Sven Larssen, der Erste Offizier«, er nickte zu dem Glatzkopf hinüber, »und ich sind sofort zu ihm. Hat uns einen Mordsschrecken eingejagt.«

»Das heißt, die Brücke war unbeaufsichtigt.«

»Für den Moment schon«, gab der Mann zu. »Nachdem wir zwei Leute gerufen hatten, um Amsingk in seine Kammer zu bringen, war es schon zu spät.«

Anton schaute schweigend vom Lotsen zum Kapitän und wieder zurück. Für den Augenblick war dies eine Erklärung, die zumindest Sinn ergab. Ein Koloss wie die »Beluga« war nicht nur äußerst schwerfällig zu manövrieren, sondern benötigte bei einer Fahrt von zwanzig Knoten einen Bremsweg von fast sechs Kilometern, um endgültig zum Stillstand zu kommen. Zudem würde er bei einer Vollbremsung mächtig ins Schlingern geraten, was in den schmalen Fahrrinnen hier in der Bucht eine weitere Gefahr darstellte. Hatte man ein Manöver also erst einmal eingeleitet, war es kaum möglich, es spontan zu korrigieren. Die Details des Unglücks könnten Anton und seine Kollegen unter die Lupe nehmen, sobald sie alle Beteiligten im sicheren Hafen wüssten. Jedes Containerschiff verfügte über einen Voyage Data Recorder, ähnlich wie die Blackbox eines Flugzeugs. Zudem konnte man in der Leitstelle in Cuxhaven auf die AIS-Aufzeichnungen des entsprechenden Zeitraums zurückgreifen. Die Auswertung der Daten würden in jedem Fall zeigen, inwiefern die Aussagen des Lotsen zutrafen.

»Meine Kollegin wird jetzt die Seenotretter informieren. Sie werden einen Hubschrauber schicken, der Kapitän Amsingk schnellstmöglich nach Hamburg in die Tropenklink bringt.« Anton schaute zu Dorothea, die bereits nach ihrem Funkgerät am Gürtel griff.

»Was, denken Sie, ist mit ihm?«, fragte Bredemeier.

»Das Schiff kommt direkt aus Kolumbien, richtig?«, vergewisserte sich Anton.

»Jedenfalls steht es so in den offiziellen Angaben.«

»Ich bin kein Arzt, aber wenn ich raten sollte, würde ich auf Gelbfieber tippen.«

»Wie kommen Sie darauf?«

»Ich schaue mir Dokus im Fernsehen an.«

Der Lotse schien gründlich zu überlegen, ob ihn der Polizist verarschte.

»Könnte er jemanden angesteckt haben?«, fragte er schließlich.

»Gelbfieber wird von Stechmücken übertragen. Also nein, eher nicht.« Gott bewahre. Andernfalls müssten sie das gesamte Schiff unter Quarantäne stellen. Rätselhaft war die Erkrankung insofern, als dass für alle Besatzungsmitglieder eine Impfpflicht bestand. Somit drängte sich der Verdacht auf, dass vor Antritt der Fahrt auch in dieser Hinsicht geschlampt worden war. »Und jetzt hätten wir gern eine Liste sämtlicher Besatzungsmitglieder.« Anton schlug wieder seinen Befehlston an, der die Menschen in seiner Umgebung instinktiv Haltung annehmen ließ. »Zudem würden wir uns gern vergewissern, dass alle wohlauf sind. Würden Sie Ihre Mannschaft auf die Brücke bitten?« Eine Aufforderung, die Anton an den Offizier richtete, der sich inzwischen traute, mit den Polizisten Blickkontakt aufzunehmen.

»Ja, natürlich«, entgegnete Sven Larssen eilig. Er trollte sich zu einem Aktenschrank und kehrte mit einem Ordner zurück.

»Wie ich sehe, haben Sie Passagiere an Bord«, stellte Anton mit einem routinierten Blick auf die Papiere fest. »Ein Ehepaar Michaelis und einen Herrn Benno Frey. Diese drei Herrschaften möchten wir natürlich ebenfalls kennenlernen.«

Noch während er sprach, setzten sich in seinem Gedächtnis kleine Rädchen in Gang. *Benno Frey*. Er kannte diesen Namen. Auch wenn ihm im Augenblick jegliche Erinnerung fehlte, wo er ihn schon einmal gehört oder gelesen haben könnte. Bestimmt war er dem Mann noch nicht persönlich begegnet. In letzterem Fall müsste Anton nicht einmal nachdenken; in Verbindung mit einem Gesicht vergaß er Personennamen niemals. Aber dieses Rätsel würde sich in wenigen Minuten ohnehin aufklären.

Anton beobachtete, wie Larssen zum Bordtelefon ging und einige Anweisungen durchgab.

»Kommt es häufiger vor, dass Gäste mit Ihnen reisen?«, schaltete sich Dorothea ein. Amsingk lag lang gestreckt auf der Bank. Er schien zu schlafen.

»Seit einigen Jahren ist es zur Gewohnheit geworden, jedenfalls in den Sommermonaten«, bestätigte der Offizier. »Kreuzfahrten auf einem Containerschiff liegen sozusagen voll im Trend. Wir haben zwar nur zwei Gästekabinen anzubieten, aber für die Reederei ist es ein lukratives Nebengeschäft.« Aus seinem Mund klang es wie eine Art Gottesstrafe, sich mit unnützen Touristen an Bord abzugeben.

Dorothea stand auf, als ein sehr rüstiges, weißhaariges Paar die Brücke betrat. Sie ging ihnen entgegen und stellte sich und Anton förmlich vor.

»Anna und Klaus Michaelis«, entgegnete der schlanke, sportlich gekleidete Herr mit einem respektvollen Seitenblick auf seine Frau.

»Es fehlt also noch Herr Frey«, sagte Dorothea. »Hat ihm jemand gesagt, dass wir ihn sprechen müssen?«

Anton beobachtete die Szene wie beiläufig, während er die zehn weiteren Besatzungsmitglieder überprüfte, die nacheinander eintrafen.

»Wir haben Herrn Frey schon seit einer Woche nicht mehr gesehen. Oder sind es schon zwei?« Anna Michaelis schaute zu ihrem Mann, der sie um Haupteslänge überragte.

»Jedenfalls ist es ein paar Tage her«, bestätigte er. »Komischer Typ, wenn Sie mich fragen. Hatte pausenlos seine Kamera vor der Nase. Vielleicht ist er einfach über seine eigenen Füße gestolpert und über Bord gegangen.«

»Klaus!«, rief seine Frau mit gespielter Entrüstung.

»Soweit ich weiß, hat Frey die ›Beluga‹ schon am Dienstag in Rotterdam verlassen«, sagte Larssen.

»Soweit Sie wissen? Wie sollen wir das bitte verstehen?«, fragte Dorothea.

»Er hat sich nicht bei mir persönlich abgemeldet. Amsingk hat es mir vor zwei Tagen beim Abendessen gesagt.«

»Hat er auch einen Grund dafür genannt?«

»Nein. Aber unsere Passagiere sind freie Menschen und können tun, wonach ihnen der Sinn steht.«

Dorothea zog eine Augenbraue in die Höhe, was die höchste Stufe der Skepsis zum Ausdruck brachte. »Müsste es nicht in irgendeiner Form dokumentiert sein, dass Herr Frey seine Reise früher als geplant beendet hat?«

»Das müssen Sie den Kapitän fragen. Mit derartigen Formalitäten kenne ich mich nicht aus.«

»Halten Sie es für möglich, dass Herr Frey bei dem Zusammenstoß über Bord gegangen ist?«

»Natürlich nicht! Denken Sie, wir hätten das nicht längst gemeldet?«

»Ich stelle nur fest, dass hier nicht alles vorbildlich läuft. Vielleicht ist Ihnen sein Verschwinden bislang noch gar nicht aufgefallen. Bei all dem Chaos, das der Unfall verursacht hat, hatten Sie doch bestimmt wichtigere Dinge im Kopf, als sich um Ihre Passagiere zu kümmern.«

Dorothea war gut, das musste Anton ihr lassen. Er selbst hätte die Fragen kaum anders formuliert. Gleichzeitig strahlte ihre gesamte Körperhaltung eine unmissverständliche Autorität aus; die glasklare Altstimme ließ ebenfalls keinen Zweifel aufkommen, wer das Zepter in der Hand hielt. Höchstwahrscheinlich gäbe Dorothea Raubach eine ziemlich gute Kriminalpolizistin ab, die im Verhörraum zur Bestform auflief, wenn sie die bösen Jungs in die Mangel nahm. Nicht zum ersten Mal fragte sich Anton, warum sie ihre Karriere der Wasserschutzpolizei opferte, wo ihre offenkundigen Talente eher selten zum Einsatz kamen.

Der erste Offizier starrte trotzig auf seine Füße. Dann hob er den Kopf und baute sich zu einem Bollwerk der Entrüstung auf.

»Ich habe Ihnen gesagt, was hier an Bord geschehen ist. Und wenn Sie es unbedingt aus meinem Mund hören wollen: Es ist meine Schuld, dass es so weit gekommen ist. Weder ich noch der Lotse hätten jemals die Brücke verlassen dürfen, nicht einmal, wenn der Kapitän im Sterben liegt. Dafür übernehme ich die volle Verantwortung. Und ja, Sie haben recht: Meiner Meinung nach haben Touristen auf einem Containerschiff nichts verloren. Wir arbeiten hier und müssen uns dabei nicht begaffen lassen wie Zirkustiere.« Er stemmte die Hände in die Hüften und ignorierte stoisch, dass Anna Michaelis pikiert nach Luft schnappte. »Und ich verrate Ihnen noch etwas: Dieser Frey ist ein arrogantes Arschloch, und ich bin heilfroh, ihn nicht mehr sehen zu müssen. Das heißt aber noch lange nicht, dass ich ihm tatenlos beim Ertrinken zusehen würde!«

»Das hat auch niemand behauptet«, entgegnete Dorothea ungerührt. »Wir werden uns mit Herrn Frey in Verbindung setzen. Dann kann er uns persönlich verraten, warum er die Reise so kurz vor dem Ziel abgebrochen hat.«

»Ja, tun Sie das«, knurrte Larssen.

»Aber vorher zeigen Sie uns bitte noch die Kabine, die Herr Frey bewohnt hat«, schaltete sich Anton in das Gespräch ein.

Er hatte die Besatzungsmitglieder vollzählig überprüft. Sie alle erfreuten sich offenbar bester Gesundheit, sämtliche Papiere schienen in Ordnung zu sein. Endlich konnte er wieder in Ruhe darüber grübeln, woher ihm der Name Benno Frey so bekannt vorkam.

»Kommen Sie.« Larssen führte ihn und Dorothea über mehrere Niedergänge auf einen Korridor, von dem lediglich zwei Türen abgingen. Sie stoppten vor der linken und traten ein.

»Unsere Suite«, sagte der Offizier. Seine Mundwinkel zuckten, doch ein Lächeln brachte er nicht zustande. »Die Kammern der Besatzung sind nicht einmal halb so groß. Aber unsere Gäste sollen es ja hübsch und bequem haben.«

Helles Tageslicht flutete durch drei große Fenster in den etwa zwanzig Quadratmeter großen Raum. Zwar gab es keinen Balkon, ansonsten jedoch alles, was eine ordentliche Kabine ausmachte: ein Doppelbett mit zerknüllten Decken darauf, Kleiderschrank, Kommode, Couch mit Tischchen, Fernseher und sogar einen DVD-Player. Auf dem Nachtschrank befand sich neben der Leselampe ein Tablett mit einem Wasserkocher. Ränder auf dem Furnierholz zeugten davon, dass dort benutzte Becher gestanden hatten, die inzwischen abgeräumt worden waren. Wie beiläufig öffnete Anton die Tür zum Bad und schaute hinein. Dusche und Waschbecken wirkten leicht schmuddelig, Handtücher waren nachlässig über die Halterung geworfen worden. Anschließend öffnete er wahllos einige Schränke, die allesamt vollkommen leer waren.

»Und? Bringt Sie das hier in irgendeiner Form weiter?«, erkundigte sich Larssen.

»Nein«, gestand Anton.

Nüchtern betrachtet gab es nicht den geringsten Hinweis darauf, dass der Offizier in Bezug auf Frey gelogen hatte. Das Problem war nur, dass ihm auf diesem Schiff so ziemlich alles gegen den Strich ging.

»Falls Sie uns nicht doch noch etwas mitteilen möchten, das

irgendwann sowieso herauskommt ...« Ein Schuss ins Blaue, der manchmal etwas bewirkte. Und manchmal nicht.

»Nein.« Larssen hielt Antons Blick souverän stand.

»In Ordnung, wie Sie meinen.« Auf dem Couchtisch fand er einen Notizblock, den das Logo der Reederei zierte, sowie einen dazu passenden Kugelschreiber. Schnell notierte Anton seine Handynummer, riss den Zettel ab und reichte ihn dem Offizier. »Nur für den Fall, dass Sie es sich anders überlegen.« Er beobachtete, wie Larssen das Papierstück achtlos in die Hosentasche stopfte.

»Ich denke, wir sind hier fertig.« Er wechselte einen raschen Blick mit Dorothea. »Vorerst.«

Zu zweit war es ihnen vollkommen unmöglich, ein Schiff dieser Größe genauer unter die Lupe zu nehmen. Sobald die »Beluga« im Bremerhavener Containerterminal läge, erwartete sie eine umfassende technische Inspektion. Zwar würden sämtliche Besatzungsmitglieder noch einmal detailliert zum Unglückshergang befragt werden, doch glaubte Anton nicht, dass dabei etwas herauskam, das er nicht bereits erfahren hatte. Blieb zu hoffen, dass ein simples Telefonat mit dem Journalisten zumindest das Rätsel um dessen Verschwinden auflösen würde. Plötzlich hatte Anton es eilig, zurück auf die »Rungholt« zu kommen.

Als sie auf den Gang hinaustraten, kam ihnen das ältere Ehepaar entgegen, offenbar auf dem Weg zu seiner Kabine.

»Wie lange wird das alles hier noch dauern?«, fragte Anna Michaelis.

»Das kann ich Ihnen leider nicht genau sagen«, antwortete Anton. »Vor morgen Abend sollten Sie lieber keine weiteren Pläne schmieden.«

»Könnten Sie uns vielleicht mitnehmen? Uns ist es auf diesem Schiff nicht mehr ganz geheuer.«

»Das verstehe ich. Aber nein, tut mir leid. Wir haben auf unserem Küstenboot keine Vorrichtung, um Sie zu uns an Bord zu holen.«

Gott sei Dank deutete nichts darauf hin, dass das Schiff zu sinken drohte oder es durch etwaige Defekte an Bord gefährlich werden könnte. Somit befanden sich die beiden hier in relativer Sicherheit. Auf keinen Fall konnte Anton es verantworten, dass die Michaelis einen Abstieg über die Lotsenleiter wagten. Er ignorierte die enttäuschten Gesichter und setzte gemeinsam mit Dorothea seinen Weg fort.

»Soll ich vorerst an Bord bleiben?«, hörte Anton jemanden fragen, als sie die Ladefläche an Deck erreichten.

Als er sich umdrehte, gewahrte er Johann Bredemeier.

»Ja, bleiben Sie«, wies er den Lotsen an. »Ich bin mir sicher, dass Ihre Dienste noch benötigt werden.«

»Das ist mir in all meinen Berufsjahren auf See noch niemals passiert. Es fühlt sich an wie ein beschissener Alptraum!« Bredemeier wirkte so kreuzunglücklich, dass er Anton spontan leidtat. Im Stillen hoffte er, dass dem Seemann keine ernsten Konsequenzen drohten.

Statt zu antworten, nickte er ihm mit einem angedeuteten Lächeln zu. Dann gab er Dorothea ein Zeichen, die daraufhin Hauke per Funk durchgab, dass sie sich auf dem Rückweg befanden. Erleichtert, das Containerschiff verlassen zu können, beobachteten sie, wie der Bootssteuerer die »Rungholt« an die Lotsenleiter heranmanövrierte.

»Und?«, erkundigten sich Hauke und Gero im Chor, als sie zu ihnen ins Steuerhaus traten.

»Der Kapitän ist ziemlich krank und angeblich im entscheidenden Moment auf der Brücke zusammengebrochen. Dadurch waren Lotse und Offizier zu lange abgelenkt, um auf das Überholmanöver voraus noch rechtzeitig zu reagieren«, fasste Dorothea die Lage zusammen.

»Hm«, brummte Hauke. Es klang, als müsse er darüber erst in Ruhe nachdenken.

»Die Laschrahmen waren angeblich schon zu Beginn der Reise marode, der Zusammenstoß hat dem Containerstapel offenbar nur den Rest gegeben.«

»Ist jetzt nicht so verwunderlich. Habt ihr nichts Besseres auf Lager?«

»Was hältst du davon: Auf dem Schiff befanden sich ursprünglich drei Touristen. Jetzt sind es nur noch zwei«, sagte Anton ohne jegliche Emotion in der Stimme.

»Oh!« Auf Haukes Gesicht machte sich ein Grinsen breit. »Endlich wird die Sache spannend.«

# 9

Das Warten hatte die allgemeine Stimmung inzwischen weit unter Normalnull sinken lassen. Die Mittagszeit war längst vorüber, die See wirkte wie ausgestorben.

»Was genau hat Hardy heute Morgen zu dir gesagt?«, fragte Karla, die vor Nervosität angefangen hatte, rastlos auf der Galerie umherzuwandern.

»Das habe ich doch schon alles erzählt, ungefähr eine Million Mal.« Moritz saß neben Lisa und Leon auf dem Fußboden, mit dem Rücken an die Wand des Laternenhauses gelehnt.

»Hast du überhaupt mit ihm persönlich gesprochen?«

»Nein, in Wahrheit habe ich eine Sexhotline angerufen und ein wenig Dampf abgelassen.«

»Verdammt, Moritz, dein Sohn hört mit!«, fauchte Karla.

Anfangs hatte sie die Wartezeit damit verbracht, auf dem Leuchtturm Ordnung zu schaffen. Bis es Moritz zu viel geworden war, er ihr den Besen aus der Hand genommen und einen Kessel für Teewasser aufgesetzt hatte. Inzwischen war der Tee in der Kanne kalt geworden, ohne dass die »Öland« auch nur am Horizont aufgetaucht wäre.

»Ich frage mich nur, warum sich Hardy nicht einfach meldet, wenn es Schwierigkeiten gibt«, sagte Karla nun in etwas gemäßigterem Ton.

»Wer weiß, vielleicht hat er es ja versucht. Das Problem ist nur, dass ich mein verfluchtes Handy nicht finden kann.«

»Und das sagst du erst jetzt?« Karlas Beherrschung verflog augenblicklich. »Warum nimmst du nicht meins und gehst der Sache nach?« Sie kramte ihr Telefon aus der Hosentasche und hielt es ihm entgegen.

»Prima. Wenn du mir jetzt noch seine Nummer verrätst?«

»Soll das heißen, du weißt sie nicht?«

»Nein, ich hatte sie abgespeichert. In meinem Handy.«

Karla blieb ein Auflachen im Halse stecken.

»Das Telefon im Dienstraum.« Leon hatte seit Tagesbeginn noch keinen zusammenhängenden Satz gesprochen. Jetzt richteten sich alle Augen auf ihn. »Es klebt ein Zettel darauf mit den Nummern, die man von hier anrufen kann. Eine davon ist die Reederei. Hat Hardy gesagt.«

»Sicher«, entgegnete Karla, die es offenbar wurmte, nicht von allein daraufgekommen zu sein. »Leider ist es nur der Festnetzanschluss. Ich glaube nicht, dass an einem Samstagnachmittag jemand im Büro sitzt.« Keine pädagogische Meisterleistung, doch leider ziemlich naheliegend.

»Wir sollten es zumindest probieren«, pflichtete Moritz seinem Sohn bei. Zum Zeichen seiner Anerkennung fuhr er ihm mit der Hand durch das strubbelige Blondhaar. »Wer weiß, vielleicht hat Hardy eine Rufumleitung auf sein Handy geschaltet.« Umständlich rappelte er sich vom Boden auf, um seinen Vorschlag in die Tat umzusetzen.

»Lass nur. Das erledige ich lieber selbst.« Ohne ihren Mann eines Blickes zu würdigen, entschwand Karla durch die schmale Tür, die zur Wendeltreppe führte.

»Kopf hoch, das wird schon«, sagte Moritz zu Lisa. Flüchtig ließ er eine ihrer Locken durch seine Finger gleiten. Die Tatsache, dass er seine Annäherungsversuche möglicherweise mit einer Ohrfeige bezahlen müsste, schien aus seinem Gedächtnis gelöscht. »Schlimmstenfalls müssen wir die Nacht noch einmal hier auf dem Turm verbringen. Wenn du willst, werde ich neben deinem Bett Wache schieben. Für den Fall, dass du wieder Lust auf einen kleinen Mondscheinspaziergang verspüren solltest.« Er legte den Arm um ihre Schultern und drückte sie kumpelhaft.

Lisa starrte nur in den trügerisch blauen Sommerhimmel. Eine Möwe kreiste bereits minutenlang über ihren Köpfen. Von Zeit zu Zeit stieß sie ihren heiseren, hellen Schrei aus. In Lisas Ohren klang es wie eine Warnung.

*Du schon wieder. Wo versteckt er sich dieses Mal?*

Doch der Vogel segelte nur weiter in seiner gewohnten Bahn und blieb die Antwort schuldig.

Inzwischen hatte Lisa sämtliche Hoffnung aufgegeben,

Hardy und seinen alten Tonnenleger auch nur aus der Ferne zu Gesicht zu bekommen. Nicht heute. Auch wenn sie keine Vorstellung davon besaß, was genau in Bremerhaven, auf der Weser oder Gott weiß wo an der Küste geschehen sein mochte, es war mächtig. Vor allem jedoch beanspruchte das Unglück vermutlich sämtliche Kräfte der Wasserschutzpolizei. Lisa schwante, dass Anton sich zurzeit um andere Probleme zu kümmern hatte als um eine alte Liebesromanze, die womöglich auch nur in ihrer Phantasie stattgefunden hatte. Woher sollte er auch wissen, in welcher Gefahr Lisa hier schwebte?

»Bestimmt ist es schon in den Nachrichten«, sagte sie tonlos. »Warum schaut ihr nicht im Internet nach? Hardy hat doch gesagt, dass man mit einem Smartphone ins Wangerooger WLAN kommt.«

»Was?« Moritz schaute sie an, als hätte sie gerade in komplizierten Klicklauten gesprochen.

»Ich habe seit mindestens einer Stunde kein Schiff mehr gesehen, das nicht meilenweit nördlich von uns gefahren ist. Du etwa?«

»Nein. Aber Hardy wollte sich um eine Ausnahmegenehmigung kümmern. Das habe ich dir doch erklärt.« Sein Tonfall verriet, dass seine Geduld mit ihr am seidenen Faden hing.

Lisa zuckte nur mit den Schultern. Falls Hardy dieses Kunststück gelungen wäre, befänden sie sich alle längst auf dem Rückweg nach Bremerhaven. Somit sollten sie sich lieber damit abfinden, dass sie hier bis auf Weiteres festhingen, aus welchem Grund auch immer.

»Fehlanzeige, wie ich es befürchtet hatte«, sagte Karla, die soeben wieder auf die Galerie kam. »Man kann dort nicht einmal auf die Mailbox sprechen. Bist du sicher, dass du Hardys Nummer nicht irgendwo aufgeschrieben hast?«

Moritz hob nur die Augenbrauen.

»Dann schlage ich vor, wir alle machen uns jetzt auf die Suche nach deinem beschissenen Smartphone!« Karlas Miene nach zu urteilen, wünschte sie sich einen Sandsack, auf den sie ungehemmt eindreschen könnte.

»Glaubst du wirklich, das hätte ich nicht längst getan?«, fragte Moritz müde. »Ich weiß, es klingt verrückt. Aber wie es aussieht, hat es jemand absichtlich verschwinden lassen.« Jetzt beugte er seinen Oberkörper so, dass er seinem Sohn direkt ins Gesicht sehen konnte. »Falls mir also jemand etwas dazu sagen möchte, wäre jetzt ein guter Zeitpunkt.«

Etwas zeitversetzt kapierte Leon, dass er mit dieser Anschuldigung gemeint war. Seine hellblauen Augen nahmen unter den dicken Brillengläsern den Ausdruck einer Eule an, die von plötzlichem Flutlicht geblendet wurde.

»Das war ich nicht!«, rief er aus. »Warum müsst ihr immer mir die Schuld an allem geben?«

»Niemand gibt dir die Schuld an irgendetwas«, versuchte Moritz ihn zu beschwichtigen. »Die Sache ist die: Du hättest mich einfach nur zu fragen brauchen. Ich hätte nicht einmal Mama verraten, dass du ein bisschen surfen willst.« Mit einem kurzen Seitenblick beschwor er Karla, den Mund zu halten. »Ganz ehrlich, es ist mir völlig egal. Allerdings brauchen wir es jetzt. Das verstehst du doch, oder?«

»Warum redest du mit mir wie mit einem Idioten?«, schrie Leon seinen Vater an. Die Enttäuschung in seinem runden Gesicht war grenzenlos.

»So war das doch nicht gemeint.«

»Doch, war es!« Leon hob die Brille ein Stück, um sich die Augenwinkel zu wischen. Dann sprang er auf. Kurz darauf polterte er die Wendeltreppe hinunter.

»Ich glaube ihm«, sagte Lisa.

»Ja, natürlich tust du das«, seufzte Karla.

»Er hat mir versichert, dass er gar kein Smartphone mehr haben will. Leon wünscht sich zum Geburtstag etwas viel Besseres. Soweit ich weiß, ist dieser Plan noch nicht ganz ausgereift, aber es hat etwas mit einem Haustier zu tun.«

Wochenlang hatte Leon seinen Eltern fast täglich wegen eines solchen Handys in den Ohren gelegen. In seiner Klasse war er der Einzige, der noch immer kein eigenes besaß. Seine Eltern beharrten jedoch hartnäckig darauf, dass er bis zu seinem zehnten Geburtstag würde warten müssen. Dass sich seine kindliche Interessenlage inzwischen drastisch verändert hatte, war ihnen offenbar entgangen.

Was jedoch nichts daran änderte, dass Moritz' Telefon verschwunden blieb.

»Womit wir bei der Frage angelangt sind: Wenn Leon das Handy nicht hat, wer hat es dann?« Karla trat einen großen Schritt auf Lisa zu, die Hände herausfordernd in die Hüften gestemmt. »Denk nur nicht, dass ich nicht mitbekommen habe, wie du diesen Hardy bezirzt hast. Schon klar, das ist bei dir sozusagen genetisch bedingt. Schätze, du könntest es nicht einmal abstellen, wenn du es ernsthaft versuchen würdest, oder? Jeder Mann muss dir zu Füßen liegen, damit du überhaupt atmen kannst, richtig?« Karla redete sich mit jedem Wort mehr in Rage, doch es war ihr offenbar völlig egal. »Also: Was zur Hölle hast du ihm gesagt, damit er mit seinem alten Kahn im Hafen bleibt?«

Jetzt war es Lisa, die einen vollen Atemzug benötigte, um zu kapieren, was Karla ihr gerade unterstellte. Sie sollte das verfluchte Smartphone geklaut haben, um Hardy zurückzupfeifen? Was für einen kranken Sinn ergab das im Kopf ihrer Schwägerin? Zumal Lisa die Einzige war, die etwas zu befürchten hatte, wenn sie eine weitere Nacht auf dem Leuchtturm blieben.

»Du hast sie ja nicht mehr alle«, sagte sie nur.

»Ganz im Gegensatz zu dir, nehme ich an.« Ein zynisches Grinsen umspielte Karlas Lippen.

»Bitte, Mädels, können wir das nicht lassen? Es hilft doch nichts, sich zu streiten«, schaltete sich Moritz ein. »Wir sind alle ein bisschen nervös. Aber wenn wir einmal ehrlich sind, besteht dazu überhaupt kein Grund. Die werden uns schon nicht vergessen, so viel ist mal sicher.« Er spreizte die Handflächen, um seine Zuversicht zu unterstreichen. »Und wenn sie es erst morgen hierher schaffen – was soll's. Ich meine, hey: Bis dahin wird schon keiner von uns sterben, nicht wahr?«

## 10

Die »Rungholt« schaukelte geduldig auf den Wellen. Aus der Leitstelle war der Besatzung auferlegt worden, die »Beluga« bis auf Weiteres im Auge zu behalten. Natürlich war es schlicht unmöglich, mit einem dreißig Meter langen Küstenboot sämtliches Geschehen auf einem zehnmal größeren Containerschiff zu überwachen. Spätestens nach Einbruch der Dunkelheit könnten die Männer aus der schwimmenden Festung ein ganzes Dutzend Leichen entsorgen, ohne dass es einem der Polizisten auffiele. Davon abgesehen hatte die »Rungholt« ihre Position in der Zwischenzeit schon mehrmals verlassen müssen. Obwohl die Sperrung der Weserfahrrinne rund um die Uhr per Seefunk durchgegeben wurde, waren einige Kapitäne der Meinung, für sie ganz persönlich würde man ein Auge zudrücken. Es hatte Anton in mehr als einem Fall größere Überzeugungsarbeit gekostet, solch einen Sturkopf zur Umkehr zu bewegen, um auf der Tiefwasserreede Anker zu werfen oder einen der benachbarten Häfen von Cuxhaven oder Wilhelmshaven anzulaufen. Erst seit etwa einer Stunde war eine fast trügerische Ruhe eingekehrt. Abseits der Unfallstelle wirkte das Meer wie ausgestorben. Sogar die sonst allgegenwärtigen Möwen schienen den Bereich instinktiv zu meiden.

Die Besatzung des Polizeischiffes hatte sich im hinteren Bereich des Steuerhauses um den runden Tisch herum versammelt. Nur Anton saß mit angespannten Schultern im Ledersessel vor den Bordinstrumenten und steuerte von Zeit zu Zeit gegen die Strömung, um das Boot am Abdriften zu hindern. Tomasz hatte in der winzigen Kombüse aus fast vergessenen und verstaubten Dosenvorräten und Nudelpackungen eine äußerst schmackhafte Mahlzeit gezaubert. Nicht zum ersten Mal fragte sich Anton, welche Talente sonst noch in dem wortkargen Maschinisten schlummern mochten.

»Meint ihr, es fällt irgendjemandem da oben auf, dass wir

viel zu wenig Schiffe haben, um die Fahrrinne zu kontrollieren und gleichzeitig die Havaristen im Auge zu behalten?«, fragte Hauke mit vollem Mund. Nach einem mahnenden Blick von Dorothea schluckte er geräuschvoll und legte die Gabel beiseite. »Ernsthaft, hat einer von euch seit dem Crash persönlich mit Hansen gesprochen? Oder überhaupt mal in letzter Zeit?« Jetzt beugte er sich so weit vor, dass er Anton direkt ins Gesicht sehen konnte. »Ihr wart doch immer so dicke. Meinst du, es würde etwas nützen, ein Boot mit Reportern durchzulassen, damit auf dem Festland ankommt, was hier draußen läuft?« Wütend machte er sich erneut über seine Pasta à la Tommy her.

Anton stieß die Luft geräuschvoll zwischen den Zähnen hervor. Ganz bestimmt lag Hansen einiges daran, die Presse in Schach zu halten. Ein Reporter oder Fotograf konnte sich auf jeder x-beliebigen Jolle befinden, die sich über flache Gewässer der Unglücksstelle näherte. Eine Schiffskatastrophe dieser Größenordnung machte sich bestimmt auch ohne fundierte Fakten gut auf der Titelseite der Lokalzeitung. Allerdings waren es genau diese blinden Spekulationen, die jeden Polizisten in die Nähe des Herzinfarkts trieben. Besser, man versorgte die Schreiberzunft bei einer Pressekonferenz gezielt mit Informationen und Bildmaterial, um derartigen Unfug bestmöglich zu unterbinden.

»Hansen ist die Büroluft zu Kopf gestiegen«, antwortete er auf Haukes Frage. »Er hat es sich schon vor langer Zeit abgewöhnt, mir zuzuhören.«

»Hm.« Hauke schien noch nicht bereit, das Thema so einfach fallen zu lassen. »Aber du weißt genau, wie der Kerl tickt. Du hast doch bestimmt eine Ahnung. So wie damals in Fishtown.«

»Was willst du damit andeuten?«, fuhr Anton ihn an. Noch im selben Moment ärgerte er sich, überhaupt auf diese Bemerkung angesprungen zu sein. Doch das änderte jetzt auch nichts mehr. »Tut mir leid, aber es wird schon viel zu viel darüber getratscht.«

»So ist das nun mal, wenn aus heiterem Himmel Beförderungen durchgewinkt werden, bevor offiziell bekannt ist, dass entsprechende Stellen überhaupt frei werden.« In Haukes Tonfall schwang so viel Frustration mit, dass es Anton einen Stich versetzte.

»Du bist doch selbst befördert worden«, erinnerte er ihn.

»Stimmt. Aber das macht es unterm Strich kaum besser, nicht wahr?« Hauke sah einmal in die Runde der Kollegen, die dem Wortwechsel mit gespanntem Schweigen folgten.

»Ich weiß wirklich nicht, was du von mir erwartest«, sagte Anton, »aber Fishtown ist Geschichte. Ich darf nicht darüber reden und werde es auch nicht. Und ganz sicher hat es nichts mit dem Schlamassel da draußen zu tun.« Er wies mit einer Hand auf die Silhouetten der Frachter, die sich düster vor dem Nachthimmel abzeichneten. »Ich schlage also vor, wir machen hier alle einfach den Job, den man uns aufgetragen hat. In Ordnung?«

»Ich übernehme dann mal die erste Wache«, verkündete Gero, sichtlich froh, der angespannten Atmosphäre zu entkommen. Er zog sich den Wollpullover über und trat mit dem Fernglas in der Hand in die Abenddämmerung hinaus.

»Dann werde ich mich für ein paar Stündchen aufs Ohr hauen. Gute Nacht allerseits.« Hauke rutschte von der Bank und verschwand die schmale Treppe hinunter ins Unterdeck, wo die winzigen Schlafkammern lagen.

Tomasz machte sich mit ausdrucksloser Miene daran, das Geschirr abzuräumen.

Anton blieb mit Dorothea allein im Steuerhaus zurück.

»Wo steckt er jetzt?«, fragte er unvermittelt.

»Wer?« Sie schaute ihn an, als wäre er nicht ganz bei Verstand.

»Thore, dein Bruder. Hast du dich heute Morgen mit ihm getroffen?« Er wusste selbst nicht so genau, warum ihn dieser Gedanke ausgerechnet jetzt heimsuchte.

»Nein, wie kommst du darauf?« Ihre Augenbrauen schoben sich über dem Nasenbein zusammen, sodass dort mehrere kleine Falten entstanden.

»Du warst ziemlich lange weg. Ich habe mir Sorgen gemacht.«

»Wirklich?« Es klang nicht unbedingt wie eine Frage. Sie trat zu ihm an den Steuerstand, verschränkte die Arme vor der Brust und nötigte ihn durch ihre pure Präsenz, ihr in die Augen zu sehen. »Hör zu, mir ist durchaus klar, dass ich mich nicht gerade mit Ruhm bekleckert habe«, sagte sie mit einem ungewohnt demütigen Ton. »Vor allem aber weiß ich es sehr zu schätzen, dass du mich letzte Nacht aufgenommen hast. Und ich werde mich ganz bestimmt nicht bedanken, indem ich Thore in die Nähe deines Hauses locke.« Sie legte eine kurze Atempause ein und schien zu überlegen, wie sie das Folgende am besten ausdrücken sollte. »Ich bin mir nicht ganz sicher, ob du und ich jetzt Freunde sind. Oder ob die letzten vierundzwanzig Stunden dafür gesorgt haben, dass wir es niemals sein werden. Vielleicht bekomme ich ja eines Tages die Chance zu beweisen, dass ich mich wie eine echte Freundin verhalten kann. Eine Lüge wäre ein verdammt mieser Einstieg. Also …«

Anton quittierte ihr Friedensangebot mit einer resignierenden Geste. Ihre Worte klangen verlockend. Trotzdem musste er darüber noch eine Weile nachdenken. Nur um auf Nummer sicher zu gehen.

»Okay, ich verstehe«, parierte sie sein Schweigen. »Ich kümmere mich dann mal um unseren aktuellen Fall.« Sie zog einen Laptop aus einem Wandschrank und stöpselte ihn an die Anschlüsse, die unter der Tischplatte verborgen lagen.

Anton starrte durch die Frontscheibe hinaus auf die Nordsee. Für einen wunderbaren Augenblick gelang es ihm, an gar nichts zu denken.

»Benno Frey, Reisejournalist und Fotograf, da haben wir ihn doch«, durchbrach Dorothea die frostige Stille. »Er scheint in der Szene ein richtiger Rockstar zu sein. Solltest du dir mal anschauen.«

»Ich verreise nicht«, entgegnete Anton trotzig.

Trotz allem läuteten die Glöckchen aus einem tief verborgenen Winkel seines Gedächtnisses. Er kannte diesen Namen, so viel war sicher. Die Antwort lag zum Greifen nahe. Immer wieder glaubte Anton, sie aus dem dunklen See der Erinnerungen auftauchen zu sehen. Also warum gelang es ihm nicht, sie endgültig an Land zu ziehen?

»Frachtschiffreisen liegen voll im Trend, wie wir gelernt haben. Eine Reportage darüber wird sich bestimmt gut verkaufen.« Sie klickte hektisch auf der Tastatur herum, was Antons Nerven gefährlich strapazierte. »Hier geht's zu seiner Fanseite auf Facebook. Schauen wir doch mal nach, was er gepostet hat.«

»Wozu soll das gut sein?« Anton verstand einfach nicht, was die Menschen zu ihrem Selbstdarstellungswahn im Internet trieb. Außer, um von sich ein Bild zu zeichnen, das mit der Realität bestenfalls am Rande konform ging.

»Im schlechtesten Fall überbrücken wir damit die Zeit, bis er endlich auf unsere Anrufe reagiert«, entgegnete Dorothea mit einem leicht gereizten Unterton. »Oder hast du eine bessere Idee?«

Anton hob beschwichtigend die Hand. Natürlich hatte sie recht. Es war überaus besorgniserregend, dass dieser Typ einfach nicht an sein dämliches Handy ging. Die Nummer stand auf seinem Reiseformular unter »Pflichtangaben«. Rein theoretisch bestand natürlich die Möglichkeit, dass sie einen Zahlendreher enthielt oder schlicht veraltet war, weil Frey kurz vor Reisebeginn beschlossen hatte, sich das neue iPhone zuzulegen. Allerdings hatte man Anton im Büro der Reiseagentur, welche die Buchungen auf Schiffen der Maaßen-Reederei abwickelte, Freys Angaben bestätigt. Und nein, er hatte keine weitere Nummer hinterlassen, die man »im Notfall« benachrichtigen sollte. Ja, eigentlich sei dies ebenfalls ein Pflichtfeld. Aber die eher gelangweilte Dame versicherte, diesen Auftrag nicht persönlich bearbeitet zu haben. Die Kollegin befände sich derzeit im Urlaub. Wenn Anton also in zwei Wochen noch einmal anrufen wolle …

Er hatte das Telefonat mit einem ärgerlichen »Nein, danke« beendet. Seither verschlechterte sich seine Laune viertelstündlich.

»Sein letzter Post ist fünf Tage alt«, sagte Dorothea, die in unvermindertem Tempo Freys Facebook-Einträge checkte. »Das Foto zeigt den Hafen von Rotterdam. Allerdings schreibt er mit keinem Wort, dass seine Reise dort endet.«

»Hätte er das tun müssen?«, fragte Anton.

»Es wäre jedenfalls naheliegend. Wenn du bloß einmal hinschauen würdest, könntest du sehen, dass er für gewöhnlich jeden einzelnen Tag dokumentiert hat.«

»Na und, dann ist ihm eben in Rotterdam die Lust auf Facebook vergangen«, folgerte Anton.

»Unwahrscheinlich. Er ist Journalist und macht das alles nicht nur zum Spaß. Es ist für ihn eine Form von Marketing, wenn du verstehst, was ich meine.«

»Vielleicht gönnt er sich einfach einen Abstecher nach Amsterdam und hockt gerade fröhlich kiffend in einem Coffeeshop«, sagte er. »Auch reisende Reporter brauchen mal 'ne Auszeit.«

»Klar. Aber was, wenn er in Rotterdam überhaupt nicht von Bord gegangen ist?« Dorothea ließ von dem Laptop ab und schaute Anton herausfordernd ins Gesicht.

Schweigend parierte er ihren Blick. Endlich sprach sie aus, was sie beide schon die ganze Zeit über vermuteten.

»Dann schwimmt seine Leiche womöglich irgendwo in der Nordsee«, beantwortete er ihre Frage.

»Und taucht wahrscheinlich niemals wieder auf«, ergänzte Dorothea. »Selbst wenn, können Wochen vergehen.«

Anton nickte betreten. Je länger ein Körper in den salzigen Meeresströmungen trieb, desto schwieriger wurde es, ihn jemals eindeutig zu identifizieren.

»Was machst du da?«, fragte Anton.

»Ich schreibe Frey über Facebook eine Nachricht. Falls er am Leben ist und sein Handy tatsächlich nur verloren hat, wird er seine Mails in absehbarer Zeit an irgendeinem Computer checken.«

»Was, wenn er am Leben ist und einfach für eine Weile untertauchen will?«, überlegte Anton laut.

»Warum sollte er das tun?«

»Vielleicht ist der Reisebericht bloße Tarnung für eine ganz andere Story.« Unwillkürlich fragte er sich, warum ihm dieser Gedanke nicht viel früher gekommen war.

Dorothea schaute ihn nur verständnislos an.

»Die ›Beluga‹ fährt auf der Südamerikaroute, von Bremerhaven nach Cartagena und zurück, richtig?«

Dorothea nickte.

»Kolumbien bietet genau zwei Exportschlager, die in deutschen Häfen anlanden: Rohkaffee und Kokain. Schwer vorstellbar, dass sich Frey für Ersteres interessiert.«

Irritiert beobachtete er, wie Dorothea erblasste.

# 11

»Und du bist dir ganz sicher, dass dieser Benno Frey in Rotterdam von Bord gegangen ist?«, blaffte Hansen in den Telefonhörer. Ein Schweißtropfen löste sich von seiner Stirn und landete träge auf der Computertastatur.

»Ich habe ihm nicht persönlich dabei zugesehen, falls du das meinst«, konterte Merle, ohne die Ruhe zu verlieren.

»Aber du hast mit ihm gesprochen«, hakte Hansen nach.

»Nein. Ich habe es ungefähr ein Dutzend Mal unter seiner Mobilnummer probiert. Fehlanzeige. Dieser Frey hat nicht einmal eine Mailbox. Bei der Reederei hat er nur eine Hamburger Postfachadresse angegeben. Der Typ scheint sich generell gern bedeckt zu halten. Ist vielleicht so eine Art Starallüre. Immerhin ist er als Reisejournalist ziemlich bekannt. Und er sieht verdammt süß aus.«

Merles angeborener Frohsinn versetzte ihn nur noch mehr in Wallung. »Fest steht also nur, dass der Mann seit der Schiffskollision unauffindbar ist, richtig?«

»Nun ja. Man könnte es so sehen«, entgegnete sie jetzt deutlich verhaltener.

»Bin ich hier denn der Einzige, der das seltsam findet?« Er schrie Merle nur deshalb an, weil es sonst niemanden gab, an dem er seinen Unmut auslassen konnte. Er würde sich beizeiten bei ihr entschuldigen müssen. Doch im Moment hatte er ganz andere Probleme.

»Ich bin mir sicher, dass Hauptkommissar Hayen die Besatzung der ›Beluga‹ noch einmal gründlich befragen wird«, sagte Merle, als spräche sie mit einem wütenden kleinen Jungen, der sein Lieblingsspielzeug verloren hatte.

»Dann sage ihm gefälligst, er soll es sofort tun! Das ist ja wohl das Mindeste, Himmelherrgott noch mal!« Er knallte den Hörer auf die Gabel und rieb sich die schmerzende Stirn.

Dass sich sein alter Kumpel rarmachte, wenn es um private Verabredungen zum Feierabendbierchen ging, war eine Sache. Die Zusammenarbeit auf beruflicher Ebene stand jedoch auf einem ganz anderen Blatt. Hansen hatte ausdrücklich die »Rungholt« mit Bootsführer Anton Hayen zur »Beluga« geschickt, weil er auf dessen professionelle Mitarbeit zählte. Damals, als sie noch gemeinsam zur See gefahren waren, hatte Anton ihn unzählige Male fast in den Wahnsinn getrieben, weil er sich an irgendwelchen Details festbiss, die schon längst nicht mehr in ihre Zuständigkeit fielen. Niemals würde Anton das fast geisterhafte Verschwinden eines Passagiers mit einem bloßen Achselzucken zur Kenntnis nehmen. Weder aus Bequemlichkeit noch um seinen Vorgesetzten zu ärgern. Nachlässigkeit lag einfach nicht in seiner Natur. Also warum hielt Anton es nicht einmal für notwendig, diese brisante Information persönlich und auf direktem Wege an ihn weiterzugeben? Warum überließ er es einer jungen Kommissarin aus der Fischhalle, den Einsatzleiter zu informieren, als wären sie niemals befreundet gewesen?

Mechanisch griff er zur Flasche Mineralwasser, die auf seinem Schreibtisch stand, und trank sie gierig zur Hälfte leer. Dabei wünschte er sich bei jedem Schluck, es möge sich um etwas Stärkeres handeln. Gleichzeitig wusste er, dass ihm weder Alkohol noch sonst eine Form von Betäubungsmittel derzeit weiterhelfen würde. Um sein Problem in den Griff zu bekommen, benötigte er einen klaren Kopf. Zumal es hierbei nicht um Anton Hayen ging, sondern um Benno Frey.

Nicht, dass Hansen glaubte, dies wäre sein echter Name. Aber das spielte im Moment eine eher untergeordnete Rolle. Die wichtige Frage lautete, wo zum Teufel dieser Mistkerl steckte. Schon seit Tagen hatte Hansen weder E-Mail noch Anruf von ihm erhalten. Dabei war es der Kern ihrer Vereinbarung, dass der Journalist einen lückenlosen Bericht seiner Recherchen an den Leiter der Wasserschutzpolizei persönlich weitergab. Da Frey in den Wochen zuvor stets zuverlässig abgeliefert hatte, lag die Vermutung nahe, dass irgendetwas furchtbar schiefgelaufen war.

Hansen kämpfte schon zu lange auf verlorenem Posten, um dem Standardprozedere von Zoll, Bundeskriminalamt und Polizei noch einen Funken Vertrauen entgegenzubringen. Genau genommen glaubte niemand ernsthaft, die deutschen Behörden könnten allein mit Bordmitteln etwas gegen den rasant zunehmenden Drogenschmuggel ausrichten. Inzwischen sprachen die Medien von einer wahren »Kokain-Schwemme«, die mit den riesigen Containerschiffen über die Weltmeere in die europäischen Häfen gelangte. Zwar setzte man zunehmend moderne Röntgengeräte ein, um die anlandenden Container auf ihren tatsächlichen Inhalt zu durchleuchten. Bei der gewaltigen Menge, die täglich in den Terminals abgefertigt wurde, waren allerdings kaum mehr als Stichproben möglich. Außerdem versteckten die Schmuggler das Kokain so geschickt in der regulären Ladung, dass sich die Technik schlicht als unbrauchbar erwies. Davon abgesehen hatten sich Beamte an Dienstvorschriften ebenso zu halten wie an vollkommen idiotische Gesetze, wollten sie ihren Job auf Lebenszeit nicht gefährden.

Falls sie tatsächlich beabsichtigten, etwas auszurichten, waren sie auf die Unterstützung von Informanten angewiesen, die außerhalb des Behördenapparates agierten. Doch aus eigener, bitterer Erfahrung wusste Hansen, dass es verflucht riskant war, auf Hinweise zu vertrauen, die unmittelbar aus der Schmugglerszene stammten. Diesen Fehler hatte er einmal begangen. Die Sache war ihm mit Karacho um die Ohren geflogen. Ein weiteres Desaster dieser Größenordnung konnte er sich definitiv nicht leisten.

Deshalb war ihm das erste Treffen mit diesem Journalisten wie ein Sechser im Lotto erschienen. Benno Frey verkörperte den Prototyp des Abenteuerurlaubers, hatte sich jedoch als ebenso karriereorientiert erwiesen wie Hansen selbst. Die Abmachungen zwischen ihnen waren schnell und unkompliziert vonstattengegangen. Hansen bekam genaue Informationen über die neuesten Tricks der Schmuggler sowie deren Namen. Im Gegenzug erhielt Frey Einblick in sämtliche Polizeiakten, durfte beim Zugriff zugegen sein, ohne Einschränkungen Bildmaterial veröffentlichen und sich auf Polizeischutz berufen, falls er es für notwendig halten sollte.

Selbstverständlich konnte Hansen derartige Versprechen nicht eigens in die Tat umsetzen. Allerdings verfügte er über genügend »Freunde« in entsprechenden Positionen, für die er mit dem einen oder anderen Gefallen – sei es dienstlich oder privat – in Vorleistung getreten war. Die meisten von ihnen würden sich ohne mit der Wimper zu zucken bei ihm revanchieren, wenn er sie darum bäte. Spare in der Zeit, dann hast du in der Not. Ganz egal, um welche Währung es sich dabei handelt. Diese Lektion hatte Christian Hansen schon sehr früh in seiner Laufbahn gelernt. Allerdings nützten ihm weder Schuldigkeiten noch Weisheiten, wenn Benno Frey beschlossen hatte, einfach von der Bildfläche zu verschwinden. Gut möglich, dass jemand auf der »Beluga« Verdacht geschöpft hatte und er gezwungen gewesen war, in Rotterdam die Flucht zu ergreifen. Nur warum wendete er sich dann nicht an ihn, um den versprochenen Polizeischutz einzufordern?

Die naheliegende Antwort darauf bereitete ihm Bauchschmerzen: Er musste in Erwägung ziehen, dass Benno Frey seinen Job womöglich mit dem Leben bezahlt hatte. Gleichzeitig war er nicht bereit, die Hoffnung aufzugeben, bevor stichhaltige Beweise auftauchten. Denn ohne seinen Mann auf der »Beluga« könnte er seinen gesamten Zugriffsplan zerreißen und im Klo hinunterspülen.

Kurz vor seinem Abtauchen hatte Frey ihm gesteckt, dass ein Teil des geladenen Kokains irgendwo zwischen Helgoland und Bremerhaven auf Kurierboote geladen werden und über kleinere Häfen an Land gebracht werden sollte. Ursprünglich hatte Hansen die exakte Position und Zeit dieser Übergabe in Erfahrung bringen wollen. Die schnellen Küstenboote der Polizei hätten auf der Lauer liegen sollen, um im richtigen Moment die Drogenkuriere zu jagen, zu stoppen, das Kokain sicherzustellen und die Schmuggler noch auf See zu verhaften. Auf diese Weise wäre der Erfolg allein auf das Konto der Wasserschutzpolizei gegangen. Genau das, was Hansen derzeit brauchte.

Durch die Kollision war die »Beluga« nun jedoch von Polizeibooten, Seenotrettern und Schleppern quasi eingekesselt, was die Drecksäcke zwang zu improvisieren. Hansen hielt es für möglich, dass sie das Kokain in Neoprentaschen verstauen würden, die mit einem Peilsender versehen waren. In einem günstigen Moment könnten sie diese unbemerkt über Bord werfen und darauf hoffen, dass ihre Kuriere sie in einiger Entfernung vom »Mutterschiff« auflesen würden. Die Wasserschutzpolizei müsste also auch in diesem Fall schneller sein. Allerdings hätten sie nur eine Chance, wenn ihr Späher sie über das Vorgehen auf der »Beluga« in Echtzeit informierte. Andernfalls durften sie getrost davon ausgehen, dass die Drogen direkt vor ihrer Nase davonschwammen, bevor sie auch nur Verdacht schöpften.

Vielleicht verzichteten die Schmuggler auch ganz auf diesen Zirkus und vertrauten auf den traditionellen Anlandungsweg über den Containerhafen. Ebenso gut war es möglich, dass die Arschlöcher noch ganz andere Tricks auf Lager hatten, von denen Hansen nicht einmal eine Ahnung besaß. Ohne Benno Frey konnte er die geplanten Verhaftungen also in jedem Fall vergessen.

Hauptkommissar Christian Hansen war Realist genug, um zu wissen, dass sich eine ähnliche Gelegenheit kaum noch einmal bieten würde. Über die Konsequenzen machte er sich keine Illusionen. Der leitende Polizeidirektor hatte die Bedingungen von Hansens spontaner Beförderung im letzten Sommer deutlich formuliert. Entweder er lieferte in absehbarer Zeit vorzeigbare Erfolge, oder sein schickes Büro mit Blick auf die Elbmündung wäre Geschichte. Erneut spürte Hansen, wie ihm der Schweiß aus sämtlichen Poren quoll.

# 12

Lisa starrte zum westlichen Horizont, wo die Sonne gerade mit einem spektakulären roten Glühen unterging. Die letzten Strahlen spiegelten sich glitzernd auf der Meeresoberfläche. Weit nördlich glommen tanzende Lichtpunkte auf, riesige Frachter, die in Richtung Atlantik zogen. Unter ihr brachen sich die Wellen sanft rauschend am Fuße des Leuchtturms. Es schien, als wollte sie der Abend mit der Welt versöhnen. Stattdessen fühlte Lisa jedoch nur, wie die Angst vor der zunehmenden Dunkelheit unaufhaltsam näher kroch.

Bislang hatte er sich bei Tageslicht versteckt gehalten. Einem Mann von einem Meter fünfundachtzig Körpergröße und trainierten Sportlerschultern verlangte es ein unfassbares Maß an Selbstbeherrschung ab, sich stundenlang still in einen verborgenen, lichtlosen Winkel zu kauern. Eine Eigenschaft, die nicht gerade zu Roberts Stärken zählte. Sein Verlangen, sich an seiner verräterischen Ehefrau zu rächen, verlieh ihm offensichtlich Fähigkeiten, die ihm nicht einmal Lisa zugetraut hätte. Andererseits hatte er in den letzten zwei Jahren genügend Zeit gehabt, sich gründlich auf sein Vorhaben vorzubereiten. Allerdings musste er dazu nicht nur gewusst haben, dass Lisa eines Tages zum Roten Sand zurückkehren würde. Jemand musste ihm außerdem das exakte Datum oder zumindest das voraussichtliche Zeitfenster verraten haben. Dafür wiederum kamen genau zwei Personen in Betracht. Beide hielten sich gemeinsam mit Lisa auf dem Leuchtturm auf, der zur Stunde in nächtliche Schatten versank.

Je länger sie darüber nachdachte, desto klarer sah Lisa, dass alle unter einer Decke steckten. Der Gedanke, der ihr anfangs selbst paranoid erschienen war, war mehr als nur ein Nebenprodukt ihrer zunehmenden Panik. Genau genommen gab es überhaupt keine andere Möglichkeit, um dieses perfide Schauspiel abzuziehen.

»Bist du es gewesen?« Moritz schien sich wie aus dem Nichts neben ihr materialisiert zu haben.

Lisa blieb keine Chance, ihren Schrecken zu kaschieren.

»Du meine Güte, fürchtest du dich jetzt schon vor mir?« Seine Mundwinkel verzogen sich zu einem ironischen Grinsen. »Ich bin's nur, der Vollzeitidiot, schon vergessen?«

Er lehnte sich neben ihr an die Reling. Als wäre es das Selbstverständlichste der Welt, zog er ein zerknülltes Päckchen Filterzigaretten unter dem Pullover hervor. Mit routinierter Fingerübung öffnete er die Lasche und hielt es ihr entgegen. Lisa überlegte, ob er sich über sie lustig machte. In ihrem ganzen Leben hatte sie nicht einen einzigen dieser Sargnägel angerührt, was Moritz ebenso gut wusste wie sie. Allerdings hatte auch er bislang einen überzeugenden Nichtraucher abgegeben. Trotzdem verbreitete das, was er gerade tat, auf äußerst wirksame Weise eine Atmosphäre der Solidarität.

»Also: Hast du dir mein Handy geborgt? Er kramte ein Feuerzeug aus der Hosentasche, formte mit der Hand einen Windschutz und zündete sich eine Zigarette an. »Keine Angst, ich werde schweigen wie ein Grab. Ich hätte es nur gern zurück. Aus mehreren Gründen.«

Gierig sog er den Rauch in die Lungen. Dabei schaute er an Lisa vorbei auf die See. Einfach alles an seiner Gestalt, die gebeugten Schultern, die müde gesenkten Lider, kündete von einer weltumspannenden Frustration. Sogar seine normalerweise hellblaue Iris wirkte plötzlich ergraut. Die Augenwinkel hingen so schlaff herunter, als zerrten unsichtbare Gewichte an seinen Schläfen. Lisa hielt es für ausgeschlossen, dass Moritz eine so tief sitzende Traurigkeit schauspielern konnte. Niemand konnte das, nicht einmal Al Pacino. Trotzdem hatte sie keine Idee, was sie auf seine Frage antworten sollte. Deshalb schüttelte sie nur zaghaft den Kopf. Aber Moritz bemerkte es dennoch.

»Dann wird mich meine Frau eben weiterhin für einen Armleuchter bei Stromausfall halten. Nicht, dass es noch irgendeinen Unterschied macht.« Wieder dieses Zucken um die

Mundwinkel, das weit über ein gesundes Maß an Selbstironie hinausdeutete. Moritz war vollkommen fertig.

»Was ist mit euch?«, fragte Lisa, eigentlich nur, um überhaupt etwas zu sagen.

»Ist die Frage etwa ernst gemeint?« Jetzt drehte er den Kopf ein wenig, sodass er ihr ins Gesicht sehen konnte. »Versuchst du mir weiszumachen, du wüsstest es nicht?« Er schnippte die Kippe achtlos ins Meer. Seine Hand glitt unbewusst zu der Stelle, an der das Päckchen unter dem Pullover sitzen musste.

Einen winzigen Moment lang überlegte Lisa, ob dieses Gespräch Teil einer grandiosen Inszenierung sein konnte. Moritz, der treudoofe Trottel, der sich bei ihr auskotzte, damit sie ihm vorbehaltlos vertraute. Gleich darauf verwarf sie diesen Gedanken wieder. Seine Verbitterung wirkte einfach zu echt.

»Es ist alles meine Schuld, nicht wahr?« Ein äußerst dürftiger Schritt, um sich mit ihm zu versöhnen. Doch etwas Besseres hatte sie nicht zu bieten. »Ich hätte niemals bei euch einziehen dürfen. Das hat alles durcheinandergebracht.«

»Ja.« Er wühlte eine neue Zigarette unter seinem Kragen hervor, betrachtete sie jedoch nur unschlüssig. »Nein. Zwischen Karla und mir läuft es schon lange nicht mehr rund. Der einzige Grund, der uns noch zusammenhält, heißt Leon und wird im Dezember zehn Jahre alt. Und dann kam die Sache mit dem Unfall. Seit Roberts Tod ist etwas mit Karla passiert, das ich bis heute nicht ganz verstehe. Trauer ist eine Sache, aber das … Und dann standest du auf einmal wieder auf der Matte. Schätze, das hat ihr den Rest gegeben.«

»Du meinst, dass nicht ich draufgegangen bin statt ihm?«

Nichts, das Lisa sonderlich überraschte. Die Geschwister waren einander so innig verbunden gewesen, dass Lisa sich von Zeit zu Zeit gefragt hatte, ob die Beziehung der beiden über die rein familiäre Geschwisterliebe hinausgegangen war. Falls Moritz nicht von allein auf diese Idee käme, wäre er ein noch größerer Idiot, als er von sich selbst behauptete.

Er zündete sich die zweite Zigarette an. Der Wind kam von See her und trieb Lisa den Rauch, vermischt mit winzigen

Ascheflöckchen, direkt ins Gesicht. Sie tat, als bemerke sie es nicht.

»Ich denke nicht, dass Karla ein böser Mensch ist«, sinnierte Moritz weiter. »Trotzdem erträgt sie es nicht, dich gesund und munter zu sehen. Als du in der Klinik warst, kam sie mit Roberts Tod irgendwie besser klar.«

»Sie sucht bloß nach einem Grund, mich zurückzuschicken. Willst du das damit sagen?« Lisas Theorie nahm spürbar Gestalt an, ließ sich in ihrem Nacken nieder und tastete sich mit kalten Tentakeln ihren Rücken hinab. »Niemals! Eher bringe ich mich um.« Auch wenn Letzteres Karla eine weitaus größere Befriedigung verschaffen müsste.

Doch allein die Vorstellung, Professor Feldmanns glibberige Finger jemals wieder auf der nackten Haut ihrer Oberschenkel zu spüren, beförderte sie mit einem Schlag in den Vorhof der Hölle. Ein einziges Mal hatte sie sich auf einem der langen Spaziergänge Thorben, dem jungen Pfleger, anvertraut. Fast hätte ihre Offenheit das zarte Band des Vertrauens zerstört, das sich zwischen ihnen gewoben hatte. Dabei hatte er gerade erst begonnen, Lisas Version ihrer Ehe Glauben zu schenken. Ein zartes Pflänzchen, das sie mit ihren Anschuldigungen gegen den väterlichen Leiter der Klinik um ein Haar in den Boden gestampft hatte.

»Das dachte ich mir. Auch wenn du niemals darüber sprichst, was dort vorgefallen ist.«

»Wozu? Du hältst mich doch auch für verrückt. Also …«

*… kannst du dir die Solidaritätsnummer wirklich sparen.* Sie starrte wieder auf die See hinaus. Das Glitzern war verschwunden, das Rauschen der sich brechenden Wellen zu einem mahnenden Grollen herangewachsen.

»Offen gestanden habe ich nicht die geringste Ahnung, was ich glauben soll«, sagte Moritz. Er folgte ihrem Blick in die Ferne, als läge die Antwort irgendwo dort draußen.

»Ihr könnt mich nicht gegen meinen Willen einweisen lassen«, sagte sie.

»Nein, nicht solange man dich für eine mündige Bürgerin

unserer Gesellschaft hält«, entgegnete er. »Es wäre also von Vorteil, wenn es dabei bliebe. Verstehst du, was ich damit sagen will?«

Lisa starrte weiter in die zunehmende Dunkelheit, spürte aber, wie er sich ihr zudrehte.

Natürlich verstand sie. Sehr gut sogar. Obwohl ihm offenbar daran lag, Lisa zu beschützen, traute Moritz ihrer geistigen Verfassung nicht weiter als von der Tapete bis zur Wand. Anders ausgedrückt: Was auch immer an diesem Ort vor sich ging, sie war vollkommen auf sich allein gestellt.

»Ich verstehe, dass du Alpträume hast. Wenn es wieder passieren sollte, dann sprich mit mir. Wecke mich einfach, zu jeder Uhrzeit. Ich bin immer für dich da, ohne Ausnahme. Nur bitte: Raste nicht noch einmal aus. Reiß dich zusammen. Versprich es mir. Um deinetwillen. Bitte, Lisa.«

Sie drehte sich zur Seite und sah ihm traurig in die Augen. Wie die Dinge standen, blieb ihr nichts anderes übrig, als ihm das gewünschte Versprechen zu geben. Lisa kaute auf ihrer Unterlippe, während sie nach den passenden Worten suchte.

Das rostige Quietschen von Türangeln kam ihr im richtigen Moment zu Hilfe. Zumindest dachte sie es. Bis Karla nahe genug herangekommen war, um ihre Miene zu entziffern. Sie bestand aus purem Hass.

»Okay, Schätzchen, der Spaß ist vorbei. Und zwar endgültig.« Sie brauchte nicht zu schreien, um klarzustellen, dass sie am Rande eines Ausbruchs stand, gegen den dieser isländische Vulkan mit unaussprechlichem Namen eine Lachnummer war.

Auch wenn Lisa keine Ahnung hatte, wovon ihre Schwägerin gerade sprach. Aber wie die Dinge standen, würde sie es gleich erfahren. Bis dahin bestand ihre einzige Option darin, den Mund zu halten und auf Abkühlung zu warten.

»Übertreibe es nicht.« Ein atmosphärisches Beben mischte sich in Karlas Stimme. »Her damit!«

Jetzt stand sie Lisa so dicht gegenüber, dass sich ihre Schuhspitzen fast berührten. Sie konnte Karlas heißen Atem riechen, eine Mischung aus starkem Kaffee und etwas Alkoholischem, das es hier auf dem Turm eigentlich gar nicht geben durfte.

Karla schob ihre Schultern so nah vor Lisas Augen, dass sie ihrer Schwägerin nicht mehr ins Gesicht sehen konnte. Eine Situation, die Lisa ungefähr eine Million Mal erlebt hatte. Nur dass damals Robert vor ihr gestanden hatte, bevor er damit anfing, ihr die Seele aus dem Leib zu prügeln.

»Karla, bitte«, mischte sich Moritz ein, »ich glaube nicht, dass Lisa weiß, worum es überhaupt geht.«

»Sicher.« Karla kam noch ein Stückchen näher.

Lisa fühlte die harte Reling im Rücken, ungefähr auf halber Höhe ihrer Wirbelsäule. Es kostete sie eine unmenschliche Anstrengung, nicht mit dem Oberkörper zurückzuweichen.

»Auf die Gefahr hin, dass es dir irgendeine perverse Befriedigung verschafft, drücke ich mich jetzt klar und deutlich aus: Gib. Mir. Mein. Verfluchtes. Telefon!«

»Was?« Es existierte in diesem Universum keine passende Antwort, die Lisa dieser Furie hätte geben können. Deshalb machte sie sich auf alles gefasst.

Im selben Atemzug packte Karla sie am Kragen ihrer Strickjacke und hob die Faust bis unter ihr Kinn.

Blitzschnell stand Moritz hinter seiner Frau, presste seinen Unterarm gegen ihre Kehle, dass ihr das Atmen schwerfallen musste.

»Jetzt komm wieder runter, okay?«, zischte er in ihr Ohr.

Abrupt ließ Karla ihre Jacke los, stieß sie jedoch so verächtlich von sich, dass Lisa um ein Haar doch noch über die Brüstung getaumelt wäre.

»War ja klar, dass du für unser Schneewittchen Partei ergreifst«, spie Karla ihrem Mann entgegen. »Hast du vielleicht eine Idee, was wir hier draußen ganz ohne Handys machen sollen? Wir sind völlig am Arsch!«

»Gott im Himmel, jetzt beruhige dich endlich!«, brüllte Moritz, offenbar selbst überrascht, dass er diese Lautstärke überhaupt zustande brachte. »Du schleppst dein blödes iPhone pausenlos mit dir herum. Also wie sollte es einer von uns in die Finger kriegen, ohne dass du es merkst? Es wird dir einfach irgendwo aus der Tasche gerutscht sein.«

»Ja. Genau wie es dir mit deinem Telefon passiert ist, nehme ich an.« Karlas Brustkorb hob und senkte sich wie der eines Pferdes nach einem Military-Parcours.

»Lisa und ich waren die ganze Zeit hier oben und haben uns unterhalten«, versuchte es Moritz. Das stimmte zwar nur bedingt, da er sich erst vor bestenfalls zwanzig Minuten zu Lisa gesellt hatte. Allerdings schien es Karla völlig egal zu sein.

»Sag mal, kapierst du es denn wirklich nicht? Dein kleines Flittchen ist vollkommen durchgeknallt. Sieh sie dir doch nur an!«

»Selbst wenn, ergibt das alles doch überhaupt keinen Sinn! Warum sollte Lisa unsere beschissenen Handys klauen? Immerhin sitzen wir hier alle gemeinsam fest.«

»Lass mich kurz nachdenken. Damit sie noch ein bisschen länger im Mittelpunkt steht? Vielleicht will sie dich auch nur verführen, um dich mir endgültig auszuspannen. Falls sie es nicht längst geschafft hat.« Karla fuhr herum, fixierte Moritz mit stählernem Blick. Dann wandte sie sich wutschnaubend ab. »Verdammt, ich hätte es wissen müssen.« Mit bleiern wirkenden Schritten schleppte sie sich zur Tür.

»Bitte, Karla, ich verstehe, dass du wütend bist. Aber du bildest dir etwas ein.« Moritz' Tonfall nach war er den Tränen nahe. »Wo willst du jetzt hin?«

»Ich brauche etwas zu trinken«, murmelte sie, bevor sie im dunklen Rachen des Turms verschwand.

»Verdammt!« Ein Fluch, der in einem Schluchzen unterging. Moritz krallte seine Finger ins Haar, als wolle er es sich büschelweise ausreißen. Dann fasste er offenbar einen Entschluss, der ihn Lisa völlig vergessen ließ. Mit leicht unkontrollierten Schritten hastete er auf die Tür zu.

»Was hast du jetzt vor?«, rief Lisa ihm nach.

»Ich passe auf, dass sie nicht zu viel trinkt!« Es wirkte nicht, als rechnete er sich große Chancen auf Erfolg aus. »Und du …«, er kam zu ihr zurück, griff nach ihrem Handgelenk und zog sie mit sich, »… bleibst auf keinen Fall allein hier oben. Überhaupt wirst du die Galerie nicht mehr betreten, solange es dunkel ist. Und auch sonst nicht, wenn ich nicht dabei bin. Ist das klar?«

Vollkommen verblüfft von diesem Ausbruch plötzlicher Autorität nickte Lisa nur.

»Ich habe gefragt, ob du das kapiert hast!« Jetzt packte er sie mit beiden Händen an den Schultern, bog ihren Oberkörper in einen Winkel, dass sie ihm ins Gesicht sehen musste.

»Ja, natürlich. Ehrenwort«, stammelte sie.

»Gut.« Er ließ von ihr ab und strich ihr wie entschuldigend über die vom Wind zerzausten Locken. »Kannst du dich bitte um Leon kümmern?« Immerhin ein Zeichen, dass er nicht sämtliches Vertrauen in sie verloren hatte. »Mit seinen Eltern redet er nämlich nicht mehr. Er hält uns für niederträchtige Verräter, die aus purem Vergnügen auf neunjährigen Jungs herumtrampeln. Schätze, du bist die Einzige, die momentan einen Draht zu ihm hat.«

»Natürlich.« Es gelang ihr, einen halbwegs überzeugenden Ton anzuschlagen. Doch ein Blick in seine Augen verriet ihr, dass ihm seine eigene Bitte nicht so ganz behagte. »Du brauchst dir keine Sorgen machen. Wenn ich auch sonst zu nichts tauge, mit Leon komme ich klar«, fügte sie mit dem Hauch eines Lächelns hinzu. »Ehrlich.«

Moritz seufzte leise, dann nickte er ergeben. »Und bitte, denk immer daran: Falls dir heute Nacht irgendetwas seltsam vorkommen sollte, weck mich einfach. Zu jeder Zeit. Egal um was es geht. In Ordnung?«

Zur Antwort berührte sie ihn flüchtig an der Schulter. »Gehen wir«, sagte sie nur.

»Ich kann meine Zahnbürste nicht finden«, verkündete Leon, der lustlos in seinem Rucksack wühlte. Aus seinem Mund klang es, als sei er Opfer eines unumstößlichen Naturgesetzes geworden.

Kopfschüttelnd fischte Lisa einen Kulturbeutel mit Batman-Motiv hervor und drückte ihn Leon demonstrativ in die Hand. »Wie wäre es damit?«

»Kann ich mir die Zähne nicht in der Küche putzen?«, fragte er nun ganz direkt.

*Nein. Denn dort versucht dein Vater, deine Mutter zur Vernunft zu bringen. Jede Wette, dass er gerade dabei ist, sich um Kopf und Kragen zu reden. Auch wenn er schwerlich offen zugeben kann, dass es genau andersherum ist, dass er mich angebaggert hat und abgeblitzt ist.*

»In der Küche steht noch ein voller Wasserkanister. Das reicht locker, um mir die Zähne zu putzen«, bohrte Leon.

»Schon. Aber du kannst dort nicht aufs Klo gehen. Ich sehe doch, dass es dir fast zu den Ohren herausquillt.«

»Aber –«

»Nichts ›aber‹. Hier ist deine Taschenlampe.«

Dabei hätte Lisa so ziemlich alles gegeben, um nicht noch einmal bei Nacht in den Lagerraum hinuntergehen zu müssen. In allen anderen drei Räumen fühlte sie sich relativ sicher. Falls Robert jemals in deren Nähe gelauert hatte, dann nur im Treppenhaus, das sich, abgetrennt vom Wohnbereich, an der Hülle des Turmes entlangwand. Weder im Dienstraum noch in der Küche oder in der Schlafkammer hatte er sich bislang blicken lassen. Vermutlich hing es damit zusammen, dass es von dort aus keinen direkten Weg nach draußen gab. Wollte man auf dem Roten Sand einen Menschen verschwinden lassen, nachdem man mit ihm fertig war, brauchte man diesen nur ins Meer zu werfen. Das funktionierte am besten von der Galerie aus. Oder im Lagerraum, wo man nur den östlichen Ausstieg zu öffnen brauchte. Außerdem musste sich Robert in dem bizarren Stillleben nicht einmal verstecken. Es reichte vollkommen aus, einfach nur dazustehen, um sich genüsslich an der verzehrenden Furcht seiner Ehefrau zu weiden.

Das Problem an der Sache war nur, dass Lisa, vom puren Überleben einmal abgesehen, bis zum Morgengrauen genau zwei Aufgaben zu bewältigen hatte. Erstens auf Leon aufzupassen und zweitens nicht noch einmal die Nerven zu verlieren. Die Quadratur des Kreises war dagegen eine eher simple Mission.

»Also los jetzt.« Sie umfasste Leons Schultern und schob ihn mit sanftem Nachdruck zur Treppe. Durch das dünne T-Shirt konnte sie fühlen, wie sich der Junge instinktiv anspannte. Der Abstieg kam für ihn einer Mutprobe gleich.

»Was ist los mit dir? Du kennst das Lager doch inzwischen in- und auswendig. Du wirst dir schon nicht die Ohren brechen«, sagte sie.

»Darum geht es nicht«, entgegnete Leon in einem Ton, der entsetzlich erwachsen klang.

»Und worum geht es dann?« Der Trommler in Lisas Brust schlug einen härteren Takt an, noch bevor Leon zu einer Antwort ansetzen konnte.

»Der Schwarze Mann«, erklärte er ihr. »Ich habe ihn schon zwei Mal dort unten gesehen. Er hat es nicht bemerkt. Deshalb lässt er mich in Ruhe. Aber er ist unheimlich.«

*Okay, jetzt denk nach. Der Junge verfügt über eine blühende Phantasie. Er ist sauer auf seine Eltern, die ihn für etwas beschuldigen, das er nicht getan hat. Zu allem Überfluss streiten sie sich bestimmt nicht zum ersten Mal. Würde mich nicht wundern, wenn er denkt, es sei seinetwegen. Klar, dass er sich auf meine Seite schlagen muss. Obwohl ihm seine Eltern eingetrichtert haben, dass seine Tante Lisa nicht alle Tassen im Schrank hat. Also wie wahrscheinlich ist es, dass er Robert tatsächlich gesehen hat? Und wenn: Hätte Leon seinen Onkel dann nicht erkennen müssen? Andererseits: Was spielt das für eine Rolle? Es ist mein verdammter Job, ihn davon zu überzeugen, dass der »Schwarze Mann« nicht existiert. Auch wenn ich es zehnmal besser weiß!*

»Dort unten ist niemand«, behauptete sie.

»Woher willst du das wissen?«

»Ich habe den gesamten Lagerraum durchsucht, selbst das kleinste Versteck. Hier gibt es nicht einmal Ratten.«

»Du lügst«, antwortete Leon.

»Wie kommst du darauf?«

»Du zitterst«, stellte er sachlich fest.

*Verdammt!* Reflexartig umklammerte sie mit der Linken ihre rechte Hand, in der sie die kleine Taschenlampe hielt. Es nützte nur wenig. Noch immer zuckte der Lichtstrahl nervös durch den gespenstischen Keller. Bis Leon offenbar begriff, dass sie auf diesem Treppenabsatz Wurzeln schlagen würden, wenn er das Heft nicht selbst in die Hand nahm.

Fast schon systematisch suchte er im Lichtkegel seiner eigenen Taschenlampe die Umgebung ab. Schließlich leuchtete er Lisa direkt ins Gesicht.

»Ich glaube, du hast doch recht«, sagte er. »Da unten ist niemand.« Wie der Anführer eines soldatischen Spähtrupps stieg er die Stufen hinunter.

Lisa wusste, dass sie sich eigentlich in Grund und Boden schämen musste. Als Erwachsene sollte sie dem Jungen versichern, dass alles in bester Ordnung war. Es war ihre Pflicht, ihn davon zu überzeugen, dass keine Monster existierten. Weder unter seinem Bett noch im Keller und schon gar nicht auf diesem Leuchtturm mitten in der Nordsee. Stattdessen hatte sie ihn gezwungen, die Rollen zu tauschen. Doch das Schlimmste an der Sache war, wie gut es funktionierte, wie selbstverständlich Lisa darauf vertraute, dass er die Dinge im Griff hatte.

Zumindest fühlte sie sich nun in der Lage, den kurzen Weg bis zur Nasszelle zurückzulegen. Am liebsten wäre sie Leon in das grelle Licht der nackten Neonröhre gefolgt. Doch er schlug ihr die Tür vor der Nase zu. Mit neun Jahren bestand er zu Recht auf ein gewisses Maß an Privatsphäre.

Lisa blieb allein im Dunkeln zurück. Ihre kleine Stablampe wirkte plötzlich lächerlich, als würde sie mit einem Buttermesser zu einem Schwertkampf antreten.

Angestrengt lauschte sie auf die Geräusche, die aus dem winzigen Bad drangen. Demnach putzte sich Leon tatsächlich die Zähne. Nur dass er dafür ganz schön lange brauchte. Endlich hörte sie das unverkennbare Rauschen der Toilettenspülung. Kurz darauf erschien Leons blonder Schopf in der Türöffnung.

»Du kannst rein«, verkündete er. Ohne auf eine Reaktion zu warten, sprintete er die Stufen hinauf. Keine drei Sekunden später war er im Schlafraum verschwunden.

Ohne seine tröstliche Gegenwart spürte Lisa, wie die Dunkelheit ihre kalten Fühler nach ihr ausstreckte. Sämtliches Licht schien in der kleinen Nasszelle gefangen, so als wagte es sich nicht über die Schwelle. Lisa trat einen beherzten Schritt nach vorn. Sobald sich die gleißende Helligkeit über sie ergoss, knallte sie die Tür zu und lehnte sich von innen dagegen. Unter ihre Atemgeräusche mischte sich ein rasselnder Unterton, der sich aus den Tiefen ihrer Bronchien heraufkämpfte. Endlich schaffte sie es ans Waschbecken, drehte den Hahn auf und beugte sich vor, sodass ihr das kalte Wasser über Kopf und Nacken lief. Als sie wieder aufsah, taumelte sie instinktiv einen Schritt rückwärts. Sie benötigte einige Atemzüge, um zu kapieren, was sie im Spiegel sah.

In ihrem linken Augapfel war ein Äderchen geplatzt. Die Bindehaut hatte sich gespenstisch rot verfärbt, wie die eines waschechten Zombies. Das Blut bildete einen furchtbaren Kontrast zu ihrem kreidebleichen Teint. Ihre Wangen wirkten noch eingefallener als am Tag zuvor. So schlimm hatte sie nicht einmal ausgesehen, nachdem Roberts Jähzorn über sie niedergeprasselt war. Es wunderte sie nicht mehr, dass selbst Moritz sie für geisteskrank hielt.

In Momenten wie diesem fürchtete sie sogar selbst darum.

Sie kniff die Augen zusammen, bis es schmerzte. Als sie wieder aufsah, verschwamm das dunkle Blut zu einem hellen Orange. Zumindest diese Läsion dürfte bis morgen früh verschwunden sein. Wenn Hardy und seine Jungs an den Dalben festmachen würden, wäre sie wieder so hübsch wie immer.

Falls Hardy es bis zum Roten Sand schaffte.

Falls Anton ihm nicht zuvorkäme.

Falls einer der beiden Männer überhaupt eine ihrer Nachrichten erhalten hatte.

Lisa ließ das Licht im Bad brennen und die Tür weit offen stehen. Es fühlte sich an, als hielte ihr jemand den Rücken frei, während sie die Treppe hinauf in die Schlafkammer eilte.

»Liest du mir noch etwas vor?« Leons Kopf schob sich zwischen den Vorhängen seiner Koje hervor, die direkt über Lisas Schlafstätte lag.

»Klar.« Sie zerrte eine zerfledderte Taschenbuchausgabe von

»Eragon« aus Leons Batman-Rucksack hervor und kletterte damit zu ihm in sein Hochbett. Die schwarz gedruckten Buchstaben wirkten im Licht der Taschenlampe auf seltsame Weise beruhigend, irgendwie solide, unverrückbar, ein winzig kleines Bollwerk, das den nächtlichen Schatten trotzte. Doch schon nach drei Seiten bemerkte Lisa, dass Leon überhaupt nicht zuhörte. Er hockte einfach nur da, mit angewinkelten Beinen, den Rücken an die Wand gelehnt. Geistesabwesend starrte er auf das Karomuster seines Schlafsacks.

»Falls du müde bist, kannst du das ruhig zugeben, das ist keine Schande.« Sie strich ihm liebevoll über das Haar, doch er zog nur seinen Kopf weg, als wäre ihm die Berührung lästig.

»Okay, mein Großer«, sie legte das Buch beiseite, »was ist los mit dir?«

»Warum denkst du, dass es Onkel Robert ist?«, fragte er unvermittelt. »Er ist doch tot, oder?«

Die nüchterne Frage des Jungen erwischte sie unvorbereitet, obwohl sie geradezu logisch war. Der Junge hatte hautnah miterlebt, wie seine Tante Lisa die Nerven verlor. Seine Eltern benutzten diese Angelegenheit nur, um ihren eigenen kleinen Ehekrieg voranzutreiben. Wollte er nicht in totaler Einsamkeit versinken, musste er sich um seine Tante kümmern. Diese Aufgabe ließ ihn instinktiv in die Rolle eines Erwachsenen schlüpfen. Dabei stand schon jetzt fest, dass sich dieses Wochenende als rabenschwarzer Fleck in sein kindliches Gedächtnis einbrennen würde. Allein diese Gewissheit verursachte Lisa kreischende Kopfschmerzen. Es war längst zu spät für irgendwelche Floskeln, mit denen man Kleinkinder von der Platzwunde am Knie abzulenken versuchte. Das Einzige, das Leon ein kleines bisschen Sicherheit verschaffen konnte, war die reine Wahrheit.

»Ich weiß es nicht«, antwortete sie auf den letzten Teil seiner Frage. »Nach dem Autounfall lag ich wochenlang im Krankenhaus. Vor dort aus hat man mich auf direktem Weg in diese andere Klinik gebracht. Alle haben mir erzählt, Robert wäre noch an der Unfallstelle gestorben. Aber ich habe ihn immer wieder gesehen. Allerdings glaubt mir niemand.«

Sie kippte die Taschenlampe in einem Winkel, dass sie Leons Gesichtszüge erkennen konnte, ohne ihn zu blenden. Die Stirn von tiefen Falten zerknittert, kaute er nachdenklich an seiner Unterlippe.

»Bist du auf seiner Beerdigung gewesen?«, fragte Lisa. *Hast du gesehen, dass er tot in dem Sarg lag, den man zwei Meter tief unter der Erde versenkte?*

»Nein«, antwortete er nachdenklich. »Ich war krank, Sommergrippe. Ich durfte nicht einmal aufstehen.«

»Mir ist klar, wie verrückt das alles klingt. Wir alle haben erlebt, wie schwer es ist, zum Leuchtturm zu kommen.«

»Schwierig, ja, aber nicht unmöglich, oder?« Leons Logik schmerzte sie abermals. »Er war schon vor uns hier, bestimmt schon ein paar Tage. So viel steht fest.«

»Und das weißt du so genau, weil –?« Ihre Luftröhre fühlte sich plötzlich an, als hätte sie jemand von innen mit Schmirgelpapier bearbeitet.

»Aus der Küche sind ein paar Sachen verschwunden. Ein ganzes Brot, ein Stück Käse, ein Kanister mit Wasser. Sogar der Kuchen ist weg.« Seine Finger gruben sich nervös in den Stoff des Schlafsacks. »Zuerst wollte Mama mir die Schuld geben, einfach nur aus Gewohnheit, schätze ich. Aber irgendwann hat sie kapiert, dass nicht einmal ich so viel essen kann.«

Lisa wollte etwas erwidern, doch die Worte blieben ihr buchstäblich im Halse stecken.

»Ich bin mir nicht sicher, ob es Onkel Robert ist«, fuhr Leon fort. »Es war immer dunkel, wenn er hier herumgelaufen ist. Aber die meiste Zeit über versteckt er sich. Es gibt hier nämlich jede Menge Verstecke, auch wenn Mama es mir nicht glauben will. Über der Küchenbank ist ein riesiger Wandschrank. Niemand von uns hat dort hineingeschaut, seit wir angekommen sind. Außerdem kann man von der Galerie aus ohne Probleme auf das Dach klettern. Dort steht eine Leiter. Und neben dem Laternenhaus gibt es eine kleine Kammer für das alte Plumpsklo. Ihr beachtet sie überhaupt nicht. Aber ich habe schon zweimal hineingesehen. Einmal stand dort ein Rucksack, der keinem von uns gehört. Als ich ihn Mama zeigen wollte, war er weg. Sie dachte, ich wolle mich nur wichtigmachen.« Er holte erschöpft Luft.

»Wo, denkst du, ist er jetzt?«, fragte Lisa mit belegter Stimme. Es war nicht das, was sie eigentlich hätte sagen sollen. Doch etwas anderes spuckte ihr Gehirn nicht aus.

»Er ist immer da, wo wir gerade nicht sind. Keine Ahnung, wie er das anstellt. Aber er kann sich sehr leise bewegen.«

»Wenn du mir hilfst, deine Eltern zu überzeugen, könnten wir ihn alle gemeinsam suchen. Dann hätte er keine Chance.«

»Nein«, protestierte Leon hastig. »Das hab ich schon versucht. Mama wäre vor Wut fast geplatzt. Sie sagt, ich würde nur deinen Unsinn nachplappern. Und wenn ich nicht damit aufhöre, steckt sie mich gemeinsam mit dir in diese gruselige Klinik.«

»Und die verschwundenen Lebensmittel?«

»Sie denkt ja auch, du hättest die Handys ins Meer geworfen. Also –«

»Habe ich aber nicht.«

»Ich weiß.« Jetzt sah er ihr unverwandt ins Gesicht. In seinen weichen Zügen spiegelte sich tiefes Mitleid. »Onkel Robert war ziemlich gemein zu dir, oder?«, sagte er aus heiterem Himmel.

Dieses Mal benötigte Lisa mehrere Atemzüge, um sich von dem Hammerschlag zu erholen, der durch ihr Gehirn krachte. »Ja, das war er. Woher weißt du das?«

»Das wissen doch alle.«

Lisa schluckte. Es fühlte sich an, als rieselten tausend Nadeln ihre Kehle hinab.

»Ich bin jedenfalls froh, dass er weg ist«, sagte Leon nun mit amtlicher Miene. »Er war ein Riesenarschloch.«

»Ja, das war er«, wisperte Lisa, unfähig, die unfassbaren Offenbarungen in ihre Gedanken einzusortieren.

Nur Leon schien es auf wundersame Weise zu beruhigen, sich die angesammelte Last von der Seele geredet zu haben. Seine Sorgen wichen einer bleiernen Müdigkeit, die sichtbar an seinen Augenlidern zerrte. Lisa beneidete ihn um seine kindliche Unschuld, die ihm in jeder Lebenslage den Schlaf der Gerechten zuteilwerden ließ.

»Liest du mir noch etwas vor?«, murmelte er und kuschelte sich in eine bequeme Position.

»Klar«, sagte sie wieder.

Sie nahm das Buch zur Hand. Doch schon nach den ersten Zeilen fielen ihm die Augen vollends zu. Verwundert stellte Lisa fest, dass sie lächelte. Es tat gut zu sehen, dass sich der Junge in ihrer Gegenwart geborgen fühlte. Im Moment konnte sie einen Verbündeten wahrlich gebrauchen, auch wenn er erst neun Jahre alt war.

Sie knipste die Taschenlampe aus, streckte sich lang neben ihm aus und lauschte in die Dunkelheit. Der Stahlmantel des Leuchtturms ächzte klagend im Seewind. Davon abgesehen herrschte vollkommene Stille. Nach einiger Zeit glaubte sie, Regentropfen zu hören, die gegen das Fenster prasselten.

# 13

Hansen wippte in seinem voluminösen Bürostuhl, die Füße überkreuzt auf dem Schreibtisch, und starrte aus dem Fenster. Die Lichter des Hafens glommen schwach zu ihm herein. Ansonsten herrschte in dem Raum mitternächtliche Dunkelheit. In der Leitzentrale war eine Art erschöpfte Ruhe eingetreten. Sämtliche Maßnahmen zur bevorstehenden Bergung der Havaristen waren getroffen worden. Im Moment blieb für Hansen nichts weiter zu tun, als auf den Sonnenaufgang zu warten.

Dennoch widerstrebte es ihm, nach Hause zu gehen und sich für einige Stunden im Bett lang auszustrecken. Auch dort fände er weder Schlaf noch Erholung. Zu viele Gedanken hämmerten unerbittlich gegen seine Schädelwand. Das Einzige, das ihm momentan helfen könnte, wäre eine Schachtel Aspirin. Doch um an diese zu gelangen, müsste er nicht nur sein Büro verlassen, sondern in den ersten Stock hinunterlaufen, wo sich der Erste-Hilfe-Kasten im Wandschrank der Gemeinschaftsküche befand. Spätestens dort träfe er unweigerlich auf einen Kollegen, der ihm ein Gespräch über das gewaltige Schiffsunglück aufdrängen würde. Doch über das, was ihn am meisten beschäftigte, konnte er mit niemandem reden.

Mit jedem Atemzug schwand seine Hoffnung, dass Benno Frey sich urplötzlich mit einer plausiblen Erklärung bei ihm melden würde, sei es per E-Mail, Telefon oder Flaschenpost. Selbstverständlich hatte er selbst auch versucht, den Journalisten zu erreichen, nach gut vier Stunden jedoch frustriert aufgegeben. Am Ende war es ihm geradezu kindisch erschienen, ein und dieselbe Mobilnummer im Zehnminutentakt anzurufen. Einen anderen Telefonanschluss, unter dem er es hätte probieren können, gab es nicht. Im Gegensatz dazu hatte Frey etwa ein Dutzend unterschiedliche E-Mail-Absender genutzt, um Hansen Fotos oder kurze Textnachrichten zu schicken. Doch von jeder einzelnen Freemail-Adresse, die Hansen anschrieb, kam postwendend die Rückmeldung, sie sei ungültig. Offenbar hatte Frey seine Accounts nur wenige Male verwendet und anschließend wieder gelöscht.

Was für ein Idiot war Hansen nur gewesen, sich auf diesen Windhund einzulassen!

Die erste und bislang einzige persönliche Begegnung hatte in einer Hamburger Hafenkneipe stattgefunden, in der überwiegend Touristen verkehrten. Damals war Hansen zu versessen auf den Deal gewesen, um die notwendige Vorsicht walten zu lassen. Andernfalls wäre ihm bestimmt rechtzeitig aufgefallen, dass es sich bei Benno Frey im Wesentlichen um eine künstlich erschaffene Figur handelte, die sich in den sozialen Netzwerken perfekt inszenierte. Der Mann hinter der Rolle beherrschte es hingegen vortrefflich, sich der Überprüfung seiner Identität zu entziehen. Er arbeitete konsequent freiberuflich, hatte offenbar keine näheren Angehörigen und war quasi ununterbrochen auf Reisen. Den einzigen festen Wohnsitz, den Hansen hatte finden können, war die Adresse einer WG von Langzeitstudenten, in der Frey jedoch niemals auftauchte. Kurz gefasst pflegte der Journalist einen Lebensstil, der sicherstellte, dass ihn niemand vermisste. Das hieß, Hansen würde ihn auf gar keinen Fall finden, wenn er nicht gefunden werden wollte.

Es war also sehr gut denkbar, dass sich Hansens Informant bester Gesundheit erfreute. In diesem Fall war davon auszugehen, dass Frey aus einem ganz bestimmten Grund beschlossen hatte, seine Story bis zur Veröffentlichung für sich zu behalten. Also was zur Hölle hatte die kleine Ratte herausgefunden, das zu sensationell war, um es mit seinem Partner zu teilen? Oder gab es womöglich eine dritte Person, die in diesem Spiel mitmischte? Vielleicht hatte ein pfiffiger Kollege vom BKA dieselbe Idee gehabt wie Hansen und setzte nun gewisse Druckmittel ein, um Frey ganz für sich allein zu beanspruchen?

Hansen umschloss den scharfkantigen Schraubverschluss der Wasserflasche mit seiner Handfläche, ohne dem schneidenden Schmerz Beachtung zu schenken. Allein der Gedanke, einer dieser hochwohlgeborenen Superhelden könnte ihm derart in die Parade fahren, trieb seinen Blutdruck in die Höhe. Bis ihm unvermittelt ein viel näherliegender Gedanke durch den Kopf schoss.

Anton Hayen. Es musste einen triftigen Grund dafür geben, dass sich sein alter Kumpel so hartnäckig weigerte, mit ihm persönlich zu sprechen. Also was, wenn er Lunte gerochen hatte? Dass Anton eine mädchenhafte Empfindsamkeit an den Tag legen konnte, hatte er zur Genüge bewiesen. Damals, als ihr letzter gemeinsamer Einsatz im Bremerhavener Containerterminal so katastrophal aus dem Ruder gelaufen war. Zugegeben, Hansen hatte Anton damals wohlweislich nicht in seine Pläne eingeweiht. Denn sein Kumpel hätte alles darangesetzt, diesen Leichtsinn zu unterbinden. Und am Ende damit recht behalten. Trotz allem war die Sache für ihn mit einer Beförderung zum Hauptkommissar ausgegangen. Dafür hatte Hansen in seinem neuen Amt persönlich gesorgt. Antons Dank bestand jedoch ausschließlich darin, dass er seinem Gönner seither systematisch aus dem Wege ging. Also wie zum Teufel hätte Hansen ihm den Deal mit Benno Frey überhaupt begreiflich machen sollen?

Hansen öffnete die Faust und betrachtete die roten Wundränder, die der Flaschendeckel in seiner Handfläche hinterlassen hatte. Abermals realisierte er, wie einsam es um ihn herum geworden war, seit er nicht mehr zur See fuhr. Wie es aussah, war jetzt der Punkt erreicht, sich einen Ruck zu geben und den ersten Schritt zur Versöhnung zu gehen. Ohne sich der Handlung wirklich bewusst zu sein, griff er zum Telefonhörer. Doch bevor er ihn von der Gabel heben konnte, begann der Apparat unter seiner Hand zu läuten. Das Display zeigte eine Mobilnummer, die er nur zu gut kannte.

»Du hast drei Sekunden, bevor ich wieder auflege«, sagte Hansen in die Sprechmuschel. Plötzlich fühlte er sich unendlich müde. »Es sei denn, du willst dich bei mir entschuldigen. Aber wenn ich es mir recht überlege, macht das auch keinen Unterschied mehr.«

»Er weiß es längst«, sagte sie, noch während er redete.

»Was?« Hansen hatte sie durchaus verstanden. Dennoch ergaben ihre Worte überhaupt keinen Sinn.

»Anton. Er weiß, dass dieser Journalist nicht abgetaucht ist, um in Ruhe einen Reisebericht zu schreiben«, klärte sie ihn auf. »Den Rest wird er auch herausbekommen. Es ist nur eine Frage der Zeit. Du kennst ihn.«

Damit bestätigte sie nur, was Hansen ohnehin vermutete. Allerdings war er auf völlig andere Themen gefasst, wenn Dorothea Raubach ihn mitten in der Nacht anrief.

Seit sie ihn vor eineinhalb Wochen ohne ein Wort der Erklärung verlassen hatte, überkam sie in unregelmäßigen Abständen eine recht spezielle Sehnsucht, um die sie niemals lange herumredete. Allerdings gehörte Dorothea Raubach zu der Spezies Frau, die den Respekt verlor, wenn sie zu schnell bekam, was sie wollte. Somit hatte er sie tapfer zappeln lassen, bis er vor zwei Tagen doch schwach geworden war. Selbstverständlich war er nach dieser Wahnsinnsnacht davon ausgegangen, dass sie zu ihm zurückkehrte. Stattdessen hatte sie sich klammheimlich davongestohlen, während er schlief. Er war ihr nicht einmal einige eilig geschriebene Worte auf einem Zettel wert gewesen. Noch deutlicher hätte sie ihm kaum mitteilen können, was er ihr bedeutete: gar nichts.

»Ich denke, es ist besser, wenn du ihm reinen Wein einschenkst. Immerhin ist er dein Freund«, sagte sie in einem aufreizend sachlichen Ton.

»Als ob du wüsstest, was dieses Wort bedeutet«, schnaufte er. »Ganz abgesehen davon, dass es dich einen Scheiß angeht, wie ich meinen Job erledige.«

»Du meine Güte, beruhige dich.« Sie klang, als verstünde sie wirklich nicht, warum er sauer auf sie war. Wobei »sauer« es nicht einmal annähernd traf. »Ich versuche nur, dir einen Gefallen zu tun. Mir ist klar, wie viel für dich auf dem Spiel steht. Würdest du deine dämliche Heimlichtuerei aufgeben, könnten wir alle an einem Strang ziehen.«

»Was zur Hölle willst du damit sagen?« Er ließ die malträtierte Handfläche auf die Schreibtischplatte niedersausen.

»Ich bitte dich. Denkst du wirklich, ich hätte nicht mitgekriegt, dass du einen Informanten auf der ›Beluga‹ hast? Abgesehen davon ist es ein Dauerbrenner im Flurfunk, wie dich diese Fishtown-Geschichte wurmt. Man muss kein Mathegenie sein, um hier eins und eins zusammenzuzählen.«

»Moment, versuchst du etwa gerade, mich zu erpressen?«

»Unsinn, warum sollte ich das tun?«

»Keine Ahnung, sag du es mir.«

»Kann es sein, dass du langsam paranoid wirst?«

Hansen holte tief Luft und zählte im Geiste bis drei. »Warum verrätst du mir nicht endlich, was du willst?«, sagte er gerade laut genug, dass sie ihn verstehen konnte.

»Aber das tue ich doch die ganze Zeit.« Langsam klang sie ein wenig beleidigt. »Ich versuche, dir zu helfen.«

Schweigend wartete Hansen darauf, dass sie fortfuhr.

»Du hast Angst, dass Anton deinen Alleingang dieses Mal nicht so einfach hinnehmen wird, richtig?«

Er blieb ihr die Antwort schuldig.

»Nur mal angenommen, er hätte vor, dich vor der Obrigkeit anzuprangern. Wäre es dann nicht gut, einige Argumente in petto zu haben, um ihn davon abzuhalten?«

»Rede weiter.« Schon jetzt war ihm klar, dass Dorothea nicht vorhatte, ihm ein Angebot aus Nächstenliebe zu unterbreiten. Dennoch konnte es von Vorteil für ihn sein, ihr wenigstens zuzuhören.

»Was weißt du über Antons Beziehung zu einer gewissen Lisa Holtkamp?« Das Zögern in ihrer Stimme war zu winzig, um ihr ernsthafte Gewissensbisse zu unterstellen.

»Nichts«, antwortete Hansen wahrheitsgemäß. »Er hat sie das eine oder andere Mal erwähnt. Allerdings nur, wenn wir beide betrunken waren. Wie kommst du darauf?«

»Ich habe Unterlagen bei ihm gefunden, die beweisen, dass sie etwas Schreckliches getan hat. Anders ausgedrückt: Hauptkommissar Anton Hayen deckt ein Verbrechen. Könnte dir diese Information vielleicht nützlich sein?«

# 14

*Die Scheibenwischer arbeiteten auf Hochtouren, während er die schwere Limousine mit neunzig Stundenkilometern über die nächtliche Landstraße steuerte. Von ihrer Position auf dem Beifahrersitz aus konnte Lisa genau beobachten, wie das Blut hinter seinen Schläfen pulsierte. Robert war wütend. Wieder einmal. Der Grund dafür war unerheblich. Fest stand nur, dass Lisa keine Chance hatte. Sobald die Haustür hinter ihr ins Schloss fiele, würde die Hölle über sie hereinbrechen.*

*Das Schlimmste an der Sache war, dass ihre Wunden gerade erst zu heilen begannen. Nur eine Woche zuvor war Robert zuletzt ausgerastet. Davor hatte er sich fast zwei Monate zusammengerissen. Doch in letzter Zeit lagen seine Nerven ziemlich blank. Sicher, es gab Stress in der Firma. Ein wichtiger Kunde war abgesprungen. Die Unternehmensberatung Gerlach & Diers hatte Roberts Programmierleistungen seit zwei Jahrzehnten bezogen. Die drei Geschäftsführer hatten sich regelmäßig im Golfclub getroffen und waren gemeinsam ins Fußballstadion gegangen. Bis Karsten Diers und Jan Gerlach von einem Tag auf den anderen beschlossen hatten, zu einem billigeren Anbieter zu wechseln. Robert fühlte sich von seinen Freunden betrogen. Und da er zu schlau war, um mit zwei Männern seines Kalibers eine Schlägerei anzufangen, schluckte er seine Wut herunter, bis er nach Hause kam. Dort war ihm jeder Grund gut genug, um hemmungslos auf seine Ehefrau einzudreschen. Entweder hatte sie keine Zeit gefunden, das Abendessen selbst zu kochen, weil im Buchladen eine Lesung stattgefunden hatte. Oder sein Laptop lag nicht auf seinem Schreibtisch im heimischen Arbeitszimmer (sondern im Büro, wie sich am nächsten Tag herausstellen sollte). Letzte Woche hatte er einen tiefen Kratzer im Lack seines heiß geliebten Wagens entdeckt (an einem Tag, an dem Lisa nicht einmal die Garage betreten hatte). Jeder ihrer Versuche, die Angelegenheit friedlich zu klären, war grundsätzlich im*

*Ansatz gescheitert. Er hatte sie nicht einmal zu Wort kommen lassen, bevor er ihr einen Schlag in die Nieren versetzte und sie mit voller Wucht gegen die Wand schleuderte.*

*Heute also war wieder so ein Tag. Bislang war es nur gut gegangen, weil sie bei einem seiner Golfkumpel zu einer Landhausparty eingeladen worden waren. Robert hatte seine außerordentlich hübsche Frau als Accessoire benötigt, um dem festgeschriebenen Klischee in besagten Kreisen gerecht zu werden. Dummerweise war Lisa an der Bar mit einem fetten Typen zusammengestoßen; der Rotwein aus ihrem Glas hatte sich großflächig auf dem Designerkleid seiner Frau (oder war es seine Tochter?) verteilt und es vermutlich ruiniert. Seither hatten sich Roberts blaue Augen in ein toxisches Tintenfass verwandelt.*

*Noch trennten sie etwa zehn Kilometer Landstraße von der Stadtgrenze. Nur selten kam ihnen ein anderer Wagen entgegen. Lisas Chance, ihrem Schicksal zu entfliehen, schmolz mit jedem Meter, den sie zurücklegten. Gerade rauschten sie an einem Schild vorbei, das vor starkem Wildwechsel warnte. Wie auf Kommando blitzten am Straßenrand die Augen eines Rehs im Scheinwerferlicht auf. Doch es zögerte, seinen Weg fortzusetzen. Stattdessen schien es Lisa direkt in die Augen zu blicken. Tu es! Tu es jetzt!*

*Lisa wusste nicht, woher die Stimme in ihrem Kopf kam. Sicher war nur, dass sie handeln musste. Jetzt. Sofort.*

*Ohne jede Vorwarnung griff sie ins Lenkrad und riss es zu sich herum.*

*»Bist du wahnsinnig!«, schrie Robert. Niemals zuvor hatte sie gehört, dass sich seine Stimme überschlug. Es klang wie Musik in ihren Ohren.*

*Instinktiv trat er das Bremspedal durch. Gleichzeitig versuchte er, die Kontrolle über den Wagen zurückzuerlangen, indem er seine Hand auf die ihre legte, mit voller Kraft zudrückte und das Steuer in die Gegenrichtung riss. Ein oder zwei ihrer Fingerknochen brachen. Aber es nützte ihm nichts mehr. Die Limousine schleuderte geradewegs auf die uralte Eiche zu, die am Straßenrand wachte.*

*Der Aufprall war entsetzlich. Die Welt um sie herum versank in einem düsteren Strudel.*

*Doch es konnten nur wenige Sekunden verstrichen sein, als Lisa wieder zu sich kam. Durch die zersplitterte Frontscheibe erkannte sie weißen Qualm, der unter der ziehharmonikaförmig gefalteten Motorhaube emporstieg. Widersinnigerweise funktionierte noch einer der Scheinwerfer. Sein fahles Licht fiel direkt auf einen blutigen Tierkörper, der neben dem Baumstamm lag. Offenbar war dem Reh die Entscheidung, am Straßenrand zu verharren, letztlich zum Verhängnis geworden.*

*All diese Wahrnehmungen schossen in Sekundenbruchteilen durch ihr Gehirn. Erst ein leises Stöhnen direkt neben ihr versetzte sie in Alarmbereitschaft. Robert war verletzt, offensichtlich schwer. Aber er atmete.*

*Erst jetzt realisierte sie, dass keiner der beiden Airbags ausgelöst worden war. Durch den Kampf hatte Robert nicht aufrecht im Fahrersitz gesessen. Der Gurt musste ihm von der Schulter gerutscht sein. Wie es aussah, war Robert mit dem Kopf gegen das Seitenfenster oder das Wagendach gekracht. Jetzt hing er mit schlaffem Oberkörper über dem, was vom Lenkrad übrig geblieben war. Unterhalb der Rippen war er von undefinierbaren Teilen eingequetscht, die sich beim Zusammenstoß vom Motor- in den Innenraum geschoben hatten.*

*Lisa versuchte nicht einmal, ihren eigenen Schmerz einem Körperteil zuzuordnen. Da die gebrochenen Finger ihre linke Hand unbrauchbar machten, drehte sie ihre geprellten Schultern weit genug, um mit der rechten Hand den Gurt aus der Halterung zu reißen. Endlich! Jetzt konnte sie zumindest ihren minimalen Bewegungsspielraum ausloten. Allem Anschein nach war es ihr instinktiv geglückt, die Beifahrerseite einige entscheidende Zentimeter aus dem schlimmsten Gefahrenbereich zu lenken. Vielleicht hatte ihr Schutzengel auch einfach nur beschlossen, dass sie es verdiente, noch ein bisschen weiterzuleben. Was jedoch nur Sinn ergab, wenn Robert starb. Hier und jetzt.*

*Mit fast übermenschlicher Anstrengung gelang es ihr, ihn aufzurichten, sodass sie ihm ins Gesicht sehen konnte. Auf seiner*

*Stirn klaffte eine faustgroße Wunde, unter der weißer Schädelknochen hervorschimmerte. Aus so gut wie jedem Quadratzentimeter Haut sickerte Blut. Die Glasscherben der Frontscheibe hatten ganze Arbeit geleistet. Nun ja, fast jedenfalls. Denn jetzt verzogen sich seine Lippen zu einem grotesken Lächeln.*

*»Netter Versuch«, flüsterte er erschreckend deutlich. »Aber du hast versagt. Ich lebe noch.«*

*»Nein, tust du nicht«, hörte sie sich sagen.*

*In der Hand hielt sie eine Scherbe in Form eines Faustkeils. Mit voller Wucht rammte sie ihm die Spitze in den Hals. Ohne jegliche Emotion lauschte sie seinem Röcheln, bis es endgültig erstarb. Dann, endlich, schloss sie die Augen.*

*Das Erste, was sie danach wahrnahm, waren die Blaulichter der Rettungskräfte. Gerade brach einer der Männer die Beifahrertür auf, um sie aus dem zerstörten Wagen zu befreien. Dankbar blickte sie zu ihm auf. Und erstarrte.*

*»Hallo, Schatz«, sagte er mit einem blutigen Grinsen.*

Die Luft in ihren Lungen fühlte sich an wie eine zähe Masse, zu träge, um sie aus eigener Kraft wieder auszustoßen. Der Schrei, der tief in ihrem Innern tobte, schaffte es als bloßes Keuchen aus ihrem Mund. Um sie herum herrschte absolute Finsternis. Unmittelbar neben sich hörte sie ein leises Stöhnen. Etwas bewegte sich, streckte seine Hand nach ihr aus. Ihr Puls überschlug sich.

»Liest du mir etwas vor?«, murmelte das unheimliche Etwas neben ihr.

Endlich begriff Lisa, wo sie sich befand. Der Leuchtturm, die enge Koje, Leon, der sich neben ihr in eine bequemere Position wühlte. Wie hatte sie es bloß fertiggebracht, auch nur für eine Sekunde einzunicken?

»Habe ich dich geweckt?«, fragte sie leise und strich Leon über den Rücken.

Doch die Antwort blieb aus. Sein gleichmäßiger Atem verriet, dass er bereits wieder tief und fest schlief. Lisa selbst wagte es nicht einmal, die Augen zu schließen. Die grauenhaften Bilder lauerten unmittelbar hinter ihren Lidern, bereit, sie aufs Neue zurückzukatapultieren. Zurück in die schlimmste Nacht ihres Lebens.

Was sie durchlebt hatte, war kein bloßer Alptraum gewesen. Es waren Erinnerungen, die ihr Gedächtnis glasklar und präzise abgespeichert hatte, um sie bis ans Ende ihres Lebens heimzusuchen. Was um alles in der Welt hatte sie nur verleitet zu glauben, sie könne sich von diesem Monster befreien? Robert würde seine Ehefrau niemals gehen lassen. Manchmal, in sehr seltenen Momenten, glaubte sie noch immer, dass es einen Weg geben musste, ihn zu bezwingen. Aber wie sollte sie jemanden töten, den sie schon einmal umgebracht hatte?

Noch immer trommelte ihr Herz gegen die Rippen, dass es schmerzte. Zum ersten Mal vermisste sie die unscheinbaren weißen Pillen, die Professor Feldmann ihr verschrieben hatte. Sie hatten ihr Gehirn stets in einen watteähnlichen Nebel gehüllt, der sich wie ein Weichzeichner über die schrecklichen Bilder legte und den Wahnsinn zu einem surrealen Schwarz-Weiß-Film verblassen ließ. Wie leichtsinnig von ihr, die Dinger einfach in der Toilette hinunterzuspülen.

*Wenn es wieder passieren sollte, dann sprich mit mir. Weck mich einfach, zu jeder Uhrzeit. Ich bin immer für dich da, ohne Ausnahme.*

Moritz' Stimme drang aus einem fernen Winkel ihres Gedächtnisses an die Oberfläche. In den letzten sechsunddreißig Stunden hatte er hinlänglich bewiesen, dass er sich um Lisas Wohl sorgte. Mochten die Gründe dafür auch nicht ganz uneigennützig sein, es gab niemanden sonst, auf den sie zählen konnte. Vermutlich wäre er ihr sogar dankbar, wenn sie seine Hilfe annahm. Nachdem ihn der Streit mit seiner Ehefrau hinlänglich zermürbt haben dürfte, durchwachte er sicherlich nur zu gern den Rest der Nacht gemeinsam mit Lisa und frisch gebrühtem Kaffee am Küchentisch. Vor allem jedoch musste sie um jeden Preis vermeiden, allein zu sein. Es war schon viel zu lange gut gegangen. Robert konnte in nahezu jedem Schatten lauern.

*Nur bitte: Raste nicht noch einmal aus. Reiß dich zusammen. Versprich es mir. Um deinetwillen.*

Gott sei Dank müsste sie lediglich über die schmale Leiter auf den Fußboden klettern, anschließend trennte sie kaum eine Schrittlänge von Moritz' Koje.

Durch das Fenster fiel der fahle Schimmer einer fast wolkenlosen Nacht in die Schlafkammer. Für einen winzigen Moment glitt ihr Blick hinaus auf die unruhige See, in der das glitzernde Sternenlicht unbarmherzig versank. Abrupt riss sich Lisa von dem hypnotischen Anblick los. Rasch nahm sie eine der Taschenlampen vom Wandhaken. Der bescheidene Lichtkegel reichte bestenfalls, um nicht über die umherliegenden Reisetaschen zu stolpern, die achtlos mitten im Durchgang lagen. Es wirkte, als hätten Moritz und Karla im Halbschlaf nach bequemem Nachtzeug gesucht. Oder in einem reichlich angetrunkenen Zustand. Lisa sandte ein Stoßgebet gen Himmel, Option eins möge das Konvolut an Stolperfallen erklären. Das Problem an der Sache war nur, dass Karla ihren Ordnungssinn nicht einmal auf der Flucht vor einer Naturkatastrophe ausschalten konnte. So, wie es hier aussah, war sie bereits in der Küche eingeschlafen, sodass Moritz seine Frau bis in ihre Koje hatte tragen müssen. Es sei denn –

Innerhalb eines Atemzuges zog ein Eisschauer über ihren gesamten Körper hinweg, ließ sich auf ihrer Haut nieder und machte sich von dort aus auf den Weg durch das Fleisch bis in die Knochen.

*Nur bitte: Raste nicht noch einmal aus. Um deinetwillen.*

Mit einer einzigen Bewegung stand sie vor Moritz' Koje und riss die Vorhänge beiseite. Sein Schlafsack lag zerknüllt am Fußende. Von Moritz keine Spur.

*Ganz ruhig. Denk nach. Denk einfach nur nach! Höchstwahrscheinlich nutzt er bloß die Einsamkeit der Nacht, um auf der Galerie in Ruhe Kette zu rauchen! Na klar, wo sollte er auch sonst stecken?*

Was für Lisa jedoch bedeutete, dass sie einen verdammt langen Weg vor sich hatte.

Sie zupfte die Jeans zurecht, in der sie eingeschlafen war. Dann zog sie die grobe Strickjacke, die sie seit gestern Morgen über dem T-Shirt trug, enger um die Schultern. Doch die Kälte weigerte sich hartnäckig, aus ihrem Körper zu weichen.

Hastig griff sie nach ihrer Reisetasche, die unter den anderen begraben lag. Einige Wäschestücke quollen durch den halb geöffneten Reißverschluss. Vermutlich hatte Moritz versehentlich in ihren Sachen gestöbert, bevor er bemerkte, dass es sich nicht um Karlas Gepäck handelte. Lisa zwang die Irritation darüber beiseite. Rasch zerrte sie ein Halstuch und ihre Windjacke hervor. Doch noch während sie sich das Tuch umwickelte, blitzte etwas Metallisches zwischen ihren Klamotten auf.

*Nein. Ausgeschlossen. Vollkommen unmöglich!*

Ihre klammen Finger umschlossen das handliche, eckige Teil und zogen es unter einem zerknüllten T-Shirt hervor. Fassungslos starrte Lisa auf das Smartphone. Das Display wies zahlreiche Kratzer auf, das Gehäuse bestand aus silberfarbenem Aluminium und wirkte vergleichsweise klobig. Ohne jeden Zweifel hielt sie Moritz' Telefon in der Hand. Nur wie um alles in der Welt war das Ding in ihre Tasche gelangt?

Der Bruchteil einer Sekunde eröffnete ihr eine Antwort, die sie endgültig in die Welt der Geisteskrankheit katapultierte. Konnte es tatsächlich möglich sein, dass sie es selbst eingesteckt hatte? Lisa umklammerte das Gerät, so fest es mit kalten Fingern ging, starrte so intensiv auf das rabenschwarze Display, als müsse die Erinnerung an ihre Tat augenblicklich dort in Großbuchstaben erscheinen. Doch alles blieb dunkel. Nein, sie hatte es nicht getan. Was sollte sie auch mit diesem Smartphone anfangen? Sie kannte ja nicht einmal Moritz' PIN. Probehalber tippte sie auf dem Gerät herum, um es zum Leben zu erwecken. Doch es verharrte im Tiefschlaf. Soweit sie es beurteilen konnte, waren die Akkus restlos ausgelaugt. Jemand hatte es intensiv benutzt, bevor er es Lisa untergejubelt hatte. Also wer zum Teufel – *Karla. Was für ein hinterhältiges Miststück!*

Sie musste Moritz finden, ihn davon überzeugen, dass hier ein ganz mieses Spiel im Gange war. Dass sie seine Hilfe weitaus nötiger brauchte, als ihm bislang bewusst war. Auf der Stelle!

Kurz entschlossen ließ sie das Handy in ihre Gesäßtasche

gleiten. Dann zog sie ihre derben Schnürboots an und schlüpfte in ihre Jacke, um zumindest gegen den Seewind gewappnet zu sein, der unermüdlich um die Turmspitze fegte. Ein letztes Mal hielt sie inne und lauschte. Leise Schnarchgeräusche drangen aus der Koje, die sich direkt neben Moritz' Bett befand. Karla schlief ihren Rausch aus, was immerhin verhinderte, dass sie Lisas Rumoren im Raum mitbekam. Schließlich richtete sie die Taschenlampe auf den Durchgang zum Treppenhaus. Ein letztes Durchatmen, dann stieg sie die ausgetretenen Holzstufen hinauf. Unmittelbar vor dem Zugang zur Küche dimmte sie ihre Lampe mit der Hand, konzentrierte sich abermals auf die Geräusche der Umgebung. Nichts deutete darauf hin, dass sich jemand über ein Mitternachtspicknick hermachte. Mit einem Schritt stand sie in der Küche. Falls Robert hier auf sie lauerte, war es zu spät. Doch nichts geschah. Lisa huschte zur Spüle, zog wahllos ein Messer aus dem Abtropfkorb und ließ es in ihren Ärmel gleiten. Derart gewappnet wagte sie den restlichen Aufstieg.

Niemand hielt sie auf. Als sie das Laternenhaus ohne Zwischenfälle erreichte, spürte Lisa leise Zweifel an die Tür ihres Verstandes klopfen. Womöglich spukte Robert doch nur in ihrem kranken Hirn herum. Vielleicht stellte sich in der nächsten Minute heraus, dass es bei dem ganzen Spiel um etwas völlig anderes ging. Auch wenn sie nicht den Hauch einer Idee hatte, worum es sich dabei handeln mochte.

Sie stemmte sich gegen die schwere Außentür, die unter mächtigem Quietschen der Kraftanstrengung nachgab. Sofort schlug ihr eine heftige Böe entgegen, die ihr Tränen in die Augen trieb. Lisa blinzelte sie hektisch fort.

Im Zwielicht der klaren Nacht sah sie seine Silhouette sofort. Moritz lehnte mit den Unterarmen auf der Reling. Die Zigarette in seiner Hand glomm wie vergessen im stetigen Wind. Er hatte den Kragen seiner Fleecejacke bis zu den Ohren hochgeklappt, vermutlich der Grund, warum er sie nicht kommen hörte.

»Ich hoffe, ich störe dich nicht«, sagte sie gerade laut genug, um den Wind zu übertönen.

Statt zu antworten, zog er an seiner Zigarette, bevor er die Kippe achtlos ins Meer schnippte.

»Wenn du lieber allein sein willst, musst du es nur sagen, dann gehe ich wieder. Ich hatte nur einen bösen Traum, und ich sollte dich wecken, wenn ich ... Aber es geht schon wieder. Die frische Luft hat mir gutgetan, also –«

Warum zum Teufel begriff sie es erst jetzt? Die athletischen Schultern, das dunkle Haar, das klassisch geschnittene Kinn, die hohe Stirn. Es war nicht Moritz, der dort an der Reling stand. Der Schock lähmte ihre Atemwege. Kein Schrei kam über ihre geöffneten Lippen. Ihre Instinkte kreischten nach Flucht. Doch ihre Muskeln verweigerten den Befehl.

»So sehen wir uns also wieder«, sagte er.

Mit aufreizender Langsamkeit drehte er sich zu ihr um, so als wisse er genau, dass sie in der Falle saß. Im selben Moment glitt eine Wolke vor die dünne Mondsichel und beschattete sein Gesicht. Doch mehr Gewissheit brauchte Lisa nicht. Das Küchenmesser glitt aus ihrem Ärmel, bis sie den hölzernen Griff in der Handfläche spürte. Sie richtete die blanke Klinge auf ihn.

»Du bist wirklich süß, weißt du das?« Der Hohn in seiner Stimme drang ihr bis ins Knochenmark.

Die Panik pumpte so viel Adrenalin in ihren Kreislauf, dass das Blut in ihren Ohren rauschte, die Umgebung vor ihren Augen zu flimmern begann. Ihre Hand zitterte erbärmlich. Die Waffe war vollkommen nutzlos.

»Besser, du gibst mir das Messer, bevor du dich noch selbst damit verletzt.« Betont lässig schritt er auf sie zu.

Endlich drang der unterdrückte Schrei aus ihrer Kehle, schwand die Lähmung aus ihren Gliedmaßen. Sie hörte noch das Messer scheppernd zu Boden fallen. Dann drehte sie sich um und rannte.

Falls er sie verfolgte, ließ er sich Zeit. Sie hörte keine Schritte, keinen keuchenden Atem hinter sich, spürte keine Hand, die sich in ihr Haar krallte, um sie mit Gewalt zu stoppen. Doch wozu sollte er sich auch beeilen? Er wusste nur allzu gut, dass ihr Fluchtweg spätestens im Lagerraum endete. Dort säße sie in der Falle, dort könnte er in aller Ruhe über sie herfallen. Es sei denn, sie stürzte sich ins Meer, bevor Robert sie einholte.

Als käme er aus einer anderen Dimension, blitzte ein spektakulärer Gedanke durch ihren Kopf. Vielleicht musste sie doch nicht sterben, um dem Horror ein Ende zu bereiten, jedenfalls nicht sofort. Die Chance war verschwindend gering, die Idee absoluter Wahnsinn. Doch was spielte das schon für eine Rolle, wenn man nichts mehr zu verlieren hatte?

Sie schaffte es irgendwie, nicht Hals über Kopf die vielen gewundenen Stufen hinabzustürzen, durchquerte den Dienstraum, stolperte durch die Küche, sprang über die Taschen, die den Gang im Schlafraum versperrten. Auf der Treppe zum Lagerraum verharrte sie gerade lange genug, um den altertümlichen Drehschalter zu betätigen. Fast erschrak sie, als die beiden Wandlampen trist aufglommen.

Der unscheinbare weiße Koffer befand sich genau dort, wo sie ihn in Erinnerung gehabt hatte. Lisa hastete die letzten Eisenstufen hinunter, schaffte schlitternd einen Neunzig-Grad-Winkel und stoppte ihren Sprint mit beiden Handflächen auf der glatten, metallischen Oberfläche. Ihren galoppierenden Atem ignorierend, konzentrierte sie sich auf die schematische Skizze, die zwecks Bedienungsanleitung auf den Deckel geklebt war. Demnach musste man lediglich die Reißleine lösen, bevor man die gesamte Kiste ins Meer warf. Die Rettungsinsel würde sich bei Wasserkontakt von selbst aufblasen; die Leine diente weiterhin dazu, sie am vorzeitigen Abdriften zu hindern. Es war also ganz einfach. Wenn man Herr seiner Sinne und klaren Verstandes war.

*Also reiß dich gefälligst zusammen. Nur für den Fall, dass du noch eine Weile überleben willst!*

Sie wuchtete die Kiste aus ihrer Nische und zog sie bis direkt vor die Außentür. Dann spürte sie, wie ein neuer Schauer der Verzweiflung nach ihr griff.

Der mächtige Riegel, der den Ausstieg sturmsicher geschlossen hielt, war übersät mit Rostflecken, die sich durch mehrere Farbschichten fraßen. Dasselbe galt für den Hebel, mit dem man den Schließmechanismus bediente. Sie umfasste den Griff mit beiden Händen und zog.

Er bewegte sich einige Millimeter fast geräuschlos. Doch gerade als neue Hoffnung in ihr aufkeimte, klemmte er. Das Metall schnitt schmerzhaft in ihre Haut, als sie kräftiger zog. Ohne Erfolg. Tränen der Verzweiflung schossen ihr in die Augen. Sie schwitzte, sodass ihre Handflächen langsam feucht und glitschig wurden.

*Scheiße, Scheiße, Scheiße!*

Lisa war sich nicht sicher, ob sie die Worte laut herausgeschrien hatte. Was jedoch kaum noch einen Unterschied machte. Inzwischen dürften Moritz und Karla von all dem Lärm, den sie veranstaltete, hinlänglich alarmiert sein. Auf gar keinen Fall durfte sie riskieren, dass die beiden sie an ihrer Flucht hinderten.

Urplötzlich überwand der widerspenstige Riegel sein Hindernis. Mit einem grauenvollen Kreischen glitt er zurück. Dann ging alles ganz schnell. Mit einem gewaltigen Schwung riss sie den Hebel in die Höhe. Im selben Moment spürte sie, wie kalte Seeluft durch den Türspalt zog. Mit einem Ruck riss sie die Luke komplett auf – und starrte in die Tiefe. Die Turmleiter verlor sich in der schwarzen Flut, die den Sockel überspülte. Wellen brachen zornig an der Stahlwand. Die zwei mächtigen Dalben hoben sich wie stumme Wächter vom nächtlichen Dunkel ab.

Ein Poltern hinter ihrem Rücken vereitelte jede weitere, vernünftige Überlegung.

»Bist du wahnsinnig?«, hörte sie Moritz' Stimme, die sich vor Panik überschlug. »Weg von der Tür!«

*Nicht umdrehen, nicht antworten – flieh!*

Mit einem gewaltigen Ruck zerrte Lisa die Rettungsinsel durch die Öffnung und ließ sie ins Meer fallen, die Reißleine fest in der rechten Hand. Der Koffer klatschte auf das Wasser. Einen fatalen Atemzug lang passierte gar nichts. Das weiße Plastik tanzte in einem hektischen Rhythmus auf den Wellen, als wäre es einfach nur entsetzt über die ungebührliche Behandlung. Endlich ging ein Zucken durch den Kokon. Wie ein schlüpfendes Insekt befreite sich das orangerote Floß und nahm langsam Gestalt an.

»Verflucht noch mal, Lisa!« Irgendetwas zupfte an ihrer Windjacke, heißer Atem streifte ihre Wange.

Sie riss sich los und wirbelte herum. Natürlich war es der Sache nicht gerade zuträglich, ausgerechnet Moritz' flehenden Blick zu erhaschen. Doch sie konnte die Leiter nur mit dem Gesicht zum Turm hinabsteigen. Und sie musste sich beeilen. So schnell es möglich war, ohne ein Abrutschen von den Sprossen zu riskieren, machte sie sich an den Abstieg. In dem Moment, als der Lagerraum aus ihrem Sichtfeld zu verschwinden begann, bemerkte sie Karlas Gesicht neben der Schulter ihres Mannes. Ihre Lippen bewegten sich. Doch Lisa konnte die Worte nicht mehr verstehen. Sie hörte nur noch das Rauschen des Meeres, das sie zu sich rief.

Zu ihren Füßen wartete das schwankende Floß. Jetzt musste es ihr nur noch gelingen, hineinzukriechen. Doch so weit kam sie nicht. Eine Männerhand umfasste ihr Handgelenk wie eine Schraubzwinge und zerrte sie aufwärts. Wider Willen hob sie ihren Kopf in den Nacken. Jetzt erkannte sie Moritz, der flach auf dem Bauch lag, während er mit den Armen nach ihr angelte. Sein Antlitz glich vor Anstrengung der Fratze eines mittelalterlichen Wasserspeiers. Lisa versuchte, sich von ihm zu befreien. Im selben Moment erfasste eine heftige Windböe ihre Jacke und blähte sie zu einer Art Segel auf. Mit jedem Atemzug kostete es sie mehr Kraft, sich überhaupt auf den Sprossen zu halten. Sollten Moritz' Muskeln genau jetzt versagen, sodass seine Hand von ihrem Handgelenk abrutschte, würde sie in die Tiefe stürzen. Womöglich landete sie noch auf dem dünnen Zeltdach der Rettungsinsel, zumindest im ersten Moment. Doch dieses könnte ihrem Gewicht kaum standhalten. Sie musste sich darauf gefasst machen, dass es einknicken und den Ballast abwerfen würde wie ein junges Pferd einen unerfahrenen Reiter. Lisa hatte wenig Hoffnung, dass sie es vom kalten Wasser aus ins Innere der Insel schaffen würde.

Noch einmal konzentrierte sie sich auf den gefangenen Arm, die gezerrten Muskeln und die schneidende Hitze, die von ihnen ausging. Dann wurde ihr schmerzlich bewusst, dass sie verloren hatte. Moritz brächte sich lieber selbst um, als tatenlos dabei zuzusehen, wie sie sich einer Todesgefahr auslieferte. Wenn sie nicht auf der Stelle nachgab, risse sie ihn mit sich ins Verderben.

Lisa versuchte, ihm etwas zuzurufen, ihm zu signalisieren, dass sie ihren Widerstand aufgab. Doch ihre Stimme versagte kläglich. Gerade als sie mit der freien Hand aufwärts griff, rutschte das Handy, das sie längst vergessen hatte, aus der Gesäßtasche ihrer Jeans. Drei Augenpaare beobachteten, wie der kleine, silbrig schimmernde Gegenstand fiel und kurz darauf in den düsteren Fluten für immer versank.

Mit dem Fuß tastete Lisa nach der nächsthöheren Sprosse. Sofort ließ der Zug auf ihr Schultergelenk nach.

»Alles wird gut! Du schaffst das!«, feuerte Moritz sie an. Auch wenn es jetzt deutlich verhaltener klang.

Sie blickte ihm entgegen. In seiner Miene lieferten sich bittere Enttäuschung und verzweifelte Zuneigung einen Kampf. Trotzdem beugte er sich jetzt auf äußerst halsbrecherische Weise vor und bekam sie am Oberarm zu fassen. Oder zumindest versuchte er es. Sicher war nur, dass sich Lisa nicht dagegen wehrte, sondern unbeirrt die nächste Sprosse in Angriff nahm. Bis sie realisierte, dass Moritz plötzlich selbst um sein Gleichgewicht rang. Fassungsloses Entsetzen spiegelte sich in seinen Augen, die auf groteske Weise aus seinem Gesicht quollen.

Im selben Moment kippte sein Oberkörper über die Schwelle. Er stieß einen grauenhaft unartikulierten Schrei aus. Und fiel. Sein Blick streifte ihre Augen. Dann kam der Ruck, der wie ein Feuerstrahl durch ihren gesamten Körper fuhr. Mit der Verzweiflung eines Todgeweihten versuchte er, sich im Fallen an Lisa festzuhalten. Doch sein eigenes Gewicht, der glatte Stoff ihrer Windjacke, eine peitschende Windböe sorgten dafür, dass seine Hand abglitt. Gerade rechtzeitig, bevor er Lisa mit sich in die Tiefe reißen konnte. Für eine Zeitspanne, die ihr wie eine Ewigkeit erschien, tat sie nichts anderes, als für ihr eigenes

Überleben zu sorgen, indem sie sich an den eiskalten Sprossen festklammerte. Deshalb bemerkte sie nicht sofort, dass die Rettungsinsel verschwunden war. Die Leine war ihren entkräfteten Fingern entglitten. Das verfluchte Ding hatte seinen Weg an den Dalben vorbei auf das offene Meer gefunden. Es gab nichts mehr, das Moritz' Sturz hätte bremsen können. Nicht einmal das Wasser selbst. Mit voller Wucht krachte er auf den stählernen Turmsockel. Eine Welle ergriff seinen leblosen Körper und zog ihn hinaus in die offene Nordsee.

Ein unfassbares Nichts umhüllte jegliche Wahrnehmung.

Lisa hatte keine Ahnung, wie lange sie auf die Stelle gestarrt hatte, auf die Moritz gekracht war. Ebenso wenig vermochte sie zu benennen, welcher Impuls ihr Bewusstsein wieder scharf schaltete. Jetzt bemerkte sie, dass ihre Arm- und Beinmuskeln unkontrolliert zu zittern begannen. Sie würde keine weitere Minute in dieser verkrampften Stellung durchhalten. Doch vielleicht war das ja gar nicht nötig.

Noch immer konnte sie all das beenden – ihre grausame Schuld, die sie bis in alle Ewigkeit an Moritz' Tod trug, die Horrorvisionen von ihrem verfluchten Ehemann, ihr gesamtes verpfuschtes Leben. Das Meer unter ihr rauschte beharrlich, raunte ihr sein Lied von Ruhe und Frieden entgegen, rief sie zu sich. Bis der furchtbare Aufprall von Moritz' Schädel auf Stahl in ihrem Gedächtnis widerhallte. Das pure Entsetzen ließ sie die Leitersprossen fester umklammern. Mit letzter Kraft rettete sie sich ins Innere des Leuchtturms. Dort sank sie mit erschlaffenden Gliedern auf den Fußboden wie eine Marionette, deren Fäden mit scharfer Klinge durchtrennt worden waren. Dabei berührte ihre Stirn etwas Weiches. Das geschmeidige Leder von teuren Sportschuhen.

Bewegungslos starrte ihre Schwägerin auf sie herab.

»Es ist ganz allein deine Schuld«, sagte Karla mit vollkommen fremder Stimme. »Ich dachte immer, du wärst einfach nur verrückt. Aber das ist es nicht. Du bist eine gottverdammte Mörderin.«

# 15

Die Lichter der havarierten Frachter spiegelten sich matt in der nächtlichen See. Auf der »Rungholt« verzichtete man weitgehend auf Beleuchtung, die nach außen sichtbar war, um eine bestmögliche Sicht auf die anderen Schiffe zu haben. Allerdings war dort draußen seit Stunden nichts passiert, was dazu taugte, die Müdigkeit der Polizisten zu vertreiben.

Anton saß allein im Steuerstand und parierte intuitiv die Strömungen, die am Kiel des Bootes zerrten. Ohne dass er etwas dagegen tun konnte, wanderte sein Blick immer wieder nordwärts, zu einem Punkt, der selbst bei Tageslicht kaum mit bloßem Auge erkennbar wäre. Dabei müsste er nur den Gashebel nach vorn schieben, um in knapp zwanzig Minuten dort zu sein, am Leuchtturm Roter Sand. In früheren Zeiten hätte dessen Leuchtfeuer bis zur Position der »Rungholt« geschienen, um die Dampfschiffe vor der gefährlichen Untiefe zu warnen. Dass er als Seezeichen ausgedient hatte, war für Anton ohne Belang. In seinem Gedächtnis würde der Leuchtturm auf ewig mit Lisa verbunden sein.

Wie Dorothea vermutet hatte, sammelte er die historischen Ansichtskarten, um sie Lisa zu schicken. Zumindest war es bis vor knapp zwei Jahren so gewesen. Doch seit sie nicht mehr in ihrer kleinen Buchhandlung in Blankenese arbeitete, gab es keine Adresse, die er hätte angeben können. Er wusste nicht einmal, ob der Laden noch existierte. Vermutlich hatte man die Räumlichkeiten in Bestlage sehr bald nach dem folgenschweren Unfall anderweitig vermietet. Dafür war nicht einmal Lisas persönliche Unterschrift notwendig gewesen, denn dort, wo sie sich aufhielt, galt so ziemlich niemand als geschäftsfähig. Was sie in jener verhängnisvollen Nacht auf der Landstraße getan hatte, hatte sie endgültig aus der Bahn geworfen. Vom Krankenhaus war sie ohne Umwege in diese Feldmann-Klinik eingewiesen worden. Anton hatte versucht, sie dort zu besuchen, war jedoch bereits im Foyer abgefangen worden.

»Frau Holtkamp darf noch keinen Besuch empfangen, es würde sie viel zu sehr aufregen. Sie muss ihre psychischen Blockaden aus eigener Kraft durchbrechen, wenn sie ihre Angstzustände überwinden will«, erklärte ihm das Drachenweib mit Doktortitel wieder und wieder.

»Wovor fürchtet sie sich denn jetzt noch?« *Jetzt, da ihr prügelnder Dreckskerl von Ehemann endlich tot unter der Erde lag.*

»Sie hat Angst, ihr Mann könnte wieder auftauchen, um sich an ihr zu rächen. Frau Holtkamp gibt sich die Schuld an seinem Tod.«

»Ist das nicht meistens so, wenn eine Person den Unfall überlebt, bei dem der Partner gestorben ist?«

»Schon. Nur sieht Frau Holtkamp ihn hinter jeder Ecke. Verstehen Sie? Sie glaubt, ihn *leibhaftig zu sehen*. Wir mussten sie bereits mehrfach ruhigstellen, damit sie niemandem gefährlich wird. Vor einigen Tagen hat sie unseren Klinikleiter mit einem Messer bedroht. Professor Feldmann hat ungefähr Ihre Statur. Verstehen Sie, was ich meine?« Die Ärztin nahm Augenmaß an Antons muskulöser Brust.

»Nein, um ehrlich zu sein, verstehe ich überhaupt nichts. Der Typ war ein gewalttätiges Arschloch. Lisa konnte nicht einmal seiner Beerdigung beiwohnen. Es ist doch kein Wunder, dass ihr die Sache nicht geheuer ist.«

»Wie bitte? Wer hat Ihnen denn das Märchen erzählt?« Die Ärztin betrachtete ihn nun mit einer Mischung aus Argwohn und medizinischem Interesse. »Ich habe lange Gespräche mit der Schwägerin von Frau Holtkamp geführt. Sie hat die Ehe als überaus glücklich beschrieben. Ihr verstorbener Bruder hat sich auf geradezu rührende Weise um seine Frau gesorgt. Frau Holtkamp war schon vorher psychisch labil, was es einem Partner nicht gerade leicht macht.«

»Auf rührende Weise?« Anton schnappte fassungslos nach Luft. »Haben Sie sich schon einmal gefragt, woher Lisa all die Verletzungen hat? Ich meine die, die eindeutig nicht vom Autounfall stammen.«

»Wie es aussieht, hat sie sich diese selbst zugefügt.« In das Lächeln der Ärztin mischte sich ein Hauch von Mitleid. »Wie gesagt, sie war ziemlich labil.«

»Wollen Sie etwa behaupten, Lisa hätte sich mit voller Absicht die Treppe hinuntergestürzt, um sich die Knochen zu brechen? Mehrmals? Das ist doch kompletter Schwachsinn!«

Die Ärztin zuckte nur unverbindlich mit den Schultern. »Was auch immer ihr fehlt, wir werden es herausfinden. Mit Hilfe von qualifizierten Therapeuten und viel Geduld. Sehr viel Geduld.« Ihr Blick heftete sich auf Anton, um ihm zu verdeutlichen, dass sein Ungestüm reines Gift für Lisa war.

»Ich schlage vor, Sie gehen jetzt«, sagte sie nach einigen Sekunden eisigen Schweigens. »Und bitte, kommen Sie nicht wieder. Wenn Frau Holtkamp so weit ist, wird sie es Ihnen bestimmt persönlich mitteilen. Bis dahin …« Sie holte zu einer unmissverständlichen Geste aus.

Anton quittierte diesen Rauswurf mit einem Zischen, das weit unterhalb der menschlichen Evolutionsstufe lag.

Von diesem Tag an bestand seine schwierigste Übung darin, mit sich selbst zu leben. Mehr als einmal verspürte er den Impuls, die unterkühlte Schnepfe im weißen Kittel anzurufen, um ihr klarzumachen, dass alles ganz allein seine Schuld war. Was auch immer Lisa getan hatte, er hatte sie dazu getrieben, sei es aus Verzweiflung, Liebe oder Eifersucht. Immer und immer wieder hatte Anton sie bekniet, ihren Ehemann zu verlassen. »Jede Methode ist dazu recht, solange du es nur endlich tust. Er ist der Teufel persönlich, soll er doch zur Hölle fahren!« An diese Worte erinnerte er sich nur allzu gut. Es waren seine letzten gewesen, bevor sie ihm die Ladentür vor der Nase zugeknallt hatte. Drei Tage später war der Artikel über den vermeintlichen Wildunfall in der Tageszeitung erschienen. *Es war verdammt noch mal alles seine Schuld!*

Nach seinem gescheiterten ersten Versuch hatte er noch weitere unternommen, zu Lisa vorzudringen, doch jedes Mal ohne Erfolg.

Dass an der Geschichte vom fürsorglichen Ehemann, die die

Ärztin ihm aufgetischt hatte, etwas dran sein könnte, war ihm nie in den Sinn gekommen.

»Hey, alles klar bei dir?«, riss Dorothea ihn aus seinen Gedanken. Gerade trat sie vom Außendeck ins Steuerhaus und rieb sich die Hände.

Anton setzte sich so hektisch gerade auf, dass ihm der Laptop um ein Haar vom Schoß auf den Fußboden rutschte. Er hatte vollkommen vergessen, womit er beschäftigt gewesen war, bevor ihn die Erinnerungen heimgesucht hatten. Jetzt klappte er das Display herunter und versuchte, eine möglichst gelangweilte Miene aufzusetzen.

»Klar, alles bestens, wie man sieht.« Er wies auf die ruhige, dunkle See, die den Havaristen zumindest keine zusätzlichen Schwierigkeiten bereitete.

Der Frachter, den es am schlimmsten getroffen hatte, war am späten Abend ohne Zwischenfälle nach Bremerhaven geschleppt worden. Morgen Vormittag, bei auflaufendem Wasser, würde man sich den zweiten vornehmen. Anton rechnete nicht damit, dass die »Beluga« vor Sonntagabend an der Reihe war.

»Gibt es hier noch irgendwo heißen Kaffee?«, fragte Dorothea. »Langsam wird es da draußen reichlich frisch.«

Anton angelte nach der Thermoskanne, die zu seinen Füßen stand. Dem Gewicht nach zu urteilen, war sie ziemlich leer.

»Wie wäre es, wenn du welchen aufsetzt? Wo du schon einmal hier bist«, forderte er sie auf. »Glücklicherweise rechnet niemand damit, dass in den nächsten zehn Minuten da draußen die Post abgeht.«

»Tomasz hat mich für ein Weilchen abgelöst«, parierte sie die angedeutete Rüge. »Er meinte, er kann sowieso nicht schlafen. Jede Wette, dass er sich gerade die zweite Zigarette anzündet.«

»Hm.« Tomasz war ausgebildeter Polizist, wie alle anderen Mitglieder der Besatzung. Somit bestand kein Grund, ihn zurückzupfeifen.

»Ehrlich gesagt werde ich froh sein, wenn ich dieses Monstrum nicht mehr aus der Nähe sehen muss.« Sie blickte auf die

»Beluga«, deren behäbige Ruhe irgendwie trügerisch wirkte. »Ich weiß, es klingt bescheuert. Aber das Schiff ist mir unheimlich.«

»Ich weiß, was du meinst«, entgegnete er. »Schätze, es ist diese Gigantomanie, die uns langsam, aber sicher um den Verstand bringt.«

»Nein, da ist noch mehr. Ich bin zwar noch nicht daraufgekommen, aber Hand aufs Herz: Glaubst du wirklich an die Geschichte, die uns der Lotse und der Offizier aufgetischt haben?«, fragte sie.

»Was die Manöver anbelangt, schon«, entgegnete er. »Du hast selbst gesehen, wie krank der Kapitän ist. Ich meine, was würdest du tun, wenn ich während der Fahrt einfach zusammenklappen und zuckend auf dem Boden liegen würde?«

»Lass mich kurz überlegen«, sagte sie, »wie wäre es damit, Hilfe zu rufen? Die ›Beluga‹ fährt mit zwölf Mann Besatzung, richtig? Das ist nicht viel, aber genug, damit der Erste Offizier auf seinem Posten bleiben kann.«

Anton ließ seinen Blick wieder in die Nacht hinaus nach Norden schweifen. Natürlich hatte Dorothea vollkommen recht mit dem, was sie sagte. Dennoch handelte jeder Mensch in Krisensituationen zuweilen irrational. Zwar wollte er nicht in der Haut des Offiziers oder des Lotsen stecken, doch das Schiffsunglück als solches machte ihm die geringsten Sorgen.

»Okay, dann gehe ich mal Kaffee kochen«, sagte Dorothea in einem Ton, der klarstellte, was sie von seinem Schweigen hielt.

Sobald sie auf der schmalen Stiege zum Unterdeck verschwand, klappte Anton den Laptop wieder auf. Auf dem Display erschien einer von gefühlt hundert Reiseberichten, die Benno Frey in den letzten Jahren verfasst hatte. Einige waren in der Online-Version von der Verlagsredaktion gekürzt worden, um sich das Geschäft mit den Printmedien nicht ganz zu verderben. Doch Antons Interesse an den Artikeln selbst war eher nebensächlich. Vielmehr benötigte er Hinweise, die zum Auffinden des Journalisten taugten. Zwar tauchte nirgends der

Name eines Partners auf, den Anton hätte googeln können. Doch die meisten Publikationen aus jüngerer Zeit waren in Magazinen erschienen, die alle zur selben Verlagsgruppe gehörten. Das jeweilige Impressum nannte pflichtschuldig eine redaktionsverantwortliche Person, bei der es sich in sechs von zehn Fällen um dieselbe Frau handelte.

»Und? Irgendeine Spur zu unserem vermissten Passagier?«, fragte Dorothea, mit dem Kopf auf den Laptop deutend, als sie zurück auf die Brücke kam.

»Nein, nichts«, entgegnete er. »Frey hat sich weder auf seinem Blog noch auf seiner Facebook-Seite gemeldet. Ich bin drauf und dran, Hansen aus dem Bett zu klingeln, damit er eine offizielle Fahndung veranlasst.«

»Falls du einen Rat willst, dann warte damit bis Sonnenaufgang«, entgegnete sie lakonisch. »Hier, vielleicht hilft das ja.« Sie hielt ihm einen Pott mit einem schwarzen Gebräu entgegen, das irgendwie angebrannt roch.

Anton nahm ihr den Becher ab und lehnte sich im Sessel zurück. Am meisten ärgerte es ihn, dass er diesen Journalisten keinem Szenario seiner Polizistenlaufbahn zuordnen konnte. Wieder und wieder hatte er sich Freys Profilfotos im Netz angeschaut. Sie zeigten ein schmales Gesicht mit großen nebelgrauen Augen, zerzausten dunkelblonden Haaren und einem obligatorischen Dreitagebart. Auf der rechten Seite trug er einen kleinen goldenen Ohrring, der gekonnt unauffällig unter dem dichten Haar hervorlugte. Der Typ verstand es ohne jeden Zweifel, sich für seine Reisefans in Szene zu setzen. Antons Problem bestand jedoch nach wie vor darin, dass ihm dieser Bilderbuch-Naturbursche absolut unbekannt war. Allmählich begann er zu glauben, dass er sich von Anfang an geirrt hatte, was diesen Namen betraf.

»Okay, dann gehe ich mal wieder, bevor Tommy noch während meiner Wache an Lungenkrebs stirbt«, sagte Dorothea, als hätte sie sich ein wenig mehr Information erhofft. Mit einem letzten prüfenden Blick auf den Laptop verließ sie das Steuerhaus.

Sobald Anton allein war, stellte er den Kaffeebecher ab und googelte nach der Redakteurin, die mehrfach im Zusammenhang mit Freys Artikeln auftauchte. Er fand ihre Kontaktdaten nach nur wenigen Klicks. Die kleine Uhr am rechten oberen Bildschirmrand zeigte ein Uhr dreiundvierzig. Keine guten Voraussetzungen, um neue Freundschaften zu schließen. Allerdings handelte es sich bei der angegebenen Telefonnummer ziemlich sicher um einen Büroanschluss. Falls jemand eine Rufumleitung auf eine Privatnummer aktiviert haben sollte, hielt diese Person generell nicht viel vom Schlafen.

Kurz entschlossen zog Anton sein Smartphone aus der Tasche und wählte. Fast erschrak er, als am anderen Ende bereits nach dem dritten Rufzeichen abgenommen wurde.

»New Planet Magazin, Teona Westphal«, meldete sich eine tiefe, leicht rauchige, aber eindeutig weibliche Stimme.

»Wasserschutzpolizei Cuxhaven, Hauptkommissar Hayen«, sagte Anton. »Ich weiß, es ist mitten in der Nacht, aber ich benötige dringend Informationen zu einem Vermisstenfall. Vielleicht können Sie mir helfen.« Das war zwar im polizeilichen Sinne nicht korrekt, da niemand Frey offiziell als vermisst gemeldet hatte, doch Anton brauchte einen wirkungsvollen Aufhänger für dieses Gespräch. Manchmal heiligte der Zweck bekanntlich die Mittel.

»Woher weiß ich, dass Sie der sind, für den Sie sich ausgeben?«, fragte sie ernst.

Immerhin hatte sie nicht gleich wieder aufgelegt. Außerdem schwang in ihrer berechtigten Frage ein Hauch von Anspannung mit. Fast so, als überrasche sie dieser Anruf nicht so sehr, wie er es eigentlich sollte.

»Sie können sich auf dem Vierten Revier nach mir erkundigen. Dort wird man Ihnen bestätigen, dass ich mich zurzeit im Einsatz auf See befinde. Die Nummer ist –«

»Okay, ich glaube Ihnen. Fürs Erste. Verraten Sie mir, um wen es sich handelt?«

Noch nie im Leben hatte Anton eine derart sexy Stimme gehört. Unwillkürlich stellte er sich eine langbeinige, wohlproportionierte Rothaarige vor, die sich gerade im Drehstuhl zurücklehnte, die nackten Füße auf den Schreibtisch legte und die Lesebrille ins Haar schob.

»Hallo? Sind Sie noch dran?«

»Ja, natürlich. Bitte entschuldigen Sie.« Himmel noch mal, wenn das hier etwas bringen sollte, musste er sich konzentrieren. »Sagt Ihnen der Name Benno Frey etwas?«

Jetzt wurde am anderen Ende geschwiegen. Schließlich sagte die sexy Stimme: »Er schreibt regelmäßig für unser Magazin. Aber das wissen Sie längst, habe ich recht?«

»Wann hatten Sie das letzte Mal Kontakt zu ihm?«

»Das ist eine Weile her. Er ist auf einem Frachtschiff nach Südamerika unterwegs. Aber auch das dürfte Ihnen nicht neu sein. Wasserschutzpolizei, sagten Sie?« Teona Westphal stieß hörbar Luft aus. »Also, was ist passiert?«

Anton schilderte ihr die Fakten, soweit sie ihm bekannt waren. »Es liegt mir fern, wilde Spekulationen anzustellen«, sagte er, »trotzdem sieht es ganz danach aus, als wäre auf diesem Schiff nicht alles korrekt gelaufen. Deshalb möchte ich gern ausschließen, dass Herrn Frey etwas zugestoßen sein könnte. Wenn Sie also eine Idee haben, wo er sich zurzeit aufhält oder wie wir ihn erreichen können, wäre das … einfach phantastisch.«

»Ich fürchte, da muss ich Sie enttäuschen«, entgegnete die Redakteurin rasch. »Das heißt …« Sie schwieg erneut, als wöge sie ihre nächsten Worte gründlich ab.

»Sie kennen sich persönlich, stimmt's?«, probierte er einen Schuss ins Blaue. Vielleicht hatte er damit seine einzige Chance auf Informationen vergeigt, andererseits würde sie ihm ohnehin nur helfen, wenn sie sich einen persönlichen Nutzen davon versprach.

»Sie müssen diese Frage nicht beantworten«, versuchte er, die Situation zu retten. »Mir würde es vollkommen reichen, zu wissen, dass Herr Frey wohlauf ist.«

Er hörte Teona Westphal mehrmals tief ein- und ausatmen. »Möglicherweise könnte ich etwas herausfinden, das Ihnen weiterhilft. Aber ich kann es nicht versprechen«, sagte sie schließlich.

»Wenn Sie es einfach nur versuchen würden, wäre das großartig. Meine Dienststelle ist momentan chronisch unterbesetzt.«

»Ich werde sehen, was ich tun kann. Gute Nacht.« Ohne eine Antwort abzuwarten, beendete sie das Telefonat.

# 16

Es stimmte also. Anton Hayen stellte Nachforschungen an, ohne ihn auch nur mit einer Silbe darüber in Kenntnis zu setzen. Dabei war Hansen viel mehr als nur ein ehemaliger Kamerad zur See und langjähriger Vertrauter. Als Leiter der Wasserschutzpolizei trug er die Verantwortung für den gesamten beschissenen Einsatz. Anders ausgedrückt: Hansen war Hayens Vorgesetzter und durfte einen lückenlosen Bericht über sämtliche Vorkommnisse erwarten, die mit den Havaristen in Verbindung standen.

Natürlich wäre es ihm lieber gewesen, er hätte die Bestätigung auf anderem Wege erhalten. Je länger er über dieses seltsame Telefonat mit Dorothea grübelte, desto stärker vermutete er, dass sie ganz eigene Beweggründe hegte, wenn sie Anton Hayen mit derartigen Anschuldigungen verunglimpfte. Doch darüber würde er sich später Gedanken machen.

Denn Dorothea hatte, wenn auch beiläufig, noch etwas ganz anderes erwähnt: den Flurfunk. Demnach grassierten also jede Menge Gerüchte über ihn und den verpatzten Einsatz im Bremerhavener Containerterminal vor gut einem Jahr. Dabei war allen Beteiligten damals von oberster Ebene absolutes Stillschweigen auferlegt worden. Ein lächerlicher Preis für die Vertuschung des peinlichen Auftritts der Soko Fishtown, der Hansen vorgestanden hatte. Normalerweise hätten damals Köpfe rollen müssen, mindestens sein eigener. Da jedoch keine der beteiligten Behörden an schlechter Presse und internen Ermittlungen interessiert war, hatte man ihn, Hansen, mittels Beförderung von seinem damaligen Posten entfernt, und Hauptkommissar Hayen war unverhofft in die Position des Bootsführers aufgerückt. Nicht einmal für Anton hätte die Sache also besser ausgehen können. Nur war er der Einzige, der damals dabei gewesen war und sich nach wie vor in der Fischhalle V tummelte. Also wer, wenn nicht Hayen, konnte genügend Bemerkungen in Umlauf gebracht haben, um die Gerüchteküche in Schwung zu bringen? Bloß: zu welchem Zweck?

Zunächst hatten diese Überlegungen für Hansen keinen Sinn ergeben, bis es ihm wie Schuppen von den Augen gefallen war. Sollte er durch einen erneuten Fauxpas aus dem Amt fliegen und Anton sich gleichzeitig ordentlich profilieren, könnte sein alter Kamerad schon bald in diesem Büro mit Blick auf die Elbmündung sitzen. Zu allem Überfluss hatte Hansen ihm für diese Offensive höchstpersönlich die Munition geliefert, indem er Anton vertrauensselig zur »Beluga« geschickt hatte.

Wie die Dinge standen, war Hauptkommissar Christian Hansen unangefochtener Favorit im Rennen um die häufigsten Fehlentscheidungen einer einzigen Polizeikarriere.

Das Beste, was ihm jetzt noch passieren könnte, wäre das Auftauchen des Journalisten als Wasserleiche. Schon nach wenigen Tagen im Sog der Gezeitenströmungen dürfte es äußerst schwierig werden, eine exakte Todesursache festzustellen. Vermutlich würde man ohne großes Getöse davon ausgehen, dass er beim Zusammenstoß der Schiffe aufgrund puren Leichtsinns über Bord gegangen war. Kein Wort über Kokainschmuggel, keine Verbindungen zur Wasserschutzpolizei, nur ein Haufen Papierkram und mächtig Ärger für die Reederei. Akte geschlossen. Hayen könnte sich seine Recherchen in den Allerwertesten schieben, da niemand Interesse hätte, der Sache weiter nachzugehen.

Das Problem war nur, dass es sich um reine Glückssache handelte, die Leiche eines in der Nordsee Verschollenen zu finden. Die meisten Körper wurden von den Strömungen so lange umhergetrieben, bis sie sich in ihre Bestandteile auflösten. Die sterblichen Überreste fügten sich ohne Umwege über Krematorien oder hölzerne Särge wieder in den Kreislauf der Natur ein. Statt eines Grabsteins blieb den Angehörigen nur der Blick auf das Meer, um in Ruhe zu trauern.

Es war also besser, er befolgte Dorotheas Rat und stellte sich auf den Worst Case ein. Aber was zum Teufel sollte er mit den Informationen anfangen, die sie ihm über Antons kleines Geheimnis geliefert hatte?

Soweit er verstanden hatte, gab es keine laufenden Ermittlungen, die Anton in irgendeiner Weise blockierte. Okay, er musste sich die Polizeiberichte auf nicht ganz koscherem Wege besorgt haben, aber das war nichts, was Hansen sonderlich empörte. Zudem ging es darin um einen tragischen, aber nicht ungewöhnlichen Autounfall aufgrund von Wildwechsel und Aquaplaning. Letzteres erklärte das Fehlen von Bremsspuren auf dem Asphalt. Das tote Reh hatte man am Straßenrand gefunden. Als rätselhaft war lediglich die riesige Glasscherbe im Hals des Fahrers dokumentiert. Die blutigen Hände seiner Frau schrieb man dem Versuch zu, die Scherbe herauszuziehen. Vermutlich war sie ohnmächtig geworden, bevor es ihr gelingen konnte. Allerdings hätte sie ohnehin nichts tun können, um sein Leben zu retten. Der Notarztbericht beschrieb die Beifahrerin als vollkommen verstört. Immer wieder hatte sie gefragt, ob ihr Mann wirklich tot sei, bevor man ihr ein Beruhigungsmittel verabreichte.

Hansen griff zur Wasserflasche und hielt sie sich an die erhitzte Stirn. Da es ihm kaum Kühlung verschaffte, knallte er sie zurück auf den Tisch, ging zum Fenster und riss es sperrangelweit auf. Um aus all dem einen Mord abzuleiten, den diese Lisa, wie Anton sie nannte, an ihrem Ehemann begangen haben sollte, bedurfte es schon einiger Phantasie. Selbst wenn, was sollte er Anton unterstellen? Dass er seine Nase wie immer viel zu tief in Angelegenheiten steckte, die ihn nichts angingen?

»Was du mit diesen Informationen anfängst, ist ganz allein deine Sache«, hatte Dorothea gesagt. »Sicher ist nur, dass dein Kumpel von dieser Lisa geradezu besessen ist. Er hat in diesem Ordner ihr halbes Leben dokumentiert. Falls du eine Wunde suchst, in die du ein wenig Salz streuen kannst, dann ist es diese Frau.«

Von See her wehte ihm eine frische Brise ins Gesicht, doch auch die reichte nicht, um sein malträtiertes Gehirn auf Touren zu bringen. Der einzige Gedanke, den er immer wieder im Vorbeiflug erwischte, drehte sich um Dorothea. Fast schien es, als hegte sie ein ureigenes Interesse daran, Anton von dieser Lisa zu entzweien.

Verdammt, war sie etwa eifersüchtig?

# 17

Der erste Schimmer der Morgendämmerung lugte zögernd über den Horizont, der am Ende der Welt mit der See verschmolz. Anton schwenkte die Thermoskanne und schüttete den kläglichen Rest des kaffeeähnlichen Gebräus in seinen Becher. Während er daran nippte, hörte er Schritte auf der Treppe, die vom Zwischendeck herauf ins Steuerhaus führte. Kurz darauf erschien Dorothea. Den nassen Haaren nach zu urteilen, hatte sie geduscht. Insgesamt wirkte sie jedoch alles andere als erfrischt.

»Hast du denn überhaupt nicht geschlafen?«, fragte sie, als sie in den verwaisten Steuersitz neben ihm sank.

»Nein«, entgegnete er knapp.

»Irgendwelche Neuigkeiten?« Sie nahm ihm den Becher aus der Hand, kippte das lauwarme Zeugs hinunter und verzog angewidert das Gesicht. »Gott im Himmel, was ist das?«

»Ich tippe auf Maschinenöl mit Frostschutzmittel«, antwortete er. »Wenn du es genauer wissen möchtest, solltest du vielleicht Tommy fragen. Wo ihr euch doch jetzt so gut versteht.« Sofort ärgerte er sich über diese bescheuerte Bemerkung. Der Schlafmangel hinterließ seine Spuren, ob es ihm passte oder nicht.

Glücklicherweise ging Dorothea mit einem leichten Zucken der Augenbrauen über seine Bemerkung hinweg.

»Irgendetwas Neues von Benno Frey?«, fragte sie.

»Nein.« Nicht, bevor sich Teona Westphal mit handfesten Informationen zurückmeldete. Falls sie es überhaupt tat. Schließlich hatte er sie lediglich um einen Gefallen gebeten. Wenn sie so clever war, wie er vermutete, war ihr durchaus klar, dass bislang keine offizielle Akte in dieser Angelegenheit existierte.

»Vielleicht sollten wir diesen Typen einfach nicht so wichtig nehmen«, sagte Dorothea unvermittelt. »Wir werden mit der ›Beluga‹-Sache noch genug zu tun bekommen.«

Womit sie zweifellos recht hatte. Doch bevor Anton etwas entgegnen konnte, begann sein Smartphone zu summen. Er wechselte einen plötzlich hellwachen Blick mit Dorothea. Dann griff er so hektisch nach dem Gerät, dass es ihm beinahe aus der Hand fiel. Als er endlich die Nummer auf dem Display erkannte, seufzte er tief und sank in seinem Sessel zurück. Es war nicht Frey, sondern Fritz Fischer.

»Moin, moin«, sagte Anton. Weiter kam er nicht.

»Bist du auf der ›Rungholt‹?« Fritz konnte das Küstenboot als kleines Symbol auf seinem AIS sehen. In seiner Stimme schwang eine seltsame Mischung aus Hoffnung und Furcht.

»Ja. Was ist los bei dir?« Anton zog gar nicht erst in Erwägung, es könnte sich um fünf Uhr morgens um eine private Angelegenheit handeln. Kerzengerade aufgerichtet suchte er auf dem Monitor nach der »Rieke«, Fritz' altem Fischkutter. Er fand ihn nur wenige Seemeilen entfernt, ganz in der Nähe der Nordergründe, dem im Bau befindlichen Offshore-Windpark.

»In meinem Netz hat sich ein Toter verfangen«, antwortete Fritz. »Was soll ich jetzt machen?«

»Warte einfach auf uns«, sagte Anton, noch während er die Bandbreite von Fritz' Aussage zu erfassen versuchte. »Wir sind in zwanzig Minuten da.« Er legte auf und weckte die Schiffsmotoren aus ihrem Schlaf.

»Es gibt eine Leiche«, klärte er Dorothea auf. »Ich spreche später mit der Leitstelle.«

»Solltest du das nicht als Erstes tun?« Sie musste sich an der Sessellehne festhalten, da die »Rungholt« bereits Fahrt aufgenommen hatte.

»Nein, heute nicht«, versetzte er in einem Ton, der keinen Widerspruch duldete.

Ganz bestimmt würde er nicht riskieren, per Dienstanweisung zurückgepfiffen zu werden, nur damit Hauptkommissar Christian Hansen seine Autorität unter Beweis stellen konnte. Fritz Fischer war einer der wenigen Menschen, die Anton als Freund bezeichnete. Und er hatte nicht vor, den gutmütigen alten Mann in dieser furchtbaren Situation im Stich zu lassen.

Als die »Rieke« in Sichtweite kam, griff Anton zum Funkgerät. »Moin, Fritz, alles klar bei dir?«

»Nein, kann man nicht behaupten.«

»Wir kommen jetzt längsseits. Könnte ein kleines Rodeo werden.«

»Das schafft ihr schon«, entgegnete Fritz. »Sonst muss ich meinen Beifang leider zurück ins Meer werfen.«

Anton ließ das Küstenboot beidrehen. Mit gebotener Vorsicht brachte er die »Rungholt« so dicht wie möglich an den deutlich kleineren Fischkutter heran.

»Wir müssen die Fender ausbringen«, rief er Gero zu, »sonst schlagen wir noch ein Leck in den Holzkahn.« Auch wenn Letzteres nicht ganz ernst gemeint war, trügen die Boote üble Blessuren davon, falls die Bordwände aneinanderkrachten.

»Übernimm du das Ruder«, forderte er Hauke im Befehlston auf.

»Weiß der Chef eigentlich, was wir hier tun?« Hauke verschränkte die Arme vor der Brust und machte keine Anstalten, sich auch nur einen Zentimeter vom Fleck zu rühren.

»Ernsthaft? Das ist deine einzige Sorge?«, fuhr Anton ihn an. »Falls du solche Sehnsucht nach unserem Chef hast, dann rufe ihn doch persönlich an!«

»Ja, vielleicht mach ich das«, brummte Hauke. Er nahm Antons Platz im Steuerstand ein, ohne ihn eines Blickes zu würdigen.

Was sollte das werden? Müsste er als Vorgesetzter künftig jede seiner Entscheidungen mit seinen Kollegen diskutieren? Es war dringend an der Zeit, sich Respekt zu verschaffen, bevor ihm der Kragen in einer besonders ungünstigen Situation platzte.

Mit einem Schnaufen stieg Anton auf das Außendeck und wappnete sich, so gut es ging. Fritz' Kutter befand sich jetzt in Rufweite. Die Ausleger ruhten senkrecht, die Schleppnetze hingen schlaff und triefend herab. Der alte Fischer war im Ruderhaus damit beschäftigt, das Boot bestmöglich auf Position zu halten. Sein Sohn, ein gut aussehender, stämmiger Bursche mit wettergegerbtem Gesicht, stand wie angewachsen an Deck, bereit, das Manöver der Polizisten nach Kräften zu unterstützen.

»Moin, moin«, rief Anton ihm entgegen. »Björn Fischer, richtig? Es ist leider zu gefährlich, unseren Kran zu benutzen. Wir müssen euren Passagier sozusagen mit eigenen Händen zu uns rüberholen. Denkst du, wir schaffen das?«

»Habe ich denn eine Wahl?«, rief Björn zurück.

»Nein. Es sei denn, ihr bringt ihn selbst an Land.«

»Vergiss es!« Sein breiter Rücken verschwand für einen Moment, als er sich bückte, um etwas ziemlich Schweres über die Planken zu ziehen.

Die »Rungholt« lag jetzt Seite an Seite mit der »Rieke«, getrennt nur durch die orangeroten Fender, die für einen etwa dreißig Zentimeter breiten Spalt zwischen den schwankenden Schiffsrümpfen sorgten.

Mit zusammengezogenen Brauen beobachtete Anton, wie Björn das widerspenstige Paket an der Bordwand aufstellte. Sein Vater und er hatten den Toten in eine Plastikplane gewickelt und mit alten Schiffsleinen verschnürt. Doch so routiniert sich der Fischer auch auf den Beinen hielt, drohte der leblose Körper bei jeder neuen Welle zurück gegen die Krabbenkessel geschleudert zu werden.

Anton lehnte sich mit beiden Beinen so gegen die Reling, dass sie ihm einen sicheren Widerstand bot. Dann lehnte er sich mit dem Oberkörper so weit wie möglich zu dem Kutter hinüber und griff in eines der Seile, die den Toten umschlossen. Gero tat es ihm gleich, musste jedoch warten, bis die Leiche ein Stück weit über der Spalte hing. Dorothea stand bereit, mit anzupacken, sobald die Männer ihre Last nahe genug herangezogen hatten.

Schon schwebte das Kopfende über dem Deck der »Rungholt«, als eine wütende Welle das Polizeiboot in die Höhe trieb.

»Scheiße!«, schrien hektische Stimmen im Chor.

Gero und Björn taumelten rückwärts, verloren den Griff. Allein Antons Muskelkraft verhinderte, dass die Leiche ins Meer fiel. Die Sehnen in seinen Armen und Schultern schienen vor Schmerz zu glühen. Ein Finger nach dem anderen rutschte von den nassen Seilen ab. Anton stieß einen unartikulierten Fluch aus, als seine Kräfte schwanden. In buchstäblich letzter Sekunde packte neben ihm ein weiteres Paar Hände zu. Mit einem flüchtigen Seitenblick erkannte er Tomasz, der das sperrige Paket vor dem sicheren Versinken bewahrte. Endlich gelang es Hauke, die »Rungholt« wieder auf Tuchfühlung mit dem Kutter zu bringen. Sofort waren Gero und Dorothea zur Stelle. Mit vereinten Kräften zogen sie den Leichnam bis zu dessen Hüfte zu sich herüber. Dieses Mal kam ihnen ein Wellental zu Hilfe. Das Boot senkte sich abwärts. Diesen Schwung ausnutzend, beförderten sie den Toten mit einer letzten Kraftanstrengung gänzlich an Deck. Gero fiel auf den Hosenboden. Anton geriet bedenklich ins Schwanken. Allein Dorotheas Geistesgegenwart bewahrte ihn davor, kopfüber ins Wasser zu stürzten. Schweißgebadet sanken alle vier nach Atem ringend zu Boden.

Die beiden Boote drifteten nun mehrere Meter auseinander. Anton raffte sich auf, ging ins Steuerhaus und klopfte Hauke auf die Schulter. Dann nahm er das Funkgerät, um dem alten Fischer und dessen Sohn zu danken.

»Wir sehen uns im Hafen«, sagte er zum Abschied. »Ich nehme eine doppelte Portion Krabben mit Speck und Rührei.«

»Worauf du dich verlassen kannst!«

Mit gemischten Gefühlen blickte Anton dem Kutter nach, der hinter dem Küstenboot zurückblieb.

»Was machen wir mit unserem Passagier?«, fragte Gero.

»Wir sehen ihn uns an«, antwortete Anton.

Wieder an Deck zog er ein Taschenmesser hervor. Langsam kniete er sich neben den Leichnam. Noch einmal holte er Luft, dann durchtrennte er die Seile und zog die Plastikplane auf.

Beim ersten Anblick wich er reflexartig zurück. Das Gesicht des Toten war verschwunden. An dessen Stelle prangte eine fleischige, vom Salzwasser ausgewaschene Wunde.

»Um Gottes willen!« Gero, der ihm über die Schulter gesehen hatte, gab einen würgenden Laut von sich.

»Ist der Typ in ein Zombie-Massaker geraten?« Dorothea gab sich betont cool, doch die Röte auf ihren Wangen war einem kalkweißen Farbton gewichen.

»Die Rollen der Schleppnetze«, sagte Anton. »Wie es aussieht, haben sie ihn ein ganzes Stück mitgeschleift, bevor Fritz die Maschinen stoppen konnte.«

»Vielleicht hat er eine Brieftasche bei sich, irgendetwas, worauf sein Name steht«, sagte Gero.

»Ja, am besten siehst du gleich nach«, schlug Anton vor.

Seinem jungen Kollegen entgleiste die Miene zu einer Maske des Entsetzens. Seine Hand zitterte bedenklich, als er sie zögernd ausstreckte.

»Schon gut, ich mache es selbst«, sagte Anton eher ungeduldig als mitleidig und machte sich an die Arbeit.

Die Kleidung des Toten war völlig zerfetzt. Trotzdem tastete er den Stoff sorgfältig ab. Ohne Erfolg.

»Dürfte eine Weile dauern, ihn zu identifizieren«, stellte er resignierend fest.

Dorothea kam einen Schritt näher und hockte sich neben ihn. »Denkst du, er ist es?«

Eine Frage, die Anton seit Fritz' Anruf in Beschlag nahm. Zunächst war er so gut wie sicher gewesen, dass sich das Rätsel um Benno Frey soeben löste, zumindest was dessen Aufenthaltsort anbelangte. Doch je länger er auf das entstellte Antlitz starrte, desto beharrlicher fraßen sich die Zweifel in ihm fest.

»Nichts für ungut, aber langsam finde ich es bedenklich, wie intensiv du mit unserem Zombie flirtest.« Dorothea gab sich keine Mühe, den leicht angewiderten Unterton zu unterdrücken. »Uns allen wäre deutlich wohler, wenn wir sein Gesicht wieder bedecken könnten.«

»Nein«, sagte Anton.

»Was zum Teufel stimmt nicht mit dir?«, schnappte sie.

»Ich denke nicht, dass der Mann hier Benno Frey ist.«

»Und du bist dir dessen so sicher, weil?«

»Der Ohrring fehlt.«

»Was?«

»Auf jedem Foto, das ich von Frey gesehen habe, trägt er einen kleinen goldenen Ring im rechten Ohr. Die Ohren unseres Toten sind so gut wie unversehrt. Sie sind nicht einmal durchstochen.«

»Das ist jetzt nicht dein Ernst, oder? Man kann Ohrschmuck tragen, ohne sich Löcher schießen zu lassen. Vielleicht war dieser Frey so ein Weichei. Dann hat er das Ding im Wasser verloren.«

»Wir können uns die Fotos gern noch einmal zusammen anschauen«, sagte Anton. »Aber vorher checkst du bitte, ob an der Küste kürzlich ein Urlauber als vermisst gemeldet wurde.«

Sie erweckte den Anschein, als wollte sie protestieren, schluckte ihren Kommentar jedoch hinunter.

»Ganz wie du meinst«, sagte sie nur.

»Zuallererst solltest du Merle informieren, dass wir mit einem Leichnam zurückkommen. Sie soll in Erfahrung bringen, was mit ihm geschehen soll.«

»Aye, aye, Captain«, sagte sie, drehte sich um und ging.

»Und was machen wir bis dahin mit ihm?«, fragte Gero. Dabei vermied er es geflissentlich, den Toten anzuschauen.

»Wir schnallen ihn auf eine Bahre und bringen ihn in eine der Kammern«, entschied Anton, obwohl die engen Winkel und Treppen auf dem Boot die Sache ziemlich umständlich machten. Doch bei dem herrschenden Seegang konnten sie ihn unmöglich an Deck liegen lassen. Ebenso wenig wollte er ihn auf der Brücke wissen. Ein Toter als Steuermann war ihm unheimlich. Kein Seemann sollte das Unheil so leichtfertig heraufbeschwören.

# 18

Lisa stand in dem ehemaligen Dienstraum und starrte auf den altmodischen Telefonapparat, der an die Wand montiert war. Wie Hardy ihr bereits auf der Überfahrt erklärt hatte, konnte man darüber lediglich drei Anschlüsse erreichen: die Reederei in Bremerhaven, die Wasserschutzpolizei in Cuxhaven und die Seenotrettung. Auf dem Gehäuse klebte ein per Hand geschriebener Zettel, der über die Belegung der Kurzwahltasten informierte. Wie ferngesteuert nahm Lisa den Hörer ab und lauschte auf ein Freizeichen. Vergeblich. Eher wahllos drückte sie die Zwei. Verzweifelt wartete sie auf irgendetwas, das für die Funktionstüchtigkeit des Telefons sprach. Nichts. Unsinnigerweise tippte sie einige Male auf die Gabel und versuchte es erneut, ohne Erfolg. Anschließend probierte sie nacheinander die übrigen Tasten. Zwecklos.

»Du versuchst es schon die ganze Nacht«, sagte Karla. »Wann kapierst du endlich, dass das sinnlos ist? Das Ding ist kaputt!« Ihre dunkelblauen Augen glichen einem Gebirgssee, abgrundtief und eiskalt.

»Gestern war es aber noch intakt. Als du versucht hast, jemanden im Reedereibüro zu erreichen.« *Oder etwa nicht?* Lisa hatte mit Moritz und Leon zusammen auf der Galerie gewartet. Keiner von ihnen war auf die Idee gekommen, Karla in den Dienstraum zu folgen. Oder zu testen, ob dieses scheiß Telefon überhaupt jemals funktioniert hatte.

»Was spielt das für eine Rolle? Fakt ist, dass wir hier festsitzen, bis dieser Hardy mit seinem Seelenverkäufer von allein auftaucht. Und das alles nur, weil du dämliche Kuh unsere Handys vernichtet hast!«

»Hab ich nicht.« Ein Satz, der Lisa nur noch flüsternd über die Lippen kam. Nach dem wohl millionsten Mal klebten ihr die Worte am Gaumen wie zäher Hefeteig.

Natürlich sprach alles gegen sie. Moritz' Smartphone hatte

in *ihrer* Reisetasche gesteckt, es war aus *ihrer* Jeans gerutscht, es war bei *ihrem* schwachsinnigen Fluchtversuch ins Meer gefallen. Sie war vollkommen chancenlos, einen Beweis für ihre Unschuld aufzutreiben.

Jetzt, da Moritz tot war.

Die Tränen liefen ihr über die Wangen, ohne dass sie etwas dagegen ausrichten konnte. Er hatte sein Leben für sie aufs Spiel gesetzt und verloren. Eine Schuld, die sie durch nichts in der Welt begleichen konnte. Niemals.

Die grauenhaften Bilder liefen in einer Endlosschleife vor ihrem geistigen Auge ab. Moritz' ungläubiger Blick, als er den Halt verlor. Seine Hand, die nach ihrer Windjacke griff und daran abrutschte. Das klatschende Geräusch, als er mit dem Kopf auf den Turmsockel schlug. Sein lebloser Körper, den die Strömung hinaus ins offene Meer trug.

»Was, wenn sie seine Leiche finden?« Die Worte stockten in ihrer Kehle. »Oder die Rettungsinsel?«

»Gar nichts. Woher sollte jemand wissen, wer Moritz ist oder woher er kommt? Und die Rettungsinsel könnte von jedem beliebigen Sportboot gefallen sein.«

»Hardy weiß es. Er muss doch misstrauisch werden, wenn er uns nicht erreichen kann. Vielleicht hat er längst die Polizei benachrichtigt.«

»Warum sollte er? Dieser Leuchtturm steht hier schon seit hundertdreißig Jahren, ohne dass jemals etwas Aufregendes passiert ist. Wie sollte er denn ahnen, dass er eine komplett Wahnsinnige hierhergebracht hat?«

Lisa verspürte den innigen Wunsch, zu widersprechen. Doch ihr fiel nichts ein, um Karlas Worte zu entkräften. Es war an der Zeit, der Wahrheit ins Gesicht zu sehen. Ihre Schwägerin bezeichnete sie zu Recht als verrückt. In jener Nacht, in der sie ihren Ehemann umgebracht hatte, hatte sie ihren Verstand verloren. Um mit diesem grausigen Mord irgendwie klarzukommen, hatte ihr Unterbewusstsein einen Dämon geboren, der sie auf Schritt und Tritt verfolgte. Keine ihrer Horrorvisionen war jemals real gewesen. Jetzt, bei einigermaßen klarem

Kopf, wie sie zumindest glaubte, wusste Lisa, dass es Moritz selbst gewesen war, den sie auf der Galerie angetroffen hatte. Ihr verwirrter Geist hatte ihn in das Zerrbild ihres Ehemannes verwandelt. Ihre kopflose Flucht war die Reaktion einer Irren gewesen. Moritz hatte sie vor einem selbstmörderischen Vorhaben bewahrt und war dabei in den Tod gestürzt. Sie war nicht töricht genug, sich noch länger etwas vorzumachen. Sie wusste, wer sie in Wirklichkeit war: Elisabeth Holtkamp, geborene Petersen, vierzig Jahre alt, zweifache Mörderin, geisteskrank.

Von nun an würde Robert nicht mehr allein Nacht für Nacht Jagd auf sie machen. Er hatte Verstärkung bekommen. Dafür hatte sie selbst gesorgt. Gemeinsam mit Moritz bereitete es ihm bestimmt doppelt so viel Vergnügen, seine Spielchen mit ihr zu treiben. Zu zweit würden sie Lisa in die Zange nehmen und das letzte bisschen Verstand aus ihrem Hirn quetschen, bis nichts mehr davon übrig bliebe. Es gab nur eine einzige Möglichkeit, ihnen den Spaß ein für alle Mal zu verderben. Aber war sie wirklich fähig, sich das Leben zu nehmen?

»Du hast ihn noch einmal angerufen, hab ich recht? Um ihm zu sagen, dass es falscher Alarm war.« Karlas Stimme hatte einen ganz neuen Ton angenommen. So, als begreife sie schlagartig, dass alles noch viel schlimmer war, als sie die ganze Zeit über befürchtet hatte.

»Wie bitte?« Lisa hatte nicht die geringste Ahnung, was im Kopf ihrer Schwägerin vor sich ging.

»Hardy. Nachdem Moritz unsere Abholung organisiert hatte, hast du ihn noch einmal angerufen, um alles rückgängig zu machen. Du hattest Angst, dass wir dich zurück in die Klinik bringen. Deshalb brauchtest du Aufschub, um dir einen Plan zurechtzulegen. Was dabei herausgekommen ist, haben wir ja gesehen. Du wolltest mit dieser Rettungsinsel abhauen. Kompletter Schwachsinn, aber hey – bei einer wie dir muss man auf alles gefasst sein.«

»Blödsinn. Ich habe nicht mehr mit Hardy gesprochen, seit er uns hier allein gelassen hat. Dieses Schiffsunglück, von dem er Moritz erzählt hat, muss gewaltig sein. Seit gestern Mittag ist überhaupt kein Schiff mehr aus Richtung Küste in Sichtweite des Leuchtturms gekommen. Das muss doch selbst dir auffallen.«

»Oh, es ist also etwas Großes im Gange, ja? Wie in so einem Endzeit-Hollywood-Streifen?« Karla stieß ein bitteres Lachen aus. »Du versuchst ernsthaft noch immer, die Diva zu spielen? Obwohl kein Mann mehr übrig ist, der darauf hereinfallen könnte? Gott im Himmel!« Sie vollführte eine Geste umfassender Verzweiflung. »Und ich sitze hier fest. Mit meinem neunjährigen Sohn. Auf einem Leuchtturm. Mitten in der Nordsee!« *Eingesperrt mit einer gottverdammten Mörderin!* Karla musste diese Worte nicht laut aussprechen, damit Lisa es verstand.

»Leon«, sagte sie heiser, »weiß er es schon?«

»Nein, er schläft. Wie es aussieht, hat er von alldem nichts mitbekommen. Es steht mir noch bevor, ihm zu erklären, dass sein Vater tot ist. Allerdings«, Karla packte sie am Kinn und zog ihr Gesicht so herum, dass sie sich ansehen mussten, »wirst du den Mund halten. Wage es ja nicht, ihm eine deiner absurden Geschichten in den Kopf zu setzen. Halte dich von ihm fern! Andernfalls werde ich persönlich dafür sorgen. Hast du mich verstanden?«

»Ja, natürlich«, antwortete Lisa mit einem traurigen Lächeln, »klar und deutlich.«

Durch das östliche Fenster kroch langsam das erste, matte Tageslicht. Sie entwand sich Karlas Griff. Es gab für sie nur noch einen einzigen Weg. Dieser führte zum Runderker, in dem sich die Wendeltreppe befand, hinauf zur Galerie, die fast dreißig Meter über dem Meeresspiegel lag. Ihr Kopf fühlte sich seltsam leer an, so als wären sämtliche Gedanken plötzlich daraus verschwunden. Ohne sich dessen wirklich bewusst zu sein, stieg Lisa die schmalen, gewundenen Stufen empor, öffnete die schwere Außentür und trat in die kühle Morgenluft hinaus.

Über dem Himmel lag ein milchig-grauer Schleier, der die Atmosphäre zu einem diffusen Lichtspiel dimmte. In der Ferne kreiste eine Schar Möwen geduldig über einer scheinbar bedeutungslosen Stelle auf dem Meer. Lisa schritt an der Reling entlang bis zu der halbrunden Ausbuchtung. Eine der Möwen gab das Kreisen auf und schwebte elegant auf den Leuchtturm zu. Mit einem heiseren Kreischen ließ sie sich unmittelbar neben Lisa auf dem weißen Geländer nieder.

»Du weißt es, oder?«, sagte Lisa. »Du hast mich die ganze Zeit beobachtet. Du hast gesehen, was aus mir geworden ist.«

Die Möwe reckte die Flügel. Dann schwang sie sich mit einem Schrei zurück in die Luft, flog mit der ihr angeborenen Eleganz davon.

Lisa schloss die Augen und hielt ihre Stirn der salzigen Brise entgegen. Der Wind streichelte ihre Haut, spielte mit ihrem Haar, wie ein Liebhaber, der sie nach einer langen Suche endlich wiedergefunden hatte. *Anton*. Zum ersten Mal seit einer Ewigkeit, wie es schien, sah sie ihn so deutlich vor sich, als stünde er tatsächlich neben ihr. Wie damals, bei ihrer ersten Begegnung. An genau dieser Stelle.

*»Und jetzt sind wir beide hier.«* Es war ihre eigene Stimme, die in ihrem Gedächtnis widerhallte.

Lisa sah auf. Die Möwe war zurück, segelte über ihrem Kopf, lockte sie mit ihrem heiseren Schrei.

In diesem Moment verstand sie, dass alles einen Sinn ergab. Dieser Ort war von Anfang an mit ihrem Schicksal verknüpft gewesen. Nur deshalb war sie zum Roten Sand zurückgekehrt. Sie war zu Hause. Für immer.

»Du möchtest ihr folgen, oder?« Dort, wo gerade noch der Vogel gesessen hatte, lehnte plötzlich Karla am Geländer. »Es ist ganz leicht. Du brauchst einfach nur die Schwingen ausbreiten und dich fallen lassen. Es muss herrlich sein.«

Lisa antwortete nicht. Mit den Augen suchte sie nach dem winzig kleinen Punkt am Horizont, wo die Möwe verschwunden war. Dabei schob sie ihre Füße noch einige Zentimeter weiter nach vorn, bis deren Spitzen über den festen Boden der Galerie hinausragten. Die Sehnsucht, mit den Seevögeln auf das Meer hinauszusegeln, sich von den Luftströmungen tragen zu lassen, ohne Erwartungen, ohne Ziel, wurde mit jedem Atemzug mächtiger.

»Du kannst es tun«, sagte Karla. »Ich habe einen Sohn, um den ich mich kümmern muss. Aber du hast niemanden mehr. Niemand auf dieser Welt braucht dich. Du bist frei, so frei wie ein Vogel.«

Es stimmte. Lisa hatte ihr Recht auf Leben verwirkt. Besser, sie setzte alldem ein Ende, solange sie noch Herrin ihrer Sinne war.

»Du musst nur über das Geländer steigen. Ich helfe dir.« Karlas Stimme drang durch einen Ozean verworrener Wahrnehmungen in ihr Bewusstsein. »Glaub mir, es ist ganz leicht.« Mit gespenstisch kalter Hand strich sie Lisa über die Wange. Es fühlte sich an wie die Berührung des Todes.

Lisa beugte ihren Oberkörper vor, spürte, wie der Wind daran zerrte. *Es ist ganz leicht!* Sie schloss die Augen.

Das Kreischen der Möwe durchschnitt die Stille wie ein Peitschenknall. Wieder blickte Lisa auf. Die Möwe schwebte fast auf der Stelle, direkt vor ihrem Gesicht. Mit einem wütenden Schrei drehte sie bei, um ein Stück entfernt wieder ihre Kreise zu ziehen. Sie hatte erreicht, was sie wollte. Lisas erinnerte sich daran, dass noch nicht alles verloren war.

*Anton.* Sie hatte die Postkarte an ihn in den Briefkasten geworfen, bevor sie an Bord des Tonnenlegers gegangen war. Plötzlich war sie sich hundertprozentig sicher, dass er ihre Nachricht erhalten hatte. Etwas hielt ihn auf, doch er würde kommen, um sie zu retten. Die Gewissheit durchströmte ihre Adern wie frisches Blut nach einer langen Krankheit.

Energisch trat sie einen großen Schritt von der Reling zurück. Dann hob sie das Kinn und sah Karla mit seltsamer Gelassenheit in die tintenblauen Augen.

»Ich werde mich ein wenig ausruhen«, sagte sie.

»Sicher«, entgegnete Karla, das Gesicht verzogen zu einer Maske aus Enttäuschung, Verbitterung und purem Hass.

# 19

Die gesamte Heimfahrt über herrschte auf der »Rungholt« angespanntes Schweigen. Hauke starrte auf die Bordinstrumente, als erwarte er von ihnen irgendwelche Kunststückchen. Dorothea beschäftigte sich intensiv mit dem Laptop, Gero tat so, als gäbe es pausenlos wichtige Nachrichten auf dem Smartphone zu lesen. Tomasz hatte sich wie immer in den Maschinenraum verzogen. Doch Anton musste nicht an Geister glauben, um zu spüren, wie die bloße Gegenwart eines Toten an den Nerven seiner Besatzung zerrte. Obwohl er das Küstenboot mit durchgängig zweiundzwanzig Knoten über die Wellen jagte, erschien ihm die Fahrt von den Nordergründen nach Cuxhaven endlos. Niemals zuvor hatte er eine derartige Erleichterung verspürt, als das Holzgerüst der Kugelbake in Sicht kam.

Die Tide hatte das Watt freigegeben. Vereinzelte Frühaufsteher spazierten über den Meeresboden, gruben nach Wattwürmern oder genossen einfach die Stille. Hier in der Elbmündung führte die Fahrrinne unmittelbar an der Wattgrenze entlang, getrennt nur durch einen unspektakulären Damm aus aufgeschütteten Felssteinen. Bei Ebbe erforderte diese Route von den Kapitänen äußerste Aufmerksamkeit, was Anton momentan sehr begrußte. Es gelang ihm tatsächlich, sich bis zum Alten Fischereihafen ausschließlich auf das Fahrmanöver zu konzentrieren und die Gedanken an ihren unheimlichen Passagier zurückzudrängen. Am Kai hinter der Fischhalle V brachte er das Boot an den Anleger heran und sah dabei zu, wie Dorothea und Gero ohne die üblichen Frotzeleien die Poller mit den Schiffsleinen belegten. Dann winkte er den beiden Männern in Sanitäterkleidung zu, die ihm gerade entgegenkamen.

»Er sieht ziemlich schlimm aus«, warnte Anton, als sie das Deck betraten. »Wo bringt ihr ihn hin?«

»Sankt-Magnus-Klinik, Stadtmitte«, antwortete der jüngere

der beiden, ein braun gebrannter Sonnyboy, der einer Arztserie im Vorabendprogramm entsprungen schien.

»Ihr wisst schon, dass der Mann tot ist?« Mit skeptischer Miene wies Anton auf den starren Körper, den er notdürftig wieder mit der Plastikplane bedeckt hatte.

»Nun ja, jetzt, wo du es sagst«, konterte Sonny.

»Er braucht einen Rechtsmediziner, keinen Kardiologen«, sagte Anton in deutlich gnädigerem Tonfall.

»Wir tun nur, was man uns sagt. Am besten fragst du deine Chefin. Wie hieß sie doch gleich? Hauptkommissarin Baumann oder Borgmann?«

Anton verzichtete darauf, den Schönling über Merle Borgmeiers Dienstgrad und Amtsposition aufzuklären. Stattdessen beobachtete er mit reichlich Erleichterung, wie die Sanitäter die Leiche abtransportierten, bevor er als Letzter an Land stieg.

»Hey, Tommy, kommst du mit auf einen Kaffee?«, rief er dem Maschinisten zu, der sich soeben eine Zigarette anzündete. Zur Antwort erhielt er jedoch nur ein Handzeichen, das so viel wie »Kümmert euch nicht um mich« hieß.

Mit einem leichten Achselzucken wandte sich Anton ab. Dann folgte er den anderen dreien die Steinstufen zu den Büroräumen hinauf. Schlagartig ergriff ihn eine bleierne Müdigkeit. Vorsorglich massierte er sich die Schläfen, um die aufziehenden Kopfschmerzen in Schach zu halten.

Ein ungewohnter Anflug von Dankbarkeit erfasste ihn, als er Merles blonden Zopf in der allgemeinen Betriebsamkeit erspähte.

»Moin, moin«, begrüßte er sie. »Ist deine Schicht nicht längst zu Ende?«

»Ich fürchte, ich spreche deine Sprache nicht.« Sie bedachte ihn mit einem flüchtigen Blick, während sie einen Becher unter der Kaffeemaschine positionierte und auf einen Knopf drückte. Unter ihren Augen lagen tiefblaue Ränder. Trotzdem gelang ihr ein mitfühlendes Lächeln. »Schöne Scheiße, was? Hoffentlich gibt es nicht noch mehr Tote.«

Anton dankte ihr im Stillen für das perfekte Stichwort. »Der Sani sagte mir, sie würden die Leiche ins Sankt Magnus bringen, ist das richtig?«

»Jep«, entgegnete sie, voll und ganz auf ihren Kaffee konzentriert, der einen magischen Duft verbreitete.

»Geht es ein bisschen genauer?« Er schnappte sich den Kaffeebecher, bevor sie danach greifen konnte. »Du rettest mir gerade das Leben«, erklärte er Merle.

Resignierend zog sie eine bauchige Tasse aus dem Regal und wiederholte die Prozedur. »Es ist Urlaubszeit. In Hannover und Hamburg haben sie von zwei bis drei Wochen Wartezeit gesprochen, bevor sie sich unseren Burschen überhaupt ansehen können.«

»Und wieso hast du dich für Cuxhaven entschieden?«

»Um ehrlich zu sein, habe ich überhaupt nichts getan«, entgegnete sie nach einem großen Schluck Kaffee, der jedem anderen Menschen den gesamten Rachen verbrüht hätte. »Das war reine Chefsache. Wie er es hinbekommen hat, weiß ich auch nicht. Aber er hat einen Rechtsmediziner aufgetrieben, der bei uns in Cuxhaven Urlaub macht.«

Anton setzte seinen Kaffeebecher ab und bemühte sich nach Kräften, diese Information zu verarbeiten.

»Ist das dein Ernst?«, fragte er schließlich. »Hansen hat beschlossen, sich nützlich zu machen?« Sein übermüdetes Gehirn sprang widerwillig in den aktiven Modus. Hansen, dieser Mistkerl, der es nicht einmal für notwendig hielt, die »Beluga«-Havarie mit ihm persönlich zu besprechen, trieb einen Rechtsmediziner in einem Strandkorb auf?

»Jep.« Merle blinzelte über ihren Kaffeebecher, während sie geräuschvoll schluckte.

»Soll das etwa heißen, er hat an diesem Toten ein – sagen wir mal – ganz spezielles Interesse?«, formulierte er sein Misstrauen, das sich Christian Hansen bei ihm systematisch erarbeitet hatte.

Merle hob abwehrend die Hände, wobei die halb volle Kaffeetasse in eine gefährliche Schieflage geriet. »Du glaubst doch nicht, dass Hansen seine Beweggründe mit mir bespricht«, schnaufte sie.

»Nein, nicht wirklich«, gab Anton zu. »Hat er sich sonst noch irgendwie merkwürdig verhalten?«

»Du meinst, ob er mir auf die Schulter geklopft hat, um mir für meine Doppelschichten zu danken? Oder ob er mir drei Wochen Zeitausgleich am Stück in Aussicht gestellt hat? Solche Dinge?«

Anton zuckte nur mit den Schultern.

»Nein, nichts dergleichen. Obwohl, warte kurz: Er sagte, du und deine Mannschaft könntet für ein paar Stunden nach Hause gehen und euch aufs Ohr hauen. Ihr seid erst wieder eingeteilt, wenn die ›Beluga‹ nach Bremerhaven geschleppt wird. Aber an deiner Stelle würde ich verdammt schnell schlafen.« Sie hob die hellblonden Brauen, um ihre Skepsis hinsichtlich Hansens Gnade zu unterstreichen.

»Ich werde mein Bestes geben«, sagte er mehr zu sich selbst. Schlafen, das klang wie ein Zauberwort. »Gibt es sonst noch etwas, das ich wissen sollte – bevor ich mich in die Waagerechte begebe und ins Koma falle?«

»Nein. Es rufen nur pausenlos Leute an, um zu fragen, wann die Fahrrinne wieder frei sein wird. Das ist bestimmt wieder so einer.« Sie wies mit dem Kopf zu ihrem Schreibtisch, auf dem das Telefon zu klingeln begonnen hatte.

Doch bevor sie sich aufraffen konnte, hinüberzugehen, sah sie Dorothea, die ihr mit erhobener Hand signalisierte, dass sie den Job übernahm.

»Also dann«, sagte Anton und prostete ihr mit dem Rest Kaffee in seinem Becher zu, »verschwinde ich lieber, bevor es sich unser Chef noch einmal anders überlegt.« Er ging zu Dorothea, die im Begriff war, das Telefonat zu beenden.

»Wer war das?«, fragte er.

»Ach, niemand, nur ein Reederei-Typ aus Bremerhaven, der meint, wir müssten ihm eine Sondergenehmigung zur Durchfahrt erteilen.« Sie rang sich ein müdes Lächeln ab. »Als hätten wir nichts Besseres zu tun.«

Er forschte noch einen Atemzug lang in ihrem Gesicht, dann lächelte er zurück.

»Ich habe einen Mordshunger«, sagte sie unvermittelt. »Ob Fritz mit seinem Kutter schon zurück im Hafen ist?«

»Keine Ahnung, sehen wir nach.« Es fühlte sich an wie Urlaub, zur Abwechslung etwas vollkommen Banales zu tun.

# 20

»Sie können es sich wieder bequem machen. Die Fischhallen sind längst außer Sichtweite«, sagte der Fahrer des Krankenwagens. Er hatte sich als Mühlmann oder Möhler oder so ähnlich vorgestellt. Das Namensschild an seinem T-Shirt war aus Hansens momentaner Position nicht zu erkennen.

»Ich weiß, es geht mich nichts an«, plapperte er weiter, »aber sind Sie eine Art verdeckter Ermittler? Oder warum ist es so wichtig, dass Ihre Kollegen nicht wissen dürfen, dass Sie unseren toten Freund begleiten?«

Hansen richtete sich aus seiner kauernden Haltung im Fußraum auf und rieb sich den verspannten Nacken.

»Wie Sie schon sagten, es geht Sie nichts an«, entgegnete er grimmiger als beabsichtigt.

»Schon gut, Mann.« Möhlmann, oder wie auch immer er hieß, hob flüchtig die Hände vom Lenkrad. Für den Rest der Fahrt konzentrierte er sich ausschließlich auf den Verkehr.

Knappe zehn Minuten später erreichten sie die Sankt-Magnus-Klinik. Die beiden Sanitäter schoben die Bahre mit dem Toten aus dem Transportraum des Krankenwagens und hielten damit auf den Hintereingang zu. Hansen schlug die entgegengesetzte Richtung ein. Eilig durchschritt er die voluminöse Drehtür des Hauptportals. Im Foyer angekommen, suchte er die Wartebänke nach einem Mann ab, der in seinen Augen als Rechtsmediziner durchging. Seine Ungeduld erreichte bereits die kritische Phase, als ein schmächtiger Wicht die Zeitung sinken ließ, hinter der sein Oberkörper vollständig verborgen gewesen war.

»Entschuldigung, Sie sind nicht zufällig Hauptkommissar Hansen?«, fragte er mit bedauernswert hoher Stimme.

»Und Sie sind?« Hansen ging einige Schritte auf das Kerlchen zu, hielt jedoch einen leicht übertriebenen Sicherheitsabstand.

»Professor Dr. Detlef Mader.« Er stand auf und deutete eine

Verbeugung an. »Kommissarin Lessing von der Kripo Bremen teilte mir mit, dass Sie hier vor Ort dringend einen Rechtsmediziner benötigen.«

»Das ist richtig, ich hatte Frau Lessing heute früh darüber informiert.« Allerdings hatte sich Hansen nach dem Telefonat mit der Kommissarin etwas anderes unter diesem Leichendoktor vorgestellt.

»Dann ist Ihnen bekannt, dass mich Ihr Klient um meinen wohlverdienten Urlaub bringt?«, hakte Mader nach.

»Nun ja, Frau Lessing deutete an, dass Ihnen die Untätigkeit im Strandkorb womöglich gar nicht liegt.« So ähnlich hatte sie sich tatsächlich ausgedrückt. Trotzdem ärgerte sich Hansen, dass es ihm herausgerutscht war.

»Ich gebe zu, dass mich die Hitze ziemlich erschöpft. An der Nordsee hatte ich doch eher mit einer frischen Brise gerechnet«, gab Mader unumwunden zu. Dann musterte er Hansen von Kopf bis Fuß. »Allerdings versicherte Frau Lessing mir, ihr Cuxhavener Kollege sei ein umgänglicher Typ. Sie kennen sich nicht besonders gut, oder?«

Hansen ignorierte die Spitze. Er war Esther Lessing nur ein einziges Mal auf einer Fachtagung begegnet. Sie schien direkt dem Laufsteg der Pariser Fashion Week entsprungen und hatte in ihm den unzügelbaren Wunsch nach einer tabulosen Romanze ausgelöst. Zu seinem Leidwesen waren seine Avancen an ihr abgeprallt wie Gummigeschosse an einem Panzer. Somit wirkte es wie Balsam auf sein verwundetes Ego, dass Lessing ihm ohne mit der Wimper zu zucken half, wenn er sie darum bat. Jetzt musste er diesem rattengesichtigen Hänfling nur noch beweisen, dass Hauptkommissar Hansen tatsächlich ein netter Kerl war.

»Tut mir leid, ich bin wohl etwas übernächtigt. In der Wesermündung hat es ein verheerendes Schiffsunglück gegeben. Hält uns alle mächtig auf Trab.«

»Ich habe davon in den Nachrichten gehört«, entgegnete Mader nun vollkommen sachlich. »Hat Ihre Leiche etwas damit zu tun?«

»Genau das müssen Sie für uns herausfinden. Ich meine, wir wären Ihnen zu großem Dank verpflichtet, wenn Sie das für uns tun könnten.«

»Ihre Kollegin deutete an, dass die Leiche bis zur Unkenntlichkeit verstümmelt ist. Es wäre hilfreich, wenn Sie einige Anhaltspunkte für mich hätten. Ich meine, Sie hegen doch eine Vermutung, um wen es sich handeln könnte, richtig?«

»Nicht wirklich«, entgegnete Hansen. »Das heißt, wir vermissen tatsächlich einen Passagier. Allerdings sieht es so aus, als sei er unter falscher Identität gereist. Außerdem ist sein gesamtes Gepäck verschwunden. Ich kann Ihnen also nichts geben, das möglicherweise für einen DNA-Abgleich taugt.« Das war zumindest nicht gelogen, auch wenn er es vorzog, den Namen des Journalisten vorerst für sich zu behalten. »Bitte, können Sie nicht einfach anfangen und mir alle Auffälligkeiten mitteilen?«

Mader rümpfte die Nase, was ihm einmal mehr Ähnlichkeit mit seinem Namensverwandten eintrug. »Nun gut, ich werde tun, was ich kann«, sagte er.

»Ich danke Ihnen vielmals.« Hansen gab sich keine Mühe, die Erleichterung in seiner Stimme zu unterdrücken. »Nur eines noch«, fügte er mit einer gewissen Eindringlichkeit hinzu. »Es ist gut möglich, dass noch ein weiterer Beamter hier auftauchen und Fragen über den Toten stellen wird. Es ist ungeheuer wichtig, dass Sie sämtliche Informationen zuerst mir zukommen lassen.« Er überreichte Mader seine Visitenkarte. »Und verraten Sie ihm auf gar keinen Fall, dass wir bereits miteinander gesprochen haben. In Ordnung?«

»Das kostet aber extra«, entgegnete der schmächtige Professor mit todernster Miene.

Für einen Moment schaffte er es, Hansen restlos zu verunsichern.

»Kleiner Scherz.« Mader verzog die Mundwinkel zu etwas, das einem Grinsen sehr nahe kam. »Sie waren niemals hier und bekommen alle Infos exklusiv. Geht klar. Dann mache ich mich mal an die Arbeit.« Ohne sich mit Abschiedsfloskeln aufzuhalten, marschierte er erhobenen Hauptes auf einen der Fahrstühle zu.

Als Hansen aus dem kühlen Foyer auf die Straße trat, schlug ihm die Hitze wie eine Wand entgegen. Er winkte ein Taxi herbei und ließ sich auf die Rückbank fallen. Während der Fahrt zur Leitstelle dachte er darüber nach, ob Esther Lessing ihm diesen seltsamen Leichendoktor als Revanche für seine Annäherungsversuche geschickt hatte. Und ob sie sich insgeheim über ihn lustig machte.

# 21

Lisa schlug die Augen auf. Ihr Puls pochte hektisch gegen die Schläfen, sie atmete stoßweise, und sämtliche Sehnen schienen sich instinktiv zu spannen. Für den Moment entdeckte sie nichts, das ihre plötzliche Alarmbereitschaft rechtfertigte. Allerdings erschrak sie allein über die Tatsache, dass sie überhaupt eingeschlafen war. Sie hatte keine Ahnung, wie lange sie weg gewesen war, vielleicht eine Stunde oder auch nur wenige Minuten. Fest stand nur, dass sie sich auf die unbequeme Holzbank im Laternenhaus gelegt hatte, um genau das zu verhindern. Während sie sich vorsichtig in eine sitzende Position aufrichtete, protestierte so ziemlich jeder einzelne Muskel in ihrem Körper. Grelle Sonnenstrahlen fluteten durch die verglasten Wände. Lisa blickte hinaus, suchte mit den Augen die Galerie ab, konnte aber auch dort niemanden entdecken. Offenbar hatte Karla den Plan aufgegeben, Lisa zum Freitod zu verhelfen. Zumindest vorerst.

Für den Moment schien sie im sonnenhellen Laternenhaus in Sicherheit zu sein. Das Problem war nur, dass sich jetzt ein quälender Durst meldete. Sie konnte sich nicht daran erinnern, wann sie zuletzt einen Schluck Wasser getrunken hatte. Vermutlich begann ihr Körper langsam zu dehydrieren. Wenn sie nicht bald etwas dagegen unternahm, riskierte sie rasende Kopfschmerzen, die ihrer allgemeinen Verfassung ganz sicher nicht zuträglich wären. Sie gab sich einen Ruck. Auf wackeligen Beinen stieg sie die Treppen hinab.

Karla erwartete sie in der Küche. Sie stand hinter ihrem Sohn, die Hände ruhten auf seinen völlig verspannten Schultern. Leons Augen waren rot entzündet und verquollen, seine Lippen zitterten bei dem Versuch, einen Weinkrampf zu unterdrücken. Die Berührung seiner Mutter schien ihm keinerlei Trost zu spenden. Fast sah es so aus, als wartete er nur auf eine günstige Gelegenheit, ihr zu entkommen.

»Ich habe ihm erzählt, was seinem Vater zugestoßen ist«, sagte Karla.

Es zerriss Lisa das Herz, den Jungen so hilflos trauernd vor sich zu sehen. »Leon, es tut mir so entsetzlich leid«, flüsterte sie.

Für den Bruchteil einer Sekunde wechselte der Ausdruck in seinen Augen; er starrte sie an, als wären ihr plötzlich Teufelshörner und Pferdefuß gewachsen. Das Blut in Lisas Adern schien sich in feine Eiskristalle zu verwandeln und machte jeden Pulsschlag zur Qual.

»Wenn ich dir irgendwie helfen kann …« Sie streckte die Hand aus, um ihm über das Haar zu streichen.

Reflexartig zog Karla ihn einen halben Schritt rückwärts, sodass Lisa ins Leere griff. »Rühr meinen Sohn nicht an!«

Es fühlte sich an wie ein Schlag in die Magengrube. Auch wenn sie es ihrer Schwägerin nicht einmal verübeln konnte. Von Trauer und Scham überwältigt, schaute Lisa zu Boden.

»Wir wissen nicht, wie lange wir hier noch festsitzen werden«, sagte Karla. »Aber bis dahin gelten ab sofort feste Regeln. Regel Nummer eins kennst du bereits.«

»Ich soll mich von Leon fernhalten.« Bittere Magensäure stieg in ihrer Speiseröhre empor. Sie schluckte hörbar.

»Gut. Regel Nummer zwei: Du wirst überhaupt nichts tun ohne meine ausdrückliche Erlaubnis. Egal ob du auf die Toilette gehen, dir in der Nase bohren oder Löcher in die Luft starren willst – du wirst mich vorher um Erlaubnis fragen. Ist das klar?«

»Ja«, hauchte Lisa. Natürlich war ihr bewusst, dass Karla sie über Gebühr demütigte, weil es ihr eine Art perverse Genugtuung verschaffte. Doch im Moment blieb ihr nichts anderes übrig, als die Folgsame zu spielen.

»Regel Nummer drei: Sobald wir wieder Festland unter den Füßen haben, fahre ich dich ohne Umwege in die Feldmann-Klinik. Du wirst dich auf einen längeren Aufenthalt dort einstellen. Hast du das verstanden?«

»Ich soll aus deinem und Leons Leben verschwinden. Endgültig.« Sie wollte nicht weinen, nicht vor diesem Scheusal, das ernsthaft befürchtete, Lisa könne dem Jungen auch nur ein Haar krümmen. Doch sie konnte die Tränen nicht aufhalten, die ihr nun über die Wangen rannen.

»Warum bist du nicht einfach gesprungen? Ich habe dir doch angesehen, wie sehr du es wolltest.«

Plötzlich geschah etwas in Lisas Kopf. Es fühlte sich an, als fiele ein störender Bolzen aus einem Räderwerk, das sich nun schwerfällig in Gang setzte. Auch wenn Lisa noch nicht recht wusste, was das alles zu bedeuten hatte.

»Es wäre für uns alle das Beste gewesen.« Offenbar deutete Karla ihr Schweigen als schmerzhafte Einsicht. »Aber es ist noch nicht zu spät. Du kannst es noch immer tun. Warum gehst du nicht wieder hinauf und bringst es zu Ende?«

»Hast du allen Ernstes geglaubt, dass ich es dir so leicht mache?« Die Frage schoss ihr wie ein Pfeil durch den Kopf. Für einen Moment wagte sie zu hoffen, Karla möge sie überhört haben. Doch die verzerrte Miene ihrer Schwägerin ließ keine Zweifel offen.

»Was willst du damit sagen?« Ihre dunklen Augen verengten sich zu Schlitzen. Sie schob ihren Sohn beiseite und machte einen Schritt auf Lisa zu.

»Nur, dass ich nicht so dumm bin, wie du denkst«, sagte Lisa. Es wunderte sie selbst, wie ruhig die Worte aus ihrem Mund drangen. *Anton wird kommen. Er wird mich retten. Vor dir, vor deinem im Sarg verwesenden Bruder und vor dieser verfickten Klapsmühle!*

»Schon klar, du bist ausgesprochen clever, so viel habe ich gelernt. Es gehört schon ein ordentliches Maß an Verschlagenheit dazu, Männer derart zu manipulieren, dass sie sogar für dich in den Tod springen.« Sie fixierte Lisa wie eine Schlange ihre Beute.

»Bitte, das ist nicht fair.«

»Kennst du das Gefühl, einen Pickel auf der Stirn zu haben, der dich bei jedem Blick in den Spiegel feuerrot angrinst?« Karlas Blick bohrte sich kalt und schwarz in Lisas Kopf. »Du versuchst, ihn auszuquetschen. Aber natürlich machst du es damit nur noch schlimmer, kratzt sogar die gesunde Haut auf und reibst dabei zusätzlich Dreck in die Wunde. Ehe du dich versiehst, ist aus dem Pickel ein fetter, eitriger Furunkel geworden, an den du jede Minute des Tages denken musst, weil du weißt, wie sehr er dich verunstaltet.« Sie gab einen Laut von sich, der wie eine Mischung aus Keuchen und Lachen klang. »Genau so fühlt es sich für mich an, seit du das erste Mal aufgetaucht bist. Du bist wie ein Krebsgeschwür, das Tag um Tag wuchert, ohne dass ich etwas dagegen tun könnte. Es sei denn, ich reiße es heraus. Ein für alle Mal.«

Es fühlte sich an, als bohre sich ein Dolch in ihre Eingeweide. Dabei waren es nicht einmal die gnadenlosen Worte, die sie verletzten, sondern die Todesverachtung, die in Karlas Tonfall lag.

»Ich verstehe nicht.«

»Nein, natürlich nicht. Für dich ist es vollkommen selbstverständlich, dass die Männer dich umschwärmen wie Fliegen ein Stück rohes Fleisch. Es kümmert dich nicht, ob du eine andere Frau oder eine ganze Familie ins Unglück stürzt. Hauptsache, die Welt dreht sich ganz allein um dich.« Karla spie ihr die Worte entgegen, dass kleine Speicheltröpfchen umherflogen.

»Also doch. Du hast Moritz und mich zusammen auf der Galerie gesehen. Aber es war nicht so, wie du denkst. Ich kann es dir erklären.«

»Oh bitte, erspar mir das. Weißt du, ich glaube dir sogar, dass du nicht einmal bemerkst, was du anrichtest. Aber Moritz war bei klarem Verstand, soweit man es von einem notgeilen Loser behaupten kann. Er war scharf auf dich, seit er dich das erste Mal gesehen hat. Genau wie Robert.«

»Es gibt überhaupt keinen Grund für deine Eifersucht. Moritz und ich waren Freunde, nicht mehr. Und was Robert anbelangt, weiß jeder, wie nahe ihr euch standet. Aber er war dein Bruder, nicht dein Ehemann.«

»Was spielt das für eine Rolle? Du hast sie mir beide weggenommen. Und als sie dir langweilig wurden, hast du sie umgebracht!«

»Das ist nicht wahr!«

»Glaubst du ernsthaft, du könntest mich jetzt noch für dumm

verkaufen?« In Karlas Augen funkelte so abgrundtiefer Hass, dass Lisa vor Angst der Atem stockte.

»Was hast du jetzt vor? Willst du mich eigenhändig töten?«, fragte sie mit zitternder Stimme.

Lisa beobachtete, wie Karlas Mundwinkel nervös zuckten.

»Verfluchte Scheiße, warum bist du nicht einfach gesprungen?«, kreischte sie.

So plötzlich, dass Lisa keine Zeit zu reagieren blieb, stürzte sich Karla wie von Sinnen auf sie.

Eiskalte Finger umklammerten ihren Hals, überaus kräftige Daumen pressten sich gegen ihren Kehlkopf. Lisa wusste, dass sie dieser Furie nichts entgegenzusetzen hatte.

»Hör auf, Mama, du bringst sie ja um!« Leons Schrei drang seltsam gedämpft und misstönend an ihr Ohr.

Offenbar zerrte der Sauerstoffmangel bereits an ihrer Wahrnehmung. Die Welt vor ihren Augen verschwamm, als befände sie sich tief unter Wasser. Dann passierte noch etwas, das ihr Bewusstsein jedoch nicht mehr wirklich erreichte. Denn im selben Moment versank die Welt um sie herum in Grabesdunkel. Erst als sie schmerzhaft auf den Boden schlug, kehrten ihre Sinne zurück. Das Erste, was sie sah, hätte sie in einem anderen Leben zum Lachen gebracht: Leon stand breitbeinig hinter seiner Mutter, mit beiden Händen umklammerte er den Stiel einer schweren, gusseisernen Bratpfanne, die er wie eine Waffe im Anschlag hielt. Allem Anschein nach hatte er Karla damit einen Hieb ins Kreuz versetzt, damit sie von Lisa abließ.

»Wie konntest du so etwas nur tun? Ich bin deine Mutter!« Karlas Miene spiegelte eine solche Menge an Emotionen, dass sie unmöglich alle zu deuten waren.

»Ist mir egal! Ich will, dass ihr endlich damit aufhört!«, schrie Leon aus Leibeskräften. Sein Gesicht glänzte alarmierend rot unter dem dicken Schweißfilm. Einer der Brillenbügel war von seinem Ohr gerutscht, das Gestell balancierte notdürftig auf seiner Nasenspitze. Er schielte auf fast groteske Weise über den Rand der Gläser hinweg und versuchte, seine Umgebung einigermaßen scharf zu sehen.

»Was zur Hölle hast du mit meinem Sohn gemacht?«, kreischte Karla wie von Sinnen. »Wie hast du es geschafft, ihn derart gegen mich aufzuhetzen?«

»Du solltest dich einfach einen Moment beruhigen«, sagte Lisa, während sie aufstand, ohne Karla aus den Augen zu lassen. Sie wusste selbst, wie abgedroschen das klang, doch etwas Besseres fiel ihr einfach nicht ein. Nicht in einer Million Jahren hätte sie es für möglich gehalten, ihre Schwägerin vor Eifersucht brennen zu sehen.

»Ich werde mich erst beruhigen, wenn ich dich sicher hinter Schloss und Riegel weiß. Aber vorher will ich wissen, was für ein Gift du meinem Sohn ins Ohr geträufelt hast. Raus mit der Sprache!«

»Du bist ja vollkommen paranoid.«

»Oh nein. Wie es aussieht, bin ich all die Zeit über nicht paranoid genug gewesen, um deine Bosheit zu erkennen!«

Mit klauenartig gespreizten Händen stürzte sich Karla abermals auf sie.

Doch dieses Mal traf es Lisa nicht unvorbereitet. Sie schaffte einen Ausfallschritt. Genau im richtigen Moment schob sich ihr Fuß vor das Schienbein ihrer Gegnerin. Mit einem verblüfften Aufschrei hob Karla einige Zentimeter vom Boden ab und schlug, von einem dumpfen Geräusch begleitet, bäuchlings der Länge nach hin. Ein dünnes Rinnsal Blut sickerte unter ihrem Gesicht hervor.

Lisa stand wie gebannt da. Mehrere Atemzüge lang glaubte sie fest daran, ihre Schwägerin soeben getötet zu haben. Gleichsam wartete sie darauf, dass sich Mitleid in ihr regte oder zumindest ein gewisses Bedauern. Doch es war wie in ihrer Geburtstagsnacht, auf der Galerie, als sie dem verletzten Krammetsvogel den Hals gebrochen hatte. Sie fühlte absolut gar nichts. Bis sie ein halb ersticktes Röcheln wahrnahm, das ihr einen Schauer des Ekels bescherte.

Das Miststück presste die Handflächen auf den Boden, hob sich in eine Art Liegestütz und rollte zur Seite ab. Aus einer seltsam verdrehten Haltung schaute sie zu Lisa auf. Ihre Nase beschrieb einen unnatürlichen Winkel und schwoll bereits stark an. Auf ihrer Stirn prangte eine Platzwunde. Leicht benommen versuchte sie, etwas Blut fortzuwischen, das ihr in die Augen tropfte, verschmierte es dabei jedoch wie Kriegsbemalung auf den Wangen.

»Du gottverdammtes Flittchen«, presste Karla hervor. Ihre Zahnreihe glänzte ebenfalls rötlich, offenbar hatte sie sich bei dem Sturz auf die Zunge gebissen. »Glaubst du, dass du damit irgendetwas besser machst?« Trotz ihres Hasses schien tatsächlich ein Funken Respekt in ihren Augen zu glimmen. Von nun an würde sie auf der Hut sein, so viel stand fest.

»Im Lagerraum gibt es einen Erste-Hilfe-Kasten«, sagte Lisa nüchtern. »Bleib, wo du bist, dann kann ich deine Wunden versorgen.«

»Das könnte dir so passen!« Karla versuchte aufzustehen, sank jedoch erschöpft zurück.

Der bloße Gedanke, dieses Scheusal zu berühren, verursachte Lisa Übelkeit. Aber um Leons willen musste sie sich zusammenreißen.

Widerwillig machte sie sich auf den Weg hinunter in den Lagerraum.

# 22

Schweigend schlenderten Anton und Dorothea an der langen Reihe der alten Fischhallen entlang, wo die Gastwirte gerade damit begannen, sich auf den Ansturm der Mittagsgäste vorzubereiten. Kurz darauf erreichten sie das Kopfende des schmalen Hafenbeckens und hielten nun direkt auf Fritz' Verkaufsbude zu, vor der bereits die blitzsauberen Holzbänke und -tische unter einem bunten Sonnenschirm standen. Doch anstelle des alten Fischers machte sich eine stämmige Dame mit pechschwarz gefärbtem Haar und einem Rosen-Tattoo auf der Schulter gerade daran, die Läden des Verkaufswagens zu öffnen. Sie nickte den beiden Polizisten zu, ohne ihre Arbeit zu unterbrechen.

»Meine Männer sind eben eingelaufen«, rief sie, »laden gerade ihren Fang ab. Ihr könnt mir gleich beim Krabbenpulen helfen!« Letzterem folgte das Grinsen einer frisch sanierten Zahnreihe.

Anton hob die Hand zum Gruß, bewahrte jedoch eine übertrieben ernste Miene. »Wir werden euren Krabben gleich den Garaus machen, so viel ist sicher!«

»Nur zu, dann können wir heute früh Feierabend machen!«, entgegnete sie, immer noch lächelnd. Rieke und Fritz Fischer waren seit über dreißig Jahren verheiratet, ein eingespieltes Team, das den Anforderungen eines bewegten Lebens unerschütterlich die Stirn bot. Anton beneidete die beiden um ihre gegenseitige bedingungslose Zuneigung.

Zielstrebig marschierte er nun am Nordseekai entlang. Der rot gestrichene Kutter lag vertäut an seinem Liegeplatz. Die Schleppnetze hingen zum Trocknen über der hölzernen Reling. Björn hievte gerade zwei Plastikkisten gleichzeitig auf einen Handkarren, der an der Kaimauer stand. Fritz kletterte derweil aus dem winzigen Steuerhaus hervor. Als er Anton gewahrte, huschte ein Schatten über sein bärtiges Gesicht.

»Moin, moin«, grüßte er, »ich hoffe, du kommst nicht, um

mich zu verhaften.« Es sollte wie ein Scherz klingen, doch ganz wohl schien dem Fischer nicht zu sein.

»Unsinn. Wir sind hier, weil es bei dir das weltbeste Seemannsfrühstück gibt. Wir sind am Verhungern.« Anton beobachtete, wie sich die Züge unter dem dichten grauen Bart ein wenig glätteten.

»Wir?« Fritz hob skeptisch die zerzausten Brauen.

Erst jetzt bemerkte Anton, dass Dorothea bei den Tischen und Bänken zurückgeblieben war. Er deutete mit einem Kopfnicken auf die schlanke Gestalt in weißem Hemd und blauer Hose, die ihren Kopf müde in die Hände stützte.

»Na, dann mal hinein in die gute Stube.« Fritz vollführte eine einladende Geste in Richtung seines Verkaufswagens. »Meine Rieke wird euch etwas zaubern. Das heißt, falls ihr ein bisschen Geduld habt.«

»Klar. Mein Fleisch wird mir frühestens in ein, zwei Stunden von den Knochen fallen.« Anton folgte dem Fischer und seinem Sohn den Kai entlang. Dann sank er mit schweren Gliedmaßen Dorothea gegenüber auf eine Bank.

»Was für ein beschissener Tag«, murmelte sie.

»Ich wette, das hilft.« Fritz beugte sich über ihre Schulter und stellte eine Flasche auf den Tisch, weder Etikett noch Aufdruck verrieten etwas über die Herkunft der klaren Flüssigkeit darin. Mit geübter Hand schenkte er drei Schnapsgläser randvoll.

»Doppelkorn aus dem Hause Fischer.« Er hob sein Glas. »Auf euer Wohl, meine beiden Hübschen!« Damit kippte er den Korn in einem Zug hinunter.

Anton folgte seinem Beispiel. Der hochprozentige Alkohol rann scharf seine Kehle hinab und breitete sich mit wohliger Wärme in seinem Magen aus. Dorothea schob skeptisch die Augenbrauen zusammen, schluckte jedoch, ohne eine Miene zu verziehen.

»Denkt ihr, der ist bei dem Zusammenstoß über Bord gegangen?«, fragte Fritz unvermittelt. Unnötig zu erwähnen, wen er damit meinte.

Nur zur Sicherheit füllte er alle drei Gläser nach.

»Schwer zu sagen.« Anton kam mit seiner Antwort Dorothea zuvor. »Von der Besatzung wird keiner vermisst.« Er zögerte eine Sekunde, Fritz das gesamte Dilemma zu offenbaren. Dann warf er seine Bedenken über Bord. Immerhin hatte der Fischer die Leiche mit eigenen Händen aus dem Wasser gezogen. Ihm gegenüber den strengen Ermittler heraushängen zu lassen wäre nicht nur albern, sondern überaus schäbig. Davon abgesehen gab es bislang keinerlei offizielle Ermittlungen, die mit dem Verschwinden des Journalisten in Zusammenhang standen.

»Wir suchen noch nach einem Mann, der auf dem Containerschiff als Passagier gereist ist«, sagte er. »Er soll in Rotterdam gesund und munter an Land gegangen sein. Allerdings ist er seitdem wie vom Erdboden verschluckt.«

»Hm.« Fritz leerte sein Schnapsglas und setzte es geräuschvoll ab. »Nur mal angenommen, es ist der Typ aus meinem Schleppnetz. Das hieße, jemand hätte ihn absichtlich ins Wasser gestoßen, um ihn loszuwerden. Nur wozu sollte sich derjenige nach dem Schiffsunglück noch eine solche Geschichte ausdenken? Mit dem Unfall ließe sich ein Mord doch perfekt vertuschen.«

»Genau das ist es, was uns Kopfschmerzen bereitet«, stimmte Anton zu. Dann, ganz plötzlich, überkam ihn eine Ahnung. »Sagt dir zufällig der Name Benno Frey etwas?«

»Du meinst diesen Journalisten?«, entgegnete Fritz.

»Ganz genau.« Dorothea beugte sich gespannt vor. Sämtliche Müdigkeit war aus ihrem Gesicht verschwunden. Was ganz sicher nicht am Alkohol auf nüchternen Magen lag.

»Er ist zu Beginn der Saison mit Björn und mir zum Krabbenfischen rausgefahren. Habe ich dir nicht davon erzählt? Angeblich wollte er eine Reportage über aussterbende Berufe schreiben. Aber ein solcher Artikel ist niemals erschienen. Allerdings habe ich ihm von Anfang an nicht geglaubt.« Er schaute zu Anton herüber, der nachdenklich seinen zweiten Doppelkorn beäugte, bevor er ihn entschlossen hinunterkippte.

»Warum hast du ihn dann mitgenommen?« Dorothea folgte dem Beispiel der Männer, indem sie ihren Schnaps in einem Zug austrank.

»Weil er großzügig dafür bezahlt hat.« Fritz schenkte die nächste Runde ein. »Mein Kutter hat den ganzen Winter über auf Werft gelegen. Ich konnte das Geld wirklich brauchen.«

»Was meinst du damit, du hast ihm nicht geglaubt?« Für Anton war dies die wesentlich wichtigere Frage.

»Björn hat im Internet nachgeschaut. Demnach schreibt dieser Frey nur über seine Abenteuerreisen und so was in der Art. Ich kann mir nicht vorstellen, dass eine Fahrt mit meiner alten ›Rieke‹ in diese Rubrik fällt. Davon abgesehen interessierte er sich überhaupt nicht für unsere Arbeit. Genau genommen stand er die ganze Zeit nur im Weg herum und starrte durch sein Fernglas, als würde er nach dem Weißen Wal Ausschau halten. Das Ding hatte sogar eine Nachtsichtfunktion. Kaum zu glauben, aber der Bursche kommt mit weniger Schlaf aus als mein Sohn und ich.«

»Hat er Fotos gemacht?«, fragte Anton.

»Ein paar. Meiner Meinung nach hat er nicht gefunden, wonach er gesucht hat.«

»Und was, denkst du, hat er gesucht?«

Fritz schwieg eine Weile und nutzte die schöpferische Pause, um einen Schluck zu nehmen. »Sagen wir mal so«, begann er vorsichtig, »einige Tage später wurden auf den Ostfriesischen Inseln kleine Päckchen mit Kokain an den Strand gespült. Jedenfalls stand es so in der Zeitung. Vielleicht wusste dieser Journalist, woher das Zeug stammt.« Er sah von Anton zu Dorothea und wieder zurück. »Ihr denkt, der Tote ist dieser Frey«, folgerte er.

Anton antwortete mit einem tiefen Schweigen.

»Wir gehen davon aus, dass Benno Frey sein Image als Reisejournalist nutzt, um über den Seeweg des Kokains zu recherchieren«, sagte er schließlich. »Für die Schmuggler ist der Containerumschlag in den Häfen ein wahres Fest.«

»Ich glaube nicht, dass Frey meinen Kutter brauchte, um Containerschiffe zu beobachten. Von denen halte ich mich fern, so gut es geht. Im letzten Sommer hat so ein Monstrum das Fischerboot des alten Paulsen versenkt.«

Anton griff nach der schwieligen Hand des Fischers und

drückte sie sanft. Das Unglück hatte damals die ganze Küste in Aufruhr versetzt. Als Ursache galt menschliches Versagen. Anders ausgedrückt: Auf der Brücke des Containerschiffs hatte man geschlafen. Sie hatten es nicht einmal bemerkt, als sie über das kleine Boot regelrecht hinwegmähten. Derartige Unfälle würden sich in Zukunft häufen, davon gingen Anton und seine Kollegen stillschweigend aus.

»Ich habe mir noch am selben Tag ein AIS-Gerät für meine alte ›Rieke‹ gekauft. Aber wenn sich diese Ungeheuer jetzt schon mit den großen Frachtern anlegen …« Fritz' Hand zitterte leicht, als er seinen dritten Korn an die Lippen führte.

»Ich denke, ich weiß, wonach Benno Frey gesucht hat«, sagte Anton. Er drehte sein Schnapsglas zwischen den Fingern. Bislang hatte er es für pure Spekulation, wenn nicht gar Seemannsgarn gehalten, da noch jeglicher Beweis fehlte. Doch jetzt ergab es einen Sinn, ob es ihm gefiel oder nicht.

»Du meinst Kurierboote?« Dorothea musste dieser Gedanke ebenfalls ganz automatisch gekommen sein. »Wir haben noch nie eins erwischt. Was vermutlich daran liegt, dass dieses Vorgehen für die Schmuggler viel zu riskant ist.«

»Könnte mir jemand verraten, wovon ihr sprecht?«, mischte sich Fritz ein. »Nur für den Fall, dass ich noch mehr Tipps für euch habe, von denen ich nichts weiß.«

»Gerüchten zufolge werfen die Schmuggler die Kokainpäckchen einfach ins Meer, wenn sie dicht genug an die Küste herangekommen sind«, sagte Anton. »Die Päckchen werden dann von kleinen Sportbooten aus aufgefischt und über die verstreuten Yachthäfen an Land gebracht. Vorzugsweise bedienen sie sich dieser Methode, wenn sie etwas über gezielte Kontrollen in den Containerterminals läuten hören.« *So wie damals, als Hansens dämliche Aktion uns beiden fast das Leben gekostet hätte.* Anton biss sich auf die Zunge, als er Dorotheas argwöhnischen Blick gewahrte.

»Wie sollten sie das anstellen?«, schnaubte Fritz. »Legen sie Fischernetze in der ganzen Nordsee aus, um ihre Drogen wieder einzufangen?«

Genau das bereitete der Polizei Kopfzerbrechen. Seegang und Strömung mussten im Handumdrehen dafür sorgen, dass das Treibgut in alle Himmelsrichtungen davondriftete, und zwar schneller, als man es von einem Motorboot aus einsammeln konnte.

»Vielleicht nehmen sie den Schwund einfach in Kauf.« Die einzige Theorie, die Anton einleuchtete. »Wenn es blöd läuft, landet das, was sie nicht erwischen, auf den Ostfriesischen Inseln als Strandgut an. Wahrscheinlich haben sie so viel von dem Zeug, dass es nicht weiter ins Gewicht fällt.«

»Außerdem ist es ein kalkulierbares Risiko, denn die Ermittlungsbehörden sind völlig chancenlos, die Herkunft des Kokains zu bestimmen.« In Dorotheas Kopf schien sich diese Theorie wider Willen warmzulaufen.

»Und uns schiebt man die Arschkarte zu, weil wir die Stahlmonster nicht lückenlos überwachen, sobald sie die Deutsche Bucht erreichen.« Anton gab ein wütendes Zischen von sich. Mit den lächerlichen Ressourcen, die der Wasserschutzpolizei zur Verfügung standen, konnten sie nicht einmal die ankernden Schiffe auf der Tiefwasserreede vor Helgoland im Auge behalten.

»Und du meinst, dieser Journalist ist auf einem Containerschiff von Südamerika bis nach Bremerhaven gefahren, um genau so ein Schauspiel vor unserer Küste zu beobachten?« Fritz rieb sich die Stirn. Es stand ihm deutlich ins Gesicht geschrieben, dass er ein solches Vorgehen für komplett schwachsinnig hielt. »Übrigens hat mich erst Freitagnacht so ein Typ nach diesem Benno Frey gefragt«, sagte er unvermittelt.

»Was?« Anton ließ von seiner Spielerei mit dem Schnapsglas ab und starrte den Fischer fassungslos an.

»Björn und ich waren schon auf dem Kutter, wollten gerade ablegen, als er plötzlich dastand. Zu so später Stunde kriegen wir am Kai nur selten Besuch, wenn du verstehst, was ich meine.«

»Und wann genau hattest du vor, mir das zu erzählen?«, fragte Anton, der an dieser Information noch immer kaute.

»Das tue ich doch gerade.« Fritz klang leicht beleidigt.

»Wie sah der Mann aus?«, fragte Dorothea.

»Schwer zu sagen«, entgegnete der Fischer. »Größer als Anton, kräftig, breite Schultern, Klamotten, wie sie alle Touristen hier tragen. Von seinem Gesicht konnte ich nicht allzu viel erkennen. Er hatte sich eine Schirmmütze in die Stirn gezogen. Und er trug eine Sonnenbrille. Um Mitternacht.«

»Was genau wollte er wissen?«, hakte sie nach.

»Nur, ob ich diesen Benno Frey schon einmal persönlich gesehen habe. Er hat mir ein Foto aus einer Zeitschrift gezeigt.«

»Und was hast du ihm geantwortet?«

»Dass er sich zum Teufel scheren soll. Der Typ war mir unheimlich. Hat noch am Kai gestanden, als wir die Hafenausfahrt erreichten. Wisst ihr, wer das war?«

»Nein«, sagte Anton schnell. Auch wenn sich ihm ein Verdacht mit aller Macht aufdrängte. Aber er konnte sich ebenso gut irren.

»Na dann: Prost!« Fritz hob sein Glas, wartete, bis es ihm die anderen gleichtaten, und trank. Dann machte sich ein versöhnliches Lächeln unter seinem Rauschebart breit. »Aber jetzt wird erst mal gefrühstückt. Essen hält Leib und Seele zusammen.« Er rieb sich demonstrativ die Hände, als seine Frau drei überladene Teller auf den Tisch stellte.

»Schön aufessen, damit ihr mir bei Kräften bleibt.« Rieke Fischer hob lächelnd den Zeigefinger. »Falls ihr noch etwas braucht, einfach rufen.« Damit verschwand sie wieder im Verkaufswagen und tat so, als ginge sie das Gespräch nichts an. Allerdings wettete Anton seine rechte Hand darauf, dass sie jedes Wort mitgehört hatte.

»Es wäre schön, wenn ihr die Sache noch eine Weile für euch behalten könntet«, sagte er. »Nur bis wir mehr wissen.«

»Keine Bange, mien Jung. Ich bin wirklich nicht scharf darauf, diesem unheimlichen Typen noch einmal zu begegnen.« Fritz zwinkerte ihm zu.

Anton wechselte einen Blick mit Dorothea und nickte. Dann taten sie, wie ihnen geheißen. Schon nach den ersten Bissen stand zweifelsfrei fest, dass Fritz nicht zu viel versprochen hatte.

Das deftige Frühstück aus fangfrischen Krabben, Speck, Rührei, Butter und Roggenbrot versöhnte mit allen Widrigkeiten des Tages. Jedenfalls für eine Weile.

Als die Teller bis auf den letzten Krümel leer geputzt waren, schaute Anton auf die kleinen Fischerboote, die jetzt in einer bunten Reihe an der Kaimauer lagen. Fast unmerklich hatte sich eine feuchte Dunstglocke über der Küstenregion ausgebreitet. Als hätte ein Weichzeichner mit Absicht alle Konturen verwischt. Sogar hier, unmittelbar am Hafen, herrschte eine fast gespenstische Windstille, als hielte die gesamte Welt den Atem an.

»Meine Lieben, ich werde euch jetzt allein lassen«, sagte Fritz, während er sich mit müden Gliedmaßen von der Bank erhob. »Muss mich dringend noch für ein paar Stunden aufs Ohr hauen. Heute Abend mit ablaufend Wasser geht's für mich wieder raus.«

Anton deponierte einen Geldschein unter seinem Schnapsglas und stand ebenfalls auf. Dabei ignorierte er geflissentlich das Kreischen seiner müden Muskeln.

»Das wird ein ordentliches Gewitter geben, spätestens heute Abend, darauf wette ich«, sagte Dorothea mit einem misstrauischen Blick in den Himmel.

»Ja, uns bleibt wirklich nichts –« Bevor er seinen Satz beenden konnte, begann sein Telefon in der Hosentasche einen Unheil verheißenden Song zu spielen. Skeptisch zog er es hervor und nahm das Gespräch an.

»Merle, was gibt's?«

»Ich hoffe, ich habe dich nicht geweckt?«

»Nein, schieß los.«

»In der Fischhalle ist jemand, der dich sprechen möchte. Persönlich.«

»Hansen?«, riet er.

»Nein, eine Frau. Ihr Name ist Teona Westphal.«

# 23

Für Lisa bestand kein Grund mehr, sich im Lagerraum zu fürchten. Trotzdem bekam sie ihren rasenden Puls nur schwer unter Kontrolle. Kaum dass sie die letzte Stufe überwunden hatte, begann sich die Umgebung vor ihren Augen zu drehen.

*Wasser. Du bist in die Küche gegangen, weil du furchtbaren Durst hast. Du musst nur etwas trinken!*

Mit wenigen Schritten stand sie in der Nasszelle, drehte den Wasserhahn auf und trank gierig aus der hohlen Hand. Für einen Moment musste sie innehalten, um Atem zu schöpfen. Es war ein purer Reflex, der sie zwang, ihren Oberkörper aufzurichten, um genügend Sauerstoff in die Lunge zu pumpen. Und dabei in den nackten Wandspiegel zu schauen, den einzigen Spiegel im ganzen Leuchtturm. Doch dieses Mal erschrak sie nicht über die aschgrauen Ränder unter ihren Augen. Etwas lenkte sie von ihrem Gesicht ab. Etwas Silbriges, das soeben einen Lichtstrahl reflektierte, der sich durch das kleine Bullauge zwängte. Lisa kniff die Lider zusammen, riss sie wieder auf.

Das Ding war noch immer da, auf dem Schachbrettmuster der Fliesen, direkt neben der Toilette, eng an die Wand geschmiegt. Sehr langsam wandte sich Lisa vom Spiegel ab und drehte sich um. Als steuere jemand anderes ihre Bewegungen, kniete sie sich auf den Boden. Mit gestrecktem Arm angelte sie den rechteckigen Gegenstand aus der Ecke hervor. Er wog zu schwer in ihrer Hand, als dass sie einfach hätte wieder aufstehen können. Kniend starrte sie auf Karlas iPhone. Hier also hatte es die ganze Zeit gelegen, war der dämlichen Nuss aus der Hosentasche gerutscht, als sie auf der Toilette hockte. Zumindest in diesem Punkt hatte Lisa also nicht ihre Finger im Spiel gehabt, weder im Wahn noch bei klarem Verstand. Allerdings bestand keinerlei Chance, dass Karla ihr auch nur ein Wort glauben würde. Vollkommen gleichgültig, was Lisa sagen oder tun würde, Karla wüsste dagegenzuhalten, allein aus Prinzip.

Planlos tippte und wischte Lisa auf dem Display herum. Immerhin hatte das Ding noch Saft, auch wenn der kleine Kontrollbalken des Akkus bereits rot blinkte. Die Funktionen waren jedoch gesperrt und verlangten nach einer PIN. Sie spürte ein irres Lachen in ihrer Kehle, das wie ein Röcheln hervorquoll. Die Verzweiflung nagte an ihren Eingeweiden wie eine hungrige Ratte.

*Verdammt! Reiß dich zusammen! Denk. Einfach. Nach.*

Leon, natürlich. Plötzlich erschien es ihr als vollkommen logisch, dass der Junge die PIN seiner Mutter kannte, auch wenn er sich noch so desinteressiert am Internetsurfen gab. Jetzt musste Lisa nur noch lange genug an Leon herankommen, um ihm die vier Ziffern zu entlocken. Anschließend musste sie es ungehindert auf die Galerie schaffen, da es in den unteren Stockwerken keinen ausreichenden Empfang gab. Auf dem Wege dorthin brauchte sie lediglich den Zettel vom Wandtelefon zu reißen. Denn es ergäbe kaum Sinn, einfach die Eins-Eins-Null zu wählen. Alles, das sie der Stimme in der Notrufzentrale erzählen konnte, musste unweigerlich wie kompletter Unsinn klingen. Außerdem konnten die kaum einen Streifenwagen vorbeischicken, um aus purer Höflichkeit nachzusehen. Sie musste die Wasserschutzpolizei direkt anrufen. Wenn sie nach Hauptkommissar Anton Hayen persönlich verlangte, hatte sie zumindest eine Chance, ernst genommen zu werden. Und dann, endlich, würde er kommen, um sie zu retten. Ganz bestimmt! Falls der müde Akku lange genug durchhielt.

Sie ignorierte das Knacken ihrer Kniegelenke, als sie vom Boden aufstand. Das Handy verstaute sie in der Seitentasche ihrer Strickjacke. Diese war ausgebeult genug, sodass die eckigen Umrisse darin nicht auffielen, jedenfalls nicht bei flüchtigem Hinsehen. Dann, endlich, ging sie zurück in den Lagerraum, um nach dem Erste-Hilfe-Kasten zu suchen. Besser, sie wiegte Karla in Sicherheit, bis sie die passende Gelegenheit fand, ihren Plan in die Tat umzusetzen. Auch wenn ihr dafür nicht allzu viel Zeit blieb, mit blinder Hektik würde der Schuss nach hinten losgehen.

Sie entdeckte das Verbandszeug im Regal über der Nische, in der die Rettungsinsel gelegen hatte. Doch noch während sie den orangefarbenen Kasten hervorzog, fiel ihr Blick auf einen länglichen Gegenstand, der wie verirrt zwischen einem Knäuel aus Seilen, Flaschen mit Lösungsmitteln und einem Haufen altgedienter Arbeitshandschuhe lag. Ein Lächeln zuckte über ihre Mundwinkel, als ihre Finger den rutschfesten Griff umschlossen. Ihr Atem beruhigte sich auf wundersame Weise, während sie das Werkzeug anhob.

Der Hammer lag gut in der Hand. Es war einer mit einem flachen Kopf, um Nägel einzuschlagen, und einer leicht gebogenen und gespaltenen Spitze, um unbrauchbare Nägel wieder herauszuziehen. In jedem Fall eignete er sich perfekt als Waffe. Falls Karla ihr noch einmal an die Kehle springen sollte, würde sie davon Gebrauch machen, ohne zu zögern.

Inmitten ihres kleinen Triumphes hörte Lisa plötzlich Schritte auf der Treppe.

»Was machst du da?«, fuhr Karla sie an.

Da ihr keine Zeit zum Nachdenken blieb, stopfte Lisa den Hammerstiel in ihren Gürtel und knöpfte die Strickjacke darüber zu. Dann hob sie den Verbandskasten in die Höhe und drehte sich zu ihrer Schwägerin um.

»Ich habe ihn gefunden. Warum hast du nicht einfach in der Küche gewartet?«

»Du hast mir die Nase gebrochen«, antwortete Karla. »Ich brauche einen Spiegel, um sie mir zu richten.«

Damit setzte sie ihren Weg die Treppe hinunter fort. Ihren Bewegungen nach zu urteilen, hatte sie sich bei dem Sturz etliche Prellungen zugezogen. Für sie bestand keine Notwendigkeit, die Schmerzen zu verbergen. Ganz im Gegensatz zu Lisa, damals, als Robert noch am Leben gewesen war. Es verschaffte ihr eine boshafte Genugtuung zu sehen, wie Karla, die ihren Bruder nahezu vergöttert hatte, litt.

»Lass mich dir wenigstens helfen.« Lisa folgte ihrer Schwägerin in die Nasszelle.

»Geh mir aus dem Weg!« Karla entriss ihr das Verbandszeug.

Dabei berührte sie um ein Haar den Hammerkopf, der sich verräterisch unter Lisas Strickjacke abzeichnete. Doch Karla war zu sehr damit beschäftigt, ihr geschwollenes Gesicht im Spiegel zu betrachten.

»Wie du willst«, sagte Lisa.

Sie hatte nicht damit gerechnet, dass das Miststück es ihr so leicht machen würde. Zielstrebig stieg sie die Treppen hinauf. Fast befürchtete sie, der handgeschriebene Zettel am Wandtelefon des Dienstraumes könnte in der Zwischenzeit verschwunden sein. Doch er klebte wie all die Jahre zuvor am Plastikgehäuse. Ihre Finger zitterten unkontrolliert, während sie die Klebestreifen loskratzte. Das morsche Papier riss entzwei, als es ihr endlich gelang. Doch auf dem Fetzen in ihrer Hand stand, was sie brauchte. Jetzt hing alles davon ab, ob der Junge ihr noch immer vertraute.

Sie fand Leon draußen auf der Galerie. Gerade hob er das Küchenmesser auf, das ihr in der Nacht zuvor in ihrer Panik aus der Hand gefallen war. Sie hatte es vollkommen vergessen.

»Bitte, Leon, leg das wieder weg«, hörte sie sich sagen.

Als er das Geräusch hinter seinem Rücken wahrnahm, drehte er sich zu ihr um, dabei zeigte die Spitze der Klinge direkt auf Lisas Unterleib.

»Ich wollte nicht, dass deinem Vater etwas passiert.« Die Worte kamen stockend über ihre Lippen. »Es war ein Unfall. Deine Mutter hat recht, ich sehe Gespenster. Hier auf dem Leuchtturm ist niemand außer uns dreien. Also bitte, gib mir das Messer.«

Leon starrte sie nur schweigend an.

Hätte er sie angeschrien, geweint oder gar angegriffen, wäre die Situation einigermaßen erträglich gewesen. Doch in seinen hellblauen Augen, die so sehr an Moritz erinnerten, lag eine Leere, die Lisa körperlich wehtat.

»Hör zu, ich habe das Handy deiner Mutter gefunden!« Sie nestelte es aus ihrer Tasche und hielt es in die Höhe. »Wir können jetzt Hilfe rufen. Du musst mir nur ihre PIN geben.«

In Leons Gesicht schienen sich Hoffnung und Misstrauen

einen erbitterten Kampf zu liefern. Seine Lippen öffneten sich, als habe er sich entschieden, seiner Tante Lisa zu glauben. Doch weiter kam er nicht.

»Wusste ich's doch!«, schrie Karla.

Offenbar hatte nicht einmal Leon bemerkt, dass sie zu ihnen heraufgeschlichen war. Er wirbelte herum, die Klinge nun starr auf seine Mutter gerichtet.

»Um Gottes willen, was hast du ihm erzählt?«, kreischte sie, völlig perplex, von ihrem Sohn so offensichtlich bedroht zu werden.

Zwar hatte sie sich das Nasenbein notdürftig gerichtet, ansonsten jedoch keine Zeit auf die Versorgung ihrer Wunden verschwendet. Es war also alles andere als verwunderlich, dass ihr bloßer Anblick den Jungen verstörte.

»Ich habe dein Telefon gefunden«, brachte Lisa in einigermaßen ruhigem Ton hervor. »Ich brauche nur deine PIN, dann rufe ich die Polizei an. Die werden uns abholen.«

»Sicher.« Karla stieß einen verächtlichen Laut aus. »Sehe ich aus wie eine Vollidiotin?«

»Drei, sieben ...«, begann Leon zu diktieren.

»Halt um Gottes willen den Mund!« Karla machte einen halben Schritt auf ihren Sohn zu, verharrte jedoch eine Handbreit vor der Messerklinge. »Was auch immer sie dir eingetrichtert hat, glaube ihr kein Wort. Dort steht die Mörderin deines Vaters!«

»Das ist nicht wahr!«, brachte Lisa gequält hervor. »Aber wir können das später klären. Jetzt müssen wir erst mal weg von hier. Leon?« Wie auf Kommando gab das Telefon in ihrer Hand einen kläglichen Laut von sich. Der rote Kontrollbalken des Akkus blinkte. Lisa schaute ihrem Neffen flehend in die Augen.

»Denk nicht einmal daran!« Karlas Blick flog hektisch zwischen dem Messer in Leons Hand und ihrem Handy, das Lisa umklammert hielt, hin und her. »Sie hat deinen Vater umgebracht, kapierst du das denn nicht?«

»Hört auf!«, brüllte Leon plötzlich aus Leibeskräften.

Karla klappte vor Verblüffung die Kinnlade herunter. Lisa wagte nicht, sich zu rühren.

»Warum denkt ihr bloß immer, dass ich total verblödet bin?«, sprudelte es aus ihm heraus.

»Aber das tut doch keiner«, versuchte Karla, ihn zu beruhigen. Ohne Erfolg.

»Du lügst!«, schrie Leon. »Ich habe es gesehen! Ich habe alles gesehen!« Seine Hand, die das Küchenmesser hielt, stieß ruckartig in Karlas Richtung.

Die Stille, die nun eintrat, war umfassend. Die Wellen tief unter ihnen hielten inne, die Möwen verstummten, kein Lufthauch regte sich mehr.

»Nein, Leon, du musst mir zuhören«, presste Karla hervor. »Dein Papa war sehr leichtsinnig, er ist –«

»Hör. Endlich. Auf. Zu lügen!« Er hob die Messerklinge ein wenig höher. »Ich habe dich gestern Nacht beobachtet. Tante Lisa war draußen auf der Turmleiter, Papa hat auf dem Bauch gelegen, um sie heraufzuziehen. Du hast seine Beine festgehalten. Am Anfang. Und dann hast du ihn gestoßen, einfach so!« Tränen liefen seine roten Wangen hinab, doch er blinzelte nicht einmal. »Tante Lisa soll endlich die Polizei rufen! Drei, sieben, neun, zwei.«

Lisas Überlebensinstinkt übersprang das Trommelfeuer, das aus allen Winkeln ihres Gehirns gleichzeitig losbrach. In einer Art Vakuum gefangen, tippte sie die Zahlen in den Ziffernblock. Es gelang ihr noch, die Nummer von dem abgerissenen Zettel zu wählen. Dann stürzte sich Karla wie eine Furie auf sie.

Lisa riss die Hand mit dem Telefon darin in die Höhe, um es für Karla außer Reichweite zu bringen. Eine vollkommen sinnlose Übung, wenn man mit einer deutlich größeren Gegnerin rang.

»Wasserschutzpolizei Cuxhaven, Kommissarin Raubach, was kann ich für Sie tun?«, hörte sie eine blecherne Stimme.

»Hallo? Wir sind auf dem Leuchtturm Roter Sand! Wir brauchen Hilfe!«, schrie Lisa, so laut sie konnte. Kurz bevor sich Karlas Fingernägel in ihr Handgelenk krallten.

Ein weiterer Stoß. Das Handy entglitt ihren Fingern. Lisas gesamte Wahrnehmung fixierte das kleine, rechteckige Gerät.

»Hallo?« Die Stimme der Polizistin, direkt in Reichweite, unendlich weit entfernt.

Lisa warf sich zu Boden. Der Hammer, der in ihrem Hosenbund steckte, quetschte sich dabei so fest in ihre Eingeweide, dass ihr der Atem stockte.

»Hallo?«

Ihre Finger berührten das kalte Metall. Bis sich die Sohle von Karlas Sportschuh über ihrem Handrücken niedersenkte. Lisa stieß einen erstickten Schrei aus, als einige der empfindlichen Knochen brachen. Trotzdem tastete sie weiter nach dem Telefon. Doch bei jeder flüchtigen Berührung schnippte sie es einige Millimeter von sich fort. Ein letzter Versuch machte jegliche Hoffnung zunichte. Das Handy schlitterte über den Fußboden der Galerie, fand das freie Feld unter dem Geländer. Dann fiel es mit einem letzten »Hallo?« in die Tiefe.

# 24

»Wer zum Geier ist Teona Westphal?«, fragte Dorothea. Ihren Atemgeräuschen nach zu urteilen, hatte sie Mühe, mit Anton Schritt zu halten.

»Die Chefredakteurin eines Magazins, in dem Freys Artikel erschienen sind. Sie hatte mir angeboten, uns bei der Suche nach ihm zu unterstützen.«

»Sie hat es dir *angeboten*?« Dorothea gab sich keine Mühe, den pikierten Tonfall zu unterbinden. »Was genau habe ich in den letzten zwölf Stunden verpasst?«

»Ich habe nur ein wenig recherchiert, das ist alles.« Tatsächlich hatte er sein Telefonat mit dieser Frau zwischenzeitlich fast vergessen. Jetzt überdeckten die Erinnerungen an ihre erotische Stimme alles andere.

»Und? Hat sie ihn gefunden?«, echauffierte sich Dorothea.

»Das kannst du sie gleich selbst fragen«, entgegnete er.

Soeben erreichten sie die Fischhalle V. Dorothea murmelte einen unverständlichen Fluch. Dann folgte sie ihm kopfschüttelnd in die Büroetage hinauf.

Das Erste, was Anton erspähte, war Merles blonder Zopf, der in der Nähe der Kaffeemaschine auf und ab wippte. Zielstrebig hielt er darauf zu. Noch im Gehen rückte Merles Gesprächspartnerin in sein Sichtfeld. Sie lehnte lässig an der Wand, gleich neben dem Fenster. Ihr rabenschwarzes, kinnlanges Haar hob sich wie ein Schattenriss vom Tageslicht ab. Auch sonst besaß sie keine Ähnlichkeit mit dem Bild, das seine Phantasie von ihr entworfen hatte, was sie jedoch nicht weniger interessant machte. Die Redakteurin war kleiner als Merle, aber von drahtiger Statur. Sie trug eine bunte, weit geschnittene Leinenhose, ein ärmelloses Top, dazu überdimensionale Ohrringe, die bei jeder Bewegung mitschwangen. Eher zufällig sah Merle in Antons Richtung und machte Teona Westphal auf ihn aufmerksam. Diese straffte die Schultern und kam ihm mit energischen Schritten entgegen.

»Ich hoffe, es ist Ihnen nicht unangenehm, dass ich einfach so hier hereinplatze«, sagte sie, ohne sich offiziell vorzustellen. Ihr Lächeln brachte Grübchen zum Vorschein, die ihr ein schulmädchenhaftes Aussehen verliehen.

»Nein. Im Gegenteil.« Er bemühte sich, seine Nervosität im Zaum zu halten. »Ich nehme an, dass Sie den Weg von Hamburg hierher nicht grundlos auf sich genommen haben. Also: Schießen Sie los.«

»Gibt es hier irgendwo eine Ecke, in der wir uns etwas ungestörter unterhalten können?« Sie ließ ihren Blick durch das chaotisch anmutende Gemeinschaftsbüro schweifen.

»Setzen wir uns an meinen Schreibtisch«, sagte er, wohl wissend, dass es nicht gerade das war, was ihr vorschwebte.

Immerhin befand sich sein Arbeitsplatz in einer Fensternische zwischen zwei Regalwänden, die einen gewissen Sichtschutz boten. Auf dem Weg dorthin schnappte er einen gerade unbenutzten Bürostuhl und zog ihn mit sich. »Bitte, setzen Sie sich«, sagte er.

Dann sah er mit einem leicht angestrengten Lächeln zu Dorothea, die ihnen wie selbstverständlich gefolgt war. Mit laszivem Schwung nahm sie hinter Haukes verwaistem Schreibtisch Platz, der seinem direkt gegenüberstand.

»Das ist übrigens meine Kollegin –« In diesem Moment begann das Telefon zu klingeln, das Anton sich mit Hauke während der Bürozeiten teilte.

»Lass nur, ich mach das schon«, sagte Dorothea, langte über die Aktenstapel und angelte nach dem Hörer.

»Wasserschutzpolizei Cuxhaven, Kommissarin Raubach, was kann ich für Sie tun?«, nahm sie das Gespräch förmlich an.

Während sie dem Anrufer lauschte, wanderten ihre Augenbrauen in die Höhe. »Hallo?«, rief sie so laut, dass sich einige Kollegen irritiert zu ihr umdrehten. »Hallo?«

»Wer ist dran?«, formte Anton mit den Lippen.

Dorothea zuckte nur mit den Schultern. »Hallo?«, schrie sie jetzt in die Sprechmuschel, als telefonierte sie mit dem Mars. »Hallo!« Sie lauschte noch zwei, drei Sekunden. Dann nahm sie den Hörer vom Ohr und schaute ihn an, als hätte er sich soeben in ein Knallbonbon verwandelt. Mit einem genervten »Sehr witzig« legte sie auf.

»Was?«, fragte Anton.

»Nichts. Ein dummer Scherz, nehme ich an.«

»Okay. Also«, er sortierte seine Gedanken und wandte sich endlich Teona Westphal zu, »legen Sie los.«

»Benno Frey hat keinen festen Wohnsitz in der Stadt, nur eine Postfachadresse«, kam sie ohne Umschweife zur Sache. »Dort habe ich heute Morgen nachgesehen.«

»Das heißt, Sie besitzen einen Schlüssel?«

»Nein. Aber einer der Mitarbeiter in der Postfiliale. Benno hat mir vor seiner Abreise den Namen genannt. ›Nur für alle Fälle‹, wie er sich ausdrückte. Ich hatte den Mann noch nie zuvor gesehen, aber er hat mich sofort erkannt. Offenbar hatte Benno auch ihn entsprechend gebrieft.« Sie reichte Anton einen Luftpolsterumschlag. Die Adresse war mit schwarzem Filzstift geschrieben, der Absender fehlte.

»Ein anonymer Brief?«

»Er ist von Benno selbst. Ich erkenne seine Handschrift. Außerdem«, sagte sie dann und tippte mit dem Finger auf den Poststempel. Er war blass, aber durchaus zu entziffern.

»Rotterdam, 10. Juli«, las Anton laut. »Das war vor fünf Tagen. Der Offizier hat also die Wahrheit gesagt. Frey hat das Schiff am Dienstag verlassen, und zwar lebendig genug, um einen Brief abzuschicken.« Er öffnete den Umschlag, der jedoch nichts als Luft enthielt. »Soll das ein Witz sein?«

Westphal hielt ihm ihre Handfläche entgegen, in der ein USB-Stick lag. »Fotos«, sagte sie. »Aber sehen Sie selbst.«

Kommentarlos stöpselte Anton den Stick ein. Mit steigender Nervosität klickte er auf den einzigen darin enthaltenen Dateiordner. Auf dem Bildschirm bauten sich einige Dutzend Bilder in Miniaturform auf.

»Plantagen, ein primitives Labor, riesige Mengen weißen Pulvers, Plastikpäckchen, Fahrzeuge. Dann Transportkisten, die in Containern verschwinden, die wiederum im Hafen von

Cartagena auf die ›Beluga‹ verladen werden. Und natürlich eine ganze Reihe von Personen, die der Polizei hoffentlich mehr sagen als mir«, beschrieb sie die Bilderstrecke.

»Die lange Reise des Kokains«, fasste Anton zusammen.

Westphal nickte. »Benno hat schon lange keine Lust mehr auf sein Image als Reisereporter. Er will eine richtige Story. Wie es aussieht, hat er sie gefunden.«

»Na prima«, entgegnete Dorothea. »Ich verstehe nur nicht, wie uns das bei der Suche nach ihm weiterhelfen sollte.«

»Es gibt noch mehr Fotos«, antwortete Westphal, Dorotheas patzigen Tonfall geflissentlich überhörend. »Es hat eine Weile gedauert, bis ich daraufgekommen bin. Aber diese Bilder wären für Benno kein Grund, so gründlich abzutauchen.« Sie zog den Stick aus der Buchse und hielt ihn Anton direkt vor die Nase. »Fällt Ihnen etwas auf?«

Anton nahm ihr den kleinen Plastikstift aus der Hand, drehte ihn einige Male, runzelte jedoch nur die Stirn.

»Bloß ein Werbeaufdruck. So wie auf den meisten dieser Dinger.«

»Ganz genau. Nur dass Benno überhaupt nicht unter ›reisefotograf.de‹ firmiert. Deshalb habe ich die aufgedruckte Freemail-Adresse gecheckt. Bennos Passwort zu erraten war nicht weiter schwierig. Es ist derselbe Code, den ich auch dem Mitarbeiter der Postfiliale nennen sollte.«

Anton legte den Stick auf den Schreibtisch und lehnte sich mit verschränkten Armen zurück. »Er hat Ihnen also weitere Aufnahmen per E-Mail geschickt. Was macht das für einen Sinn?«

»Ganz einfach. Darf ich?« Sie zog die Computertastatur zu sich heran, öffnete eine Website und loggte sich bei dem Freemail-Anbieter ein. »Et voilà. Sehen Sie das Datum der letzten Mail?«

»Das ändert natürlich alles.« Anton setzte sich wie elektrisiert auf, die Augen starr auf den Monitor geheftet.

»Geht es ein bisschen genauer?«, raunzte Dorothea, die sich inzwischen hinter Anton und Westphal den Hals verrenkte, um die Details auf dem Bildschirm zu erkennen.

»12. Juli«, erklärte Anton knapp. »Das war am Donnerstag. Die Aufnahmen wurden an Bord der ›Beluga‹ gemacht. Das heißt, Frey ist am Dienstag, den 10. Juli in Rotterdam an Land gegangen, um die Post aufzugeben, und anschließend an Bord zurückgekehrt. Allerdings so, dass ihn niemand dabei bemerkte.«

»Okay. Aber ich verstehe noch immer nicht, wozu der ganze Aufwand gut sein soll«, sagte Dorothea.

»Schätze, eines der Besatzungsmitglieder ist misstrauisch geworden«, sagte Anton.

»Aber wenn ihm die Sache zu heiß wurde, warum sollte er sich zurück an Bord schleichen? Er hat mehr als genug Material für seine Story beisammen.«

»Weil ihm noch ein letztes Puzzleteilchen fehlt«, sagte Anton. »Eine Show, die sich direkt vor unserer Nase abspielt, ohne dass wir etwas dagegen tun können.«

»Die Kurierboote?« Dorothea legte die Stirn in Falten.

»Jep.«

»Würde es Ihnen etwas ausmachen, mich an Ihrem Gespräch zu beteiligen?« Teona Westphal ließ ihre Handfläche auf den Schreibtisch niedersausen, nur für den Fall, die Polizisten könnten sie schlicht vergessen haben.

Anton erklärte ihr die Mutmaßung, Drogenkuriere würden von kleinen Booten aus die Kokainpäckchen auffischen, die von Bord der Containerriesen in Küstennähe ins Wasser geworfen wurden.

»Auf den Fotos sind keine Sportboote zu sehen«, dämpfte sie seine Erwartungen.

»Zeigen Sie mir trotzdem alles«, sagte Anton. »Irgendetwas muss Frey beobachtet haben.«

»Hier, das sind alle, mehr gibt es nicht«, erklärte Westphal, nachdem sie die E-Mail-Anhänge geöffnet und die Bilder auf dem Monitor angeordnet hatte.

Anton spürte, wie sein Puls die Schlagzahl erhöhte, während er die Serie durchblätterte. Dorothea schob sich an Westphal vorbei und beugte sich über seine Schulter.

»Jede Menge Wasser und weitere Containerschiffe im Hintergrund«, beschrieb Dorothea die Motive. »Frau Westphal hat recht, die Aufnahmen sind absolut unspektakulär, um nicht zu sagen todlangweilig.«

»Dort, weit im Hintergrund, erkennt man die Umrisse von Helgoland.« Anton vergrößerte eine Bilddatei, bis die Pixel verschwammen. »Außerdem scheinen sich die Schiffe nicht zu bewegen«, stellte er fest, während er eine kleine Abfolge von Fotos betrachtete, die sich lediglich im Zeitstempel unterschieden. »Als Frey die Aufnahmen gemacht hat, lag die ›Beluga‹ auf der Tiefwasserreede. Von dort sind es mindestens zehn Seemeilen bis nach Helgoland oder Wangerooge.«

»Aber die See ist spiegelblank. Mit einem Segel- oder Motorboot sollte die Strecke zum Festland locker zu schaffen sein«, entgegnete Dorothea.

»Ja. Nur sind dort tatsächlich keine Boote. Obwohl ...« Anton rutschte ein Stück vor und legte die Stirn in Falten. »Was ist das?« Er zeigte auf ein weißes Schiff mit lang gezogenem, frei liegendem Deck, niedriger Bordwand und einem Kran, der das kleine Steuerhaus überragte.

»Sieht aus wie ein alter Tonnenleger«, sagte Dorothea.

»Ganz genau. Aber was hat ein Tonnenleger auf einer Tiefwasserreede zu suchen?«, fragte Anton. »Das ist ein Ankerplatz für Frachtschiffe außerhalb der Fahrrinnen«, erklärte er Teona Westphal. »Dort gibt es keine Tonnen und Baken, die man einholen oder ausbringen könnte. Zwar fahren dort moderne Mehrzweckschiffe, die Seevermessungen und ähnliche Aufgaben übernehmen. Aber dafür scheint mir der alte Kahn hier nicht zu taugen.«

»Sie denken, dieses Schiff wird von den Drogenkurieren benutzt? Ist es dafür nicht viel zu weit von der ›Beluga‹ entfernt?«

»Auf diesen Fotos schon«, gab Anton zu. »Allerdings endet an dieser Stelle bloß Freys Dokumentation. Vielleicht wurde es ihm zu gefährlich, als der Tonnenleger näher kam.«

»Schwer zu glauben.« Westphal schüttelte den Kopf. »Benno ist viel zu verbissen. Falls ihm Gefahr droht, bemerkt er es erst, wenn sein Kopf bereits im Rachen der Bestie steckt.«

»Für mich klingt das alles reichlich weit hergeholt.« Dorothea trat einen Schritt zurück und verschränkte die Arme vor der Brust.

»Vielleicht. Aber Frey scheint mir ein Mann zu sein, der nichts ohne Grund tut. Wenn wir es schaffen, den Tonnenleger zu identifizieren, können sie in der Leitzentrale die Schiffsbewegungen zurückverfolgen.«

»Ich verstehe das trotzdem nicht«, sagte Westphal. »Wenn die Polizei weiß, wie die Schmuggler vorgehen, müssten Sie die betreffenden Containerschiffe doch nur überwachen, sobald sie die Deutsche Bucht erreichen. Falls Sportboote, Tonnenleger oder was auch immer mit denen auf Tuchfühlung gehen, bräuchten Sie nur noch zuzuschnappen. Ich meine, wir leben im 21. Jahrhundert. Auf See kann man sich nicht einfach verstecken. Außer vielleicht mit einem U-Boot.«

Anton rieb sich die Stirn. »Selbst mit einem U-Boot würden Sie in der Deutschen Bucht nicht weit kommen, dazu sind die Gewässer viel zu flach.« Er rang sich ein dünnes Lächeln ab. »Anders ausgedrückt: Sie haben natürlich recht. Theoretisch. Nur müsste die hiesige Polizei für eine effektive Überwachung erst mal den Lotto-Jackpot knacken, um sich die notwendige Ausstattung leisten zu können. Die traurige Wirklichkeit sieht leider ganz anders aus. Wir müssen um jedes Software-Update für elektronische Seekarten kämpfen. Ganz zu schweigen davon, dass wir viel zu wenige Beamte und Küstenboote besitzen, um unser Einsatzgebiet auch nur annähernd im Auge zu behalten.«

»Das heißt, Bennos Reportage würde Ihre Behörde wie den sprichwörtlichen Ochsen am Nasenring vorführen?«

*Ja, könnte man sagen. Es sei denn, Frey versorgt gewisse Stellen der Wasserschutzpolizei ebenfalls mit Informationen, um ausgewählte Karrieren schneller voranzutreiben.*

Mit voller Wucht preschte dieser Gedanke aus einem dunklen Winkel hervor und rastete mit lautem Nachhall in seinem Schädel ein.

*Hansen, verdammt! Er tut es schon wieder! Lernt dieser Schwachkopf denn niemals dazu?*

Anton biss sich auf die Unterlippe, um mit seinem Verdacht nicht laut herauszuplatzen.

»Um uns zu schaden, müsste Frey seine Superstory erst einmal veröffentlichen, oder?«, wandte Dorothea mit einem leicht pikierten Unterton ein.

»Okay, langsam reicht es mir«, sagte Westphal in einem Ton, der Anton eine verlegene Röte ins Gesicht trieb. »Sie wollen doch auf etwas ganz Bestimmtes hinaus. Wären Sie also so gütig, mich endlich einzuweihen? Vielleicht kommen wir dann schneller ans Ziel.«

Bislang wusste sie nur, dass Frey nicht auf Anrufe und E-Mails der Polizei reagierte. Die verstümmelte Leiche hatten sie erst Stunden nach ihrem nächtlichen Telefonat aus der Nordsee gefischt.

»Wie nahe stehen Sie und Herr Frey sich?«, fragte Anton vorsichtig.

Westphal zuckte mit den Schultern. »Wenn er in Hamburg ist, treffen wir uns. Privat. Allerdings ist Benno nicht der Typ für Heiratsanträge, wenn Sie verstehen, was ich meine.«

Anton nickte. »Aber er vertraut Ihnen.« Er drehte sich jetzt so, dass er Teona Westphal direkt in die dunkelbraunen Augen sehen konnte. »Es ist wichtig, dass Sie mir jetzt die Wahrheit sagen: Haben Sie in den letzten vierundzwanzig Stunden mit Benno Frey gesprochen? Hatten Sie irgendeine Form von persönlichem Kontakt?«

»Natürlich nicht. Denken Sie, ich wäre sonst hier?« Ihr ohnehin heller Teint nahm den Farbton einer Leinwand an. »Also: Was ist hier los?«

»Ein Fischerboot hat eine männliche Leiche vom Meeresgrund geborgen«, antwortete Dorothea rundheraus.

»Nun, dann sollte ich ihn mir ansehen.« Westphal sprang so hektisch auf, dass ihr Stuhl nach hinten wegrollte und dumpf gegen die Regalwand prallte.

Anton stand ebenfalls auf. Beschwichtigend legte er ihr einen Arm um die Schultern. »Die Leiche ist in einem wirklich schlimmen Zustand. Aber Sie können uns helfen, indem Sie mit dem Rechtsmediziner sprechen. Falls Sie ihm ein besonderes körperliches Merkmal Ihres … Geliebten nennen könnten, ein Tattoo, eine auffällige Narbe, dann könnte er womöglich schnell ausschließen, dass es sich bei dem Toten um Frey handelt.« Es tat gut, nicht länger um den heißen Brei herumzureden. Auch wenn Teona Westphal ihn inzwischen hassen musste. »Können Sie mir alle Fotos auf einen USB-Stick ziehen?«, fragte er trotz ihrer Totenblässe weiter.

Sie griff in ihre Hosentasche, zog einen weiteren Speicherstick hervor und hielt ihn Anton direkt vor die Nase.

»Danke, das ist sehr freundlich von Ihnen«, sagte er.

»Sollen wir ein paar Leute an Bord der ›Beluga‹ bringen, um die Besatzung zu überwachen?«, fragte Dorothea.

»Nein«, entschied Anton nach kurzem Überlegen. »Die sollen sich in ihrer schwimmenden Festung ruhig weiter in Sicherheit wiegen. Wir werden ihnen in Bremerhaven einen Empfang mit Pauken und Trompeten bereiten. Merle soll sich darum kümmern, dass ein Team der Spurensicherung und der Kriminaltechnik bereitsteht, sobald das Schiff in den Hafen einläuft. Und ein Suchtrupp mit Spürhunden. Sofort!«

»Denken Sie, Benno wurde *ermordet*?« Teona Westphal kämpfte mühsam darum, einigermaßen Haltung zu bewahren.

»Wir wissen es nicht«, antwortete Anton. »Wir wissen ja nicht einmal, ob Ihr Freund überhaupt tot ist. Vielleicht ist alles nur blinder Alarm, und mein Chef wetzt schon die Messer, um mir bei lebendigem Leibe das Fell über die Ohren zu ziehen.«

Westphal starrte mit leerem Blick durch die schmutzige Fensterscheibe auf den Alten Fischereihafen. Dann drehte sie sich abrupt um und funkelte Anton zornig an. »Bringen Sie mich jetzt endlich zu diesem Rechtsmediziner oder was?«

»Dorothea, würdest du das bitte übernehmen?«, fragte Anton. »Und unsere Stammbesatzung soll schnellstmöglich in der Fischhalle zum Dienst erscheinen. Finde jemanden, der sie alle zusammentrommelt.«

»Du willst, dass wir heute Abend noch auslaufen? Wozu?«

»Das weiß ich selbst noch nicht so genau. Es ist mir nur lieber, auf alles vorbereitet zu sein.«

»Und was wirst du solange tun?« Mit ernster Miene forschte Dorothea in seinen Augen.

»Ich mache einen kleinen Ausflug in die Leitstelle. Es ist an der Zeit, dass uns der Chef ein wenig unter die Arme greift. Ob ihm das jetzt passt oder nicht.« Er ließ den USB-Stick mit den Fotos in seine Hosentasche gleiten und verließ das Büro, ohne den fragenden Blicken seiner Kollegen Beachtung zu schenken.

## 25

»Wie lange, glaubst du, wirst du damit durchkommen?«, presste Lisa zwischen den Zähnen hervor. Sie lehnte mit dem Rücken an der Wand des Laternenhauses, die Beine lang auf dem Boden ausgestreckt. Ihre rechte Hand war bereits so stark angeschwollen, dass sie wie ein nutzloser Fremdkörper am Handgelenk baumelte. Die Schmerzen zogen wellenförmig den Arm hinauf bis direkt in ihren Schädel.

»Ich habe keine Ahnung, wovon du überhaupt sprichst.« Karla betrachtete sie mit einem Hohn, den nur Sieger zustande brachten. Sie stand an der Reling und starrte über das Meer.

»Du hast Moritz umgebracht! Leon hat dich dabei beobachtet. Man wird dich in jedem Fall verhaften, wenn nicht heute, dann eben morgen. Was macht das noch für einen Unterschied?«

»Ich fürchte, da irrst du dich.« Karla lachte heiser. »Leon ist mein Sohn. Er wird sich nicht gegen mich stellen, wenn Fremde dabei sind. Selbst wenn: Ich werde ihnen einfach erklären, dass du ihm ständig haarsträubenden Unsinn in den Kopf setzt. Du bist hier die Psychiatriepatientin. Also sage mir: Wer sollte den Geschichten eines Neunjährigen und einer Geisteskranken Glauben schenken?«

Natürlich. Karlas Sicht der Dinge ergab einen makabren Sinn. Es war viel zu einfach, Lisa als Alleinschuldige darzustellen. Sie hatte sich ja selbst dafür gehalten, würde es noch immer tun, wenn Leon seine entsetzliche Beobachtung weiterhin verschwiegen hätte. Wie unbeschreiblich schwer musste es für ein Kind seines Alters sein, das Gesehene als das zu begreifen, was es war: ein Mord, begangen von seiner Mutter an seinem Vater. Wie lange würde es dauern, bis die Bilder in seinem Gedächtnis verschwammen, sodass er das Unfassbare selbst nicht mehr glauben konnte, bis sich die Worte seiner Mutter zur unverrückbaren Wahrheit formten? Und wie lange würde Lisa bei klarem Verstand durchhalten, bevor ihre Horrorvisionen sie in neuer

Performance heimsuchten? Sobald die Sonne am Horizont versank, könnte sie für nichts mehr garantieren.

*Trotzdem: Ich war in einer psychosomatischen Klinik und nicht in einer Psychiatrie. Ich war niemals unzurechnungsfähig.*

Karla spielte auf Zeit, indem sie geduldig auf Hardy und seinen Tonnenleger wartete. Eine bessere Chance, mit dem Mord an ihrem Ehemann unbeschadet davonzukommen, gab es nicht.

Das Einzige, auf das Lisa jetzt noch hoffen konnte, war, dass ihr Anruf die Kommissarin der Wasserschutzpolizei zumindest stutzig gemacht hatte. Sie müsste mitbekommen haben, von wo der Anruf gekommen war. Blieb nur die Frage, ob sie es für angebracht hielt, ein Boot der Küstenstreife vorbeizuschicken. Wenn auch sonst, aus welchen Gründen auch immer, zurzeit kein regulärer Schiffsverkehr möglich war – für die Polizei würde das auf keinen Fall gelten.

Lisa umklammerte mit der Linken ihr rechtes Handgelenk und schaffte es, auf die Beine zu kommen.

»Was hast du vor?« Karla trat ihr in den Weg, bevor Lisa auch nur einen Schritt machen konnte.

»Meine Hand ist gebrochen. Ich werde sie irgendwie schienen müssen. Wie es aussieht, wird das Ganze hier ja noch eine Weile dauern.«

»Ohne mich wirst du nirgendwo hingehen«, sagte Karla.

»Sonst was? Bringst du mich eigenhändig um? So wie Moritz?«

Irgendetwas veränderte sich plötzlich. Lisa hatte keine Ahnung, ob es an ihrem harschen Tonfall lag oder neue Entschlossenheit in ihrem Gesicht keimte. Doch es reichte aus, um Karlas Siegesgewissheit bröckeln zu lassen. Zumindest für einen Moment.

»Ich habe nur getan, was nötig war!« Karlas Augenwinkel zuckten. Davon abgesehen bekam sie sich rasch wieder unter Kontrolle.

»Du hast *was*?« Zum ersten Mal kam Lisa der Gedanke, ihre Schwägerin könne ebenso verrückt sein wie sie selbst. Wenn auch auf eine völlig andere Art.

»Weißt du, wie es ist, wenn dein Ehemann eine andere Frau begehrt?«, spie Karla ihr ins Gesicht.

»Nein«, entgegnete Lisa wahrheitsgemäß. Robert war ein brutaler Choleriker gewesen. Aber er hatte sie geliebt. Auf seine eigene, perverse Art.

»Ich hab ihn gebeten – nein, ich hab ihn angefleht –, dich mit dieser verdammten Rettungsinsel ziehen zu lassen. Du hattest deine Wahl getroffen. Es stand ihm nicht zu, dich davon abzuhalten. Aber er ertrug den Gedanken nicht, dich zu verlieren.«

»Zwischen uns ist niemals etwas gelaufen, und das weißt du auch. Andernfalls hätte Robert mich längst totgeprügelt. Auch das weißt du sehr genau.«

Lisa überkam eine plötzliche Ruhe. Karla hatte ihren Ehemann ermordet, genau wie sie selbst ihrem Ehemann den Todesstoß versetzt hatte. Sie waren sich also ähnlicher, als sie sich eingestehen wollte. Nur dass Lisa selbst niemals versucht hatte, den Mord an Robert jemand anderem in die Schuhe zu schieben als einem armen, toten Reh.

»Es ist doch völlig egal, ob du seine Gefühle erwidert hast oder nicht. Vermutlich bist du überhaupt nicht fähig, für jemand anderen etwas zu empfinden. Du benutzt Männer doch nur als Spiegel, um dich deiner selbst zu vergewissern. Ohne die Anerkennung all der sabbernden Flachpfeifen existierst du überhaupt nicht.«

»Du hattest doch ohnehin vor, mich zurück ins Irrenhaus zu schicken«, sagte Lisa dann so ruhig, dass es sie selbst verblüffte. »Bei all der Mühe, die du dir gegeben hast, hätte es zweifellos funktioniert. Du wusstest von meinen Alpträumen und Visionen. Schätze, es war nicht weiter schwierig, dich im Dunkeln als dein Bruder auszugeben. Ihr wart fast wie Zwillinge.«

»Ich weiß wirklich nicht, wovon du redest.« Einen Moment lang schien Karla tatsächlich verwirrt.

»Du wärst mich in jedem Fall losgeworden. Dafür hättest du Moritz nicht umbringen müssen!«

»Es war ein Reflex. Ich hab das nicht geplant. Aber als er sich immer weiter hinausbeugte, so verzweifelt bemüht, dich zu halten, habe ich rotgesehen. Nur einen winzig kleinen Moment. Dann war es zu spät.«

»Aber du hast ja noch mich, den perfekten Sündenbock.«

»Was soll's? Ich meine, jeder weiß, dass du vollkommen durchgeknallt bist. Professor Feldmann hat sogar einmal angedeutet, du hättest den Autounfall damals möglicherweise absichtlich herbeigeführt, um Robert umzubringen. Er wird seine Vermutung nur bestätigt sehen, wenn ich ihm berichte, wie du Moritz in die Tiefe gerissen hast.« Ihre Mundwinkel verzogen sich zu einem spöttischen Grinsen.

»Nein, wird er nicht«, entgegnete Lisa. »Leon wird zu mir stehen. Er hat Angst vor dir. Mag sein, dass ich trotzdem in die Klapse gehe. Aber du wanderst ins Gefängnis. Als Mörderin.«

»Leon braucht seine Mutter. Er wird mich ganz sicher nicht verraten. Und du wirst es auch nicht tun. Weil du dich nämlich vorher selbst umbringst.« Mit einer blitzschnellen Bewegung riss sie dem erstarrten Leon das Messer aus der Hand und stieß mit der blanken Klinge in Lisas Richtung, um sie über die Reling zu treiben.

Doch Lisas Instinkte hatten den Angriff kommen sehen. Sie wich beiseite, sodass Karla leicht ins Taumeln geriet. Als durch trainierte Sportlerin fing sie sich sofort. Doch der Augenblick verschaffte Lisa genügend Zeit, um mit der gesunden Hand ihre Waffe aus dem Hosenbund zu ziehen.

Karla war zu wütend, um die Veränderung zu bemerken. Ohne zu zögern, stürzte sie sich erneut auf ihre Gegnerin.

Lisa ließ den Hammer an ihrer Hüfte vorbeischwingen und zielte auf die Kniescheibe ihrer Schwägerin.

# 26

Hansen beobachtete auf dem riesigen Wandmonitor der Kommandozentrale, wie der zweite havarierte Frachter von vier Schleppern in Zeitlupentempo die Weser hinaufgezogen wurde. Die »Beluga« dümpelte nun allein an der Unglücksstelle auf den seichten Wellen.

»Wir könnten die Fahrrinne in ungefähr zwei Stunden wieder für den regulären Schiffsverkehr freigeben«, sagte Jörg Vormeyer. »Theoretisch«, fügte er nach einer Kurzstudie von Hansens Miene hinzu.

»Wir warten, bis die ›Beluga‹ im Hafen ist«, sagte der nach einer ganzen Weile. »Nicht, dass noch jemandem ein Container auf den Kopf fällt.«

Er hatte es sich abgeschminkt, irgendeinem Drogenkurier an diesem Wochenende das Handwerk zu legen. Ob Frey nun tot oder lebendig war, spielte keine Rolle, solange er keinen Laut von sich gab. Die Lage war also beschissen genug. Er hatte nicht vor, alles noch schlimmer zu machen, indem er riskierte, dass irgendwelche Vollpfosten das Abschleppen der »Beluga« behinderten.

»In Ordnung.« Vormeyer gab sich keine Mühe, seine Skepsis zu verbergen. »Du bist der Boss.«

Das Klingeln seines Handys entband Hansen von weiteren Erklärungsarien. »Hauptkommissar Hansen, Maritime Leitstelle«, meldete er sich förmlich. Die Nummer auf dem Display sagte ihm gar nichts.

Das änderte sich mit einem Schlag, als er die schnarrende Stimme des kauzigen Rechtsmediziners erkannte. Schnellen Schrittes verließ er das gläserne Großraumbüro und schloss die Tür hinter sich.

»Konnten Sie den Leichnam identifizieren?«, fragte er, sobald er allein im Flur stand. Eilig machte er sich auf den Weg in sein eigenes Büro, um nicht doch noch Argwohn zu erregen.

»Nein, dafür fehlen mir nach wie vor etwaige Vergleichsproben«, antwortete Professor Mader in der ihm eigentümlichen hochnäsigen Art.

»Warum rufen Sie dann an?«

»Weil Option Nummer zwei in Kraft getreten ist.«

»Wie bitte?«

»Ich sollte Sie informieren, falls sich jemand anderes für meinen Patienten interessiert. Das ist jetzt der Fall, wie es aussieht.«

»Geht es ein bisschen genauer?« Hansens Nervosität wechselte in ein neues Stadium.

»In meinem bescheidenen OP stehen zwei gut aussehende junge Damen. Eine davon behauptet, Ihre Kollegin zu sein.«

»Was haben Sie ihr gesagt?« *Dorothea, dieses Biest!*

»Dass ich meine Erkenntnisse nur an den leitenden Ermittler weitergebe. So, wie wir es besprochen haben. Allerdings denke ich, dass Sie die zweite Dame wesentlich mehr interessieren wird.«

»Herrgott, Mader, könnten Sie sich etwas genauer ausdrücken?« Er verspürte den mächtigen Wunsch, dem kleinen Professor den Hals umzudrehen.

»Nein. Sie sollten das mit den Mädels hier persönlich klären. Es wäre nett, wenn Sie sich beeilen könnten. Ich habe heute nämlich noch nichts gegessen. Die Kantine soll hier gar nicht so übel sein.« Ohne auf eine Bestätigung zu warten, legte Mader auf.

Hansen schnappte sein Jackett, die Schlüssel seines Dienstwagens und, nach kurzem Zögern, seine Mütze, die er normalerweise nur zu Fototerminen trug. Er musste sich arg zusammenreißen, um die Strecke bis zum Parkplatz nicht zu rennen.

Dreizehn Minuten später betrat er das Foyer des Krankenhauses, Jacke und Mütze umständlich unter den Arm geklemmt. Selbst in dieser Halle stand die schwüle Sommerluft inzwischen wie eine Wand.

»Hauptkommissar Hansen«, sagte er zu der dicken Glasscheibe, hinter der eine grauhaarige Matrone saß. Dabei klatschte er seinen Dienstausweis gegen das Fenster, gerade lange genug, dass sie einen flüchtigen Blick daraufwerfen konnte. »Können Sie mir bitte sagen, wo es hier zur Leichenhalle geht?«

»Haben Sie eine Überweisung des behandelnden Arztes dabei?«, fragte sie mit einem Bierernst, der selbst einen Toten zur Verzweiflung gebracht hätte.

»Sehr witzig. Hören Sie, ich habe eine Verabredung mit Professor Mader, er hilft der hiesigen Polizei als Rechtsmediziner aus. Es ist wirklich dringend.« Er presste die Worte zwischen zusammengebissenen Zähnen hervor, um die Frau nicht anzufahren.

Sie beäugte ihn argwöhnisch über den Rand ihrer Lesebrille hinweg. »Nehmen Sie den Lastenaufzug dort hinten und fahren Sie ins Untergeschoss«, sagte sie schließlich. »Halten Sie sich links und folgen Sie den Wegweisern. Nur damit Sie nicht versehentlich in einer Besenkammer landen.«

»Danke«, schnaufte er, bereits im Gehen.

Die Türen des besagten Fahrstuhls glitten auf. Ein junger Bursche in der typischen unförmigen Kleidung der Pfleger kämpfte mit zwei leeren Rollbetten, die er gleichzeitig in den Flur zu schieben versuchte. Hansen wartete ungeduldig, bis er diese Übung gemeistert hatte, drängte sich dann halb an ihm vorbei in die Kabine und drückte den Knopf mit dem Buchstaben »K« für Keller, wie er vermutete. Der Aufzug sackte schwerfällig abwärts. Kurz darauf kam er mit einem leichten Ruckeln zum Stehen. Die Türen zuckten nervös, bevor sie sich öffneten. Hansen trat in einen fensterlosen, von nackten Neonröhren beleuchteten Korridor. Die Wände waren weiß verputzt, der Fußboden beige gefliest. Ein scharfer Geruch nach Desinfektionsmitteln reizte die Schleimhäute. Außer ihm selbst schien sich keine Menschenseele hier unten aufzuhalten.

»Dieser Keller erfüllt ja wirklich jedes Klischee«, murmelte er. *Fehlt nur noch die flackernde Lampe am Ende des Ganges.*

Er folgte der Beschilderung bis zu einem bogenförmigen Durchgang, der von einer massiven, zweiflügeligen Tür versperrt war. Ein kleines, unscheinbares Schild besagte, dass er sein Ziel erreicht hatte. Hansen atmete tief durch, dann stieß er den rechten Flügel auf und marschierte in einen lichtdurchfluteten Raum mit erstaunlicher Deckenhöhe. Verwirrt blinzelte er gegen eine gewölbte, hoch gelegene Fensterfront, die zu einem Hinterhof des Klinikgeländes zeigte. In der Mitte der kleinen Halle befand sich eine Metallbahre, auf der ein Körper lag, dessen Brustkorb mittig auseinanderklaffte.

Erst als sich seine Pupillen den neuen Lichtverhältnissen angepasst hatten, bemerkte Hansen, dass drei Augenpaare auf ihn gerichtet waren.

»Hallo, Christian«, sagte Dorothea.

»Was hast du hier zu suchen?« Besser, er stellte von Anfang an klar, dass sie keinerlei Bonus von ihm zu erwarten hatte.

»Ich habe jemanden mitgebracht, der uns vielleicht bei der Identifizierung des Toten helfen könnte.« Sie deutete mit dem Kopf auf ihre dunkelhaarige Begleiterin. »Ich dachte, das sei in deinem Interesse.«

»Wer ist sie?«, fragte er, den Blick fest auf Dorotheas Gesicht geheftet.

»Mein Name ist Teona Westphal«, antwortete besagte Person gereizt. »Ich bin Redakteurin des New Planet Magazins und mit Benno Frey befreundet. Also, was zum Teufel ist hier los?« Ihre Brüste hoben und senkten sich wie unter enormer Anstrengung.

»Woher –?«, hob er an.

»Anton, wie ich es dir gesagt habe«, erklärte Dorothea sachlich. »Er hat –«

»Ich kann Sie übrigens hören«, fuhr Westphal dazwischen. »Und wenn Sie mir nicht sofort sagen, wer dieser … Mensch dort auf dem Seziertisch ist, werden Sie es bereuen, machen Sie sich darauf gefasst!«

»Moment!« Professor Mader hob die Hand wie ein eifriger Schüler. »Benno Frey? Der Journalist?«, fragte er, als eine leicht ungeduldige Ruhe eingetreten war. Er studierte das zerstörte Antlitz des Toten, als handele es sich um das Bildnis der Mona Lisa.

»Soll das heißen, Sie kennen ihn auch?« Hansen hielt wohlweislich Abstand. Insgeheim fragte er sich, wie es die beiden Frauen in diesem Horrorkabinett aushielten.

»Natürlich nicht persönlich«, entgegnete Mader zu seiner Erleichterung. »Davon abgesehen: Wer kennt ihn nicht? Seine Reisereportagen sind beeindruckend. Wenn auch nicht mehr so gut wie früher einmal.«

»Okay, super. Da wir nun alle im Bilde sind: Halten Sie es für möglich, dass es sich bei dem Toten um Benno Frey handelt?«, versuchte Hansen, die Sache abzukürzen, bevor noch jemand auf die Idee käme, Kaffee und Kuchen zu servieren.

»Wenn Sie so fragen, halte ich es selbstverständlich für *möglich*. Zumindest kann ich Ihnen schwerlich das Gegenteil beweisen.« Der Rechtsmediziner hob seine spärlichen Augenbrauen und betrachtete Hansen, als müsste er dessen IQ überprüfen.

»Ich dachte, Frau Westphal hätte Ihnen einige Anhaltspunkte gegeben.«

»Bislang nicht. Wir haben alle auf Sie gewartet.«

Hansen umklammerte seine Schläfen, hinter denen ein Gewitter aufzog, das mit dem Wetter außerhalb der Leichenhalle nichts zu tun hatte. Dann wandte er sich direkt an Teona Westphal. »Also, was haben Sie für uns? Eine markante Tätowierung vielleicht? Oder alte Knochenbrüche?« *Hüftimplantat mit Seriennummer? Einen Ortungschip?*

»Benno trägt immer einen goldenen Ring im rechten Ohr«, sagte Westphal. »Und ja, er hat ein Tattoo auf dem linken Oberarm. Ein Steuerruder, wie bei einem alten Segelschiff. Ich finde es furchtbar kitschig.«

»Zu dumm«, sagte Mader. Zu Demonstrationszwecken hob er besagten Arm des Leichnams. Die Haut war an der Außenseite bis auf das rohe Fleisch abgeschürft. »Die Kufen der Schleppnetze müssen ihn erwischt haben. Allerdings …« Jetzt trat er hinter das Kopfende der Metallbahre, nahm eine beleuchtete Lupe zur Hand und studierte das rechte Ohrläppchen. »Nein, wie ich es in Erinnerung hatte. Es ist weder durchstochen noch eingerissen.«

»Das heißt, er ist es nicht?« Teona Westphal umklammerte ihr Gesicht mit beiden Händen, als könnte es vor lauter Erleichterung zerfließen.

Mader hob die Hände, um seine Neutralität in der Sache zu unterstreichen. »Ich beschreibe nur die Fakten.«

»Natürlich.« Hansen spürte einen galligen Geschmack im Mund. Auf groteske Weise fühlte er sich verarscht. Es gab einen Vermissten und einen Toten. Wie hoch war die Wahrscheinlichkeit, dass es sich dabei nicht um dieselbe Person handelte? *Verdammt!*

»Bestimmt können Sie uns sagen, wie lange der Mann im Wasser gelegen hat«, sagte er, vor allem, um seine Frustration zu verbergen.

»Dass er in einem Schleppnetz gelandet ist, bedeutet, dass die Leiche noch auf dem Grund lag. Es hatten sich also noch keine Fäulnisgase gebildet, die ihn auftreiben ließen. Außerdem prägte sich die Totenstarre gerade erst aus, als er hier eintraf. Inzwischen ist er wieder einigermaßen beweglich, wie Sie sehen.« Mader schaute in die Runde wie ein Dozent auf seine Studenten. »Zwar verzögern sich die biochemischen Prozesse aufgrund der niedrigen Wassertemperaturen in der Nordsee. Aber wenn ich mir den Zustand der Haut anschaue …«

»Ja?«, versuchte Hansen, die Antwort zu beschleunigen.

»Nicht länger als einen Tag, eher weniger.«

»Die Frachter sind gestern Vormittag gegen acht Uhr kollidiert«, bemerkte Dorothea.

»Das läge noch im Bereich des Möglichen. Aber wie gesagt: Bei Wasserleichen ist ein exakter Todeszeitpunkt per Obduktion kaum zu bestimmen.«

»Was ist mit der Todesursache? Ist er ertrunken?«, fragte sie weiter.

»Ja und nein. Er hatte Wasser in der Lunge, allerdings nur sehr wenig. Bevor er ins Wasser gefallen ist, hat er einen mehrfachen Schädelbruch erlitten. Die Verletzung hat ihn getötet, bevor er ertrinken konnte.«

»Jemand hat ihn erschlagen?«

»Das ist nicht auszuschließen, aber ich halte es für eher unwahrscheinlich. Die Knochenplatte ist regelrecht zerschmettert. Dafür wäre immense Kraft vonnöten. Für mich sieht es eher danach aus, als ob er aus ordentlicher Höhe auf einen massiven Untergrund gestürzt ist.«

»Dann müsste er bei seinem Sturz über Bord gegen die Stahlwand des Schiffes gekracht sein. Ist so etwas überhaupt möglich?« Dorothea schaute Hansen skeptisch an.

»Oder er ist vom Schiffsaufbau auf das Deck gefallen«, gab er zu bedenken. »Falls dieser Mann dort jemals auf einem Schiff war.«

Mader zuckte mit den Schultern. »Falls Sie den Unfallort kennen, sehe ich ihn mir gern an. Vielleicht finden wir Blutspuren und damit auch die Vergleichs-DNA.«

»Die ›Beluga‹ ist noch auf See.« Hansen bemühte sich, nicht mit den Zähnen zu knirschen. In einem amerikanischen Actionfilm würden in spätestens drei Minuten die Hubschrauber starten und ein Spezialisten-Team zum Deck des Containerschiffs abseilen. Dummerweise befanden sie sich in Deutschland, noch dazu ohne jeden Beweis, dass Benno Frey überhaupt tot war. Sie mussten also warten, bis die »Beluga« in Bremerhaven anlegte.

»Auf welches Alter schätzen Sie den Toten?«, fragte er.

»Ich habe ihn in die Radiologie gebracht und einige Röntgenaufnahmen anfertigen lassen. Sie können sich nicht vorstellen, was die Kollegen dort für ein Gezeter veranstaltet haben aus Angst, einer der Patienten könnte die Leiche zu Gesicht bekommen. Aber was soll ich machen, unter diesen bescheidenen Umständen hier?« Mit einer Geste umschloss er die altmodische Halle, die man ihm für seine Arbeit zugeteilt hatte.

»Und?« Offenbar war dieser Tag dazu auserkoren, Hansens Geduldsfaden restlos zu ruinieren.

»Angesichts der beginnenden Osteochondrose und –«

»Jaaa?«

»Mitte, Ende vierzig bis Anfang fünfzig.« Mader bedachte ihn mit einem tadelnden Blick. Dabei rümpfte er die Himmelfahrtsnase, sodass die schwarz gerahmte Brille einen seltsamen Tanz vollführte. Seine schmalen Lippen entblößten für einen Moment blendend weiße Schneidezähne, die für seinen Mund irgendwie überdimensioniert wirkten. »Auch die Beschaffenheit seiner Organe und der verbliebenen drei Backenzähne passt gut zu der Annahme. Allerdings hat er beneidenswert dichtes Haar und nur wenige graue Strähnen. Aber auch das kann in dem Alter durchaus vorkommen.« Mader strich sich eher unbewusst über das eigene, kahle Haupt.

»Benno Frey ist achtundvierzig«, sagte Dorothea. »Es passt alles zusammen. Bis auf den albernen Ohrring. Könnte es nicht doch sein, dass –«

»Nein!«, rief Teona Westphal aus. Sie stand unmittelbar vor dem geöffneten Leichnam und starrte in dessen Bauchhöhle. »Er ist es nicht. Basta!« Es klang verdammt endgültig.

Hansen überlegte, ob er irgendetwas Nettes zu ihr sagen könnte, als sein Handy abermals klingelte. Ein mulmiges Gefühl machte sich in seinem Magen breit, als er das Gespräch annahm.

»Sie haben Besuch«, sagte der Portier der Leitzentrale. »Hauptkommissar Hayen. Er wartet in Ihrem Büro auf Sie.«

Mit einem knappen »Danke« legte Hansen auf.

»Anton, habe ich recht?«, fragte Dorothea.

Hansen runzelte nur die Stirn. Noch immer verstand er nicht, was sie mit ihrer Einmischung überhaupt bezweckte. Dann drehte er sich um und ging zur Tür.

»Falls es nötig sein sollte, frag ihn nach Lisa!«, rief Dorothea ihm nach.

# 27

Karlas Schrei hallte weit über die See hinaus. In ihm lag eine verzweifelte Mischung aus Schrecken, blindwütigem Zorn – und unbeschreiblichem Schmerz. Ihre Hände schwebten über ihrem vermutlich zertrümmerten Knie, ohne es jedoch zu berühren. Zu gewaltig war die Angst, ihre Qual dadurch noch zu verschlimmern. Obwohl Karla den Kopf gesenkt hielt, konnte Lisa ihre groteske Grimasse erkennen. Fast schien es, als offenbarte ihre Schwägerin erstmals ihr wahres Gesicht, hässlich und verdorben.

Dann realisierte sie schlagartig, dass Leon die grauenhafte Szene hautnah miterlebt hatte. Er war in eine Art Schockstarre verfallen, die ihn zehn Jahre älter wirken ließ. Seine hellen, weit aufgerissenen Augen starrten durch die beiden Frauen hindurch, als befände sich sein Geist an einem anderen, weit entfernten Ort.

Beschämt stellte Lisa fest, dass sie den Hammerstiel nach wie vor umklammerte, innerlich gewappnet für den nächsten Angriff. Dabei würde Karla ihr für lange Zeit nichts mehr anhaben können. Sie steckte den Hammer zurück in ihren Hosenbund und zog die Strickjacke darüber, obwohl es für dieses Kleidungsstück selbst hier oben auf der Galerie viel zu warm geworden war. Sie wischte sich mit dem Ärmel über die erhitzte Stirn und schaute in den Himmel, der sich in einem monotonen Bleigrau über die Deutsche Bucht senkte. Auf der Nordsee herrschte eine gespenstische Windstille. Man konnte die elektrische Ladung in der Luft förmlich riechen.

»Wir müssen dich hineinbringen«, sagte sie zu Karla. »Ich werde nach etwas suchen, womit wir dein Bein schienen können.«

»Komm mir bloß nicht zu nahe«, zischte Karla. Sie hob den Kopf und schielte mit hasserfüllten Augen zu ihr herauf.

»Ich denke nicht, dass du es allein schaffst«, entgegnete Lisa sachlich. »Ein Gewitter zieht auf. Du kannst nicht hier draußen bleiben.«

Ein Argument, das Karla offenbar einleuchtete. Sie versuchte, ihre verzerrten Gesichtszüge ein wenig zu glätten, und hob die Mundwinkel, so gut es ging.

»Leon, Liebling, würdest du mir bitte beim Aufstehen helfen?«, fragte sie ihren Sohn mit zuckersüßer Stimme.

Lisa wollte intervenieren, doch Leon stand noch immer da wie erstarrt. Dann, ganz langsam, schüttelte er den Kopf.

»Bitte, Schatz, ich bin verletzt. Du wirst deine Mutter doch nicht einfach hier liegen lassen, oder?«

Statt zu antworten, ging er vorsichtig einen Schritt rückwärts, ohne Lisa oder seine Mutter aus den Augen zu lassen.

»Er hat Angst vor dir, sieh es endlich ein«, sagte Lisa. »Du wirst dir von mir helfen lassen müssen.« Ohne eine Reaktion abzuwarten, stieg sie über Karlas ausgestreckte Beine hinweg. Mit der gesunden Hand drängte sie den Jungen sanft, aber nachdrücklich durch die Tür in den Erker und die Wendeltreppe hinab. Als sie den Dienstraum erreichten, drehte Leon sich abrupt zu ihr um.

»Das dort oben ist nicht meine Mutter«, sagte er tonlos.

»Das könnte man fast meinen«, stimmte Lisa ihm zu. »Aber das liegt daran, dass sie so große Schmerzen hat.«

»Nein, das meine ich nicht. Sie benimmt sich schon so komisch, seit wir hier sind. Und dann hat sie Papa …« Er schluckte und kämpfte gegen die aufsteigenden Tränen. »Sie haben sich in letzter Zeit immer öfter gestritten. Aber deshalb macht man doch nicht … so was!«

Lisa strich ihm über die Haare. Er ließ es geschehen.

»Ich will nach Hause«, sagte er. »Ich will, dass alles wieder so wird wie früher!«

»Wir alle wollen nach Hause. Es kann nicht mehr lange dauern, bis Hardy uns abholen kommt.«

»Das sagt ihr schon seit einer Ewigkeit!«

»Das kommt dir nur so vor. Mir übrigens auch. Trotzdem müssen wir uns bis dahin irgendwie zusammenreißen, okay?

Außerdem muss sich die Wasserschutzpolizei über unseren Anruf zumindest wundern. Vielleicht kommt jemand auf die Idee, hier nach dem Rechten zu sehen.«

»Glaubst du das wirklich?« Leon klang furchtbar genervt.

»Nein. Trotzdem hoffe ich es«, sagte Lisa.

»Auf See benutzt man meistens Funkgeräte«, sagte er unvermittelt. »Der Kapitän hat mir auf der Fahrt hierher erklärt, wie das funktioniert.«

»Das mag ja sein, aber auf dem Leuchtturm gibt es kein Funkgerät. Jedenfalls habe ich noch keines gesehen.«

»Ich schon«, sagte er, »dort drüben im Regal, neben dem Schreibtisch.« Er zeigte in die angegebene Richtung.

Lisas Herzschlag beschleunigte sich augenblicklich. Vielleicht konnte sie doch noch Hilfe rufen. Schnelle Hilfe. Dann könnte Leon den Polizisten von der grausamen Tat seiner Mutter berichten, bevor ihn der Mut verließ. Und Lisa bekäme zumindest die Chance, ihre Version der Ereignisse zu schildern, bevor sie in Professor Feldmanns Klinik festsaß.

Sie biss sich vor Aufregung auf die Unterlippe, während sie das Gerät in Augenschein nahm. Es besaß eine täuschende Ähnlichkeit mit dem alten Radio, das in der Küche ihrer Großmutter gestanden hatte, nur dass seitlich eine Art Telefonhörer in einer Halterung hing. In der Mitte des Kastens befand sich eine scheibenförmige Skala. Mit einem Drehknopf konnte man den Regler zur Wahl der UKW-Kanäle bewegen. Mittig auf der Scheibe stand »CH 16 distress and calling«. *Wie wunderbar.* Denn was auch immer sich auf diesem Leuchtturm abspielte, war ein Notfall. Definitiv. Nur dass dieser alte Kasten seinen Dienst vor langer Zeit quittiert hatte.

»Das ist ein Museumsstück«, stellte sie enttäuscht fest. »Schätze, so was hat man in den sechziger Jahren benutzt.«

»Woher weißt du, dass es nicht mehr funktioniert?« Leon war noch nicht bereit, die Hoffnung aufzugeben.

Demonstrativ betätigte sie den Kippschalter. Mehrmals. Doch nichts passierte.

Leon beobachtete sie skeptisch. Dann beugte er sich ein wenig zur Seite und nestelte einen altertümlichen Stecker hervor, der hinter dem Funkgerät herabgehangen hatte.

»Es hat nur keinen Strom«, sagte er.

»Weil es hier keine Steckdosen gibt«, erinnerte ihn Lisa.

»Aber Hardy hat gesagt, dass man im Laternenhaus die Handys aufladen kann. Also falls ... Egal. Das heißt doch, dass es dort etwas Ähnliches gibt.«

Der Junge hatte recht. Wieder einmal. Die Solarzellen auf der Galerie produzierten ausreichend Strom für die Ladestation und die Notbeleuchtung. Also sollte es auch für ein fünfzig Jahre altes Seefunkgerät ausreichen. Den Versuch war es jedenfalls wert.

»Du bist ein Genie.« Lisa sah ihm fest in die Augen. »Jetzt müssen wir die Kiste nur noch irgendwie nach oben schaffen. Aber zuerst werde ich mich um deine Mutter kümmern. Ich habe sie ganz schön übel erwischt.«

Doch bevor sie überhaupt etwas tun konnte, ließ sie ein Geräusch zusammenfahren. Ein Poltern, als würde jemand mit einem Besenstiel gegen die Decke des lärmenden Nachbarn klopfen. Nur dass es von oben kam, aus dem Runderker mit der Wendeltreppe. Lisa glaubte schon, sich getäuscht zu haben, als sie es erneut hörte. Sie schaute Leon an. Sein Gesicht, das erst vor wenigen Minuten ein wenig Farbe angenommen hatte, erblasste schlagartig. Er dachte also dasselbe wie sie. Obwohl es vollkommen unmöglich war.

»Warte hier«, mahnte sie.

Dann ging sie zum Erker, legte den Kopf in den Nacken und schaute hinauf. Doch von dieser Position aus war nichts zu erkennen. Es krachte wieder. Behutsam trat sie auf die unterste Stufe, dann auf die nächste. Im Zeitlupentempo tastete sie sich aufwärts. Bis sie über ihrem Kopf einen Fuß erkannte, der in einem Sportschuh steckte. Jetzt hob er sich ein winziges Stück in die Höhe, bewegte sich durch die Luft und landete auf der nächstunteren Stufe. Nun konnte Lisa den Hosensaum erkennen, der einen sehnigen Knöchel umspielte. Fassungslos starrte sie ihrer Schwägerin entgegen, die eine nahezu übermenschliche Leistung vollbrachte. Auf unerfindliche Weise musste es der Schock geschafft haben, die Schmerzrezeptoren in Karlas Körper auszuschalten. Nur so konnte es ihr gelingen, sich am Handlauf abzustützen und einbeinig die enge Stiege hinunterzuhüpfen.

»Um Himmels willen«, entfuhr es Lisa. »Was tust du da? Wenn du fällst, wirst du dir das Genick brechen!«

»Geh mir aus dem Weg«, zischte Karla. Dicke Schweißperlen rannen ihr über das Gesicht, unter den Achseln hatten sich dunkle Flecke auf ihrem Sweatshirt gebildet. Das verletzte Bein baumelte nutzlos und seltsam verdreht in der Luft. Ihre Hände rutschten millimeterweise an der Eisenstange, die sie umklammerten, abwärts.

»Lass mich dir helfen«, sagte Lisa, wobei sie fieberhaft überlegte, wie sie das mit einer gebrochenen Hand, die sie kaum noch spürte, bewerkstelligen sollte.

Die Treppe war viel zu schmal, um nebeneinander zu gehen. Sie konnte Karla also weder unter den Arm greifen noch ihre Schulter als Stütze anbieten. Lisas Plan war es gewesen, ihr ein Lager im Laternenhaus zu bereiten, bis Hardy hier eintraf. Er war bestimmt stark genug, eine schlanke Frau bis zum Schiff zu tragen. Inzwischen hatte Karla jedoch fast die Hälfte der Treppe bewältigt; Umkehren stellte keine Option dar.

»Verschwinde!«, keuchte sie.

»Bitte, Karla, das kannst du nicht schaffen.«

»Hau ab!«

»Mama?«, rief Leon vom Fuße der Treppe.

*Verdammt!* Wie sollte der Junge diesen ganzen Horror nur jemals überwinden?

»Es ist alles in Ordnung, Schatz«, brachte Karla hervor. »Ich bin gleich bei dir.«

»Was ist mit dir? Du hörst dich so komisch an!«

»Würdest du bitte zur Vernunft kommen?«, sagte Lisa leise an ihre Schwägerin gewandt. »Dein Sohn hat furchtbare Angst. Also wie wäre es, wenn wir uns beide etwas Mühe geben?«

In diesem Moment quittierte Karlas gesundes Bein seinen

Dienst. Es sackte unter ihr weg, als hätten sich Muskeln und Knochen in Gelee verwandelt. Einen verzweifelten Moment lang hielt sie die Kraft ihrer Arme aufrecht. Dann verlor sie jeden Halt. Mit ihrem ganzen Gewicht prallte sie gegen Lisa, die der Wucht nichts entgegenzusetzen hatte. Rücklings stürzte sie die Stufen hinunter. Bis sie mit dem Kreuz gegen die Erkerwand krachte.

In ihrem Körper explodierte ein Feuerwerk. Ein bloßer Reflex ließ sie nach dem Handlauf greifen. Ihre Kraft reichte nicht aus, um ihrer beider Fall aufzuhalten. Trotzdem gelang es ihr irgendwie, ihn ein wenig abzufedern. Andernfalls hätte ihr der nächste Aufprall auf die eisernen Stufen vermutlich mehrere Knochen im Leib gebrochen. Sie nahm wahr, wie sich Karlas Körper von dem ihren löste und über sie hinwegrollte. Lisa selbst rutschte die letzten Meter auf dem Steißbein abwärts. Sie spürte noch, wie sie auf festem Boden landete, bevor alles schwarz wurde.

# 28

Anton lehnte sich in dem dick gepolsterten Drehstuhl hinter dem höhenverstellbaren Schreibtisch zurück und versuchte sich vorzustellen, was die Kollegen in diesem noblen Bunker den ganzen Tag lang trieben. Das Fenster bot einen Panoramablick auf den Alten Hafen und die Elbmündung. Durch die offen stehende Bürotür konnte er auf einen lichtdurchfluteten Korridor sehen, wo sich ein blaugrauer Teppichboden fleckenfrei über den Fußboden ergoss. Im gesamten Gebäude war es mindestens zehn Grad kälter als draußen, man hatte also sogar eine Klimaanlage installiert, damit die oberen Dienstgrade vor ihren überdimensionalen Full-HD-Flachbildschirmen nicht ins Schwitzen gerieten. Trotzdem war sich Anton nicht sicher, wie lange er es noch ertragen würde, hier sinnlos seine Zeit zu verplempern.

Gerade zog er sein Handy aus der Hosentasche und begann, das Verzeichnis durchzuscrollen, als eine breite Silhouette den Türrahmen verdunkelte.

»Ich hatte mich schon gefragt, wann du hier auftauchen wirst«, sagte Christian Hansen. Er betrat sein Büro und setzte sich kommentarlos auf einen der Besucherstühle.

»Wir hatten da draußen eine Menge um die Ohren«, gab Anton in einem beiläufig klingenden Ton zurück. Gleichzeitig spürte er, wie sein Puls gegen die Halsschlagader pochte, was Hansen zweifellos bemerkte. »Ein Crash mit zwei Schüttgutfrachtern und einem Containerriesen. Ziemlich lästig, das Ganze, wenn du mich fragst. Aber hey, du wirst sicherlich davon gehört haben. Ich möchte dich also nicht langweilen. Erzähle mir lieber, was du in der Zwischenzeit so getrieben hast.«

»Ich komme gerade aus der Rechtsmedizin. Dort hatte ich eine etwas befremdliche Begegnung mit einer Redakteurin, angeblich eine Freundin des vermissten Journalisten«, entgegnete Hansen mit beeindruckendem Pokerface. »Möchtest du mir etwas dazu sagen?«

»Nein, eigentlich nicht.« Anton wippte in dem protzigen Ledersessel und verschränkte die Arme hinter dem Kopf. *Nicht, bevor du mit der Sprache herausrückst.*

Doch Hansen legte es offenbar auf einen stillen Zweikampf an.

»Und? Ist er es?«, fragte Anton, als ihm das Schweigen zu viel wurde. Er hielt es für unnötig, die Sache weiter zu präzisieren.

»Warum fragst du diese Frau nicht selbst?«

»Weil sie gerade nicht hier ist. Du schon.« *Du meine Güte, was soll das werden?* Spielte Hansen jetzt die beleidigte Leberwurst?

»Wie wäre es, wenn du mir vorher ein paar Fragen beantwortest?«, sagte Hansen. Zwar behielt er seine undurchdringliche Miene konsequent bei, konnte jedoch nicht verhindern, dass ihm selbst im kühlen Büro der Schweiß auf die Stirn trat.

»Was ist? Hat dir jemand den Autolack zerkratzt?« Anton konnte sich beim besten Willen keinen Reim darauf machen, worauf sein alter Kamerad hinauswollte.

Hansen platzte der Kragen. »Raus mit der Sprache: Wem hast du von unserem Bremerhaven-Desaster erzählt?« Er stützte sich mit den Händen auf den Stuhllehnen ab, als machte er sich zum Sprung bereit.

»Wie bitte?« Etwas anderes fiel Anton einfach nicht ein.

»Ich will wissen, ob du an meinem Stuhl sägst«, sagte Hansen mühsam beherrscht.

Anton zählte im Stillen bis zehn, um diesen Quatsch irgendwie einzuordnen. »Nimmst du Medikamente oder so was?«, fragte er schließlich.

»Warum sonst führst du hinter meinem Rücken Ermittlungen durch?«, schnappte Hansen. »Wozu, wenn nicht, um mich vor der gesamten Behörde bloßzustellen?«

»Hinter deinem *was*?« Nur sehr langsam dämmerte Anton, wovor sich sein früherer Kamerad fürchtete. »Du weißt, dass es immer dummes Gerede gibt. Nichts von alldem kratzt auch nur an der Wahrheit. Also wer zum Teufel stellt ausgerechnet mich als Klatschweib dar?« Im Geiste zogen die Gesichter aus der

Fischhalle vorüber, bis endlich seine Alarmglocken schrillten. »Doch nicht etwa Dorothea?«

Endlich kam Bewegung in Hansens Pokerface. Über Augen- und Mundwinkel zuckte ein wahres Unwetter, das Anton nicht einmal ansatzweise zu deuten vermochte. Schließlich öffnete Hansen die Lippen. Fast schien es, als wollte er Anton erneut zur Rede stellen, dieses Mal mit anderen Argumenten. Dann entschied er sich offenbar anders. Erschöpft lehnte er sich zurück, zückte ein Taschentuch und tupfte sich damit den Schweiß von der Stirn.

»Die Redakteurin glaubt nicht, dass unser Zombie Benno Frey ist«, sagte er müde.

Anton nickte nur. Wie er es sich gedacht hatte also.

»Benno Frey ist dein Informant, richtig?«, fragte er jetzt geradeheraus, um die Sache abzukürzen. »Du hattest einen großen Coup geplant, der die Katastrophe vom letzten Jahr wettmachen soll.«

Er deutete Hansens Schweigen als Ja.

»Ich bin hier, um dir zu helfen«, legte er nach. Das stimmte zwar so nicht, doch er hielt es für sinnvoll, seinen alten Kameraden etwas versöhnlicher zu stimmen. Den Kleine-Jungs-Streit könnten sie auch später noch zu Ende führen. Er griff in seine Hosentasche und zog den USB-Stick hervor.

»Frey hat ein paar interessante Aufnahmen gemacht. Wir müssen einen alten Tonnenleger identifizieren und dessen Schiffsbewegungen der letzten Tage zurückverfolgen. Gut möglich, dass wir anschließend einigen Drogenkurieren mächtig in den Arsch treten können.«

Hansens Augenbrauen wanderten ruckartig in die Höhe.

»Die AIS-Daten werden im Überwachungsraum gespeichert«, sagte er, während er sich aus dem Stuhl erhob und zur Tür hinauseilte. »Was ist? Kommst du?«

Für einen winzig kleinen Moment sah Anton wieder den Freund vor sich, der Christian Hansen ihm so lange Jahre gewesen war. Er schüttelte den Schauer der Wehmut ab. Wortlos folgte er ihm den Flur entlang.

Wie jedes Mal, wenn er das vor modernster Technik strotzende Großraumbüro betrat, fühlte sich Anton wie an Bord der USS Enterprise gebeamt. Gleichzeitig rätselte er, wo man die fette Kriegskasse ausgebuddelt hatte, um den ganzen Firlefanz zu finanzieren.

Sein Blick wanderte ganz automatisch zum Wandbildschirm, auf dem die »Beluga« als rotes Dreieckssymbol zu sehen war.

»Von hier aus haben wir das ganze Desaster beobachtet«, sagte Hansen. »Zu den beiden kleineren Frachtern hatten wir Funkkontakt, aber sie konnten nicht mehr rechtzeitig ausweichen. Schöne Scheiße, das Ganze.«

Hansen führte ihn zu einem Schreibtisch, der ein wenig abseits der anderen stand. Eine schlanke Gestalt mit komplizierter rabenschwarzer Hochsteckfrisur tippte in Lichtgeschwindigkeit auf einer Tastatur herum. Dabei verfolgte sie kryptische Zahlen- und Buchstabenreihen, die leicht zeitversetzt über den Bildschirm wanderten.

»Das ist Jeanne, Herrin der Rechner«, sagte Hansen.

Unwillkürlich dachte Anton darüber nach, wie sehr sich die Einstellungskriterien dieser Behörde in den letzten Jahren gewandelt hatten. Jeanne trug ein schwarzes, großzügig mit Spitze besetztes Kleid, dazu altertümlichen Schmuck. Ihre makellos weiße Haut hob sich drastisch von der allgemeinen Düsternis ab. Mit ihrer auffallend aufrechten Körperhaltung wirkte diese Frau beinahe furchteinflößend.

»Hallo, Jungs«, sagte sie, ohne in ihrer Arbeit innezuhalten. »Was kann ich für euch tun?«

»Du könntest uns helfen, ein paar Kokainschmuggler in den Knast zu befördern.« Anton reichte ihr den USB-Stick, den sie ohne Umschweife in den Rechner stöpselte. Stirnrunzelnd beobachtete er, in welch irrem Tempo die Fotos auf dem Monitor erschienen. Er deutete auf die letzten Bilder in der Reihe.

»Die sind am Donnerstag auf der Tiefwasserreede von der ›Beluga‹ aus entstanden, dem Sonnenstand nach um die Mittagszeit. Wir brauchen den Namen des Tonnenlegers und die Routen, auf denen er sich in den Tagen davor und danach bewegt hat.« Er deutete auf den unscheinbaren weißen Farbtupfer im Bildhintergrund.

Ohne sich mit etwaigen Rückfragen aufzuhalten, wechselte Jeanne das Programm, sogleich erschien der entsprechende Ausschnitt der Seekarte.

»Hier ist die ›Beluga‹ am 12. Juli um zwölf Uhr siebenundvierzig«, sagte sie und deutete auf eines der Symbole. »Alle anderen sind ebenfalls Containerschiffe. Ein Tonnenleger ist nicht dabei.« Rasch wechselte sie zu früheren und späteren Zeitfenstern, dabei sprang sie so schnell hin und her, dass Anton beim Zusehen schwindelig wurde.

»Nichts«, verkündete Jeanne noch einmal. »Entweder es ist das falsche Datum, oder –«

»– sie hatten ihr AIS deaktiviert«, vollendete Hansen ihren Satz.

Wie jedes andere Funksignal ließ sich das AIS per Knopfdruck ausschalten. Auf diese Weise verschwand das betreffende Schiff jedoch nicht nur von den Bildschirmen anderer, sondern nahm sich selbst die elektronische Sicht für seine Umgebung. Zwar benutzte man in den Steuerständen nach wie vor klassische Radarsysteme, allerdings bildeten diese stets nur einen kleinen Ausschnitt der Umgebung ab. Zudem zeigten sie die Objekte auf See lediglich als gleichförmige Punkte. Es war unmöglich, zu unterscheiden, ob es sich dabei um einen Frachter, einen Eisberg oder Godzilla handelte. Anders ausgedrückt, stellte es bei dem dichten Schiffsverkehr in der Deutschen Bucht ein erhebliches Sicherheitsrisiko dar, ohne das Automatic Identification System unterwegs zu sein.

»Wenn der Kapitän nicht total lebensmüde ist, hat er es irgendwo unterwegs wieder eingeschaltet«, sagte Jeanne. »Was nichts anderes heißt, als dass wir ihn finden werden.«

Anton trat einen halben Schritt zurück und rieb sich die Augen. Ohne jeden Zweifel bewunderte er die Frau für ihre Fähigkeit, doch der schnelle Wechsel der Bildschirmansichten bereitete ihm Übelkeit. Obwohl er keine weitere Bestätigung benötigt hätte, wurde ihm abermals klar, dass dieser Computerbunker nicht seine Welt war. Anton brauchte die salzige Seeluft, Wellengang unter dem Kiel und einen freien Blick zum Horizont. Trotz der tadellos arbeitenden Klimaanlage fiel ihm in diesem abgeschotteten Raum das Atmen schwer. Er öffnete einen Hemdknopf in der Hoffnung, seine Ungeduld so besser im Zaum halten zu können.

Hansen hingegen stand breitbeinig wie ein Seemann da, die geballte Faust an die Lippen gepresst. In seinem Gesicht stand eine Anspannung, die ihn innerlich zum Bersten brachte. Ein Ausdruck, den Anton schon einmal bei ihm wahrgenommen hatte. Damals, als ihr letzter gemeinsamer Einsatz so fatal aus dem Ruder gelaufen war.

*Die Sonderkommission Fishtown bestand aus sieben Männern und drei Frauen, handverlesene Beamte aus Zollbehörde, Drogenfahndung und Wasserschutzpolizei. In der Mittagshitze des 15. August pirschten sie sich durch das Labyrinth des Bremerhavener Containerterminals. Keiner von ihnen wusste, woher das Kommando zum Alarmstart gekommen war. Christian Hansen, dem die Soko unterstand, hatte sich nicht einmal Anton anvertraut, wodurch die Situation zwischen ihnen so angespannt war wie das Fell einer Kriegstrommel. Trotzdem näherten sie sich Schulter an Schulter, mit ihren Dienstpistolen im Anschlag, einem Container, dessen Anstrich so zerschrammt war, dass man das Speditionslogo bestenfalls erahnen konnte. Laut Deklaration befand sich darin kolumbianischer Rohkaffee auf dem Weg zu einer bekannten Bremer Rösterei. Doch Hansen war sich hundertprozentig sicher, dass zwischen den Kaffeebohnen Kokain in einem Marktwert von rund einer Million Euro versteckt lag.*

*»Warum haben wir keine Hunde dabei?«, flüsterte Anton, dem die gespenstische Stille im Hafen an den Nerven fraß.*

*»Es sind welche auf dem Weg. Doch so lange können wir nicht warten. Die Kuriere versuchen längst, abzuhauen. Aber sämtliche Zufahrten zum Hafen sind vom SEK blockiert, und auf der Weser patrouillieren zwei Küstenboote. Sie müssen uns einfach in die Falle gehen.«*

»Ich will gar nicht wissen, wer dir diese Informationen gesteckt hat. Aber was, wenn sie falsch sind?«

»Das ergäbe keinen Sinn. Mein Informant hat für die Zusammenarbeit persönliche Gründe. Ihm liegt genauso viel an der Wahrheit wie mir.«

»Jeder kann sich irren«, gab Anton zu bedenken.

»Aber nicht jeder macht sich gleich vor Angst in die Hose«, zischte Hansen. »Also halt endlich die Klappe!«

Sie standen nun direkt vor der Luke des schäbigen Containers. Mit einem Blick über die Schulter vergewisserte sich Hansen, dass sich die Kollegen strategisch verteilten, um die Umgebung zu sichern. Ein Vorgehen, das Anton plötzlich für einen riesigen Fehler hielt. Doch bevor er Hansen warnen konnte, war dieser bereits dabei, die Tür zu entriegeln. Mit einem kraftvollen Ruck riss er sie auf.

Dann geschah alles auf einmal.

Aus der Dunkelheit stob ein Monster mit glühenden Augen hervor und warf Hansen zu Boden. Die Wucht des Aufpralls schleuderte ihm die Pistole aus der Hand. Während er auf dem Rücken lag, tasteten seine bloßen Hände nach dem Hals des Angreifers, dessen Fangzähne nach seiner Kehle schnappten. Zeitgleich sprang ein schlaksiger Mann aus dem Container hervor, richtete seine Waffe auf Anton und schoss.

Bis heute wusste Anton nicht, wie er der Kugel entronnen war. Vermutlich hatte ihn ein metallisches Aufblitzen gewarnt. Davon abgesehen zählte jede Sekunde, wollte er seinen Freund davor bewahren, als Hundefutter zu enden. Wahrscheinlich war es jedoch purer Instinkt, der ihm befahl, sich auf den irren Köter zu stürzen, der geifernd mit Hansen rang. Anton packte das Tier am Pelz, riss es einige Zentimeter in die Höhe und rollte sich auf die Seite.

Das Nächste, was in sein Bewusstsein drang, war ein gellendes Aufjaulen, das mehr denn je nach einem Monster klang. Am Ende begriff er nur, dass die abgefeuerte Kugel den Deutschen Schäferhund getötet hatte, der nun blutend auf seinem Brustkorb lag.

*Mit einem Anflug von Ekel schleuderte er den leblosen Tierkörper von sich und hastete zu der Stelle, an der sein Freund gelegen hatte. Ein neuer Schock überkam ihn, als er bemerkte, dass Hansen fort war. Bis ihn eine kräftige Hand auf die Beine zerrte. Schockstarr hielt er den Atem an, als er in Hansens verbitterte Miene starrte.*

*»Der Typ ist weg, nehme ich an«, brachte er schließlich hervor.*

*»Wie vom Erdboden verschluckt. Die Kollegen sind in Alarmbereitschaft. Aber …« Hansens Stimme brach.*

*»Der Container?«*

*»So leer wie mein Kühlschrank.«*

*»Dein Informant hat dich also gründlich verarscht.«*

*»Es war eine Falle. Nur hat er sich da mit dem Falschen angelegt. Ich werde diesen Scheißkerl finden. Und wenn es das Letzte ist, was ich tue.«*

*Eine leise Stimme in Antons Kopf mahnte ihn, dass er von nun an selbst eine Rolle in diesem Spiel bekleidete. Doch er war zu erledigt, um diesen Gedanken zu Ende zu denken.*

»Da haben wir ihn doch!« Der triumphierende Ausruf drang wie durch dichten Nebel in seine Ohren.

Anton massierte sich die Schläfen und zwang seine Aufmerksamkeit in die Gegenwart zurück. Der Tonnenleger. Natürlich. Jeanne hatte ihn also ausfindig gemacht.

»Alle anderen Arbeitsschiffe, die am Donnerstag, 12. Juli, im Einsatz waren, haben sich völlig unauffällig verhalten. Bis auf diesen Kahn hier. Die ›Oland‹. Sie taucht um siebzehn Uhr siebenunddreißig wie aus dem Nichts auf dem AIS auf. Und zwar genau hier.« Sie wies mit ihrem blutrot lackierten Fingernagel auf eine unscheinbare Stelle, die sich etwa auf halbem Wege zwischen Helgoland und Bremerhaven befand. »Aber was hat sie da zu suchen, so weit außerhalb der Fahrrinne? Da ist doch überhaupt nichts.«

»Oh doch«, entgegnete Anton wie elektrisiert. »Er ist kein offizielles Seezeichen mehr. Aber es gibt ihn noch.«

»Der Leuchtturm Roter Sand«, sagten sie alle drei wie aus einem Mund.

»Was zur Hölle …« In Antons Schädel breiteten sich die Szenarien schneller aus, als er einen Satz zu Ende sprechen konnte.

»Wird der Leuchtturm noch von Fahrgastschiffen angefahren?«, fragte Hansen.

»Nein«, entgegnete Anton heiser, »jedenfalls nicht offiziell.«

»Also könnte quasi jeder Idiot dort ein- und ausgehen, ohne dass sich jemand daran stört?«, hakte Jeanne vorsichtig nach. Offenbar konnte sie die elektrisierte Spannung der Männer noch nicht vollständig einordnen.

»Ja. Na ja, nicht ganz«, antwortete Anton. »Es ist verdammt schwierig, dort anzulegen. Man muss die Gewässer sehr gut kennen, den richtigen Zeitpunkt abpassen und von der Seefahrt einiges verstehen. Aber –«

»Ihr denkt, Drogenschmuggler benutzen ihn als eine Art Zwischenlager?« Jeanne lehnte sich verblüfft zurück.

»Nein. Wir glauben, es ist weitaus komplizierter.« Anton machte sich nicht die Mühe, Hansen dabei anzusehen. Spätestens jetzt war er sich vollkommen sicher, dass Benno Frey nicht in der Leichenhalle der Sankt-Magnus-Klinik lag, sondern quicklebendig war. Wer genau dem Journalisten half, sich auf dem Leuchtturm zu verstecken, und welche Beweggründe im Detail dahintersteckten, dürfte er in Kürze erfahren.

»Finde heraus, wem die ›Oland‹ gehört und was es über den Besitzer sonst noch so gibt«, sagte Hansen zu Jeanne. Dabei milderte er seinen Befehlston etwas ab, indem er flüchtig ihre Schulter berührte.

»Bin schon dabei.« Ihre Finger flogen bereits wieder über die Tastatur. »Aber wenn ihr Jungs momentan nichts zu tun habt, könnte mir jemand vielleicht einen Kaffee bringen? Die Maschine steht gleich dort drüben.«

»Schwarz, nehme ich an«, sagte Anton, den der Gedanke an einen mehrfachen Espresso ein wenig aufmunterte.

Doch bevor sie etwas entgegnen konnte, begann das Handy in seiner Hosentasche zu summen. Irritiert zog er es hervor und starrte auf die Nummer, die das Display anzeigte. Mit einem dumpfen Gefühl in der Magengegend nahm er das Gespräch entgegen. »Fritz, alles klar bei dir?«

Was natürlich nicht der Fall war.

Er beendete das Telefonat, ohne den Fischer nur einmal unterbrochen zu haben. Erst jetzt bemerkte er, dass ihn Hansen und Jeanne mit besorgten Mienen anstarrten.

»Es gibt noch eine Leiche. Auf dem Knechtsand.«

Der Knechtsand bezeichnete eine Gruppe von Sandbänken, die bei ablaufendem Wasser freilagen und vor allem Robben und Seehunden als Rastplatz dienten.

»Dann sollten wir uns beeilen, bevor die Flut kommt«, sagte Hansen.

»Wir?«

»Ich begleite euch. Es ist ohnehin viel zu lange her, dass ich auf der ›Rungholt‹ gefahren bin.«

## 29

Mühsam öffnete Lisa die Augen. Ihre Umgebung offenbarte sich in düsterem Zwielicht. Vermutlich war es inzwischen Abend geworden, was bedeutete, dass sie seit Stunden hier auf dem Fußboden des Dienstraumes lag, ohne sich nur einmal gerührt zu haben. Ihr Schädel pochte, als spielte eine Horde wütender Kobolde darin eine Partie Squash. Der Rest ihres Körpers war vollkommen taub, was vermutlich nichts Gutes zu bedeuten hatte. Doch im Moment konnte sie sich nicht auf alles gleichzeitig konzentrieren. Wirre Bilder zuckten durch ihr Gedächtnis. Die steile Wendeltreppe, der Sturz. Karla! Wo zum Teufel steckte das Miststück? Und wer kümmerte sich um Leon?

Es kostete sie immense Kraft, den Kopf einige Zentimeter anzuheben. Was zunächst einmal nur bewirkte, dass die Schmerzen noch einen Zahn zulegten. Dafür hörte sie jetzt etwas, das wie Schritte klang. Diese führten unmittelbar an ihrem Gesicht vorbei, entfernten sich wieder, ohne ihr die geringste Beachtung zu schenken. Offenbar hatte noch niemand bemerkt, dass sie wieder zu sich gekommen war.

»Hallo?« Ein kläglicher Versuch, bei dem sie kaum mehr als ein heiseres Hauchen hervorbrachte. Ihre Kehle fühlte sich an, als hätte sie mit Wüstensand gegurgelt.

Jemand kehrte zurück, kam näher – und trat achtlos über sie hinweg. Kurz darauf verhallte der Klang von Schuhsohlen auf Metallstufen in der Höhe.

Plötzlich erschien es Lisa ungeheuer leichtsinnig, auf sich aufmerksam zu machen, bevor sie überhaupt wusste, was um sie herum vor sich ging. Was, wenn sich Karla inzwischen weit genug erholt hatte, um ihr gefährlich zu werden? Natürlich war die Wahrscheinlichkeit, dass die Hexe nach ihrem Treppensturz einfach wieder aufstand, gleich null. Andererseits hatte Lisa die Widerstandsfähigkeit dieser Frau bereits einmal unterschätzt.

Mittlerweile dürfte Karlas Hass auf sie um ein Vielfaches angewachsen sein. Dabei war es vollkommen gleichgültig, dass Lisa nur aus Notwehr gehandelt hatte, als sie den Hammer auf die Kniescheibe dieser Irren niedersausen ließ.

Einige Atemzüge lang lauschte sie angespannt auf weitere Geräusche. Doch um sie herum herrschte Stille. Bis ein tiefes Grollen die Atmosphäre erfasste, das ihren Magen zum Vibrieren brachte. Etwas zeitverzögert begriff Lisa, dass es sich um ein Gewitter handeln musste, das über der Nordsee heranrollte. Nichts deutete darauf hin, dass Hardy den Turm in der Zwischenzeit erreicht hatte. Angesichts des heraufziehenden Unwetters sank die Chance auf baldige Rettung ins Bodenlose. Wie es aussah, blieb ihr nichts anderes übrig, als selbst das Heft in die Hand zu nehmen.

Auf wundersame Weise spürte sie ein Kribbeln, das ihre Muskeln erfasste. *Jetzt oder nie!* Viel zu hastig richtete sie sich halb auf und stützte sich auf den Ellenbogen ab.

Heißer Schmerz schoss aus einem unbestimmten Winkel ihres Körpers durch sämtliche Nervenbahnen, nahm ihr den Atem. Erschöpft sank Lisa zurück auf den Boden und wartete auf ein Wunder. Bis dahin redete sie sich tapfer ein, dass es sie weitaus schlimmer hätte treffen können. Denn wäre ihre Wirbelsäule verletzt, hätte sie dieses Kunststück wohl gar nicht erst fertiggebracht. Sekundenbruchteile zogen sich wie Stunden dahin. Erst als Lisa nicht mehr daran glaubte, der Qual gewachsen zu sein, ebbte das Kreischen ihrer Nerven langsam ab. Sie kniff die Lider zusammen, öffnete sie wieder. Langsam nahm die Umgebung vor ihren Augen Konturen an. Der erneute Versuch, sich aufzurichten, klappte schon weitaus besser. Auf dem Hosenboden schob sie sich rückwärts zur Wand des Erkers und lehnte sich dagegen.

Von dieser Position aus bemerkte sie ihre Schwägerin, die etwa einen halben Meter neben ihr auf dem Boden lag, das Gesicht abgewandt, die Gliedmaßen verdreht wie die einer misshandelten Schaufensterpuppe.

Karla war also definitiv nicht umhergelaufen und achtlos

über sie hinweggestiegen. Doch die Welle der Erleichterung blieb aus. Natürlich konnte es nur noch Leon gewesen sein, der als Einziger körperlich unversehrt geblieben war. Aber warum ignorierte er Mutter und Tante so beharrlich? Und was um alles in der Welt trieb er die ganze Zeit so völlig allein gelassen?

Nach einer Ewigkeit, wie es schien, hörte sie ihn schließlich die Treppe heraufkommen. In der Hand trug er etwas, das wie eine Kabeltrommel aussah. Er musste sie im Lagerraum aufgetrieben haben. Den beiden Frauen schenkte er keinerlei Beachtung.

»Was tust du da?« Einen winzigen Moment glaubte Lisa, sie selbst hätte diese Worte gesprochen. Dann begriff sie, dass Karla ihr zuvorgekommen war. Sie war also am Leben.

Nichts, was Lisa sonderlich erfreute.

Leon wirbelte herum. Mit weit aufgerissenen Augen starrte der Junge seine Mutter an, das Gesicht zu einer Maske des Entsetzens verzerrt.

# 30

»Knechtsand«, sagte Gero, während das Küstenboot mit fünfundzwanzig Knoten über die gespenstisch blanke See pflügte. »Denkt ihr, eine Leiche würde innerhalb so kurzer Zeit so weit abtreiben?«

»Falls es jemand ist, der bei dem Frachterunglück über Bord gegangen ist?«, hakte Hauke nach.

»Klar, was sonst? Jedenfalls sind mir keine weiteren Katastrophenmeldungen zu Ohren gekommen. Oder gibt es etwas, das man dem gemeinen Fußvolk verschweigt?«

Die chaotischen Dienstzeiten begannen langsam, aber sicher, auch an Geros Gemüt zu zehren. Es war das erste Mal, dass Anton seinen jungen Kollegen leicht patzig erlebte. Gleichzeitig kämpfte er mit mäßigem Erfolg darum, seiner eigenen Anspannung Herr zu werden.

»Als das Unglück geschah, hatten wir auflaufend Wasser«, antwortete er auf Geros ursprüngliche Frage. »Die Flut müsste den Körper zunächst einmal in Richtung Küste getrieben haben. Allerdings wäre er seither zwei vollständigen Tiden ausgeliefert gewesen.«

»Hier in der Deutschen Bucht ist es ohnehin kaum möglich, die Strömungen exakt zu bestimmen«, warf Hauke ein. »Der immense Tidenhub im Wattenmeer, die vielen Untiefen, die Flussmündungen von Elbe und Weser, die tiefe Jadebucht – diese Kombination setzt enorme Kräfte frei. Jede Leiche, die wir finden, hat in der Regel eine ziemlich lange Reise hinter sich. Falls sie nicht im Schleppnetz eines Krabbenfischers landet.«

»Das heißt, die Leiche könnte schon viel länger im Wasser treiben?« Gero versuchte offenbar, ein Schaudern zu unterdrücken. Es gelang ihm nicht. Sein Gesicht nahm wieder diesen beängstigenden grünlichen Farbton an. Nach dem gestrigen Erlebnis machte er sich offenbar auf einen Anblick gefasst, an den man sich selbst im Dienste der Wasserschutzpolizei bis zur Pension nicht gewöhnte.

»Da vorn müsste es sein«, sagte Hauke und drosselte die Geschwindigkeit. »Jedenfalls ist es die exakte Position, die uns dein Fischerkumpel genannt hat. Allerdings kann ich seinen Kutter weit und breit nicht entdecken.«

»Könnte daran liegen, dass der Mann noch ein wenig Geld verdienen muss. Mit Krabbenfischen. Wir sollten froh sein, dass er die Leiche überhaupt entdeckt hat«, brummte Anton.

»Schon gut. Du vertraust ihm, wir vertrauen dir.« Hauke bemühte sich um ein Grinsen, doch es fiel recht sparsam aus. »Bringen wir es einfach hinter uns.«

Aus dieser Entfernung sah die Sandbank aus, als hätte ein Kind mit Eimer und Schaufel gespielt. Überall erhoben sich unregelmäßige, kleine Hügel, die sich jedoch hin und wieder bewegten.

»Es werden von Jahr zu Jahr mehr«, sagte Anton, womit er die Robben meinte, die unbeeindruckt von den Besuchern vor sich hin dösten. »Etwas anderes kann ich allerdings noch nicht erkennen. Wir müssen dichter ran.« Mit dem Fernglas in der Hand ging er hinaus an Deck und suchte zwischen den Tieren nach etwas, das einem menschlichen Körper ähnelte. Als die »Rungholt« so nah herangedriftet war, wie es die Wassertiefe zuließ, begann er gegen seinen Willen, an den Schilderungen des alten Fischers zu zweifeln. Doch Fritz hätte ihn auf keinen Fall verständigt, wenn er sich nicht hundertprozentig sicher gewesen wäre. Der Tidestand näherte sich langsam dem Niedrigwasser. Als Fritz anrief, hatte das Wasser noch deutlich höher gestanden, was bedeutete, dass der Kutter ein ganzes Stück dichter an die Sandbank herangekommen war. Trotzdem konnte es bei dem Lichtspiel hier draußen selbst einem alten Seebären passieren, dass er Formen und Gestalten falsch interpretierte.

»Sieht ganz nach einem blinden Alarm aus.« Dorothea hatte sich zu ihm gesellt. Die gesamte Fahrt über war sie chronisch schweigsam gewesen. »Ich denke, wir sollten umkehren.« Sie deutete auf die schwarzgraue Wolkenfront, die sich am Horizont zusammenballte.

»Nein.« Die Antwort kam von Christian Hansen, der lautlos hinter sie getreten war. Mit undurchdringlicher Miene blinzelte er gegen das seltsame Zwielicht. »Lasst das Schlauchboot zu Wasser. Ich will mir die Sache aus der Nähe ansehen.«

»Aye, aye, Captain«, entgegnete sie humorlos.

Während sich Dorothea gemeinsam mit Gero um das Beiboot kümmerte, ging Anton zu Hauke ins Steuerhaus und klopfte ihm auf die Schulter. »Ich fahre selbst raus«, sagte er. »Nur, um den Chef unter Kontrolle zu halten.«

»Wir könnten ihn auf der Sandbank aussetzen«, schlug Hauke vor. »Immerhin hat er uns noch immer nicht verraten, warum er sich plötzlich für unsere Arbeit interessiert.«

Anton schaffte ein ehrliches Lächeln. Dankend nickte er seinem Bootssteuerer zu. Dann ging er zurück an Deck, wo der Bordkran das Beiboot langsam absenkte.

Nacheinander kletterten Hansen, Gero und Anton die Leiter hinunter, stiegen in das schwankende Schlauchboot und setzten zur Sandbank über. Mit einem leichten Rucken schob sich das kleine Gefährt auf Grund, unmittelbar vor den Augen eines erstaunten Seehundes, der jedoch keinerlei Anstalten machte, ihnen aus dem Weg zu gehen. Unwillkürlich wünschte sich Anton, die Gelassenheit des Tieres möge auf ihn überspringen. Er schwang seine Beine über die niedrige Bordwand und versank augenblicklich bis zum Knöchel im Schlick. Nach nur wenigen Schritten spürte er jedoch relativ festen Boden unter den Füßen. Ohne sich um seine Kollegen zu kümmern, begann er, den dichten Gürtel angeschwemmter Algen entlangzuschreiten. Eine Kegelrobbe blickte vorwurfsvoll zu ihm auf, als er seinen Fuß nur wenige Zentimeter von ihrem Kopf entfernt aufsetzte. In ihrem dichten, grau gefleckten Pelz hatten sich unzählige Sandkörner verfangen, wodurch sie auf ihrem Bett aus Sand und dunkelgrünem Seetang kaum zu erkennen war. Derart vorgewarnt erschrak Anton nur mäßig, als er kurz darauf um ein Haar über die Leiche stolperte.

Der leblose Körper lag auf dem Bauch, das Gesicht in den feuchten Grund gepresst. Die dunkle Kleidung war vom Schlick verschmiert. Der Statur nach zu urteilen, handelte es sich bei dem Toten um einen Mann.

»Hierher!«, rief Anton seinen beiden Kollegen zu.

Gero und Hansen rannten gleichzeitig los. Im Slalom suchten sie sich ihren Weg an den Seehunden und sonstigen Robben vorbei.

»Helft mir, ihn umzudrehen«, sagte Anton, ohne ihnen Zeit zum Verschnaufen zu lassen.

Schweigend folgten sie seiner Anweisung. Und wichen reflexartig einen Schritt zurück. Das Gesicht des Toten hatte einen bläulichen Ton angenommen, schien aber weitgehend unverletzt. Dank des kalten Nordseewassers hatten sich in seinem Körper noch keine Fäulnisgase gebildet, was seinen Anblick halbwegs erträglich machte. Feuchter Sand verklebte den rötlichen Dreitagebart. Im dunkelblonden, fast schulterlangen Haar hatten sich Algen und Seegras verfangen. Mit trüben Augen starrte der Tote in den bleigrauen Himmel. Im rechten Ohrläppchen des Mannes steckte ein kleiner goldener Ring.

»Benno Frey«, sagte Anton.

»Der Journalist?«, fragte Gero. »Aber wer ist dann der Mann aus dem Krabbennetz?«

In diesem Moment zuckte ein Blitz waagerecht über den Horizont. Aus der Ferne rollte leiser Donner heran.

# 31

»Schatz, komm zu mir!« Karla reckte ihren Arm in Leons Richtung. Offenbar war es ihrer verdrehten Körperhaltung geschuldet, dass sie seinen Gesichtsausdruck nicht bemerkte.

Darin spiegelten sich Entsetzen, Misstrauen, Ekel. Und etwas, das Lisa während ihres Aufenthalts in Professor Feldmanns Klinik bei einigen Patienten wahrgenommen hatte. Etwas, das keinem Neunjährigen jemals widerfahren sollte.

Unter furchtbaren Verrenkungen gelang es Karla, sich auf die Seite zu drehen, sodass sie in den Raum hineinsehen konnte. Doch sobald Lisa ihren unsteten Blick gewahrte, bezweifelte sie, dass ihre Schwägerin allzu viel mitbekam. Selbst in dem trüben Abendlicht erkannte sie, dass ihre Pupillen unnatürlich groß und fiebrig glänzten. Schwer zu sagen, wie viele Knochen sie sich bei dem Treppensturz gebrochen hatte. Lisa wartete darauf, dass sich so etwas wie Mitleid in ihr regte. Vergeblich. Immerhin war all das Karlas eigene Schuld. Ganz abgesehen davon, dass Lisa bislang keine Vorstellung davon besaß, wie schlimm es sie selbst erwischt hatte.

»Leon, Liebling!«, flehte Karla mit fremder Stimme.

Der Junge vergaß vor lauter Furcht, Luft zu holen.

»Deine Mutter ist schwer verletzt«, sagte Lisa, obwohl Leon schlau genug war, das selbst zu erkennen.

»Ich dachte, ihr wäret beide tot!«, stieß er nun hervor.

»Nicht doch, Schatz. Es geht mir gut. Ich musste mich nur ein wenig ausruhen«, brabbelte Karla weiter. »Hilfst du mir beim Aufstehen?«

»Nein, Leon, das schaffst du nicht. Wenn sie noch einmal stürzt, könnte sie das umbringen!«, rief Lisa aus.

»Hör nicht auf die Hexe«, schnappte Karla. »Sie will uns nur auseinanderbringen. Aber das wird ihr niemals gelingen, nicht wahr? Ich bin deine Mutter!«

Es machte keinen Sinn, diesen Streit auch nur mit einer Silbe fortzuführen. Wollte Lisa den Jungen aus seiner Bredouille befreien, musste sie sich um Karla kümmern, und zwar sofort.

Vorsichtig spannte sie ihre Beinmuskeln an, in denen das Kribbeln langsam einer glühenden Hitze wich. Ihr Blick fiel auf die gebrochene rechte Hand. Diese war zu einem dicken Klumpen angeschwollen. Der Schmerz pochte dumpf, war aber einigermaßen auszuhalten. Es dauerte eine Weile, doch schließlich gelang es ihr, die Knie hochzuziehen und die Beine anzuwinkeln. Nach einer Weile schaffte sie es sogar, das Becken ein Stückchen anzuheben, ein sicheres Zeichen, dass ihre Hüfte übel geprellt, aber nicht gebrochen war. Derart motiviert, schob sie sich mit dem Rücken an der Wand zentimeterweise bis in eine stehende Position empor.

Doch als sie aus der veränderten Perspektive auf ihre Schwägerin hinabschaute, überkam sie mit einem Schlag erneut pure Verzweiflung. Was zum Teufel konnte sie tun, das dieses Miststück nicht noch schlimmer zurichtete? Jeder Versuch, Karla von der Stelle zu bewegen, konnte ihr Rückgrat irreparabel verletzen oder Blutungen auslösen, die nicht mehr zu stoppen waren. Die einzige Möglichkeit, ihr Leiden ein wenig zu lindern, bestand darin, es ihr auf dem nackten Fußboden etwas bequemer zu machen.

»Leon, würdest du bitte alle Decken und Kissen aus dem Schlafraum holen?« Soweit Lisa es beurteilen konnte, klang ihre eigene Stimme fast normal. Wenn sie nur etwas zu trinken bekäme, ginge es ihr bestimmt noch besser.

»Nein«, entgegnete Leon nun völlig sachlich. »Zuerst muss ich ausprobieren, ob das Funkgerät funktioniert.« Er hob die Kabeltrommel an und schaute vielsagend auf den Runderker. »Mama braucht einen Arzt, genau wie du.« Mit diesen Worten ließ er sie stehen. Schnurstracks erklomm er die Wendeltreppe.

# 32

»Dann helft mir wenigstens, ihn ins Boot zu tragen. Oder denkt ihr, ich schaff das allein?«, herrschte Anton seine beiden Kollegen an.

Immerhin gesundete Geros Gesichtsfarbe sichtlich von Kotzgrün zu Kalkweiß. Das bedeutete zumindest, dass er sich Mühe gab. Was man von ihrem Chef nicht gerade behaupten konnte. Regelrecht vorwurfsvoll starrte Christian Hansen auf den Toten zu seinen Füßen, fast so, als könnte er ihn durch pure Willenskraft wieder zum Leben erwecken. Ganz plötzlich riss er sich aus seiner Starre und packte die Leiche unter den Achseln.

»Also los jetzt, worauf wartet ihr?«, blaffte er. »Das Gewitter hat uns so gut wie eingeholt.«

Anton schnaufte kopfschüttelnd, verkniff sich jedoch einen bissigen Kommentar. Stattdessen griff er nach den Fesselgelenken. Gemeinsam trugen sie den schweren Körper zum Schlauchboot. Obwohl die Strecke kaum zehn Meter betrug, war Anton schweißgebadet, als sie ihn in den Fußraum betteten. Mit schwindenden Kräften half er Gero, das Boot ins Wasser zu schieben. In diesem Moment erfasste ihn eine Windböe, so kalt, als wäre von einer Minute auf die andere der Herbst hereingebrochen. Noch im selben Atemzug verfinsterten schwarze Unwetterwolken den Himmel.

»Beeilen wir uns lieber.« Anton versuchte, auf seinen Sitz zu klettern, ohne auf den Leichnam zu treten, was in dieser Enge so gut wie unmöglich war.

Gero startete den Außenborder und jagte über die aufkommenden Wellen zurück zur »Rungholt«.

»Das wird aber auch Zeit!«, rief Dorothea ihnen entgegen.

Sie hatte sich das Bedienpult für den Kran um die Schultern gelegt. Mit sichtlicher Ungeduld wartete sie, bis die drei über die Leiter an Bord geklettert waren. Geschickt manövrierte sie auch das Schlauchboot zu ihnen herauf. Die Männer hievten den Leichnam heraus und legten ihn lang auf den Rücken.

»Scheiße«, sagte Dorothea, als sie endlich einen Blick auf das Gesicht des Toten erhaschte.

»Jep. Und wie es aussieht, wurde er erstochen«, stellte Anton tonlos fest.

Durch die rüde Behandlung war das Fischerhemd des Toten nach oben gerutscht und gab ausgeprägte Bauchmuskeln frei. Zwischen den Rippen, etwa dort, wo sich das Herz befand, klaffte eine Stichverletzung, die das Salzwasser gründlich ausgewaschen hatte. Ein winziger Krebs, vermutlich durch die Erschütterungen aufgestört, kroch langsam aus dem Wundloch hervor.

Unmittelbar darauf gab Gero heftige Würgelaute von sich. Er schaffte es gerade noch zur Reling, bevor er sich krampfartig übergab.

»Herrgott, mir bleibt hier auch wirklich nichts erspart«, murrte Hansen. »Bringen wir die Leiche unter Deck, bevor es zu regnen anfängt.« Dieses Mal legte er sofort Hand an.

Wortlos half Anton ihm, den unliebsamen Job zu erledigen.

Als sie erschöpft zurück ins Steuerhaus kamen, erwarteten sie dort Hauke, Dorothea und Gero, offenbar erleichtert, dass es endlich heimwärts gehen würde. Doch bevor Hansen eine derartige Anweisung geben konnte, begann sein Handy zu klingeln.

»Jeanne! Warte, ich stelle dich auf Lautsprecher«, unterbrach er die Anruferin und tippte auf das Display. »Also dann, schieß los!«

»Die ›Oland‹ gehört einem gewissen Hardy Dierks«, sagte Jeanne. »Er firmiert als ›Weserwind-Reederei‹, obwohl er nur dieses eine Schiff besitzt. Die Oland war eigentlich schon aus ihrem aktiven Dienst als Tonnenleger ausgemustert. Seit sie wieder flott ist, dient sie zumeist als Fahrgastschiff für Hafenrundfahrten, Ausflüge zu den Seehundbänken, solche Sachen. Wenn Not am Mann ist, bucht sie allerdings auch das Bundesamt für Seeschifffahrt in ihrer alten Funktion. Laut Reedereiakten war das auch am 12. Juli der Fall.«

»Aber das stimmt nicht«, mutmaßte Hansen.

»Jedenfalls hat mir der nette Mitarbeiter des Schifffahrtsamts versichert, dass am Donnerstag nur die eigenen Schiffe im Einsatz waren.«

»Das heißt, dieser Hardy Dierks war in geheimer Mission unterwegs?«

»Ich habe nicht mit ihm persönlich gesprochen, sondern mit einer Frau Ingrid Meyerhoff. Sie arbeitet sozusagen als ständige Aushilfe für die ›Weserwind‹ und schwört Stein und Bein, dass ihr Chef am Donnerstag das Büro nicht verlassen hat. Überprüfen müsst ihr das allerdings selbst.«

»Sicher, meine Schöne. Ich frage dich auch nicht, wie du all das an einem Sonntagabend herausbekommen hast.«

»Gut. Aber da ist noch etwas, das euch vielleicht interessieren könnte.«

»Jaaa?«

»Auf spezielle Anfrage befördert unser Hardy auch Gäste zum Roten Sand. Er gehört nämlich zu dem Verein, der sich um die Instandhaltung des Leuchtturms kümmert.«

»Und das hat er wann genau zuletzt getan?«, fragte Anton. Unwillkürlich beschleunigte sein Herzschlag auf ein Dreifaches.

»Freitag, 13. Juli.«

»Du hast nicht rein zufällig die Namen der Passagiere?« Antons Puls pochte schmerzhaft gegen die Halsschlagader.

»Nein, Frau Meyerhoff konnte keine Formulare oder dergleichen finden.«

»Da seit dem Schiffsunglück niemand auf dem Seeweg aus Bremerhaven wegkommt, sind die Leute noch immer dort, richtig?« Vor seinem geistigen Auge sah Anton den Schimmer von feuerrotem Haar in der Abendsonne. Als sie am Freitagabend am Roten Sand vorbeigezogen waren, hatte er sich also überhaupt nichts eingebildet. War es tatsächlich möglich, dass Lisa …?

Er schüttelte energisch den Kopf.

»Denkst du, du könntest unseren Hardy persönlich ausfindig machen? Ich meine, so schnell wie möglich?«, fragte er Jeanne.

»Ich kann nichts versprechen, aber ich gebe alles.«

»Danke, das ist –«

»Du hast etwas gut bei mir«, sagte Hansen in den kleinen Lautsprecher und drückte die rote Taste.

Antons Knie zitterten, als er in den Steuerstand hechtete. »Du kennst unseren Kurs«, sagte er zu Hauke, der sich jedoch nicht rührte. »Roter Sand!«, fuhr er ihn an.

Doch Hauke schaute nur zu Hansen empor, der wie ein Felsen hinter ihren Rücken aufragte.

»Keine Chance«, sagte Hansen aufreizend ruhig. »Benno Frey ist tot, ermordet. Der Täter befindet sich auf der ›Beluga‹. Wir müssen die Besatzung festnehmen. Noch ist das Schiff auf See. Sie können uns also nicht entwischen.«

»Vor Mitternacht wird die ›Beluga‹ nicht im Hafen ankommen, das hast du selbst gesagt. Außerdem wiegen sie sich in Sicherheit, solange niemand weiß, dass wir Freys Leiche gefunden haben.«

»Vergiss es. Ernsthaft: Was soll den Leuten auf dem Turm schon passieren? Hast du Angst, dass sie sich dort zu Tode langweilen?«

»Nein. Ich glaube, dass dort draußen etwas Schreckliches geschehen ist. Wir haben nämlich noch einen Toten, schon vergessen?«

»Woher willst du wissen, dass der etwas mit den Gästen zu tun hat? Selbst wenn: Auch die werden nicht einfach bis nach Bremerhaven schwimmen. Es reicht völlig, wenn wir uns um sie kümmern, nachdem –«

Wie auf Kommando erfasste eine wütende Welle den Schiffsrumpf und brachte die Umherstehenden ins Stolpern.

Eine Dienstjacke rutschte von einem Wandhaken. Dem zierlichen Schnitt nach zu urteilen, musste es sich um Dorotheas Blazer handeln. Da der Tag bereits bei Sonnenaufgang beschlossen hatte, der Küstenregion subtropisches Klima zu bescheren, schwitzte jedermann an Bord schon in den weißen Hemden. Bestimmt hatte die Jacke dort seit den frühen Morgenstunden gehangen.

»Hansen hat recht«, mischte sich Dorothea ein. »Das Unwetter hat uns so gut wie eingeholt. Auf den Leuchtturm kommt heute sowieso niemand mehr. Wir sollten uns lieber an die ›Beluga‹ hängen und dafür sorgen, dass ohne uns keiner von denen seinen Fuß auf festen Boden setzt.«

Doch Anton hörte ihr nur mit halbem Ohr zu. Wie unter Zwang starrte er auf Dorotheas am Boden liegende Jacke. Besser gesagt auf etwas, das aus deren Seitentasche gerutscht war und etwa zur Hälfte unter dem Stoff hervorlugte. Etwas, das aussah wie eine Postkarte. Mechanisch beugte er sich hinunter und zog sie ganz hervor. Sein Atem stockte, als er auf eine fast hundert Jahre alte Ansicht des Leuchtturms Roter Sand schaute. Einen kurzen Moment lang überlegte er, ob Fritz sie ihr mit einem Augenzwinkern geschenkt haben könnte. Bis er die Karte herumdrehte. Sie war an Anton persönlich adressiert. Der Poststempel stammte vom Freitag, dem 13. Juli. Der Text war in einer Handschrift geschrieben, die er selbst mit verbundenen Augen erkennen würde.

*Mein Geliebter,*
*ich bin endlich frei!*
*Wenn du das hier liest,*
*werde ich auf unserem Leuchtturm sein.*
*Ich warte auf dich!*
*Lisa*

Eine Sekunde lang herrschte in seinem Schädel nichts als weißes Bildrauschen. Dann, ganz langsam, hob er den Kopf. Fassungslos heftete sich sein Blick auf Dorotheas regloses Gesicht.

»Was zur Hölle hast du getan?«, fragte er mit rauer Stimme.

# 33

Mit einem Schlag erinnerte sich Lisa daran, was vor ihrem Sturz geschehen war. Irgendwo im Laternenhaus musste sich eine Vorrichtung befinden, in die man ein Stromkabel einstöpseln konnte. Da die Handys verschwunden waren, hatte sie kein einziges Mal auf die selbst gebastelte Ladestation geachtet. Nachdem Leon ihrem Gedächtnis auf die Sprünge geholfen hatte, hatte sie nachsehen wollen, wie das Ding aussah und wie es funktionierte. Sie glaubte nicht daran, die enge Wendeltreppe noch einmal bewältigen zu können. Jetzt musste sie sich darauf verlassen, dass der Junge die Sache allein in den Griff bekam. Dabei verspürte sie eine Zuversicht, die sie selbst überraschte.

»Was treibt ihr hinter meinem Rücken?«, zischte Karla.

Noch immer lag sie seltsam gekrümmt auf der Seite, das verletzte Bein in einem unmöglichen Winkel abgespreizt. Dicke Schweißperlen tropften von ihrer Stirn. Ihr Blick zuckte unstet von einem Winkel zum anderen. Es war Lisa unmöglich, zu beurteilen, wie viel die Verletzte noch vom wirklichen Geschehen begriff.

»Leon versucht, ein altes Funkgerät in Gang zu bringen. Vielleicht könnten wir darüber einen Notruf absetzen.«

»Du willst mit ihm abhauen und mich hier allein zurücklassen, hab ich recht? Aber das wird dir nicht gelingen. Dir nicht. Nicht mit mir!« Ohne jeden Zweifel glitt Karla immer tiefer in einen Fieberwahn ab.

Diese Einsicht half Lisa ein wenig dabei, die sinnfreie Provokation zu ignorieren. Sie ging nicht davon aus, dass Karla es mit Dankbarkeit quittieren würde, wenn Lisa sich um sie kümmerte. Trotzdem trat sie mit schmerzenden Gliedern und einer gebrochenen Hand den beschwerlichen Weg in die Schlafkammer an. Mit einem Arm voller Decken kehrte sie in den Dienstraum zurück. Dort fand sie Leon, der soeben den Netzstecker des antiquierten Seefunkgeräts in eine Dose der Kabeltrommel friemelte. Das andere Ende des Kabels entschwand ihrem Blick den Runderker hinauf. Leon betätigte einen Kippschalter am Gehäuse des Gerätes. Wenig später leuchtete hinter der Skala elektrisches Licht auf.

»Ja!«, rief er so enthusiastisch, dass Lisa die Decken fallen ließ und auf ihn zustolperte.

Hektisch begann er, an dem Rädchen zu drehen, mit dem man die Frequenz einstellte. Aus dem Gerät drang ein Knistern wie aus einem Radio ohne Antenne. Plötzlich mischten sich Wortfetzen unter die Störgeräusche. Nur ganz kurz. Aber Lisa zweifelte nicht an dem, was sie soeben gehört hatte.

»Kanal sechzehn«, sagte sie zu Leon. »Du musst den Notrufkanal einstellen. Kanal sechzehn.« Ihr Herz pochte wild vor Aufregung.

Als Leon die richtige Frequenz erwischte, wurde das Rauschen ruhiger. Mit zitternder Hand nahm er den altmodischen Hörer von der Gabel.

»Hallo, hört mich jemand? Mein Name ist Leon Dehnhardt. Wir sind auf dem Leuchtturm Roter Sand und brauchen Hilfe!«

Unbeherrscht riss ihm Lisa den Hörer aus der Hand.

»Bitte, kann uns jemand hören? Das ist ein Notfall!«

Im selben Moment erstarb das Knistern, das Licht hinter der Skala erlosch. Die Stromzufuhr war gekappt.

## 34

»Was zur Hölle hast du getan?« Antons Faust ballte sich ganz automatisch. *Na los, gib mir einen Grund zuzuschlagen!*

»Nichts! Jetzt beruhige dich erst mal, okay?« Dorothea versuchte, möglichst cool zu klingen.

»Ich will wissen, was du mit dieser Karte vorhattest!«, presste er zwischen den Zähnen hervor.

»Gar nichts! Herrgott, musst du wirklich alles gleich persönlich nehmen? Ich hatte mir deine Post am Samstagmorgen in die Taschen gestopft, weil ich ziemlich voll beladen war, falls du dich erinnerst.«

»Am Samstagmorgen hast du keine Dienstkleidung getragen, geschweige denn deine Jacke.« Sicher, Anton erinnerte sich. An alles.

»Die Karte steckte noch in meiner Jeanstasche. Als ich mich umgezogen habe, habe ich sie in den Blazer geschoben, um sie dir zu geben. Bei all dem Chaos, das seitdem herrscht, habe ich es ganz einfach vergessen!«

»Du kannst nicht ernsthaft annehmen, dass ich dir auch nur ein Wort davon –«

»Ruhe!«, fuhr Hauke plötzlich dazwischen.

Anton drehte sich unwirsch zu ihm um. Er hatte vollkommen verdrängt, dass zwei weitere Kollegen diesem peinlichen Streit beiwohnten.

»Was?«

»Könntet ihr wohl kurz die Klappe halten?« Hauke hob die Hände, um zu untermalen, dass es ihm ernst war. »Ich dachte, wir hätten einen Notruf empfangen«, sagte er in die entstandene Stille hinein. »Aber bei dem Lärmpegel hier an Bord kann man sich schon mal täuschen.«

Gerade als Anton etwas eher Unhöfliches erwidern wollte, drang ein aufdringliches Rauschen aus dem UKW-Seefunkgerät. Er trat näher heran und vergewisserte sich, dass der Kanal sechzehn eingestellt war. Ein erneutes Störgeräusch bewirkte, dass sich eine Gänsehaut auf seinen Armen bildete. Dann, ganz plötzlich, hörte er die Worte klar und deutlich.

»... mein Name ist Leon Dehnhardt. Wir sind auf dem Leuchtturm Roter Sand und brauchen Hilfe!« Dann übernahm eine andere Stimme: »Bitte, kann uns jemand hören? Das ist ein Notfall!«

»Das klang wie ein Kind!«, rief Hauke aus. »Was ist passiert? Kannst du mich hören?«

Nichts. Dann verstummte auch das Rauschen.

»Verdammt!«, schrie Anton. Hauke hatte recht, der Funkspruch war von einem Kind gekommen. Doch die zweite Stimme war die einer Frau gewesen. Lisa!

Direkt über ihnen krachte der Donner.

Fast schien es, als hätte ihnen die elektrisch geladene Atmosphäre einen kuriosen Streich gespielt, ihnen Fetzen aus einem anderen Teil der Erde zugetragen. Doch inzwischen war zu viel geschehen, um noch an einen Zufall zu glauben.

Ohne seinem Bootssteuerer Beachtung zu schenken, drängte Anton ihn aus dem Ledersessel und übernahm das Ruder. Dann schob er den Gashebel so abrupt nach vorn, dass die Diesel empört aufheulten. Die »Rungholt« vollführte einen Hechtsprung, der jeden Surfer vor Neid hätte erblassen lassen. Gepolter mischte sich mit wütenden Schmerzensschreien, als der Rest seiner Mannschaft gegen die Inneneinrichtung geschleudert wurde. Anton ignorierte sie alle. Er musste zum Roten Sand.

## 35

»Denkst du, jemand hat uns gehört?« So vorsichtig, als fürchtete er sich vor der Antwort, schaute Leon zu ihr auf.

Die Versuchung, ihm Mut zuzusprechen, war groß. Doch es gab keinen Grund mehr, ihn wie ein Kind zu behandeln. Ein einziger Blick in seine hellblauen Augen reichte aus, um zu erkennen, dass sein unbeschwertes Gemüt der Vergangenheit angehörte. Der Junge war in den letzten Stunden um Jahre gealtert. Gleichzeitig hatte er längst bewiesen, dass sein gesunder Menschenverstand weitaus besser funktionierte als ihr eigner. Leon war der einzige Mensch, auf den sie sich jetzt noch verlassen konnte.

»Schwer zu sagen. Aber wir sollten lieber keine allzu großen Hoffnungen darauf setzen«, antwortete sie.

»Dann müssen wir es eben weiter versuchen!« Leon legte sämtliche Überzeugungskraft in seine Stimme.

Lisa schämte sich in Grund und Boden, als sie begriff, dass sich ihre Rollen gänzlich umgekehrt hatten. Die Entschlossenheit, die Leon an den Tag legte, tat ihr in der Seele weh. Allerdings war da etwas, das diese Sorge noch weit überschattete.

»Ich frage mich die ganze Zeit, warum der Strom so plötzlich weg war«, sprach sie ihre Gedanken aus.

»Das Gewitter«, erklärte Leon. »Bei uns zu Hause ist es auch schon mal passiert. Papa hat gesagt, dass der Blitz irgendeine Leitung erwischt hat.« Er hielt den Atem an, als ihm wieder bewusst wurde, was mit seinem Vater geschehen war.

Lisa strich ihm sachte über den Rücken, da sie keine Worte fand, die ihr auch nur annähernd angemessen erschienen wären. Gleichzeitig kämpfte sie gegen ihre Angst, dieses Mal könne sich der Junge irren. Zwar hatte sie sich nie für technische Dinge interessiert, doch gegen seine Theorie sprach schon die Tatsache, dass aus dem Treppenhaus ein fahler Schimmer drang. Was nichts anderes bedeutete, als dass die Notbeleuchtung nach wie vor funktionierte. Diese wurde ebenso aus der Solarvorrichtung versorgt wie die Ladestation. Also wie wahrscheinlich war es, dass ein Blitz die leidliche Stromversorgung auf dem Turm nur teilweise unterbrach? Was, wenn jemand dort oben einfach den Stecker des Verlängerungskabels gezogen hatte?

*Oh nein! Nein, nein, nein! Leon steht neben mir, Karla liegt auf dem Boden, und außer uns dreien ist verdammt noch mal niemand sonst hier!*

Fast hätte sie das Mantra laut herausgeschrien, um ihren Verstand beisammenzuhalten. Um nichts in der Welt durfte sie zurück in ihre Angstphantasien fallen. Sie durfte Leon nicht im Stich lassen. Nicht schon wieder.

»Hat das Funkgerät denn wieder Strom?«, fragte sie einigermaßen gefasst.

»Nein«, gab Leon zu. »Hab's schon kapiert, wir können niemanden mehr zu Hilfe rufen.«

»Vielleicht ja doch.« Es war nichts weiter als ein äußerst vager Gedanke. Aber herumsitzen und gar nichts tun könnten sie immer noch, wenn auch die letzten Möglichkeiten ausgeschöpft wären. »Wenn es eine Rettungsinsel gegeben hat, dann liegen im Lagerraum vielleicht auch Leuchtraketen herum. Falls wir welche finden und sie abschießen, wird sich bestimmt jemand ausreichend wundern, meinst du nicht?«

Leon zuckte mit den Schultern. »Ich habe keine gesehen, als ich das Kabel gesucht habe.«

»Hast du eine bessere Idee?« Eine Frage, die nicht einmal rhetorisch gemeint war. Tatsächlich hoffte Lisa, der Junge würde sie abermals überraschen.

Doch Leon antwortete nicht.

»Also dann: Gehen wir.« Schon beim ersten Schritt bereute sie ihre Dummheit.

Glühende Schmerzen schossen vom Fußballen bis zum Nackenwirbel durch ihre Nervenbahnen. Trotzdem ging sie weiter, ohne auch nur einen Laut von sich zu geben. Bis eine eiskalte Hand plötzlich ihr Fesselgelenk umklammerte.

»Wo bringst du ihn hin?«

Mit stockendem Atem drehte sie sich zu Karla um, die in

ihrer verkrümmten Lage seltsame Ähnlichkeit mit dem Reh aufwies, das Lisa damals überfahren hatte. Auf ihrer Stirn klaffte eine riesige Platzwunde, die heftig geblutet hatte. Das geronnene Blut überzog ihr Gesicht mit einer rotbraunen Kruste, aus der die weit offenen Augen unnatürlich hervorstachen.

»Wir versuchen nur, Hilfe zu rufen. Für dich. Du musst so schnell wie möglich in ein Krankenhaus«, sagte Lisa mit sämtlicher Fassung, die sie aufbringen konnte.

»Du lügst doch! Du willst mit meinem Sohn abhauen und mich hier verrecken lassen!«, fauchte Karla.

»Unsinn! Niemand verschwindet so einfach von hier. Das können wir gar nicht, und du weißt es. Also lass mich dir einfach helfen.« Mit einem Ruck versuchte Lisa, ihren Knöchel zu befreien. Doch Karla hielt ihn gnadenlos fest.

»Leon, Schatz, du darfst deiner Tante nicht vertrauen. Sie ist böse, hörst du? Sehr, sehr böse!«

»Nein, Mama«, sagte Leon mit verblüffend fester Stimme. »Du hast Fieber, und wir können dir hier nicht helfen. Lass sie los, damit wir nach den Leuchtraketen suchen können.«

Für einen winzigen Moment schienen seine Worte in Karlas Verstand vorzudringen. Jedenfalls öffnete sie ihre Finger, die Lisas Knöchel umklammerten. Nur ein bisschen, aber es reichte aus, um sich mit einer blitzschnellen Bewegung zu befreien. Angeekelt beobachtete Lisa, wie Karlas Hand erneut nach ihr schnappte wie die Zange eines riesigen Krebses.

»Beeilen wir uns lieber«, sagte sie zu Leon.

Der Junge nickte nur. Tapfer stieg er voran die Treppe hinunter.

In der Küche erwartete sie ein recht chaotischer Anblick. Der Vorratsschrank gähnte weit offen. Auf dem Esstisch lag ein benutztes Buttermesser, daneben stand ein achtlos geöffneter Tetra Pak Orangensaft. Brotscheiben waren aus der Plastiktüte gerissen, niemand hatte sich die Mühe gemacht, die Käse- und die Margarineschachtel wieder zu schließen. Sie warf Leon einen skeptischen Blick zu, den er jedoch nicht einmal zu bemerken schien. Vom brennenden Durst überwältigt humpelte sie zum

Tisch, griff nach dem Orangensaft und trank die Packung ohne abzusetzen leer. Dann beeilte sie sich, dem Jungen die letzten zwei Stockwerke hinunter zu folgen. Er war bereits dabei, im Lichtkegel seiner Taschenlampe nach etwas Brauchbarem zu suchen.

»Wie sehen solche Leuchtraketen denn aus?«, fragte er, ohne seine Tätigkeit zu unterbrechen.

»Ich habe keine Ahnung«, gestand Lisa. »Bestimmt sind sie in einer Schachtel verpackt, auf der draufsteht, was drin ist.« Zumindest hoffte sie es.

Entschlossen knipste sie ihre eigene Stablampe an, um Leons Beispiel zu folgen. Doch der Junge kam ihr zuvor.

»Ich glaube, ich hab was gefunden!«, verkündete er euphorisch. »Das sind sie, oder?« Mit einem halben Grinsen hielt er einen unscheinbaren Pappkarton in die Höhe.

Mit zwei Schritten war Lisa bei ihm. Die Aufschrift war eindeutig. Begeistert drückte sie den Jungen an sich.

»Du bist der Größte!«

Mit zitternden Fingern versuchte sie, die Schachtel zu öffnen, stellte jedoch fest, dass sie mit Klebeband gesichert war.

»Wir brauchen ein Messer. Hast du eins –« Weiter kam sie nicht. »Aua, was soll das?«

Leon kniff ihr so fest in den Arm, dass sie ihr Kleinod um ein Haar fallen ließ.

»Still!«, zischte er. »Hast du das nicht gehört?«

»Nein, was meinst du?«

»Hier ist noch jemand.«

Lisas Herz überschlug sich einmal, bevor es einige Schläge aussetzte. Ein Reflex befahl ihr, dem Jungen zu widersprechen. Stattdessen hielt sie den Atem an und lauschte angestrengt.

Um sie herum herrschte absolute Stille. Nur von draußen drang die wütende Brandung der See zu ihnen herauf.

Plötzlich vernahm sie ein leises Klacken von der Treppe her. So, als setzte jemand vorsichtig einen Fuß vor den anderen.

»Karla?«, flüsterte Lisa, noch bevor sie sich umdrehte.

# 36

Sturmböen trieben den Regen aus allen Himmelsrichtungen gleichzeitig gegen die Scheiben. Die Sicht war so miserabel, dass Anton fast erschrak, als der rot-weiß geringelte Leuchtturm schemenhaft vor ihnen auftauchte. Schwarze Wellen brachen schäumend an dem stählernen Hindernis, das den Elementen stoisch trotzte. Ein Blitz entlud sich unter den finsteren Wolken, im nächsten Moment donnerte es so ohrenbetäubend, dass jedermann auf der »Rungholt« instinktiv den Atem anhielt.

Anton ließ das Schiffshorn anhaltend ertönen. Dann noch einmal, ein drittes Mal. Falls sich Menschen auf dem Turm aufhielten, müssten sie es trotz des Unwetters hören.

Falls sie noch am Leben waren.

Die Strömung des auflaufenden Wassers zerrte am Kiel des Küstenbootes. Mannshohe Wellen, aufgepeitscht durch den Sturm, der sich pausenlos um seine eigene Achse drehte, ließen eine Art Strudel entstehen. Die Schiffsdiesel kämpften röhrend. Anton schwitzte am Steuerruder, um die »Rungholt« einigermaßen auf Position zu halten.

»Was jetzt?«, fragte Hansen. »Willst du warten, bis dir jemand fröhlich zuwinkt?«

»Da ist Licht«, sagte Anton, obwohl er sich keinesfalls sicher war. Was er zu sehen glaubte, war so fahl, dass es sich ebenso gut um bloße Einbildung handeln konnte. *Trotzdem* – »Wir müssen da rauf.« Letzteres richtete sich an seine gesamte Mannschaft. Keine Bitte, sondern ein Befehl.

»Die Wellen schlagen über zwei Meter hoch.« Noch sprach Hansen als Antons alter Kamerad. Doch sein Tonfall ließ keinen Zweifel, dass er von nun an seine Position als Boss geltend machen würde. »Bei dieser Strömung haben wir sowieso keine Chance. Es ist absolut unmöglich, dichter an die Dalben heranzufahren. Ganz zu schweigen davon, irgendwie die Außenleiter hochzuklettern. Falls also niemand hier an Bord über magische

Kräfte verfügt, können wir nur abwarten. Wie's aussieht, bis morgen früh.«

»Nein. Du hast den Jungen selbst gehört. Er steht dort oben Todesängste aus.« Es war zwecklos, die Angelegenheit zu diskutieren. Anton oblag die Verantwortung für das Schiff und die Besatzung. Er war bereit, sie alle zu opfern. Denn dort oben war Lisa, zusammen mit einem Kind. Er durfte sie nicht noch einmal im Stich lassen. Niemals wieder.

»Und was bitte schlägst du vor?« Hansen schien kurz davor, ihn am Kragen zu packen, um ihn zur Vernunft zu bringen. »Hältst du dich plötzlich für Jack Bauer? James Bond? Batman?«

*Nein, nichts dergleichen.* Die Gefahr, dass sie in den nächsten Minuten Schiffbruch erleiden würden, stand deutlich höher als fünfzig zu fünfzig. Weder seine Erfahrung noch seine Intuition würden ausreichen, um das Manöver zu bewerkstelligen. Das Einzige, was ihm helfen konnte, war eine galaktische Portion Glück. Und das chaotische Zusammenspiel der Naturgewalten, die sie umgab.

»Scheiße!«, rief Hansen aus. »Was hast du vor?«

»Wonach sieht es denn aus?«, blaffte Anton zurück.

»Nach Selbstmord, wenn du mich fragst!« Hansen machte Anstalten, ihm buchstäblich in den Rücken zu fallen, um ihn an dem irrsinnigen Vorhaben zu hindern. Dann schien er zu begreifen, dass es alles nur noch schlimmer machen würde.

Die »Rungholt« lag nun fast parallel zu den Dalben, doch die Distanz von etwa zehn Metern schien unüberwindbar.

»Wow! Drehst du jetzt völlig durch?«, brüllte Hansen, als er begriff, was Anton vorhatte. »Du schrottest das Schiff!«

»Festhalten!« Antons Sinne erfassten den exakten Moment schneller, als sein Verstand arbeiten konnte. Die Gezeitenströmung ließ ein kleines bisschen nach. Die Sturmböe peitschte einige Sekunden länger aus Ost. Mächtige Wellen schoben das Boot in westliche Richtung. Ein letzter Kraftakt der Motoren. *Jetzt!*

Die »Rungholt« krachte mit Donnergetöse gegen die Dalben.

»Festmachen!«, schrie Anton. »Wir müssen das Boot festmachen!« Noch während er brüllte, realisierte er, dass das Schiff schon längst wieder hätte abdriften müssen.

Er hechtete zur Tür, riss sie auf. Salzige Gischt schlug ihm ins Gesicht, durchnässte seine Kleidung. Dann endlich erkannte er Tomasz, der etwas vollkommen Irrsinniges tat. Der Maschinist hatte sich eine Schiffsleine um den Leib gebunden, um nicht über Bord gespült zu werden. Irgendwie war es ihm gelungen, die Vorleine am Dalben zu befestigen. Gerade bäumte sich der Bug des Schiffes unter einer Welle auf. Tomasz fiel rücklings zu Boden und rutschte auf dem Hosenboden über das Deck, bis er gegen die Wand unterhalb des Steuerhauses prallte.

Anton war zu perplex, um etwas zu empfinden. Sollte der Adrenalinpegel in seinem Blut jemals wieder Normalwerte erreichen, würde er sich den Wahnsinnigen vorknöpfen und ihn mit Dankbarkeit überschütten. Vorausgesetzt, er überlebte den Aufstieg zum Turm.

Die Strömung zerrte mit aller Macht am Heck des Schiffes. Längst war die Distanz zum zweiten Dalben unüberwindbar. Anton wusste, dass sie das Küstenboot keinen Zentimeter dichter an den Turm würden heranbringen können. Nicht heute Nacht. Von jetzt an konzentrierte sich seine einzige Hoffnung darauf, die einzige Leine, die die »Rungholt« gefangen hielt, möge den Strapazen lange genug standhalten.

Tomasz erfasste die Lage offenbar zeitgleich. Mit einer Hand deutete er auf den Bug. Anton verstand. Er musste von dort aus die Turmleiter erreichen. Der verrückte Pole eliminierte sämtliche Überlegungen, wie man dieses Kunststück vollführen konnte. Mit enormer Muskelkraft versuchte er nun, die Hakenenden des Steges über eine Turmleitersprosse zu stülpen. Anton schickte sich an, seinem Maschinisten zu Hilfe zu eilen. Wutschnaubend hielt er inne, als ihm jemand in den Weg trat.

»Was –?«

Hansen stand ebenso breitbeinig wie unerschütterlich vor ihm. Mit trotzigem Blick klatschte er seinem Bootsführer eine Schwimmweste vor die Brust.

»Eigentlich habe ich dich immer gemocht. Also sieh zu, dass du noch eine Weile am Leben bleibst«, sagte er.

In diesem Moment geschah etwas. Durch den Regen nahm Anton es nur schemenhaft wahr. Doch plötzlich war er sich vollkommen sicher: Die Außentür des Leuchtturms stand offen. Sie wurden erwartet.

# 37

Ein tief dröhnender, anhaltender Laut ließ Lisa mitten in der Bewegung innehalten. Für den Bruchteil einer Sekunde glaubte sie, ihre überreizten Nerven hielten sie abermals zum Narren. Doch dann hörte sie es noch einmal. Und noch einmal. *Ein Schiffshorn!*

»Sie sind da!«, rief sie aus. »Leon, hast du gehört? Sie sind da!« Ohne auf eine Reaktion zu warten, sprintete sie zur Tür und zerrte mit aller Kraft den widerspenstigen Riegel beiseite. Dann riss sie den Hebel so abrupt herum, dass der Wind sie mitsamt der Stahlluke einen halben Meter zurückstieß. Schnell fand sie wieder genügend Halt, um einen Blick hinauszuwerfen. Einen Atemzug lang war sie überzeugt, ihren Halluzinationen endgültig zu erliegen. Denn im gleißenden Licht eines Blitzes sah sie ein stattliches Boot vor den Dalben tanzen. Doch es war nicht die »Oland«. Auf der blauen Bordwand stand mit großen weißen Lettern das Wort »KÜSTENWACHE« geschrieben. Die Polizei! Leons Notruf hatte also doch funktioniert. Das kleine Genie hatte ihnen ihre Rettung beschert! Euphorisch wirbelte sie herum, um ihn in die Arme zu schließen. Doch was sie sah, lehrte sie eine ganz neue Form des Grauens.

Leon stand stocksteif da, die Taschenlampe in seiner Hand zitterte. Mit weit aufgerissenen Augen starrte er Lisa ins Gesicht. An seiner Kehle schimmerte etwas Metallisches. Die Klinge eines Messers. Der Mann hinter ihm war vollständig in Schwarz gekleidet. Lisa konnte lediglich seine Umrisse ausmachen. Doch an seiner Existenz bestand kein Zweifel.

»Robert?«, flüsterte sie heiser. »Lass den Jungen in Ruhe. Ich bin doch hier!«

# 38

Die Strömung zerrte unbarmherzig am Kiel des Küstenbootes. Noch hielt die Schiffsleine der Kraft stand, noch umklammerten die Haken des Steges tapfer die Leitersprossen. Doch beides konnte sich jeden Moment ändern. Anton wusste, dass ihm keine Zeit blieb. Tomasz bekräftigte diese Einsicht mit einer unmissverständlichen Geste. Trotzdem machte Anton noch einmal kehrt. Durchnässt bis auf die Haut kletterte er zurück ins Steuerhaus und ging zum Waffensafe. Er nahm seine Pistole heraus und befestigte das Holster an seinem Gürtel.

»Du hast hoffentlich nicht vor, die zu benutzen.« Hansen hatte es endgültig aufgegeben, Anton von seinem Selbstmordkommando abzubringen.

»Nicht, wenn es sich vermeiden lässt.« Die Gefahr von Querschlägern wäre im Innern des Turms verdammt groß. Aber Anton hielt es für besser, auf alles vorbereitet zu sein. Neuer Argwohn überschwemmte ihn, als er beobachtete, wie Hansen sich ebenfalls eine Waffe umschnallte.

»Was hast du vor?«

»Ich begleite dich. Oder hast du ernsthaft geglaubt, ich lass dich allein da rauf?«

»Den Physikunterricht habt ihr komplett verschlafen, oder?«, mischte sich Dorothea ein. »Da draußen tobt ein Gewitter. Dieser Turm dort besteht aus purem Stahl. Er ist der höchste Punkt weit und breit. Na, klingelt da etwas im Oberstübchen?«

Anton stieß sie achtlos zur Seite.

»Hey, Leute, könntet ihr vielleicht endlich zur Vernunft kommen?«, versuchte es Hauke mit unverhohlener Verzweiflung in der Stimme. »Ihr habt wirklich eine Mordsshow geliefert. Aber da draußen blitzt es gewaltig. Schon klar, das erhöht den Nervenkitzel und so. Aber nicht einmal Adrenalinjunkies sind gegen eine Millionen-Volt-Ladung immun.« Seine Stimme drohte, sich zu überschlagen.

»Dann bete einfach für uns, dass es nicht so weit kommt«, entgegnete Anton.

Endlich trat er zurück an Deck. Mit einem knappen Nicken signalisierte er Tomasz, dass er bereit war. Dann gewahrte er eine zweite Person, die Tomasz half, den Steg so gut es ging mit Muskelkraft am Abrutschen zu hindern. Gero. Anton legte ihm flüchtig eine Hand auf die Schulter, bevor er sich auf alle viere niederließ. Aufrecht stehend hätte er keine Chance, die Leiter zu erreichen, ohne vom Sturm erfasst und durch die Luft geschleudert zu werden. Er musste auf den Knien hinüberkriechen.

Ein Schauer durchrieselte seinen Körper. Einen Atemzug lang genoss er dieses eigentümliche Gefühl der bevorstehenden Gefahr. Mit zorniger Verbissenheit machte er sich auf den Weg. Der Steg buckelte bei jeder Welle wie ein Mustang beim Rodeo. Einige Meter darunter brodelte die Nordsee wie ein Hexenkessel. Unmittelbar neben ihm ragten die mächtigen Dalben rabenschwarz in den Unwetterhimmel. Ihre Zinken grinsten wie die Zähne eines Ungeheuers. Ein gewaltiger Schwall salzige Gischt spritzte Anton in die Augen, gerade als ein gleißender Blitz durch die zunehmende Abenddämmerung zuckte. Für einen kurzen Moment schienen die gezackten Pfähle zum Leben zu erwachen, als lechzten sie danach, alles zu verschlingen, was sich dem Leuchtturm näherte. Nur so zum Spaß.

Zentimeter für Zentimeter überwand Anton die Strecke. Die eiserne Turmleiter befand sich nun direkt vor seiner Stirn. Um nach einer Sprosse zu greifen, musste er den Halt auf dem Steg aufgeben. Er wartete auf einen Moment, der ihm weniger dramatisch erschien als der davor. Und erklomm die Leiter, den Blick starr auf die weit geöffnete Tür geheftet.

Wer auch immer ihn erwartete, ließ sich nicht blicken.

## 39

Die Dunkelheit im Lagerraum schlug ihn sekundenlang mit Blindheit. Erst langsam vermochte er einzelne Silhouetten voneinander zu unterscheiden. Doch keine davon schien irgendwie menschlich zu sein. Seine vor Anstrengung schlotternden Muskeln drohten nachzugeben, als er ein Geräusch hinter sich wahrnahm. Doch es war nur Hansen, der es ebenfalls hier heraufgeschafft hatte. Unwirsch bemerkte Anton, dass auch Dorothea soeben die Leiter hinaufkroch.

»Was will sie hier?«, zischte er.

»Helfen, vermute ich«, raunte Hansen. »Wer weiß, vielleicht schafft sie es ja, sich nützlich zu machen.«

Doch im Moment deutete nichts darauf hin, dass sich außer ihnen noch jemand anderes hier aufhielt.

»Hallo?«, rief Anton zögernd in den Raum hinein. Dann noch einmal, deutlich lauter: »Wir sind von der Polizei! Wir haben Ihren Notruf empfangen.«

Stille.

Anton spürte, wie sich die Gänsehaut über seinen gesamten Körper ausbreitete. Fast glaubte er, seine gespannten Nerven singen zu hören. Jetzt vernahm er hinter seinem Rücken ein Keuchen, gefolgt von einem leisen Fluch. Dorothea kroch durch die Tür und ließ sich erschöpft auf den Boden fallen.

»Ruhe!«, zischte Anton, ohne sich umzuwenden.

»Polizei!«, rief er noch einmal in Richtung der Treppe. »Wir kommen jetzt zu Ihnen rauf!«

Die einzige Antwort war ein dumpfes Echo, das von den stählernen Wänden widerhallte. Bislang war die ganze Sache purer Wahnsinn gewesen. Jetzt allerdings wurde es geradezu unheimlich.

»Hat jemand eine Taschenlampe?«, fragte Anton. Er schalt sich einen Idioten, nicht selbst daran gedacht zu haben.

Seine Kollegen schwiegen betreten.

»Na prima. Also dann: schön vorsichtig.« Er übernahm die Führung in den Schlafraum hinauf.

»Ist jemand verletzt?«, rief er mit leicht belegter Stimme, da sie auch hier niemanden vorfanden. Die Antwort blieb aus. »Hey, Leute, das ist nicht witzig!«

Per Handzeichen verständigte er sich mit Hansen darauf, die Kojen zu kontrollieren. Offenbar waren einige davon vor Kurzem benutzt worden, doch niemand versteckte sich dort. Wortlos stiegen sie die nächste Treppe zur Küche hinauf.

Auch hier sah fast alles genauso aus, wie er es in Erinnerung hatte. Abgesehen von der Tatsache, dass inmitten des Raums, im gelben Schein einer Petroleumlampe, ein Kind stand. Der Junge, etwa zehn Jahre alt, leicht pummelig, wild zerzaustes, blondes Haar, wirkte starr vor Schrecken. Tiefblaue Ränder unter den dicken Brillengläsern zeugten von unaussprechlichen Erlebnissen. Vergeblich öffneten und schlossen sich seine vollen Lippen, als er die Polizisten erkannte. Unter anderen Umständen hätte es wohl ziemlich komisch gewirkt.

»Hey«, sagte Dorothea. Sie drängte sich an den Männern vorbei und ging vorsichtig auf den Jungen zu. »Du bist Leon, richtig? Du hast den Notruf gesendet.«

Der Junge nickte langsam. Seine zerfurchte Stirn zuckte unkontrolliert.

»Ich bin Dorothea, das sind Christian und Anton.«

Der Junge schien nach einer Antwort zu ringen, brachte jedoch keinen Ton hervor.

»Was ist hier passiert?« Sie stand jetzt direkt vor ihm, ging ein wenig in die Hocke, um ihm besser ins Gesicht sehen zu können. »Wir sind hier, um dir zu helfen, du kannst uns vertrauen. Ehrenwort.«

»Es tut mir leid«, brachte Leon endlich hervor. Dabei kämpfte er gegen dicke Tränen, die unter seinen blassen Lidern hervorquollen. »Ich habe … Es war … nur ein Versehen. Ich dachte, das Funkgerät wäre kaputt. Es ist alt und …«

Dorothea schaute über die Schulter zu Anton. In ihrem Gesicht spiegelte sich zum ersten Mal ernsthafte Sorge.

»Wo sind deine Eltern?«

»Bitte verraten Sie mich nicht. Können Sie nicht einfach wieder wegfahren?«, hauchte Leon, als wollte er verhindern, dass ihn jemand in den oberen Stockwerken hörte.

»Die Sache ist die«, sagte Dorothea mit fester Stimme. »Wir können es nicht. Unser Schiff ist gegen die Dalben gekracht. Gut möglich, dass es dabei leckgeschlagen ist. Wir müssen warten, bis unsere Jungs das überprüft haben. Das kann ein paar Stunden dauern.« Sie plapperte einfach weiter, während Anton seine Pistole aus dem Holster zog.

Geräuschlos bewegte er sich langsam auf den Durchgang zum Treppenhaus zu.

Im Moment gab es nur wenige Dinge, die hundertprozentig feststanden. Zunächst einmal hielt sich das Kind unmöglich allein hier auf. Ganz sicher kaufte Leon niemand ab, dass er sich vor den Folgen eines Dummejungenstreiches fürchtete, der die Polizei auf den Plan gerufen hatte. Blieb also die Frage, wo die anderen steckten. Wo war Lisa? Warum um alles in der Welt versteckte sie sich vor ihm?

»Du brauchst keine Angst mehr zu haben«, redete Dorothea weiter auf den Jungen ein. »Wir müssen nur ganz sicher sein, dass es allen hier gut geht. Das ist unser Job. Also, wo sind deine Eltern? Sie haben doch längst mitbekommen, dass wir hier sind.«

Anton wagte sich zentimeterweise vor. Resignierend stellte er fest, dass es unmöglich war, den gewundenen Aufgang einzusehen. Da ihm nichts anderes übrig blieb, schoss er jegliche Vernunft in den Wind. Entschlossener denn je stieg er die ausgetretenen Holzstufen hinauf. Lediglich ein Luftzug in seinem Nacken signalisierte ihm, dass Hansen ihm in kurzem Abstand folgte.

»Nein, das dürfen Sie nicht!«, rief Leon ihnen nach. »Der Schwarze Mann hat Tante Lisa geschnappt! Er sagt, Sie sollen einfach verschwinden, dann passiert ihr nichts!«

Anton sog hörbar die Luft ein. Mit einem letzten Schritt betrat er den Dienstraum, die Waffe im Anschlag. Dabei übersah er im Halbdunkel das seltsame Bündel, das unmittelbar neben seinen Füßen lag. Er bemerkte es erst, als etwas nach seinem Hosensaum schnappte. Eiskalte Finger erwischten seinen Knöchel und krallten sich in die fleischlose Haut über den empfindlichen Sehnen.

»Scheiße!«, zischte er viel lauter als beabsichtigt.

Eine Million grauenerfüllter Gedankenfetzen schossen ihm durch den Kopf, bevor er es wagte, an seinem Bein hinabzuschauen. Dort auf dem Fußboden, auf einem Lager aus zerknüllten Decken, kauerte eine Gestalt, die Anton erst nach genauerer Betrachtung als Frau identifizierte. Sie sah aus, als wäre ein voll beladener Lkw mit hundert Stundenkilometern über sie hinweggerollt.

»Oh mein Gott, ist das die Mutter?« Hansen ließ jede Vorsicht fahren und sank neben ihr zu Boden. »Was ist mit Ihnen passiert?« Unschlüssig rang er die Hände.

Anton hingegen verspürte nur den unbändigen Drang, der widerwärtigen Berührung dieses … Wesens zu entkommen. Für den Bruchteil einer Sekunde rührte sich in ihm der Reflex, einfach den Lauf seiner Waffe nach unten zu richten und abzudrücken. Noch bevor er sich zu weniger drastischen Maßnahmen durchringen konnte, lockerte sich der Griff von allein. Energisch trat er einen halben Schritt beiseite.

»Wer hat Ihnen das angetan?«, drängte Hansen die Verletzte weiter. »Wo ist er?« Tatsächlich schien es undenkbar, eine Frau könnte sie derart zugerichtet haben. »Ist er allein?«

»Still!«, unterbrach Anton ihn.

»Was?«

»Sie versucht, uns etwas zu sagen.« Gegen seinen Willen ging er ebenfalls in die Hocke, überwand seinen Ekel und brachte ein Ohr an ihre Lippen.

»Es ist wahr«, wisperte sie. Jedenfalls klang es so. Oder so ähnlich. »Es ist alles wahr.«

»Was meinen Sie damit?«, herrschte Anton sie an. Viel zu unsanft packte er sie an den Schultern. »Lisa. Wo ist sie?« Unbeherrscht schüttelte er sie. »Wo ist sie?«

»Verdammt, könntest du dich vielleicht eine Sekunde zusammennehmen?« Hansen packte ihn am Oberarm.

Mit einem wütenden Ruck riss Anton sich von ihm los. Leicht erschrocken realisierte er, dass er dabei seine Faust ballte, bereit, sich notfalls mit Gewalt zu wehren.

Ihre Stimme erstarb. Doch sie schaffte es, ihren Arm einen Zentimeter vom Boden zu heben. Mit blutigem Zeigefinger wies sie in eine eher unbestimmte Richtung.

So zäh wie in einem Alptraum folgte Antons Blick der gespenstischen Geste. Und dann, endlich, sah er sie.

Unter Schmerzen, wie es schien, trat sie aus dem Dunkel des Erkers. Doch schon nach einem Schritt verharrte sie wie auf ein Kommando. Ihre Strickjacke war an mehreren Stellen zerrissen, erbärmlich schlotterten die Fetzen um ihren schmalen Leib. Das feuerrote Haar klebte in wirren Strähnen an Stirn und Wangen. Allem Anschein nach hielt sie sich nur mit Mühe auf den Beinen. Ihre Lippen waren stark geschwollen, das Gesicht von üblen Schürfwunden übersät. Sprachlos schickte Anton sich an, ihr entgegenzustürmen, doch Hansen packte ihn hart im Nacken. Anton verstand, wenn auch etwas zeitversetzt. Keiner von ihnen konnte wissen, wer womöglich hinter ihr lauerte.

Sein Puls pochte in seinen Venen, dass es schmerzte. Wie oft hatte er sich ausgemalt, sie wiederzusehen. Auf einer überfüllten Straße in der Hamburger City, im Zuschauerraum eines Konzertsaals, beim Bäcker um die Ecke oder im Strandcafé, direkt hinter dem Deich. Doch nicht einmal in seinen verrücktesten Träumen hatte er sie hier, auf diesem Leuchtturm, erwartet. Alles hier mutete auf groteske Weise surreal an.

»Lisa«, sagte er mit brüchiger Stimme. »Was in Gottes Namen tust du hier?«

»Ich habe auf dich gewartet«, hauchte sie.

»Was?«

Im selben Moment blitzte die Messerklinge direkt neben ihrer Halsschlagader auf. Erst jetzt gewahrte Anton die Silhouette, die sich nachtschwarz hinter Lisa abzeichnete. Ein Mann, etwa eins achtzig, schlank, dunkles Haar. Ein ungepflegter Bart überzog fast die gesamte untere Hälfte seines Gesichts, wie Anton langsam erkannte. Trotzdem wusste er sofort, dass er ihm schon einmal begegnet war.

»So sieht man sich also wieder«, sagte der Typ, als hätte er Antons Gedanken gelesen. Dabei ging er langsam vorwärts, lautlos, mit der Geschmeidigkeit eines Panthers, die vor Schock starre Frau vor sich herschiebend. Das Zwielicht gab sein Gesicht noch immer nicht preis. Doch irgendetwas an seinen Bewegungen löste in Antons Kopf einen Impuls aus, dem eine Kettenreaktion von Erinnerungsfetzen folgte.

*Der Containerhafen, der irre Köter, der aus dem Dunkel hervorgeschossen kam, um Hansen die Kehle zu zerfleischen. Die Pistole, der Schuss. Die Gestalt, die über mich hinwegsprang, als ich am Boden lag, den toten Schäferhund auf der Brust …*

»Du hast uns damals wie Vollidioten dastehen lassen«, sagte Anton mit einer Souveränität, die ihn selbst verblüffte. Gleichzeitig betete er, niemand möge den Trommelschlag seines Herzens hören, der drohte, seinen gesamten Brustkorb zu zersprengen. »Was soll ich sagen: Die Überraschung ist dir ein zweites Mal gelungen. Glückwunsch!«

»Nicht doch. Leider muss ich gestehen, dass ich weder euch noch irgendjemand anderes auf dem Schirm hatte, als ich hierherkam. Also warum verschwindet ihr nicht einfach wieder und vergesst, dass ihr mich je gesehen habt?«

»Lass mich kurz nachdenken: Du bedrohst eine Unschuldige vor den Augen der Polizei mit einem Messer. Davon abgesehen haben wir eine ungefähre Vorstellung davon, was dich hierher verschlagen hat. Super Idee übrigens, das Kokain von der ›Beluga‹ auf diesem Leuchtturm zu deponieren. Das heißt, du wusstest, was wir vorhaben. Also was hat Benno Frey getan, um aufzufliegen? Hast du ihm das Messer persönlich zwischen die Rippen gerammt?«

Die Klinge an Lisas Hals zitterte leicht, kratzte an der zarten Haut. Kleine Blutstropfen quollen aus der oberflächlichen Schnittwunde.

»Wie ich sehe, hast du deine Hausaufgaben ordentlich gemacht«, sagte das Arschloch zu Anton. »Allerdings ist diese kleine Schlampe hier«, er schubste Lisa ruckartig ein Stück nach vorn, »alles andere als unschuldig.« Dabei wies er mit einem Kopfnicken auf die Schwerverletzte am Boden.

Anton hatte sie zwischenzeitlich fast vergessen.

»Sei nicht albern«, entgegnete er.

»Du glaubst mir nicht?«, folgerte der Schwarze Mann.

Anton hatte seinen Namen niemals in Erfahrung bringen können. Aber genau so hatte Leon ihn genannt, *der Schwarze Mann.* Keine andere Bezeichnung hätte zutreffender sein können.

»Okay, das ist der Deal«, fuhr er im Plauderton fort. »Wir zwei Hübschen nehmen jetzt euer Schiff und verschwinden. Das Kokain liegt in einem Hohlraum, direkt unter dem Laternenhaus. Macht damit, was ihr wollt. Die Verrückte hier lasse ich laufen, sobald ich an Land bin. Ihr könnt sie dann allein wieder einfangen. Vielleicht gebe ich euch sogar einen Tipp. Anschließend leben wir alle glücklich bis an unser gesegnetes Ende. Na, wie klingt das?«

»Halt die Klappe.« Anton richtete den Pistolenlauf direkt auf das bärtige Gesicht des Mistkerls, der Lisa um Haupteslänge überragte.

»Ich finde, wir sollten ihn ausreden lassen«, sagte Hansen unversehens. Seine Stimme klang, als käme sie aus einer anderen Dimension.

Mit einem Seitenblick erkannte Anton, dass die Hand seines Freundes über dem Holster schwebte. Er war sicher, dass Hansen nicht vorhatte, die Waffe auf den Schwarzen Mann zu richten. Also was zum Teufel hatte er nicht mitbekommen?

»Du weißt genau, was deine Lisa getan hat, wozu sie fähig ist. Und sie hat dich genau hierher gelockt.«

»Wie bitte?«

»Ich gebe zu, dass ich mir absolut keinen Reim darauf machen kann, was hier läuft oder welche Rolle du in diesem ganzen Theater spielst. Deshalb schlage ich vor, wir hören uns einfach die Version eines Augenzeugen an.« Hansen deutete auf Lisa und ihren Peiniger.

Dies war der Moment, in dem Anton überschnappte. Mit einer fließenden Bewegung richtete er seine Pistole direkt auf die Stirn des Mannes, den er einmal für seinen Freund gehalten hatte.

»Du hast keine Ahnung, wovon du sprichst«, zischte er. Dann spürte er ein verblüfftes Lachen in seiner Kehle aufsteigen. »Dorothea, richtig?« Für einen winzigen Moment amüsierte ihn die Situation tatsächlich. »Ich wusste gar nicht, dass du in einer Rockband spielst«, sagte er.

»Wow, jetzt drehst du völlig durch, oder?« Hansen spreizte die Hände vom Körper, jedoch nicht weit genug, um Anton in Sicherheit zu wiegen.

Ein heiseres Kichern lenkte ihn ab. Der Schwarze Mann fühlte sich offenbar bestens unterhalten. Bei jedem Glucksen schrammte das Messer an Lisas Kehle auf und ab. Das Blut lief in einem dunklen Rinnsal an ihrem Hals hinunter.

Von einem kristallklaren Instinkt geleitet, entsicherte Anton seine Waffe und schwenkte sie zurück auf das Gesicht des Dreckskerls. Sein Finger lag sicher am Abzug. Wenn er jetzt abdrückte, würde die Kugel schneller treffen, als Blacky hinter seiner Geisel in Deckung gehen könnte.

»Vergiss es«, sagte Dorothea plötzlich.

Lautlos wie eine Katze hatte sie sich an die Szenerie herangeschlichen. Anton war wie selbstverständlich davon ausgegangen, dass sie sich um den Jungen kümmerte. Doch ihre Fürsorge war offenbar nur von kurzer Halbwertzeit gewesen. Jetzt stand sie ein wenig breitbeinig hinter ihm, ihre Waffe beidhändig sicher im Griff. Die Mündung zielte aus knapp zehn Zentimetern Entfernung auf Antons Schädel.

»Scheiße.« In seinem Kopf versuchten chaotische Gedanken, Form anzunehmen. »Vielleicht sollten wir jetzt alle wieder runterkommen, okay?« Sehr langsam legte er seine Waffe auf den Boden.

Viel zu spät begriff er, dass er damit etwas vollkommen Idiotisches tat. Als er sich wieder aufrichtete, blickte er in die Mündung von Dorotheas Waffe, die nun direkt zwischen seine Augen zielte.

»Hi, Thea«, sagte der Schwarze Mann. In seiner Stimme schwang eine Mischung aus Erleichterung und Skepsis mit.

»Hab ich dir schon mal gesagt, was für ein bescheuerter Nichtsnutz du bist?«, gab sie mit Eiseskälte zurück.

»Ernsthaft?« Ein Laut, der wie ein ersticktes Auflachen klang, drang aus seiner Kehle. »Du hast versprochen, mir den Rücken freizuhalten. Stattdessen rückst du hier mit der Kavallerie an! Sieht für mich nicht gerade danach aus, als hättest du die Lage im Griff.«

»Du hast keine Ahnung, *was* ich alles getan habe. Für dich. Wie immer. Aber du Vollpfosten bist ja nicht einmal in der Lage, ein Kind am Spielen zu hindern. Was sollte die Nummer mit dem beschissenen Funknotruf?«

»Du erwartest doch nicht wirklich von mir, dass ich einem Kind etwas antue? Ich habe mich die ganze Zeit versteckt gehalten, so gut es auf diesem Scheißleuchtturm eben geht. Aber ab und zu musste ich einfach frische Luft schnappen, mir die Beine vertreten, etwas essen. Ach ja, und ich habe dich angerufen, mehrmals, dir gesagt, dass hier etwas aus dem Ruder läuft. Aber ich habe ihnen ihre Handys sogar zurückgegeben.« Er hielt kurz inne, um Atem zu schöpfen. »Dieser Deal sollte so still und heimlich laufen wie ein Mäusefurz. Niemand hat mir gesagt, dass diese Verrückten hier auftauchen!«

»Stimmt, das alles war von Anfang an eine Scheißidee. Ich hätte wissen müssen, dass dein Plan nicht funktioniert.«

»*Mein Plan*? Soll das ein Witz sein? Ohne dich wüsste ich ja nicht einmal, dass dieser Turm existiert!«

»Verflucht, Thore, jetzt halt endlich die Klappe!« Zum ersten Mal drohte sie die Beherrschung zu verlieren.

Und bestätigte damit, was längst offensichtlich war.

»Das glaube ich jetzt nicht«, stöhnte Hansen auf.

Anton selbst war zu perplex, um nur einen einzigen Ton von sich zu geben. Dieser Man in Black war also … *Dorotheas Bruder*?

Endlich glitt das letzte Puzzleteilchen an die richtige Stelle des Bildes und rastete ein.

*Du verstehst das nicht. Thore ist es einfach gewohnt, dass ich ihm beistehe, es ist für ihn so eine Art Naturgesetz.*

*Außer mir hat er doch niemanden. Ich war schon immer die Einzige, die ihn in Schutz genommen hat.*

Bei allem, was sie getan hatte, war es ihre bloße Absicht gewesen, ihre Kollegen in Schach zu halten, damit dieser Versager in Ruhe seinen Deal durchziehen konnte.

»Ich hatte wirklich keine Ahnung, wie wahre Geschwisterliebe aussieht«, brachte Anton endlich hervor. Es gelang ihm sogar, grenzenlose Verachtung in seine Stimme zu legen. »Herrgott noch mal, du glaubst doch nicht wirklich, dass du mit deiner Dummheit irgendjemandem hilfst? Dein Bruder wird sein Leben niemals auf die Kette bekommen! Schon gar nicht, solange er nur mit dem Finger schnippen muss, damit du dich seinetwegen um Kopf und Kragen bringst!«

Dorothea schwieg beharrlich. Nur ein leichtes Zucken ihrer Schläfe verriet, dass sie sich der Misere durchaus bewusst war. Oder dass sie an einem Plan arbeitete, den Anton sich nicht einmal ansatzweise auszumalen vermochte.

»Dir ist schon klar, dass niemand von hier wegkommt?«, sprach er weiter. »Nicht bei diesem Unwetter.«

Möglich, dass seine Worte Dorothea endlich ins Zweifeln brachten. Vielleicht ließ auch einfach ihre Konzentration nach. Noch war das Zittern der Waffe in ihrer Hand unbedeutend. Aber Hansen bemerkte es ebenfalls, dessen war sich Anton gewiss.

»Wie wäre es, wenn du einfach mal eine Sekunde lang nachdenkst?«, sagte sie in einem alarmierend ruhigen Tonfall. »Wir alle hier wissen, dass deine Lisa nicht ganz richtig tickt. Außerdem hat Leon mir erzählt, was hier abgelaufen ist. Deine Lisa hat seinen Vater von der Außenleiter gestoßen. Anschließend hat sie versucht, seine Mutter umzubringen. Mit einem Hammer. Thore konnte sie nur mit Mühe bändigen. Genau in dem Moment, als wir hier ankamen. Mein Bruder hat Leons Mutter das Leben gerettet! Wahrscheinlich hat er sogar verhindert, dass diese Irre auch noch das Kind umbringt.« Ihr Blick wanderte zu Lisa, die wie unbeteiligt ins Leere starrte. »Leon hat es mir erzählt. Alles!«, schrie Dorothea ihr ins Gesicht.

»Vielleicht stimmt es ja«, sagte Hansen. »Wenn ich mir die arme Frau dort anschaue«, er wies auf die verkrümmte Gestalt zu seinen Füßen, »fällt mir kein Grund ein, warum der Typ sie so zugerichtet haben sollte.«

»Dieses Arschloch hätte dich damals im Containerhafen fast umgebracht!«, schrie Anton verzweifelt.

»Nein. Das war ein durchgeknallter Köter. Der Typ hat ihn erschossen«, korrigierte Hansen.

»Er hat … *was getan*?« Inzwischen schwirrten die Erinnerungen in Antons Schädel wie ein Schwarm aufgebrachter Hornissen durcheinander. Unfähig, auch nur einen brauchbaren Gedanken zu fassen, starrte er Lisa an.

Bislang hatte sie vollkommen regungslos dagestanden. Doch nun trafen sich ihre Blicke. In ihren Augen lag ein Flehen, das es ihm unmöglich machte, sie als Mörderin zu sehen. Doch da war noch etwas anderes.

»Also gut, Thore«, sagte er so gefasst, wie es ihm möglich war, »da du offenbar einer der Guten bist, könntest du endlich das Messer wegstecken? Bitte!«

»Erst, wenn die Schlampe hier gesteht, was sie dem Jungen und seiner Mutter angetan hat. Und natürlich brauche ich euer Wort, dass ich nicht in den Knast wandere.«

»In Ordnung«, sagte Anton so ruhig, dass es ihn selbst überraschte. Denn im selben Atemzug duckte er sich unter der Pistolenmündung hinweg, packte Dorothea am Handgelenk und schlug ihr die Waffe aus der Hand.

»Sie lügt!«, rief plötzlich eine schrille Jungenstimme.

Alle Augen richteten sich auf Leon, der wie ein Geist vor dem Treppenhaus erschienen war. In seinen Brillengläsern spiegelte sich diffuses Licht, das durch eines der Fenster drang. Offenbar war das Gewitter weiter landeinwärts gezogen und ließ hier draußen auf See den letzten Schimmer der untergehenden Sonne durch die Wolken blitzen.

»Die Frau hat mir versprochen, Tante Lisa zu beschützen!«

Er zeigte auf Dorothea, die instinktiv nach ihrer Waffe schielte. »Aber ich wusste, dass sie lügt! Warum müssen Erwachsene immerzu lügen?« Tränen der Wut quollen unter dem Rand seiner Brille hervor.

Dann stürmte er, schreiend vor Zorn, vorwärts, direkt auf Lisa und den Schwarzen Mann zu.

Mit einem Hechtsprung stürzte sich Anton auf den Jungen, um ihn an seiner heldenhaften Attacke zu hindern.

In diesem Augenblick übernahm Lisa das Zepter.

Ihr Aufschrei ließ allen Umstehenden das Blut in den Adern gefrieren. Dabei warf sie ihren Kopf in den Nacken. Anton hörte das Knacken von Knochen, als sie den Kiefer ihres Peinigers mit voller Wucht erwischte.

Thore gab ein halb ersticktes Keuchen von sich, besann sich jedoch erschreckend rasch. Schon versuchte er, Lisa erneut in die Zange zu nehmen. Doch sie war schneller, tauchte unter seiner Bewegung hinweg, ließ sich zu Boden fallen und kroch auf den Knien außer Reichweite. Viel zu spät realisierte Anton, dass sie ein ganz bestimmtes Ziel hatte: seine Pistole, die nur wenige Zentimeter neben seinen Füßen lag. Bevor er die Waffe beiseitekicken konnte, hielt Lisa sie in den Händen und zielte auf Thore. Und schoss.

Dorothea allein hatte rechtzeitig begriffen, was geschehen musste.

»Nein!« Mit einem irren Sprint versuchte sie, Lisa an ihrem Vorhaben zu hindern. Offenbar kümmerte es Dorothea nicht, dass sie sich dabei mitten in die Schussbahn warf.

Die Kugel erwischte sie, bevor sie ihren Bruder erreichen konnte. Dorothea stieß ein überraschtes Keuchen aus. Und fiel der Länge nach zu Boden.

Ihren Fall ignorierend, stürzte sich Hansen auf Thore, der wie gelähmt dastand.

Sämtliche Eindrücke erreichten Antons Gehirn erst viel später. Für den Augenblick gab es für ihn nur eine einzige Person, die zählte. Er entließ Leon aus seiner Umklammerung und fiel neben Lisa auf die Knie, umschloss sie fest mit den Armen, entwendete ihr die Pistole. Sie ließ es teilnahmslos über sich ergehen.

»Du bist in Sicherheit«, sagte er sanft. »Du bist bei mir. Alles wird gut.« Vorsichtig drückte er sie an seine Brust. Es fühlte sich an, als wiege er eine knochenlose Puppe. Mit jedem Atemzug wuchs seine Angst, sie könnte viel schwerer verletzt sein, als es den Anschein hatte. Bis er leise Worte aus ihrem Mund hörte, zunächst unverständlich, dann immer deutlicher.

»Ich bin nicht verrückt«, flüsterte sie, »er war die ganze Zeit hier auf dem Leuchtturm. Ich bin nicht verrückt. *Ich bin nicht verrückt!*«

# 40

»Ich hab's euch doch gesagt.« Es war kaum mehr als ein heiseres Flüstern, das aus Thores Rachen drang. »Ich hab euch gesagt, dass dieses Miststück vollkommen durchgeknallt ist. Und jetzt hat sie auf meine Schwester geschossen. Verdammt, Thea ist verletzt!« Die letzten Worte brüllte er heraus wie ein waidwundes Tier. »Jetzt lass mich doch endlich zu ihr!«

»Vergiss es«, raunzte Hansen. Gemächlich ließ er die Handschellen hinter Thores Rücken einrasten. Auf See kam es nicht allzu häufig vor, dass er einen Übeltäter auf diese Weise verhaftete. Die Gelegenheit, es hier und jetzt tun zu können, bereitete ihm sichtlich Genugtuung.

Dorothea saß auf dem Boden, ohne einen Schmerzenslaut von sich zu geben. Sie hatte ihr Halstuch abgenommen und presste es zusammengeknüllt gegen ihre Schulter. Der Stoff verfärbte sich zusehends dunkelrot.

Hansen schubste Thore unsanft auf einen Stuhl, der dabei gefährlich ins Kippeln geriet.

»Schön sitzen bleiben!«, wies er seinen Gefangenen an. »Sonst könnte es passieren, dass meine Dienstwaffe von ganz allein losgeht.«

Thore stieß ein verächtliches Zischen aus.

Ohne allzu große Eile ging Hansen zu Dorothea, kniete sich neben sie und begutachtete die Wunde.

»Sieht wie ein glatter Durchschuss aus. Glück gehabt, würde ich sagen.«

Dorothea schwieg beharrlich.

»Du hast also zuerst mich und dann Anton ausspioniert, um mit deinem Bruder zusammen Kokain an Land zu schmuggeln?« Er stand auf und sah sich nach etwas um, das als Verbandsstoff dienen konnte. »Das ist so abgebrüht, dass man es fast bewundern könnte.« Hansen grinste unwillkürlich, wurde jedoch sofort wieder ernst.

»Ich wollte nur, dass ihr ihn in Ruhe lasst. Mit dem Rest habe ich nichts zu tun.«

»Oh, na klar.«

»Was? Wäre er zu Geld gekommen, hätte er mich endlich in Ruhe gelassen, so einfach ist das.«

»Ja, bis zum nächsten Mal. Herrgott, wie kannst du nur so clever und gleichzeitig so naiv sein?« Hansen schnaufte wie ein wütendes Nashorn.

»Halt die Klappe.« Sie rutschte auf dem Hosenboden bis zur Wand, um sich mit dem Rücken abstützen zu können. Erschöpft schloss sie die Augen. Offenbar gedachte sie das Gespräch nicht fortzusetzen.

Hansen zuckte nur mit den Schultern. »Verdammt, gibt es hier kein Licht?«

Inzwischen schaffte es die Abenddämmerung kaum noch bis in den Dienstraum hinein.

»In der Küche stehen Petroleumlampen. Ich weiß, wie man sie anzündet«, sagte Leon. Bislang hatte er stumm neben Lisa gesessen. »Ich weiß auch, wo der Erste-Hilfe-Kasten ist. Den brauchen wir doch, oder?« Er stand auf, offenbar froh, etwas tun zu können. Dabei gab er sorgfältig acht, nicht in die Nähe seiner Mutter zu geraten, die sich seit dem Tumult nicht mehr gerührt hatte.

»Prima«, ermunterte Anton ihn. »Sei schön vorsichtig«, fügte er überflüssigerweise hinzu. Dabei strich er Lisa mechanisch über die verfilzten Haare. Ihr Kopf ruhte still an seiner Brust.

»Sie ist tot, nicht wahr?«, sagte er zu Hansen, der sich über Karla Dehnhardt beugte und zwei Finger gegen ihre Halsschlagader presste.

Er nickte nur. »Der Junge weiß es, oder?«

»Ja, ich denke schon«, entgegnete Anton matt.

»Aber jetzt zu dir, Arschloch«, wandte er sich deutlich energischer an Thore. »Dorothea hat dir also gesteckt, dass ein Schnüffler auf der ›Beluga‹ mitfährt.« Anton schaute zu Hansen hinüber, der jedoch keine Miene verzog, dann wieder zu Thore. »Ich nehme an, du hast jemanden auf der ›Beluga‹ vor dem Spion gewarnt.«

Thore starrte stur an Anton vorbei.

»Oh, du hast Frey also persönlich umgelegt?« Plötzlich wünschte er sich nichts sehnlicher, als diesen Loser für einen kaltblütigen Mord dranzukriegen. Damit endlich alle hier kapierten, dass sie es mit einem reinblütigen Kriminellen zu tun hatten und nicht mit einem Opfer mangelnder Elternliebe.

»Ich habe niemanden umgebracht! Ich weiß, wie das alles hier aussieht. Aber einen Mord lasse ich mir von euch nicht anhängen.« Thore schoss in die Höhe, als wolle er sich auf Anton stürzen.

Doch Hansen schubste ihn mit einer lässigen Handbewegung zurück auf den Stuhl, der mit Schwung rücklings zu Boden krachte. Thore stieß einen wütenden Schmerzensschrei aus. Überaus bedächtig half Hansen ihm auf, rückte den Stuhl zurecht und platzierte Thore mit Nachdruck wieder auf der Sitzfläche.

Leon kam die Treppe herauf, in jeder Hand eine brennende Petroleumlampe, die den Raum in gelbes Licht tauchten. Er stellte sie auf dem Tisch ab, zog den Verbandskasten aus seinem Hosenbund und reichte ihn Hansen. Dieser bedankte sich mit einem Nicken und machte sich daran, Dorothea notdürftig zu verarzten.

»Es war doch völlig unnötig, ihn zu töten«, nahm Anton den Faden wieder auf. »Ihr hättet eure Kurierboote einfach zurückpfeifen und das Kokain wie gewohnt in den Containern an Land bringen können. Wir hätten in jedem Fall als Witzfiguren dagestanden. Genau wie damals.« Er holte tief Luft, um seiner Frage noch einmal zusätzlich Schärfe zu verleihen. »Also warum hast du ihn ermordet?«

»Ich war's nicht! Wie hätte ich das deiner Meinung nach denn anstellen sollen? Ich habe niemals einen Fuß auf dieses verfluchte Containerschiff gesetzt!«

»Und wer war es dann?«, brüllte Anton jetzt so laut, dass das Echo von den Stahlwänden widerhallte.

»Ich kenne diese Kerle überhaupt nicht!«, schrie Thore zurück. »Nicht wirklich. Die stellen sich jemandem wie mir doch nicht mit ihrem echten Namen vor. Und ich werde einen Teufel tun, sie danach zu fragen.«

»Sag ihm einfach, was du gesehen hast.« Alle Augen richteten sich auf Dorothea, die ihren Kopf müde in den Nacken legte. »Nur damit das alles hier endlich ein Ende hat. Das ist deine einzige Chance, es nicht noch schlimmer zu machen. Ich kann dir nicht mehr helfen. Besser, du machst dir das klar, ein für alle Mal.«

»Du solltest auf deine Schwester hören.« Hansen schlug Thore unsanft auf die Schulter. »Sie hat nämlich recht.«

»Ich habe diesen Frey vom Tonnenleger aus gesehen. Er hat die Männer fotografiert, die das Kokain in großen Sporttaschen zu uns an Deck geworfen haben«, antwortete er leise. »Das heißt, ich habe einen Mann gesehen, der hoch oben auf dem Monsterschiff stand und Fotos gemacht hat. Plötzlich ist ein zweiter Mann hinter ihm aufgetaucht. Dann habe ich nur noch gesehen, dass der Typ mit der Kamera einfach ins Meer stürzte. Das war's.«

»Und du hast wirklich keine Ahnung, wer dieser zweite Mann war?«, fragte Anton jetzt in gemäßigtem Tonfall.

Thore schüttelte nur den Kopf. »Ich glaub, er hatte rote Haare und einen Bart. Mehr weiß ich nicht.«

»Der Kapitän«, folgerte Anton. »Verdammt! Die Hamburger Kollegen sollen zwei Leute zur Tropenklinik schicken, sonst haut der uns doch noch ab.«

Er fing Hansens Blick ein und verstand. Sein alter Kumpel hatte längst dafür gesorgt, dass man Karsten Amsingk in seinem Krankenbett bewachte.

»Und ich Idiot habe das Empfangskomitee nach Bremerhaven zum Containerterminal geschickt«, sagte Anton, zu müde, um die notwendige Selbstironie in seine Stimme zu legen.

Hansen schaffte ein halbes Grinsen. »Du lernst auch niemals dazu, oder?«

## 41

Die Abendsonne tauchte den Alten Fischereihafen in orangerotes Licht. Die bunte Reihe der Krabbenkutter lag verschlafen an der Kaimauer, Möwen und Kormorane schaukelten auf den seichten Bewegungen des Wassers. Für einen Moment gelang es Anton, sich der Idylle hinzugeben und seine Gedanken in seliger Trägheit von dannen driften zu lassen.

»Ihr habt es also geschafft«, sagte Fritz. Die Tageszeitung lag ausgebreitet neben den letzten Krümeln des ausgedehnten Seemannsfrühstücks.

»Ja. Zumindest wenn man es aus Sicht der Polizeibehörden und der Presse betrachtet.« Die Worte kamen Anton reichlich zäh über die Lippen.

Die »Beluga« lag sicher im Bremerhavener Containerterminal, wo die Durchsuchung des Schiffes noch einige Tage andauern würde. Die gesamte Besatzung befand sich in Untersuchungshaft, gegen den Kapitän lautete die Anklage auf Mord an dem Journalisten Benno Frey. In den Büroräumen der Maaßen-Reederei wimmelte es von Beamten, die kistenweise Aktenordner sicherstellten. Was Thore Raubach anbelangte, so lagen genügend Beweise vor, um ihn auf Jahre aus dem Verkehr zu ziehen. Zudem hatte er nach anfänglichem Gezeter seine Mitstreiter von der »Oland« preisgegeben. Der Name Hardy Dierks war nicht darunter, was insbesondere Lisa mit Erleichterung zur Kenntnis genommen hatte.

Natürlich würde dieser Streich die Drogenbarone nicht davon abhalten, das Kokain weiterhin über den Seeweg nach Europa zu schmuggeln. Dennoch hatte die Wasserschutzpolizei dieses Mal einen Warnschuss abgefeuert, den die Mafia nicht überhören konnte. Das war weitaus mehr, als Anton und seine Kollegen für gewöhnlich zu hoffen wagten. Es bestand also Grund genug, den Einsatz der letzten Tage als vollen Erfolg zu werten. Trotzdem wollte bei Anton keine Hochstimmung aufkommen.

»Du könntest dich wenigstens ein bisschen freuen«, sagte Fritz. Er hatte die leeren Teller abgeräumt und kehrte soeben mit einer Flasche Doppelkorn der Hausmarke Fischer zurück an den Tisch.

»Der Preis ist einfach zu hoch«, entgegnete Anton. Die Idylle vor seinen Augen zerbarst. Die schrecklichen Bilder der Toten und Verletzten drängten sich erbarmungslos in den Vordergrund. »Du selbst hast die Leiche von Leons Vater vom Meeresboden aufgefischt. Macht dir das denn gar nicht zu schaffen?« Er trank das randvolle Schnapsglas mit einem Schluck leer.

»Doch, natürlich tut es das«, entgegnete Fritz, während er großzügig nachschenkte. »Aber keiner von uns beiden hätte seinen Tod verhindern können. Wenn seine Frau ihn nicht auf diese Weise umgebracht hätte, hätte sie eine andere Gelegenheit dazu gefunden.«

Anton öffnete den Mund, um etwas zu entgegnen, doch ihm fiel kein Argument ein, das Fritz' These hinlänglich entkräftete. Somit kippte er auch den zweiten Schnaps hinunter. Fritz prostete ihm zu und tat es ihm gleich.

»Du glaubst dem Jungen doch, oder?«, fragte Fritz.

»Ja, das tue ich.« Dieses Mal antwortete Anton aus vollem Herzen. Er selbst war dabei gewesen, als Leon einem ganzen Geschwader von Kinderpsychologen und Kriminalbeamten die grauenhaften Vorfälle schilderte, die sich auf dem Roten Sand zugetragen hatten. So bildhaft seine Erzählungen auch anmuteten, sie ließen weder Lücken noch Widersprüche zu Lisas Aussage erkennen. Davon abgesehen war die Geschichte viel zu absurd, als dass ein Neunjähriger sie sich ausgedacht haben könnte.

»Was geschieht jetzt mit dem Jungen?«, fragte Fritz weiter. »Denkst du, er verkraftet den Tod seiner Eltern?«

»Ja, da bin ich mir sicher. Leon ist ein verdammt tapferes Kerlchen. Außerdem hat er seiner Tante schon immer nähergestanden als seiner leiblichen Mutter. Lisa wird alles Erdenkliche dafür tun, damit es ihm gut geht. Sie liebt ihn abgöttisch.«

»Was ist mit dir? Liebst du sie noch immer? Nach allem,

was geschehen ist?« Der alte Fischer forschte in Antons Augen nach einer Antwort. Dann nickte er bedächtig. »Ja, sieht ganz so aus.« Ein sanftes Lächeln zeichnete sich unter dem dichten grauen Bart ab.

»Lisa und Leon wohnen vorerst bei mir«, sagte Anton bemüht sachlich. »Wenn sich die Wogen ein wenig geglättet haben, werden wir sehen, wie es mit uns dreien weitergeht.«

»Oh!« Fritz' Grinsen wurde breiter. »Ich freue mich für dich, alter Knabe. Wirklich, das tue ich.« Er schenkte die nächste Runde Schnaps ein, ließ sein Glas jedoch unberührt stehen. »Aber da ist noch etwas, das dir zu schaffen macht, habe ich recht?«

Anton beobachtete eine Möwe, die soeben auf einem der Poller landete und skeptisch zu ihnen herüberblickte. Natürlich hatte Fritz ins Schwarze getroffen. Was vermutlich nicht besonders schwierig gewesen war.

»Dorothea. Sie hat mich nach Strich und Faden verarscht. Ich bin so ein Vollidiot!«

»Deine Kollegin mit dem bezaubernden Lächeln.« Auf der wettergegerbten Stirn des Fischers bildeten sich tiefe Falten. »Es ist erschreckend, dass man sich so in einem Menschen täuschen kann, nicht wahr? Wie geht es ihr?«

»Danke, gut«, schnappte Anton. »Sie liegt noch im Krankenhaus, aber das wird schon wieder.« Er atmete tief durch, wohl wissend, dass Fritz es nur gut mit ihm meinte. »Es wird noch eine ganze Reihe von Anhörungen geben. Wenn sie Glück hat, bleibt ihr ein Strafprozess erspart. Ihre Polizeikarriere kann sie allerdings in jedem Fall vergessen. Ich hoffe nur, ich muss sie niemals wiedersehen.«

»Das kann ich gut verstehen.« Fritz griff zu seinem Schnapsglas, drehte es jedoch nur unschlüssig zwischen den schwieligen Fingern. »Und das ist wirklich alles?«, hakte er nach.

»Ja«, entgegnete Anton unwirsch. »Nein«, gab er gleich darauf zu. »Es ist das, was Hansen über Thore gesagt hat. Dass dieser Schwachkopf den Schäferhund erschossen hat, der ihm die Kehle zerfleischen wollte. Damals bei der Operation Fishtown. Dabei weiß Hansen ganz genau, dass ich ihm das Leben gerettet habe. Der Scheißkerl hatte auf mich gezielt. Den Köter hat er nur aus Versehen getroffen. Warum behauptet Hansen solch einen Unsinn?« Tatsächlich bereitete ihm diese Frage mehr Übelkeit als alles andere.

Kurz entschlossen nahm er sein Glas und kippte den scharfen Schnaps mit einem Schluck hinunter. Resigniert griff er zur Flasche, um sich nachzuschenken. Doch Fritz umschloss Antons Hand mit der seinen. Sein eindringlicher Blick bohrte sich in Antons Augen.

»Könnte an Hansens Version denn etwas dran sein?«, fragte er ernst. »Vielleicht solltest du noch einmal mit ihm reden. Wie in alten Zeiten. Schätze, es würde dir guttun.«

»Wie bitte? Auf welcher Seite stehst du eigentlich?«, blaffte Anton.

»Auf deiner, mein Freund«, entgegnete Fritz mit einem milden Lächeln unter dem buschigen Vollbart, »ganz allein auf deiner.« Er hob sein Glas und zwinkerte ihm zu.

# Nachwort

Der Leuchtturm Roter Sand steht am Rande der Deutschen Bucht auf halbem Seeweg zwischen Bremerhaven und Helgoland. Bereits Ende des 19. Jahrhunderts wurde er in einer Pionierleistung der Ingenieurbaukunst direkt auf dem Meeresboden gegründet, auf der Untiefe »Roter Sand«. Im Jahr 1885 nahm er seinen Betrieb auf und markierte bis 1964 mit seinen zwei Leuchtfeuern die Fahrrinnen der Weser. Während dieser Zeit war er von den Leuchtturmwärtern durchgängig bewohnt. Deren Dienstschichten variierten im Laufe der Jahre häufig, umfassten aber stets mehrere Wochen, manchmal auch Monate, während derer sie den Turm nicht verlassen konnten. Oftmals war die Ablösung abhängig von den herrschenden Bedingungen auf See.

Nur äußerst selten, bei spiegelblanker See, konnte ein Schiff direkt am Leuchtturm festmachen. In der Regel wurden die Versorgungsgüter mit Hilfe einer flaschenzugähnlichen Seilverbindung vom Schiff ins Innere des Leuchtturms befördert. Dieselbe Konstruktion diente auch dem »Auskorben« der Mannschaft. In einem »Mannkorb« zog man die Wärter und Besucher einzeln vom Deck des Schiffes auf den Turm oder zurück. Dieser Korb ist noch heute im Erdgeschoss des Leuchtturms zu besichtigen.

Im Jahr 1964 ging der letzte Leuchtturmwärter an Land. In Sichtweite des Roten Sandes übernahm der Leuchtturm Alte Weser, ausgestattet nach dem neuesten Stand der Technik, die »Befeuerung« der Fahrrinne. Der Rote Sand verlor für lange Jahre seine Bedeutung und gammelte buchstäblich vor sich hin. Gegen die Abrisspläne in den achtziger Jahren protestierten die Anwohner Bremerhavens erfolgreich. 1987 gelang seine spektakuläre Rettung, es folgten mehrjährige Sanierungsmaßnahmen. Seither befindet er sich in der Obhut der Deutschen Stiftung Denkmalschutz. Dem Förderverein »Rettet den Leuchtturm Roter Sand«

obliegt die Instandhaltung des Bauwerks. Seit 2010 trägt es den Titel »Historisches Wahrzeichen der Ingenieurbaukunst«.

Erst im Zuge der Sanierungen installierte man die zwei mächtigen Dalben, die es geeigneten Schiffen maßgeblich erleichtern, am Roten Sand festzumachen. Auf diese Weise wurde es möglich, dass auch Touristen relativ gefahrlos auf den Leuchtturm gelangen und sogar für eine oder mehrere Nächte dort verweilen können. Das Vorhaben, das erste Offshore-Bauwerk der Welt zu einem touristischen Highlight auszubauen, musste jedoch aufgegeben werden. Noch heute bestimmen Gezeiten, Strömungen und Seegang das Anlegemanöver in der Deutschen Bucht. Zu häufig musste das Schiff wieder kehrtmachen, ohne dass die Besucher das Innere des Turms sahen, zu häufig mussten Fahrten komplett abgesagt werden.

Abschließend sei erwähnt, dass seit 1885 wirklich niemals ein Mensch auf dem Leuchtturm Roter Sand zu Schaden gekommen ist. Auch das macht ihn zu einem Unikat, das es weiterhin zu bewahren gilt.

Hinzufügen möchte ich einige Sätze zur Sicherheit auf See. Entgegen einer weit verbreiteten Annahme gibt es in Deutschland keine eigenständige Behörde mit dem Namen Küstenwache. Für die maritime Sicherheit an der deutschen Küste sind verschiedene Einrichtungen des Bundes und der Küstenländer – Wasserschutzpolizei (WSP), Bundespolizei, Zoll, Fischereiaufsicht und andere – verantwortlich. Für eine reibungslose Koordination der Einsätze sorgt das Maritime Sicherheitszentrum in Cuxhaven. Von dort aus erfolgt mit Hilfe moderner Technik die Überwachung des gesamten deutschen Seeraums.

Nichtsdestotrotz sind polizeiliche Aufgaben, auch auf den Gewässern, in Deutschland zunächst einmal Ländersache, was die Lage auf den ersten Blick etwas unübersichtlich macht.

Seit seiner Inbetriebnahme im Jahr 1885 wird der Leuchtturm Roter Sand von Bremerhaven aus bewirtschaftet, das heute bekanntlich zum Bundesland Bremen gehört. Unabhängig davon fällt das entsprechende Seegebiet in die Zuständigkeit der Wasserschutzpolizei Niedersachsen, die in Wilhelmshaven beheimatet ist. Deren Küstenboote liegen im dortigen Marinehafen, einer sogenannten »militärischen Sicherheitszone« (Vorsicht, Schusswaffengebrauch!). Das Wasserschutzpolizeirevier 4 im niedersächsischen Cuxhaven hingegen ist, nicht zuletzt aus historischer Verbundenheit, in Wirklichkeit eine Dienststelle der WSP Hamburg.

Kurz gefasst herrscht hier aus Laiensicht ein ziemliches Wirrwarr an Zugehörigkeiten und Zuständigkeiten. Somit habe ich mir als Autorin die Freiheit herausgenommen, die Sache ein wenig zu vereinfachen. Ich hoffe, dass Sie, liebe Leserinnen und liebe Leser, diesbezüglich nicht allzu streng mit mir sind.

Mein ganz besonderer Dank gilt dem gesamten Team der Wasserschutzpolizei in Wilhelmshaven, die ich einen Tag lang auf Küstenstreife begleiten durfte, insbesondere: Herrn Helmers, Herrn Thoebel, Herrn Meier, Herrn Hübner und Frau Fricke.

Ein ebenfalls großes Dankeschön geht an Herrn Neumann vom Maritimen Sicherheitszentrum in Cuxhaven sowie Herrn Heimböckel von der WSP Schleswig-Holstein für ihre geduldige und freundliche Auskunftsbereitschaft.

Mögen Sie mir alle literarischen Freiheiten verzeihen, die ich mir zugunsten der Story erlaubt habe.

Sämtliche Fehler gehen auf meine Kappe.